忍法剣士伝

山田風太郎

角川文庫
22872

目次

灰燼《かいじん》の中から

一

夕焼けの空に、いくつかの煙が立ちのぼっている。春の野を焼く野火ではない。煙に、異臭がある。――人を焼くような。

春なのに、夕焼けも、春とはいえないような爛《ただ》れた色をしていた。

その下の村は一軒もなかった。ただ村のあったという証拠に、見わたすかぎり焼けこげた屋根や崩れた壁が折り重なっているばかりだ。散乱した柱には、もう変色はしているが、あちこちと、たしかに血しぶきのあとがあった。

そのひとすじの煙の下で、屍体《したい》を焼いている百姓にきく。

「……織田の軍勢が来た」

「……明智《あけち》の手のものだとかいった」

「……服部衆《はっとりしゅう》たちは死物狂いにたたかったが、多勢に無勢――それに、鉄砲にはかなわない。大半討たれ、あとは山に逃げこんだ」

「……女衆《おんなしゅう》も討死し、自害し、生き残ったものは犯され、殺され、若い美しい女衆だけは織田の侍《さむらい》たちがさらっていった」

「……あとで、服部衆たちも山から出て来たが、数人ずつ組んでばらばらになって、西と東へ落ちていった」

「……どこへいったか、わからない。……」

百姓たちは、ここが兵火にかかってから三日目になるというのに、みんな痴呆《ちほう》みたいな顔をしていた。

――伊賀国、服部郷である。

きいているのは、二人の若い郷士《ごうし》風の侍であった。どこへいっても、せいぜいこういう意味の返事しかきけないのに、年下の――二十二、三の若者の方が、なおきく。

「半蔵どのの妹、お眉《まゆ》どのはどうした？」

くいいるような眼だ。

「自害したのか、殺されたのか」

いまにも泣き出しそうな声であった。

「まさか、辱《はずか》しめられたのではあるまいな？」

ここでも、同じ――哀しげに横にふる首を見るばかりであった。わからないといっているのだ。

「屍骸《しがい》がなければ、逃げたか、さらわれたのだ。その姿を見た者はないのか？」

「もうよせ、京馬《きょうま》！」

と、もう一人の年上の青年が叱《しか》った。京馬と呼ばれた若者にどこか童顔が残っているのにくらべて、これは二十七、八、彫りのふかい、きびしい、むしろ凄絶《せいぜつ》と形容した方がふさわしい容貌《ようぼう》をしていた。が、ふたりとも月代《さかやき》はのばして、いかにも山侍らしい精悍《せいかん》な風姿であった。

「女のことなど、どうでもよい」

と、彼は吐き出すようにいった。

「しかし――女のことなどどうでもよい、と申されて」

と、京馬は唇をふるわせて、

「あのお眉どのは……おまえ、七郎太《しちろうた》どのを慕っておいでなされたぞ」

「だから、かまわぬというのだ。惚《ほ》れたのは、向うの勝手だ。それとも。――」

と、皮肉な眼で見返して、

「ここへ来てからのうぬの狂乱ぶり、はじめて気がついたが、うぬはお眉に惚れていたのではないか？」

京馬のまるい頬が、夕焼けの中に、くゎっといっそう燃え立ったようであった。

「なら、くれてやる。ただし、お眉が生きておればだ。――きのどくだが、死んだか、逃げたか、あの女は永遠にこの伊賀の谷から消えたようじゃな」

七郎太はあらためて、惨澹《さんたん》たる廃墟《はいきょ》を見わたして、

「しかし、音にきこえた伊賀の忍者の砦《とりで》がなあ。……鉄砲のまえにはひとたまりもなくこのざまか。……」

そのとき、反対の――灰燼の西のかなたにうつろな眼をむけていた京馬が、ふいに、

「あっ」

と、ただならぬ声をあげた。

「あれはなんだ？」

七郎太はふりむいて、これも眼を見張った。

二

爛れたような空を背に、その方角から奇妙な影が歩いてくる。まるで大きな蝙蝠《こうもり》みたいな姿であったが、やがてそれは一人の女を両腕にかかえた枯木のような長身の老人であることがわかった。歩んでくる足もとから、ぽっ、ぽっ、と妖《あや》しい煙のように灰が立ちまよう。

「道服を着た老人……。あれは果心居士《かしんこじ》ではないか？」

「果心居士が？」

じいっとさらに眼を皿のようにしていた京馬が、突然、

「おうっ、お眉どの、――」

と、絶叫して、まろぶようにその方角へ駆《か》け出した。

さすがに七郎太もはっとしたようすでその方を見すかしていたが、やがてこれも足早にあとを追った。

「お眉どの、お眉どの」

さきに駆け寄った京馬は、対象物にとりすがらんばかりにしたが、その女人《にょにん》を抱いて飄《ひょう》然《ぜん》と立っている道服の老人に靄《もや》のごとくからみついている妖気《ようき》に思わず立ちすくんだ。

髪を総髪《そうはつ》にして、鶯茶《うぐいすちゃ》の道服をユラリと羽織った老人は、鶴《つる》みたいに痩《や》せて、恐ろしく長い顔で、口の両はしに、どじょうみたいな髭《ひげ》が二本タラリと垂れていた。たいへんな年寄りだということはわかるが、髪は真っ黒だし、いったい幾歳くらいの人物か、見当がつかない。ただ、眼だけがひどく若々しい——というより、なまぐさいほどの光を放っていた。

「果心居士とお見受けつかまつる」

と、あとからちか寄った七郎太がおじぎをした。

「拙者《せっしゃ》ども、服部半蔵どのの弟子にて、飯綱《いづな》七郎太と木造《きづくり》京馬と申す者ですが」

「ああ、伊勢の北畠《きたばたけ》家の。——これは、よいところで逢《お》うた」

と、果心居士なる老人はうなずいた。

「名もかねてからきいておった。半蔵から」

「されば、このたびの織田方の伊賀攻め、この服部郷も兵火にかかったときき、宙をとんで伊勢から駆けつけて参りましたが、時すでに遅く、かくのごときありさま。——そのようす、また半蔵どのの御運命を、居士は御存じでござりまするか」

「なに、わしも騒ぎのあとで来たのよ。……山から出て来た半蔵らには逢うたがの」

と、果心居士はいった。まるで茶でも服《の》みに来たところに、ちょっともめごとに逢《あ》ったような口ぶりである。

「で、半蔵どのはどこへ？」

「織田方は、この伊賀のほか地侍の砦へ鋒先《ほこさき》をむけていったが、やがてまたここへ帰って来よう。……もはや、服部一族は服部郷にいたたまれぬと観念して、あれらは故郷を捨てた。三河の徳川を頼って」

「そ、そのお眉どのは」

と、木造京馬はきいた。両腕をもみねじって、

「ま、まさか死んでいるのではありますまいな？」

「この顔色を見るがよい。白蠟《はくろう》に似ておるが、かすかに美しい血の色がある。この女人だけはあとに残ると申してきかぬ。で、わしがあずかって、そこまで来たら、この娘の知り合いの女の屍骸があった。何十人に犯されたものか、下半身柘榴《ざくろ》のように裂けておるのを見たら、この始末じゃ」

そして、ユラリとかがんで、失神した女のからだを灰の上に横たえた。まるで、枯木のような両腕に、いままで羽根みたいにそのからだを軽がるとかかえていた不思議さを感ず

るいとまもあらばこそ。——

「お眉どの！」

　と、京馬はしゃがみこみ、腰にぶら下げていた瓢簞《ひようたん》から水を女の口にそそぎはじめた。ちらとそれを見て、七郎太がきいた。

「なぜこの女はここに残るといったのです」

「貴公、すなわち飯綱七郎太のためよ」

「拙者のため？」

「いかにも。——この女人、伊勢の飯綱七郎太のところへ是非ゆきたいと申してな。それで、わしが連れて、これからそちらへゆくつもりでいたところへ、貴公らの方からやって来た。いま、よいところで逢ったといったのはそのことよ」

「なんでまた、このひとが拙者のところへ？」

「可哀相《かわいそう》なことをいう」

　と、果心居士は飯綱七郎太の彫りのふかい顔を見て、

「貴公、少々、薄情な男であるな」

「薄情？　いや、拙者、まったく見当がつかぬので」

「なに、非情は忍者にとってもっとも肝要な特性じゃ。半蔵が貴公を買《こ》うていただけのことはある」

　そして果心居士は、ふおっ、ふおっ、ふおっ、と奇妙な声をたてて笑った。

「で、このお眉は三河にはゆかぬ。伊勢のおぬしを頼ってゆくといった。それを兄の半蔵がきき入れたのは、一族離散の旅に妹が足手まといになるということもあろうが、やはり貴公を頼る心があったからであろう。それをそちらでわれ関せずといった顔をされるとは、半蔵もあてはずれであろうが、しかし非情な男と見込んで、しかもそれを頼りにするとは、そもそもが論理的に矛盾しておる。半蔵も、どうかしておるわ」

また、梟《ふくろう》みたいに笑った。

「それに、伊賀の名家、服部一族も、まずこれで滅亡したし喃《のう》」

「拙者が、われ関せずといった顔をしたと？　関係ありと知ればこそ、伊勢からとるものもとりあえずこうして駆けつけて参ったのではないか」

飯綱七郎太は憤然としたようだ。

「それに、居士のお言葉とは申せ、いま妙なことをいわれたな。まるで服部一族が滅亡したから拙者が急に服部どのの妹御《いもうとご》に冷淡になったような」

その前から、気絶した娘をのぞきこんでいた木造京馬は、哀しげな顔をときどきこちらにむけていたが、このとき、

「や！」

と、さけんだ。

「気がつかれたか、お眉どの！」

お眉という娘は、ふうっと眼をひらいていた。はじめの虚ろなその眼にみるみる黒い花

が咲いたようであった。彼女はじいっと七郎太の方を見ていたが、

「七郎太さま！」

　と、絶叫して起き直ろうとした。

　飯綱七郎太は果心居士の方ばかりにらみつけている。

「拙者は忍法の師として半蔵どのを尊敬しておる。しかし、それ以外に——服部家に対して妙な野心はない！」

「もっと大きな野心があるか」

　と、果心居士はいって、傍の焼け焦げたへんなかたちの石に腰うちかけ、どこからか大きな扇をとり出した。骨を象牙《ぞうげ》で作った支那《しな》風の扇であった。それでハタハタとじぶんを煽《あお》ぎながら、笑った眼で、七郎太の頭のてっぺんから足のつまさきまで、見上げ、見下した。

　飯綱七郎太は沈黙した。おちくぼんだ眼窩《がんか》の奥から、何もかも見通すような相手の眼の妖光に、とっさに反駁《はんばく》の言葉を失ったのだ。

「なるほど」

　と、果心居士はいった。

「飯綱七郎太と木造京馬。……伊勢から来た忍法の兄弟弟子。半蔵がの、伊賀の忍法を伝える者は、むしろあの両弟子にあるといったのをきいたことがあるが、わしの眼からしても、両人いずれも非常に有望なものを持っておる。兄弟子の七郎太の方は精神的素質にす

ぐれ、弟子の京馬の方は肉体的素質にすぐれておるな。稀有《けう》な素質じゃ。いちどわしがみっちり仕込んで見たい。——」

まるで、なめずるような視線だ。二人は魅入られたようであった。

そも、この果心居士とは何者？　彼らはいまこんな問答を交わしつつ、この怪老人の正体を知らないのだ。

二人は伊勢の北畠家の家来であった。しかし、長い間、伊賀の忍者の宗家《そうけ》服部半蔵のところへ来て修行したことがあるし、いまもときどき往来している。そのとき、いくどか服部家を訪れているこの果心居士という人物を見たことがある。

半蔵は居士と閑語していた。が、二人にはおろか、ほかの一族や弟子にもべつに紹介はしなかった。いつも微笑しているこの老人は、しかも何とも形容しがたい妖気があって、さしもの忍者たちも気軽くちかよるのを憚《はばか》らせる何かがあった。

三

——果心居士、彼こそは、日本妖人伝中、十指のうちに入る人物に相違ない。

南都の住人で、幻術師で、その素性も知れず、本名も不明。

ただ、稗史《はいし》によれば、奈良元興寺《がんごうじ》の五重の塔の頂上に腰をうちかけ、扇をつかいながら四方を眺望している姿を人々はよく見たという。また、奈良の某家で酒宴があったとき、たまたま居士が招かれた。その座に果心居士の幻術について懐疑の言葉をもらした男にむかい、居士が楊子《ようじ》でその歯をなでると、歯がみんなフラフラと浮き出し、もういちどなでると、浮いていた歯がヒシヒシとまたかたまったという。

さらにまた、もう少し凄味《すごみ》のある幻術を見せてたまわれ、という所望に、手にした扇でさしまねくと、奥の屏風《びょうぶ》のかげから水があふれ出し、奔流となって溺《おぼ》れさせ、喪神《そうしん》させ、気がつくと濡《ぬ》れたあともない座敷に一同は土に上った魚のごとく横たわっていたという。

また当時の梟雄松永弾正《きょうゆうまつながだんじょう》の大和信貴山城《やまとしぎさんじょう》に招かれた居士は、弾正の前に数年前に死んだ彼の妻を現わして彼を戦慄《せんりつ》させたという。

さらに後年——この物語よりずっとのちになるが——聚楽第《じゅらくだい》に栄華をきわめる太閤《たいこう》秀吉に呼ばれた居士は、秀吉が若い貧しいころ捨てた女を出現させて怨言《うらみごと》をのべさせ、これを怒りかつ恐れた秀吉が、居士を四条河原で磔《はりつけ》にかけようとしたが、磔柱《たくちゅう》の上で彼はたちまち鼠《ねずみ》の姿と化し、大空を舞って来た一羽の鳶《とび》につかまって、いずこともなく翔《か》け去ったという。——

——こんな話は、飯綱七郎太も木造京馬もむろん知らない。

そして、ひょっとしたら、服部半蔵もまたこの居士の素性をよく知らなかったのではないかと思われるふしがある。

半蔵は、この怪異の客人を二人に紹介はしなかったが、しかし何かのはずみで、こんなことをしゃべったことがある。——

「あの居士の幻術の凄惨幻怪、われらのはるか及ぶところでない。――」

「しかし、うかつに学べば、おのれの破滅のみならず、天下に大乱をもひき起しかねぬ術、めったに学ぶべきでない。――」

「あの居士は、なかなか皮肉屋で、いたずら好きの御仁《ごじん》じゃ。が、それは通常の交際の上ではその程度にとどまるという意味で、胸中何を考えておるかわからぬところがある。あの御仁はたんなる皮肉辛辣《しんらつ》のいたずらのみならず、もっと深刻無惨の人生観のために生きておるような気がする。――」

「そもそもあの老人は、日本人であろうか？　唐人《からびと》か、高麗人《こまびと》か、なぜとは知らず、わしはそんな気がしてならぬ。――」

四

さて、伊賀服部郷の廃墟で、はからずもこの果心居士と二人は、はじめて問答を交わしたことになるのだが、いま石に腰うちかけて、

「どうじゃ、両人、わしとともに奈良にゆく気はないか？」

と、扇であおぎながら、居士はいった。

「ば、ばかなことを」

と、たまりかねて京馬がさけんだ。

「われらは北畠家の家来でござる。なんのために服部どのからいままでお教えを受けたか、いうまでもなく北畠家をお護《まも》りするための修行。その伊賀はすでにかくのごとく滅ぼされた。次に織田の鋒先《ほこさき》は本格的に南伊勢の北畠家へむけられるに相違ない。それを捨てて、われらがどこへいってよいものか。——」

「お勧め、かたじけのうはござるが、またいずれ」

と、飯綱七郎太もいった。強烈な性格の青年ではあるが、さすがにこのえたいの知れぬ怪幻術師の勧誘は敬遠したかったようだ。

「左様か」

と、果心居士は存外あっさりといった。

「で、この女人はどうする？」

「さ」

と、七郎太は改めてとまどった。

「伊勢へつれていっても、北畠家もまた織田方と数年交戦状態にあり、決してこの女人にとって安穏を保証できる国ではござらぬし。——」

「いや、北畠家は大丈夫じゃ」

と、果心居士は大きくうなずいていった。

「貴公らの主君、北畠具教卿《とものりきよう》は、当代群雄中、最大の剣豪。——」

「は。——とは申せ、織田の大群は——」

「のみならず具教卿を護る例の剣《つるぎ》の騎士団がある」

果心居士はいった。いままでの何となくひとを小馬鹿《こばか》にしたような語調が消えて、みずから感じ入る深い粛然《しゅくぜん》たる声であった。

「北畠具教卿は多年におよぶ日本の剣人の大保護者にして大後援者。大げさにいえば、剣の世界に於《お》ける天皇家の観があるな。事実、北畠家は南朝方の末裔《まつえい》であるが、いま信長という颶風《ぐふう》に吹かれて南風競わず、さればこそ、これを護れ、北畠家を滅ぼすなという声に応じて、諸国から集った剣士のむれ」

「………………」

「北畠家といえども安穏は保証できぬ、といまおまえはいったが、げんに北畠家は安穏ではないか。数年、織田と交戦して、頑として一指もかけさせぬではないか。——その理由が、具教卿を守護するこの剣士団でのうて何であろう」

「………………」

「わしの知るところでは、その中核をなす十数名。この十数人が、一人一人、まさに万夫《ばんぷ》不当の大剣豪。張飛は長板橋《ちょうはんきょう》に一丈八尺の蛇矛《だぼう》を横たえ曹操《そうそう》百万の大軍をにらみ返したというが、まさにそれに劣らぬ大剣士ばかりじゃ。おそらく、日本剣法史上、後世までも名を残すめんめんであろう。その名をきいただけでも、織田方の群将雑兵《ぞうひょう》が心胆戦慄して立ちすくむのもむりはない。例えば、その名。——」

と、いいかけて、

「ところで、飯綱、木造よ」

と、長いあごをつき出し、

「その大剣士団に護られる北畠家にあって、わざわざ忍法を修行しておる両人、住み心地はどうじゃ？」

ニヤリと笑った。

「さぞや、肩身がせまかろうが」

黙っていると、

「いや、きかずともわかる。ここの半蔵ですら、たとえ伊賀の忍者の精鋭をあげていってもーー伊賀は北畠とは友邦関係にあるのじゃから、そんなことはあり得ないが……おそらく鉄壁に目つぶしの卵を投げるようなものではないか、とさえ申して、おじけづいておったほどじゃからの。ーー甚《はなは》だ以て、果心、不本意に思う」

いかにも、慨嘆にたえぬ、といった顔をした。

「これでもわしはーーいや、わしは伊賀忍法とは異質の世界に住む人間じゃが、それでも縁戚《えんせき》関係くらいにはあると思うておる。じゃからーーかくも忍法に対する弱音をきき、かくも忍法者が影うすい存在として目せられておるときけば、あまり嬉《うれ》しゅうはない。気がもめる。斯道《しどう》のために、甚だ不満でもある。それどころか、この果心、忍法の世界に於《お》いて、剣法界に於ける北畠具教卿と同じ位置に身を置きたいほどじゃ」

すでに落日没して、あたりは妖麗な紫色に染まっていた。その残光を背にして坐《すわ》った果

心居士は、いよいよ南画中の仙人めいたシルエットとなって、

「わしがおまえたちに、秘奥を伝授すれば、仮令《たとえ》北畠家無双の剣人らといえども――左様、石を投げこまれた水のうたかたと同じ――一泡ずつ、消えてゆこうがな」

「な、なんだと？」

われを忘れて、木造京馬は立ちあがった。

「先刻からきいておれば、何を支離滅裂な長広舌《ちょうこうぜつ》を。――われらは北畠本来の家臣、居心地のよいわるいもあるものか。たとえその剣士団を殿が御大事になされようと、外より来って北畠家を助けんとする義侠《ぎきょう》の人々、ましてやそれが稀代《きたい》の大剣客たちである以上それは当然のことだ。それを、何ぞや、われらが何とかすれば、その剣人たちを消してゆけると？　そもそも居士は、北畠家にとって敵か、味方か！」

残光の中にも、朱色に染まった京馬の顔を扇で煽いで、

「ものの譬《たと》えとして、いったまでよ」

と、いって、果心はとぼけた笑顔を七郎太の方へむけた。

「しかし、どうじゃ、わしのいったことは、やるやらぬはべつとして、忍者として魅力的な、心そそられる行為であろうが」

飯綱七郎太の唇がピクピクと動いた。が彼はじいっと老人の方を、上眼づかいに眺めている。

「わが幻術には、ほかにいろいろの目録がある。例えば、女――」

果心の声は、ふいに老人らしくない、へんにウットリした感じに変った。

「あらゆる男を悩殺せずんばやまざる女人に変ずるとか。――たんなる形容ではないぞ、文字通り、その女を見たとたん、男は、地上のほかの男という男を殺しつくしてもその女をおのれのものとしたいという心の業風《ごうふう》に吹きどよもされる。――」

ヒョイと、地上に両腕ついたままのお眉の方に眼をやって、

「あのお眉どのも、そうできる。どうじゃな?」

七郎太はわれにかえったようすで、あわててくびをふった。

「無用でござる」

「ただし、あの娘御、充分以上に美しいがの。――もっともわしのいうのは、あの程度の地上的な美しさのことではないが――ともかくも、あの娘御は、おぬしに惚れておる。おぬしがそれに応えてやれば、天下泰平の恋が成立するだけで、そのような大げさな幻術はいかにも無用の沙汰《さた》かも知れぬ」

扇をすぼめた。しゅうっとしごきながら、ユラリと立ちあがった。

「いや、灰の中の長談義。舌に灰の苔《こけ》がついたような。――では、ゆくぞや」

二人は、別れの言葉をいうのも忘れていた。この怪老人のじぶん勝手なおしゃべりには挨拶《あいさつ》のしようもなかったことは事実だが、それより二人は、果心の手にしたものに眼を吸われていたのである。

扇は杖《つえ》になっていた。いつのまにやら、古怪なかたちをした自然木の杖に変っていた。

その杖をついて、ヒョッコリ、ヒョッコリ、
「何かのはずみでわしの話を思い出し、気がむいたら、奈良元興寺に参れや。——」

五

声は残したが、あともふりかえらず、足もとから、ぽっ、ぽっ、と灰けぶりを立てながら、すでに蒼茫《そうぼう》の光を微《かす》かにとどめるばかりとなった西の方へ歩み去ってゆく。ちらと七郎太がお眉の方を見て、果心居士に呼びかけようとした。そのまえに、京馬がいった。

「お眉どの、お立ちなされ」
「そして、じぶんから手をかして立たせた。
「こわかったでござろう。しかし、われらが参った以上、もう大丈夫でござる。伊勢へ参ろう」

お眉ははじめて笑顔を見せたが、すぐに七郎太の方に眼をやって、また不安げな、哀しげな顔をした。
飯綱七郎太は一言も口をきかず、腕組みをして歩き出した。これは果心とは反対の、東へ——伊勢みちの方へ。

何やら思案にふけっているようでもあり、ふきげんなようでもある。それにしても流れ

るような速歩なのは、忍者の修行が無意識的に生きているにちがいない。

京馬とお眉は、糸にひかれるようにそのあとを追い出した。日が暮れて、あたり一帯、まばらながら、チロチロと火の燃えているのが見え出した。茶毘《だび》の火のみならず、滅亡のあと三日を経て、なお残る余燼《よじん》の炎であろう。

その炎が、ときどき心細げなお眉の横顔を照らし出す。たんにこの谷に生れた者がいまその滅亡の跡を見る哀しみだけでなく――さっき気がついて、一声歓喜のさけびをあげたものの、そのあとの、何となくじぶんによそよそしい飯綱七郎太のようすに胸もつぶれ、声も出なくなってしまったものであろう。

この大柄な、華麗な顔だちをした女人が――あの忍者の頭領の妹らしく、野性にみちたお眉どのが。――

ちらっちらっと京馬はそれを見ながら、いまの果心居士の、人をくった、けしからぬ言葉を思い出した。

「あらゆる男を悩殺せずんばやまざる女人に変ずるとか。――あのお眉どのも、そうできる。どうじゃな？」

果心がいかなる幻術を心得ていようと、お眉どのなら、これ以上、そんな必要はない、と京馬は思う。

それほど京馬にとって魅惑的なこの女人だけに、七郎太にいま石ころみたいに無視されているのがいっそういたましいのだ。

で、なおなぐさめの言葉をかけたいのだが、ここでまた京馬の胸を刺す釘《くぎ》みたいな声がある。先刻の七郎太の「うぬはお眉に惚れていたのではないか」という言葉だ。

たしかに二十二の木造京馬は、お眉が好きであった。やや肉づきのよい真っ白な皮膚、椿《つばき》の花びらみたいに厚めの赤い唇、豊かに盛りあがっていつも大きく起伏しているような胸、スラリと恐れげもなくのびた四肢――それが、伊賀の忍者の頭領の妹らしく、ふだん駆ける、飛ぶ、馬を走らす。――見ていて京馬は眼がクラクラするほどであった。

このお眉に、七郎太が無関心なのを、彼は奇怪にさえ思う。そして彼は、七郎太が無関心である最も大きな理由を知っている。――七郎太は、ほかに好きな女人があるのだ！

そのことを京馬はお眉に告げてやりたかったが、言うに忍びなかった。

お眉の愛する七郎太が、お眉を愛してはいない。そのことによろこびをおぼえるよりも、女のためにいたましく思う。二十二歳のこの忍者はこれほど純情な魂の持主であった。

むしろ、そのために七郎太をちょっとにくみたい心さえ湧《わ》くのである。が、飯綱七郎太は彼の兄弟子であり、伊勢から修行に来たただ二人の忍者として、その服従関係は絶対のものとして彼の胸にたたきこまれていた。のみならず、この一点を除いては、京馬はこの兄弟子に対して、お眉に対すると同様、純粋な敬愛の念を抱いているのだ。

一語も発せずに走る飯綱七郎太。七郎太を追うお眉。

お眉を見まもりつつゆく木造京馬。

三人三様、それぞれ物思うことは多かろうに、足はいずれもかもしかのように速い。灰《かい》燼《じん》の伊賀盆地をあとに、なみの伊勢街道を通らず、おぼろ月のかかる布引《ぬのびき》山脈の山道、峠を風のごとく越えて。

春の暁闇《ぎょうあん》。

彼らがついたのは、南伊勢の大河内《おおこうち》であった。

櫛田川《くしだがわ》のほとりにあり、ただ東方ばかりひらいて、そこから二里半の距離に伊勢の松阪《まつさか》があるが、北、西、南の三方は山にかこまれ、古来深山谷《みやまだに》と呼ばれたほどの土地だ。

ここに山岳都市といいたいほど堅固で、蜀《しょく》の山市《さんし》ともいいたいほど古雅な町があり、城があった。大河内城と呼ぶより、むしろ「太《ふと》の御所」と称されて有名な城であった。つまり、日本の剣人の聖地《メッカ》なのである。

伊賀より帰参のむね一応報告し、ひとまず飯綱七郎太の屋敷にひきとった三人は、さすがにこんこんたる眠りをとったが、午後になって、「太の御所」からお呼びを受けた。

むろん、亡滅した隣国伊賀の視察報告のつもりで出仕した三人は御所の大書院に、主君の北畠中納言具教卿のみならず、その姫君の旗姫《はたひめ》さま、さらにそれをめぐって十二人の人影が、日輪月輪をめぐる群星のごとくひかえているのを見た。――

大剣士軍

一

この天正《てんしょう》四年暮。

すでに美濃《みの》を征服し、近江《おうみ》の浅井氏を滅ぼし、さらに去年長篠《ながしの》に於て武田氏を粉砕した織田信長は、ようやく近畿一帯平定の鉄蹄《てってい》を踏み出した。

いうまでもなく最初の目標は、地理的関係から伊勢伊賀となる。

伊勢伊賀の攻略は、ここにさしたる大豪族もないのにかかわらず、信長の生涯で最も手を焼いたものに属するであろう。

長島を中心とする北伊勢のいわゆる一向一揆《いっこういっき》の土民軍、伊賀の谷々に蜘蛛《くも》の巣を張りめぐらしたように立て籠《こも》る土豪群。前者は宗教的狂信により、後者は古来名題《なだい》の忍びの術によって、いくどか織田軍に苦杯をなめさせた。

が、ついに信長は、さきに長島の一揆軍をみな殺しにし、そしてまたこの春、西進して伊賀に乱入し、その中心的土豪たる服部一族を潰滅《かいめつ》するのに成功したのである。

その戦禍直後の惨状、服部一族の頭領服部半蔵の逃亡、また伊賀攻めの織田軍は明智日向守《ひゅうがのかみ》光秀の部隊であったこと。——などを、主として飯綱七郎太が報告した。

むろん、じぶんたちの呼ばれたのはそのためであろうと、彼も弟子の木造京馬も思いこんでいたのである。

大書院にはもとより沈痛の気がながれている。

「……おそらく、伊賀一円の掃蕩《そうとう》の終ったのちは、織田の鋒先はこの南伊勢にむけられるであろうと存じまする」

と、七郎太はいった。

——それをとどめる法はない、と京馬は思って、心に暗い雲のかかるのを意識していたが、それだけにこのとき、飯綱七郎太の冷静な推定の語韻に、なぜかよろこびにちかい尾がひいたような気がして、ふとその横顔をかえり見ようとした。

が、京馬の眼は、そのまま正面の主君北畠具教卿に釘づけになってしまった。

「わかっておる」

と、具教はうなずいた。

「その方らのみならず一般の家中のものどもにはまだ何も申さなんだが、さきごろよりすでに、その明智からは使者が参っておる。信長の次男茶筅丸信雄《ちゃせんまるのぶかつ》を、ここにおる旗子《はたこ》の婿《むこ》にするならば、南伊勢の安堵《あんど》は保証すると申して来ておる」

「えっ」

飯綱七郎太は、彼らしくもないさけびをたてた。

「信長の倅《せがれ》を御当家の婿どのに——そ、それは、血ぬらずに織田が北畠を手に入れようとする虫のよい奸謀《かんぼう》ではござりませぬか？」

「そう見るむきもある」

具教は左右にいながれる人影のうち、一方を眺めやった。

「しかし、一方では織田茶筅丸を当家の人質にしたも同然、と見るむきもある」

彼は、また人影の一方に眼をやった。

「ここにおる十二人の剣士のうちには、織田の大軍を相手に、兵法剣法の極をつくしてたたかうのもまた快事、いや、それでこそこの世に生れて来た甲斐《かい》があると武者ぶるいする面々もあるが、また北畠家の存続をはかるためには、織田の条件をのむにしかず、と申す面々もある」

北畠具教卿、このとし四十九歳である。

村上源氏の後裔《こうえい》、吉野朝の忠臣——というより、北畠親房の血をつたえる家柄といった方がよくわかるであろう。この名門にふさわしい気品に加えて、若いときからのなみなみならぬ武芸趣味で、当代の大剣客を鄭重《ていちょう》に迎え、親しくその刀法の伝授を受けて、みずからも一流の名剣士と世にうたわれているほどあって、その堂々としてゆたかな相貌は、年よりも若く、文字通り美丈夫といっていい。

ただ、すでに剃髪《ていはつ》して、入道頭を白い袈裟頭巾《けさずきん》で包んでいた。——その顔が、さすがに苦悩にちかい憂色に染められている。

「いずれも一理ある」

と、ふかぶかとうなずいた。

「わしとしては、例え織田の条件をのんで北畠が存続したとしても、かような縁組は、事実上、北畠の名を葬ることになる。いっそ武門の名にかけて、織田の大軍を迎え撃って玉砕したい——という気持が強い。事実、いままでもそのつもりで、織田に抵抗して来た。——」

主君と同じ苦しみを味わいつつ、このとき京馬は、ふっと——なぜ中納言さまはこのようなことをわれわれの前でお口になされるのであろう、とふしぎに思った。絶対に北畠家の重臣などという範囲内に入らない自分たちに、これほどの大事を、なぜ語られるのか？

「が、玉砕すれば、北畠一族のみならず、これら日本剣法の大長老或《あるい》いは至宝ともいうべき名剣士たちも、矢玉の中に同時に失わせることになる。——」

十二の影がいっせいに頭をゆらめかした。そんなことは問題ではない、という意味か、そんな事態はあり得ない、という意味かはわからない。

「また、かかる生死の関頭にあって、去れと申しても去るような人々ではない」

具教は、飯綱七郎太と木造京馬を見ていた。なぜか京馬には、主君が自分の方ばかりじっと凝視しているように感じられて、われ知らず身ぶるいした。

「右せんか、左せんか、迷いに迷うた末——わしははたと思いついた。この運命の岐路、そこに立っておるのはこの旗子ではないか。かんじんの本人、於旗《おはた》にその心をきいておらぬではないか？」

七郎太と京馬は、上半身をかすかに揺すって、具教卿とならんで坐っている旗姫を見つめた。

まるで墨絵のようなこの書院評定の座にあって、一輪、春月のごとくかがやいている旗姫さまであった。年は十八、具教ただひとりの娘である。眉、瞳《ひとみ》、唇、いずれも名工の描いたように美しく、耳、頭、指まで、これまた名工の細工物のようで、しかもおぼろな霞《かすみ》にけぶったような感じの姫君であった。

「そこできいた、旗姫に。――北畠家を救うために犠牲《いけにえ》になるか。あくまでいやか。その方の申す通りに父は従うと」

京馬は、旗姫がこれもじっと自分を見つめているのに気がついた。

「旗子は答えた」

と、具教はいった。

「それは木造京馬の心に従うと」

京馬は雷に打たれたようであった。

「於旗が、何ゆえ京馬の心にまかすといったか知らぬ。――しかし、それもまた於旗の心の一つと見ることにした」

具教はつづけた。

「旗子がなぜそのようなことを申したか、それをきいても、もはやせんないことじゃ。京馬」

「は。――」

「織田氏の条件、呑《の》めば北畠も旗子も助かるが、旗子は織田茶筅丸の妻となる。呑まねば北畠家も滅び、従って旗子の命もない。――その方は、どっちを選ぶ？」

京馬はめくるめく思いである。

はじめて彼は、きょう自分達がこの御所へ呼ばれたわけを知ったのだ。自分達が――いや、呼ばれたのはこの自分だ。このことをきくために、自分がここに呼ばれたのだ。

京馬が雷に打たれたようになったのは、この諮問《しもん》の内容よりも、まず自分が選ばれたということであった。しかも、旗姫さまが自分を名ざしたということであった。

まったく思いがけないことだ。彼は旗姫さまの清らかさ、美しさを認識している。同時に旗姫さまが主君の息女であることも知っている。要するに旗姫さまは、彼にとって手のとどかない憧憬《どうけい》的な対象――どころか、天上の、この世のものならぬ夢幻の精であった。

その旗姫さまが、このような大事の決定権を自分にゆだねられるとは！

大事といえば、この諮問の内容――一つの決定の選択は、身の毛もよだつほどの恐ろしさだ。

京馬は眼のみならず、脳髄までくらくらとした。脳髄のみならず、からだじゅうの血まで逆巻くほどであった。

これをわたしに決せよといわれるのか？　この大事を？

苦悶《くもん》のあまり、哀れみを請うような木造京馬の眼を、旗姫は身うごきもせず眺めている。例の春霞《はるがすみ》のかかったようなその瞳の奥に、かなしげなひかりがあった。

「京馬、さいころになったと思え」

具教が、声をはげました。

「存念を申せ」

「……はっ」

このとき京馬は決心した。いま旗姫さまの眼を見て決したのだ。

「姫君さまには」

心臓に焼鏝《やきごて》でもあてられるような苦痛に耐えつつ、彼はいった。

「織田家より御養子を迎えさせられ、幾久しゅう――」

みなまでいわせず、傍から、

「お暮しなさることには反対でござる」

という声がかかった。

飯綱七郎太の声であった。

二

――それまで、まるで凍りついたように身うごき一つしなかった彼が、まるで軋《きし》るような声でいい出したのである。

「天下にきこえた名門北畠を、恐れながら姫君を売って残したとて何になりましょうぞ。織田の条件呑むべからず、織田に属するべからず。断乎《だんこ》、はねつけて、北畠の名と姫君を火炎の中に消すべきであると存ずる」

具教卿は、じろと七郎太の方を見やった。

「飯綱、その方にきいてはおらぬ」

「拙者の意見がすなわち京馬の意見でござりまする。両人は一心同体」

七郎太は胸を張り、鉄槌《てっつい》を打つような調子で答えて、

「拙者のきき及んだところでは、織田茶筅丸は信長の倅《せがれ》どものうち、最も暗愚な子ということではござりませぬか。そのような男を、旗姫さまの婿どのになさるとは、美肉を犬にくれてやるにひとしい――といってもまだ足りぬ。このようなことを承諾なされた方々こそ、犬にも劣る愚かしさ、と申そうか」

京馬は息をのんだ。

傲岸《ごうがん》、と形容してもいいところのある飯綱七郎太だが、主君、またここにつらなる人々に、このような激烈な雑言《ぞうごん》を放ったことは曾《かつ》てない。――

しかも、七郎太はいよいよ猛然として、

「そこにござる方々は、北畠家を救うためにこの大河内へ赴いてこられた方々ではないのか。たったいまも殿は仰せられた、日本剣法の大長老或いは至宝であると。――それが敵

の大軍を怖《おそ》れて姫君を売ってその安泰をはかろうとする。――なんのためにこの大河内へ来られたのか、日本剣法の長老、至宝がきいて呆《あき》れる」

言葉のみならず、その形相まで狂ったようであった。

――七郎太が恋しているただ一人の女人は旗姫さまであったのだ。と京馬は改めて思い出し、制止することも忘れて兄弟子の狂的な横顔を見まもった。

「この中には、京の将軍から、兵法《ひょうほう》天下一、の名を受けられた方もおわすはず、あ、は、は、敵が怖ろしくば、さっさとこの大河内を御退散あれ。そして、京へいって、改めて、臆病《おくびょう》天下一の名をいただいて参られい！」

「無礼であろうぞ、七郎太！」

やっと、具教が叱咤《しった》した。

「うぬは血迷うたか、いう相手もあろうに、この十二人の剣士に、何たる雑言。――」

春光の大障子を背に、十二の影はしかし寂然《じゃくねん》としてうごかない。

――が、その影のうちどれからかは知らず、まるで地に泉の湧くように冷たい殺気がながれ出したのを、木造京馬は感覚した。

まことに、この十二人に対して言いも言ったり。――彼らがこの伊勢太《ふと》の御所に参集していることは、すでに信長も知っているであろうが、それにしても現実に一堂に会している彼らを見たなら、その壮観に信長といえどもひるみを覚えるのではあるまいか。

すなわち、その名。――

林崎《はやしざき》甚助。
片山伯耆守《ほうきのかみ》。
諸岡一羽《もろおかいちう》。
富田《とだ》勢源。
宮本無二斎。
吉岡拳法《けんぼう》。
宝蔵院胤栄《いんえい》。
柳生《やぎゅう》石舟斎。
鐘巻自斎《かねまきじさい》。
伊藤弥五郎《やごろう》。
上泉《かみいずみ》伊勢守。
塚原卜伝《ぼくでん》。

三

「——この十二人が、一人一人、万夫不当の大剣豪、張飛は長板橋に一丈八尺の蛇矛を横たえて曹操の大軍をにらみ返したというが、それにも劣らぬ大剣士。おそらく日本剣法史上、後世まで名を残すめんめんであろう」

とは、あの怪幻術師果心居士の評語だが、まことにこの顔ぶれを見れば、この言葉が決して大袈裟《おおげさ》なものではないことが何びとにも肯定されるであろう。

——よくも参集したものかな。同時に、よくも参集させたものかな。

これだけのメンバーを一城に集めることは、この時代、信長をはじめ、徳川、武田、上杉、北条、毛利などの群雄といえども一人も叶《かな》うまい。しかも、彼らはみずから進んでこの太の御所に赴いて来たのである。

それというのも、当主北畠具教が、積年、これら名剣士を陰に陽に庇護《ひご》して来たからであった。それも、何かおのれのためになすあらんとする下心《したごころ》のためではない。具教卿自身が本心から武芸を愛好し、名剣客を敬重する気持があったからで、諸国いずれとしてこれら達人を遇すること厚からざるはない戦国の世に、それが嶄然《ざんぜん》、この南伊勢西隅の一山市を、日本剣人群の一大聖地たらしめたのである。

いまや、その大パトロンの王城に危難迫ると知って、天下の剣士はそれぞれ孤剣を負うて馳《は》せ集った。その剣法十字軍の中核がこの十二人なのである。

すでにここ数年。

織田勢力は北畠所領の周辺に迫って、いくたびか小戦闘をまじえている。向うとしては、北畠家の力の小手調べのつもりであったかも知れないが、それだけでただならぬ手応えをおぼえたはずだ。まもなく織田家のちょっかいは止んだ。——そのなりゆきを、果心居士が評した。

「げんに北畠家は安穏ではないか。数年織田家と交戦して、頑として一指もかけさせぬではないか。そのゆえんのものが、具教卿を守護するこの剣士団でなくて何であろう」

とはいえ、いつまでもかくてはならじと、ついにこのたび織田は最後の条件をつきつけて来た。

信長の次男信雄を以て北畠家の婿にせよと。――こちらがそれを拒否すれば、あとはどうなるかは自明の理だ。

しかし、考えようによっては、これもまたいかに織田が、名剣士団に護られている北畠を憚《はばか》っているかの証左といえる。げんに隣国の伊賀など、そのような条件も何もあらばこそ、ただ鉄腕を以てたたきつぶされたからである。見方によっては、これは織田家の次男坊を人質にするものともたしかにいえるのだ。

が、飯綱七郎太は、断然こういう見解に異を唱え、その進言者を痛罵《つうば》した。

これに対して、痛罵された剣士たちはどういうか？

「中納言さま」

と、いったのは、たしかに上泉伊勢守であった。

白髪白髯《はくぜん》、痩軀《そうく》鶴のごとき姿で、いともしずかに、

「姫君の選ばれた木造京馬とやらの申し分、結構でござる。われらと同じでござりまする」

上泉伊勢守信綱、このとし六十五歳である。この座では塚原卜伝につぐ長老である上に、もとは上州の大名という家柄でもあり、曾て京の将軍を指南したという経歴もあり、声は

淡々としていたが、それでも名状しがたい重みがあった。

「姫君には、いけにえになって頂こう。——旗姫さま、このいけにえは、名門北畠家を残す尊いいけにえであると誇りになされ」

「何が誇り、何が尊いいけにえ。——」

七郎太はぬうと仁王立ちに立ちあがった。

京馬だけが、この兄弟子が時に恐ろしいまでの激情を爆発させることがあるのを知っていたが、他人にはいつも冷静水のごとくに見える飯綱七郎太が、きょうばかりは——激情も昂奮《こうふん》もその極限を超えて、まるで藍《あい》をぬったような顔色となり、

「伊勢守さま」

と、嗄《しゃが》れた声でいった。

「伊勢守さまのみならず、それに御同心の方々、ことごとくこの太の御所から御退去を願う」

「もうよろしかろう」

と、若い冷たい声でいった者があった。

「殿。……つまみ出してもようござるか」

七郎太はふりむいた。

四

一座の端ちかくに坐っていた青年であった。まだ二十歳になるやならずというところだが、ひょろりと痩せた長い手足をしている。声も冷たいが、氷で作られた人間みたいな感じがする。奥州出羽《でわ》の出身、この若さで、すでに林崎流という抜刀術を編み出し、この剣士団中核のメンバーに加えられている若者であった。

その名、林崎甚助重信。

具教卿にとって飯綱七郎太は子飼いの家来だが、あまりの逆上ぶりにこの主君が黙然としてにらみつけているのを見ると、林崎甚助はスルスルと膝《ひざ》で出て来た。左手に、水平に妙なものを持っていた。

長巻である。

刃の長さ三尺ばかり、それに四尺ほどの長い柄《え》がついている。刃は彎曲《わんきょく》した皮鞘《かわざや》に覆われ、柄は縄で巻いてあった。柄と刃と合わせると一間を超える。刀にしては長いが、薙刀《なぎなた》にしては短い。というより、柄を短くした薙刀ようの武器だといった方がよくわかるだろう。

「上泉伊勢守さまほどのお方が仰せられたことだ。事はそれで決した。おまえの方が退《さが》れ」

といった。

一間ばかりの間隔を置き、飯綱七郎太は立ったまま、じいっとそれを見下した。相手の

剣名は承知しているが、その若さに対して敵愾《てきがい》の色をかくせない。——というより、殺気の炎がめらめらと青く眼に燃えて、

「いやだといったら、お斬《き》りなさるか」

「望むなら」

「いやだ」

と、いったとき——いや、その言葉を発する前から、両者をへだてて、たたみが縦に一枚すうと立ちあがった。

たたみを立てたのは飯綱七郎太である。

彼はすでに主君と剣士団の決定に対しては絶望的になっている。しかし、怒りは禁じ得なかった。で、せめてものことに、この決定をすすめた剣士たちのだれかに——剣名のみ高く、大事に及んで立たず恬然《てんぜん》としている彼らのだれかに、眼にもの見せてくれようと決意したのだ。この北畠家ではあまり認められぬ忍法の妙技を見せてやる絶好の機会でもあった。

やや右足を前に仁王立ちに立ったまま、その右の爪先《つまさき》で、彼はたたみの端を踏んだ。たたみは、先の方から垂直に立った。斜めになったとき、彼の左足はそのまんなかあたりにかかっている。

なお右足で反動をつけつつ、斜面をいっきに跳ねて、たたみが垂直に立ったとき、彼のからだはその上の縁にある。間髪を入れず、眼前の異変に緊縛されている林崎甚助の脳天

を一蹴《ひとけ》りして悶絶《もんぜつ》させ、ふたたびたたみのこちら側へ跳ね返る。――

これが一瞬のわざだ。――そのつもりであった。

が、彼の右足がたたみを踏み、左足が前へ出ようとした刹那《せつな》、彼はあおむけにひっくり返った。

傍にいた木造京馬が、稲妻のごとく腕を横に薙《な》いで、七郎太の片足をすくいあげたのだ。同時に、京馬もいっしょにひっくり返った。

「危い！」

これは京馬の声。

「何をする！」

これは七郎太の声。

それはもつれ合って発せられた。転倒した二人は、その一瞬、立ったたたみが下から上へ、ビーッと二つに裂けるのを見た。

裂けたたたみの向うに、林崎甚助の姿が見えた。薙ぎあげた長巻がひらめいて、閃光《せんこう》のごとくこちらに落下しようとする。

七郎太の上に覆いかぶさるようにして転がった京馬は、

「参ったっ」

と、絶叫した。

このとき、はじめて二つになったたたみが左右に音をたてて倒れ、その間から振り下されて来た長巻の刃は、二人の頭上一尺の宙にピタと静止した。

恐るべし。林崎流の抜刀術。

それをあらかじめ京馬は知っていたわけではない。見たのもいまがはじめてだ。が、垂直に立ったたたみの斜めうしろに坐っていただけに、たたみの向うの林崎甚助がぱっと長巻をつかむのが見え、本能的に兄弟子を横につき倒していたのであった。

林崎甚助が、どういう動作で長巻をとり、その鞘をはらい、抜刀し、薙ぎあげたのかわからない。とにかく一瞬の間に三尺ちかい刃は下から紙のごとくたたみを二つに切り裂いていたのである。

「退出するか」

と、片膝たてた姿勢のまま、水のような声でこの若者はいった。

「いたしまする」

七郎太を助け起し、坐り直した木造京馬はそう答えて、必死の眼で兄弟子をうながした。

五

飯綱七郎太は一礼し、立ちあがった。その額には汗のたまがひかっていた。

黙々として、この忍びの兄弟子はひき退いて消えてゆく。

林崎甚助は一間を超える長巻を右手に、三尺の皮鞘を左手に、いずれも水平に支えて、眼前ですっとその刃を収めた。まるで流れるような動きであった。

それには眼もくれず、あと十一人の剣士たちは、二人の若い忍者のゆくえを見送っていた。

「みごとなものだな」

つぶやいたのは鐘巻自斎という人物だ。

総髪にして、顔はみみずのかたまりみたいな醜悪な皺《しわ》にたたまれているが、眼は別人のように若々しい精気に澄みひかっている。これでまだ四十前後、遠州、秋葉の人、いわゆる鐘巻流の始祖である。

褒《ほ》めたのは、林崎甚助の抜刀術ではなくて、いまの二人の忍者の体術であった。林崎甚助については、いまさらいうほどのことはない。

「忍者を見直した。あれまでには、よほど修行をしたろう」

「当家の忍びの者とは承ったが、いかなる素性の若者たちでござる」

と、きいたのは片山伯耆守だ。

片山一貫藤原ノ久安ともいう。周防《すおう》大内家の出身で、林崎甚助と同じく抜刀術の名人である。三十をやや越えた年輩で、背はひくいが、まるまると肥《ふと》って穏和な顔をしていた。

「木造はその昔、北畠家の家来として一城を与えられておったほどの名家で、あの京馬はその末裔《まつえい》にあたる。飯綱は元来その分家筋であったが、京馬の父親が早う死んだため、飯綱家に養われて、七郎太の弟分として育てられた男」

と、具教はいった。

「両人の生れが伊賀に隣する土地であったゆえか、早くより忍びの術に興味を持ち、伊賀の服部にみずから志願して長らく修行にいっていた奴らじゃ」

「危い男じゃな、あれは」

と、そんな意味のつぶやきがきこえた。

そんな意味の——といったのは、ろれつがよくまわらず、明瞭《めいりよう》にきこえなかったからで、これは一番上座《かみざ》に坐っている塚原卜伝であった。

卜伝、八十六歳。上泉伊勢守に手をとって教えたほどの人物だが、いまはダブダブとふとって、しかも胸と膝がくっつくほど背がまがり、まるで白い毛につつまれたまんまるい肉塊のようであった。

「危い、危い」

「飯綱七郎太のことでござるか」

と、具教はきいたが、卜伝は返事をしなかった。まるい一塊がいよいよまるくなって、彼は首を胸にうずめ、ぐうう、といういびきの声がきこえた。——そういえばこの老剣聖は、いまの評定がはじまるまえから居眠りをしていたのである。

「於旗」

と、具教はそれにはかまわず、反対側をかえりみた。

「それより、そなた、なぜそなた一身の大事を、あの木造京馬の一言に託したのか」

旗姫はきちんと坐ったまま動かなかった。姫君のかたちをした等身大の人形かと思われるほどであった。ただ、宙を見ている眼が、依然として霞がかかったような感じなのに、或る意志のひかりを沈めて見えた。

「京馬にきくまでは、そなたにその心をきいてもせんないことと、わざときかなんだ。が、京馬にきいたあとで、そなたの心をきいておきとうなった。しかし、いいたくなくば、いわずともよい」

「旗は、京馬が好きであったからでございます」

旗姫はひくく答えた。

父の具教は黙って娘を見つめていた。

いわれて見れば、あれはよい若者だ。いままで、旗姫がそんな眼で京馬を見ていたとは夢にも知らなかったが――よくぞ見込んだとほめてやりたい。

とはいえ、木造家は、いま片山伯耆守にきかせたように、曾ては北畠家中に於ける名家であったが、その後微禄《びろく》して、いまではとるに足らぬ身分の者だ。このたびのような話がなくても、とうてい旗姫の対象となり得るような存在ではない。

もし、こんどのような北畠家にとって運命のさいころを振るような事件がなかったら、旗姫が京馬の名を口にすることもなかったのではあるまいか？

それをあえて口にした。北畠家のみならず、おのれの運命を京馬にかけた。この娘のせいいっぱいの愛の告白であろう。それを思うと、具教は父として胸もしめつけられる思いになる。

「しかし」

と、彼はいった。

「京馬は、おまえに婿をもらえといった」

あきらめさせるつもりでそういった。

「京馬がそう申すであろうことはわかっておりました。あれはそういう男でございます」

旗姫はしずかに答えた。

「わたしは京馬の申す言葉に従いまする」

六

——春の日の下を、黙々と、飯綱七郎太と木造京馬は歩いている。

腕ぐみをして、首を垂れて歩む七郎太を、一歩遅れて追いながら、京馬の眼にはその春日も暗いほどに感じられた。

ちらっ、ちらっと、七郎太の横顔を見る。

——なぜ、旗姫さまにいけにえになれといったのか。

——なぜ、林崎甚助を前にして、七郎太をつき飛ばしたのか。

きかれれば説明する言葉は持っているつもりだが、何もきかれないので胸が苦しくなる。

とくに、じぶんの意志に反したことには痛罵《つうば》してやまないこの兄弟子が、いま沈痛に黙りこんでいるのがかえってぶきみ千万だ。

「七郎太どの」

小声で呼んだ。

「いまの林崎どののわざ、凄いものであったな」

七郎太は返事をしない。

「さすがはあの名剣士の方々。あの林崎どのなどはその中の末輩のはずだが、それでも身の毛もよだつほどであった。……わしなどは、忍法について絶望をおぼえたほどじゃ」

七郎太は顔をあげた。

「わしは忍法に自信を持つ」

と、いった。

「え？」

京馬は股《また》を大きくひらいて、七郎太とならび、

「し、しかし、いまのあの人間離れした甚助どのの剣法は」

「わしは忍法に自信を持ちたい。——」

と、七郎太はふたたびいった。

「自信を持ちたい、それならわかる。わしだって、自信は持ちたい。しかし」

「人間離れしたわざというなら、忍法こそそうあるべきだ」

と、七郎太はいった。

京馬と対話しているにはちがいないが、歩いてゆくゆくての宙をじいっと凝視して、彼はひとりべつの考えにふけっているような横顔であった。

「京馬、わしはあきらめぬぞ」

「何を?」

「旗姫さまのことを」

その眼は恐ろしいまでの執念の炎をよみがえらせていた。

「そして、それ以上に、あの剣士たちとの勝負もあきらめぬ」

「剣士たちとの勝負?」

京馬はあっけにとられた。

「勝負といって、あの方々は、われらと同じ北畠家の味方ではないか」

「姫を敵に売っても安泰をはかろうとする奴らがか?」

七郎太は肩をゆすった。京馬は、この兄弟子がいま何を考えているのかまったく判断に苦しんで、

「だいいち、あの林崎どの一人ならばともあれ、他のめんめん、なかんずく上泉伊勢守さま、塚原卜伝さまに至っては、われらごとき歯の立つ道理がない。――」

「勝負といっても、われらは忍者だ。刃《やいば》をまじえる勝負をするのが本分ではない。――忍者としてのたたかいようがあるはずだ」

「七郎太どの、おぬしはほんとうにあの方々とたたかうつもりか」

七郎太は凄然《せいぜん》とうなずいた。

「おお、忍法の誇りにかけて」

「なに？」

「おめおめと剣法に負けてはおれぬ。あの剣客たちに、忍法の恐ろしさを眼にもの見せてくれる」

「……いかなる忍法のわざを以て？」

「それをこれから学ぶのだ」

「これから学ぶ？　服部半蔵どのは、もはや伊賀にはおられぬぞ」

「京馬、わしはこれから奈良へゆく」

飯綱七郎太は立ちどまって、唖然《あぜん》としている木造京馬の顔を見すえた。

「奈良の元興寺、果心居士のところへ」

京馬の顔色が変った。穴のあくほど七郎太を見つめていたが、

「いかん！　それはいかん！」

と、さけび出していた。

「なぜ？」

「なぜでもいかん。あの老人は……恐ろしい奴だ。邪気のある奴だ。……」

「恐ろしい奴、邪気のある奴。……それを恐れて、何が忍者だ」

七郎太は冷笑したかと思うと、ヘンにウットリした眼を西の空へ投げて、

「あの老人はいった。……わしが秘奥を伝授すれば、北畠家の剣人らも、石を投げこまれた水のうたかたと同じく、一泡ずつ消えてゆくであろうと」

「七郎太どの、お、おまえさまは、何ということを。──」

「よし！　わしはすぐこの足で奈良へゆくぞ。あとは──きく者には、しばらくまた伊賀の様子でも見にいったと答えておけ」

「……お眉どのをどうするつもりだ」

もはや背を見せかけていた七郎太は、この京馬の言葉に、さすがにはたと足をとどめた。京馬は勢いづいた。

「おまえさまを頼り、飯綱家にいるお眉どのはどうするのだ？」

七郎太はふりむいて、ニヤリとした。

「おまえの好きなようにするがいい」

「ばかな！　わしはこまる。いったいあのひとに、おまえのことをどういえばいいのだ？」

「わしは──旗姫さまが織田の倅と祝言《しゅうげん》をあげられる前に帰ってくる。あのお方を、何者がいかに事を運ぼうと、決して織田の阿呆息子に渡しはせぬ。おれはそれまでにきっと帰ってくる。そのつもりで、適当にあしらっておけ」

「待て、七郎太どの！」

「京馬」

と、七郎太はにらみつけた。

「うぬがおれを止める権利はない。あらゆる意味に於て」

「あ。——」

「では、さらばだ!」

棒立ちになった木造京馬をあとに、飯綱七郎太は地を蹴った。京馬は両腕をねじり合わせ、春風に乗ったように西へ駆け去ってゆく兄弟子の影を見送った。

やや西にかたむきかけた太陽に霞む連嶺《れんれい》を越えれば、ただちに大和国だ。鹿《しか》も通らぬ山道とて、飯綱七郎太にとっては大道を走ると同然であろう。

奈良元興寺に住む幻術師果心居士。

ほんのきのう伊賀服部郷で逢ったばかりだ。京馬のまぶたには、あの灰の立ち迷う中に飄然《ひょうぜん》と立っていた怪老人の姿が浮かんだ。

あんな問答を交わしたくせに、あの人物がまだよくわからない。なかんずく、彼が何を望んでいるのか、見当がつかない。

ただ、いつかきいた師の服部半蔵の声が改めて耳によみがえった。

「あの居士の幻術の凄惨幻怪、われらのはるか及ぶところではない。しかし、うかつに学べばおのれの破滅のみならず、天下に大乱をひき起しかねぬ術、めったに学ぶべきでない。——あの御仁は、たんなる皮肉辛辣《しんらつ》のいたずらのみならず、もっと深刻無惨の人生観のために生きているような気がする。——」

京馬はすでに、西の山脈の空をながれる春の白雲がすうと墨色に変ったような幻覚をおぼえて、じっとそこに立ちすくんだきりであった。

呪忍変《じゅにんぺん》

一

深山谷の春は逝《ゆ》く。

この櫛田川《くしだがわ》流域は、いまその名も美しく香肌峡《かはだきょう》と呼ばれ、三重県立公園に指定されているほどで、茶、椎茸《しいたけ》、鮎《あゆ》などの名産地だ。しかも、いずれも他国のものに比してきわだって香りが高いので香肌峡と名づけられたのである。

むかで蘭《らん》の群落に、しゃくなげ、つつじが多く、かもしか、猿、むささび、鹿、いのし し、小鳥たちが、おのれの天国であるかのごとく駆けまわり、飛びまわっている。人間にとっても、ここはまさに桃源境の別天地であった。

その春は美しい。――自分の国ながら、少年のころから木造京馬にも、その春の美しさにむせぶ思いがするほどであった。

が、京馬にとって、この春ほど悩ましい春はいままでになかった。文字通り、うなされているような思いなのだ。春の美しさまでが悪夢の中の幻影のような感じなのだ。まず、お眉の存在だ。

お眉は、京馬といっしょに飯綱七郎太の家にいた。

最初彼はお眉に、七郎太にいわれた通りに「七郎太は主命で、その後の伊賀の様子を探索に出立《しゆつたつ》した」といった。そういうよりほかになかった。

あり得ることであり、それに伊賀のその後はお眉も気にかかっていることだから、彼女も一応納得したようである。

が、それから五日たち、十日たち、——

「七郎太どのはどうしたのでしょう」

と、不安げに何度もきかれるのには閉口した。

「七郎太どのは……もしかしたら、織田家の侍衆に殺されたのではないでしょうか？」

「そんなことはない、あのひとにかぎって！」

「そうわたしも思うけれど、それにしても伊賀へ行ったにしては日がかかりすぎます。わたしがここにいるというのに——この大河内へ来て、まだわたしとおちついて話もしないのに。——」

京馬は返事のしようがない。

「京馬どの、わたしがこの大河内へ来たのは、いけなかったのではないでしょうか」

「なぜそんなことをいわれる」

「七郎太どのは……わたしがきらいなのではないか、なぜかお眉はそんな気がしてならないのです」

「そんなことはない！」

京馬はそういったが、困惑した。

七郎太がお眉をきらっているとは思われない。ただ彼は、ほかの女人に心を奪われて、お眉のことなど念頭にないのだ。

そのことがいつかはこのお眉に知れる。七郎太が帰って来たら知れる。――七郎太がいかなる状態で帰ってくるかは知らず、漠として、しかもはっきりとそのことを予感して、京馬は胸もしめつけられる思いになった。

深まりゆく春色の中に、お眉は物思わしげにうなだれていた。

馬上、鞭《むち》をふるって疾駆することをいとわぬたちの娘だけに、その姿はいっそういたましい。――しかも、憂いにとざされながら、依然として彼女は豊艶《ほうえん》で肉感的であった。

「――おまえの好きなようにするがいい」

ふっと七郎太の冷笑の声が、京馬の耳によみがえることがある。

その声を、お眉に対するいっそうの哀れみとともに思い出すだけで、京馬はすぐに耳から払い捨てた。しかし、もし彼の魂をとらえている或るものがなかったら、果してそうやすやすと払い捨てることができたか、どうか。――

滅んだ家の娘、恋する男からかえり見られぬ傷心の女。――そんな運命にあるはずのお眉の、何かのはずみにかがやく精気にみちた黒い眼、濡れているやや厚目の唇、象牙の柱のような頸《くび》、はちきれるような胸、それらから発する生々しいほどの迫力は、通常の世の女たちに数倍するものであった。

もともと京馬は、この野性の水を吸いあげ官能の太陽に照らされているような女人に、ひそかにひかれていたのだ。兄弟子を恋する女人として、法外の野心は決して持たなかったが、強烈な魅惑をおぼえていたことは事実であった。

それがいまや、彼の一挙手一投足のところにある。飯綱家に小者や下男はいたが、京馬の下僕にひとしい男たちであった。そして七郎太は、あんなことをいって奈良へ駆け去ってしまったのだ。――

そんないやしい感情からではなく、彼女に対する同情と、そして山国の春の酔うような美しさに心みだれて、彼はひょっとしたら、何かのはずみにふいにお眉を抱きしめるようなことになったかも知れない。――もしあのことがなかったならば。

あのこととは、旗姫さまのことだ。

あのお方は仰せられた。あの方の運命は、

「木造京馬の心に従う」

と。――

きいたとき、京馬が雷に打たれたようになったとは、すでに書いた。旗姫さまが織田家から花婿を迎えられるべきか、否か。その諮問の内容よりも、まず問いの対象にじぶんが選ばれたことに、脳髄もくらみ、血も逆巻く思いになったということも書いた。

それ以来、あのことは、ずっと京馬の魂をとらえつづける。

「織田家より御養子を迎えさせられ、北畠家のおん家をお救い下さるべし」

じぶんはそう答えたが、その返答は果して正しかったか、どうか。――

――一日にいちどは、じぶんは誤った！　と思うことがあった。姫も北畠家も業火のうちに滅べ、そう絶叫した兄弟子七郎太こそ正しいのではないか、と胸も燃え立つ思いのすることがあった。

しかし、必死にその激情に水を浴びせて、やはりじぶんの言葉は正しい、とうなずく。北畠家もさることながら、旗姫さまをこの世から失いまいらせるようなことがあってよいものか。……

が、じぶんの言葉が正しいとすれば――それは現実に旗姫さまが織田家の御曹子《おんぞうし》の奥方さまにおなりになるということであった。しかも、暗愚という世評の高い茶筅丸《ちゃせんまる》の花嫁に。

京馬の胸は悩ましい波をあげつづけた。そして、何より彼の魂を領しているのは、依然として、旗姫さまがなぜ自分を運命の指標者になされたか、ということであった。

わからない。――わからないが、それは甘美で、甘美なるがゆえにいっそう苦しい疑問であった。

しかも、その運命の日は刻々とちかづいてくる。――

ついに彼は、織田の武将明智日向守光秀がこの大河内に使者として到来するのを見ることになった。織田家切っての作戦家といわれている人物らしく、冷徹な細面《ほそおもて》で、やや禿《は》げて額の広いのまでが、武将というより学者風の風貌《ふうぼう》に見えた。

その結果、織田茶筅丸信雄が、北畠家の息女旗姫の婿としてこの太の御所に乗りこんでくるのは、五月十五日ということが決定し、そのむね発表されたのだ。

万事は決した。

もはやこの運命の流れを変えることは、雪溶けの櫛田川をせきとめるより難しい。

その日が迫ってくるにつれて、京馬の胸には、七郎太の声がこだましはじめた。

「わしは、旗姫さまが織田の倅と祝言をあげられる前に帰って来る。あのお方を、何者がいかに事を運ぼうと、決して織田の阿呆息子に渡しはせぬ。おれはきっと帰って来る。――」

じぶんがそう「事を運んだ」一人であるにもかかわらず、実に矛盾した事実だが、京馬はそれに不承知をとなえた兄弟子の帰国を祈るように待つ心があった。

――いかに、いったん思いこんだらやり通さずにはおかない気性の七郎太にせよ、さらに彼が、あの怪幻術師にどのようなことを伝授されて来るにせよ、もはやここまで決定した事態をくつがえすことは不可能だと思う。

が、あの七郎太なら、ひょっとしたらみずから宣言した通りにやるかも知れぬと思う。少くとも、その意志をつらぬくために、いかなる手段をも辞さぬ男だと思う。

その結果、何が起るか。この美しい深山谷の流れを血で染めるような修羅図が描き出されるのではないか。——それを思いやると、京馬は全身の肌が粟立《あわだ》つような予感に打たれた。

帰国を待ち、かつ恐れていた飯綱七郎太がついに姿を現わしたのは、織田茶筅丸が婿入りしてくることになっている日の十三日前——正確にいえば、五月二日の夕ぐれのことであった。

二

「——おう、七郎太どの!」

家に入って来たその姿を見て、京馬とお眉はさけんだ。

京馬はさけんで立ちすくみ、お眉はさけんで、駆け寄り、しがみついた。

京馬が立ちすくんだのは、七郎太があまりに変貌していたからだ。——もともと、彫りのふかい、きびしい、凄絶な容貌をした七郎太であったが、いましばらくぶりに見るその顔は——眼はおちくぼみ、頰《ほお》はこけ、そして皮膚の色は、蒼白というより土気色《つちけいろ》をしていた。しかも、眼は燐火《りんか》のごとくひかり、全身から名状しがたい妖気をはなっている。——

「七郎太さま! ようお帰りなされた。お眉はどんなに心細かったことか。——」

しがみついて、泣声をあげるお眉をしっかりと抱いて、

「わしもそなたが恋しかった」

と、七郎太はいった。

七郎太がお眉にむかってこんな言葉を吐いたのははじめてのことだ。まばたきして京馬が七郎太を見ていると七郎太もお眉の肩ごしにじいっと京馬をながめやって、

「京馬、茶筅丸の婿入りはいつだ」

と、しずかにきいた。そのあいだも、手はやさしくお眉の背をなでている。

「この十五日――」

「やはり、そうか」

といって、七郎太は、もう一方の手をあげて、指折り数えた。それから、ひとりごとのようにつぶやいた。

「土蔵はあいておるな？」

「――何にするのだ、七郎太どの」

あまり唐突な言葉なので、挨拶も忘れ、京馬は眼をまるくしてきいた。

「わしも……祝言しよう」

「だれと？」

「このお眉どのと」

「――えっ？」

お眉の方が、ぴくっと顔をあげた。七郎太は蒼白な顔に妖しい微笑を浮かべていった。

「奈良でな、そのことばかり考えておった」

「奈良で？　七郎太どのは、奈良へいっていたのですか」

と、そんなことはきかされていなかったお眉は、これも眼を大きく見ひらいた。

「左様――」

「奈良へ、何をしに」

「修行に」

「なんの修行」

「――女人をよろこばせる術の修行に」

七郎太の微笑がうっとりしたものになった。

「男が女を抱いてな、そのこころよさに女が絶え入るほどの術を学びに」

お眉の顔がぼうと染まった。京馬は、七郎太のうっとりした微笑に、ふしぎなことだが妙な冷笑もまじっているような感じを受けて、理由は知らず、もの恐ろしい予感をおぼえた。

「七郎太どの、で、土蔵がどうしたのだ」

と、きいた。

「そこで、祝言をしたいのだ」

「土蔵で？　いつ？」

「今夜――これから、早速」

唖然として見まもっている木造京馬に、七郎太は押し殺した声でいった。

「止めるか、京馬」

「いや。――」

「そうであろうな。うぬが止める権利はない。あらゆる意味に於て」

奈良へ旅立つときに七郎太が京馬に釘をさしたのと同じ言葉だ。それはその通りにちがいないが、それにしてもこれはただごとではない。となお立ちすくんでいる京馬に、七郎太は命じた。

「土蔵に燭台はあるな。夜具はあるな。京馬、ただ灯のあぶらと酒と盃《さかずき》を持って来てくれい」

――思うところあって、縁者家人にも知られとうない。わしはこのお眉どのと土蔵の中で今夜祝言をあげる。それから十日、二人だけで土蔵にこもる。京馬、おまえだけはそのあいだ土蔵の前に坐って、ちかづくものあれば遠ざけ、かつおのれの命ずる通りに食い物を運んでくれい。

飯綱七郎太はそうもいった。

なんたる奇妙な祝言であろう。とくに、花婿と花嫁が、十日間も土蔵にこもるとは？

京馬はただただ唖然としてこれをきいた。しかし、以前からこの恩義ある兄弟子は、彼にとって絶対者であった。それがこの要求を出すのに、反対も逡巡《しゅんじゅん》もゆるさぬ、何やら憑《つ》かれたような迫力を発しているのだ。

茫乎《ぼうこ》として、京馬はこの命令に従った。お眉はくびもかしげなかった。彼女は恋する男から突如祝言を持ち出され、その行事の奇怪さを疑う余裕もなく、ただ歓喜に酔い痴《し》れているようであった。

三

その夜、土蔵の中で、飯綱七郎太とお眉の祝言が行われた。

行われたのであろう。京馬はその光景は知らぬ。

ましてや、それからあと、二人が何をしているか、どう暮しているかも知らなかった。

彼はただ土蔵の外に坐っていた。

飯綱家では父も母も先年この世を去って、いまでは七郎太が当主だ。少数の若党や下男がいるだけで、彼らも主人の帰宅を知り、またあとではその主人が伊賀からつれて来た娘と土蔵にこもっていることも知ったが、京馬に命じられて、それ以上知ろうとも近づこうともしなかった。

一日に一回、京馬が運ぶ食事を受けとるために、飯綱七郎太があらわれる。それっきりだ。お眉はついぞ姿を見せない。

京馬は従順に、昼も夜も蔵の前に坐っていた。

前は、一日ごとに緑の深くなってゆく庭である。黄色い柿の花が散る。青い梅の実が落ちる。白い日ざしの中を燕《つばめ》の影がよぎる。裏山でときどき慈悲心鳥《じひしんちょう》が鳴き、仏法僧《ぶっぽうそう》が鳴く。

まるでおれは阿呆のようだ、と京馬は考えた。

以前、ひそかながらあれほど恋していた女が、恋する男と婚礼をあげて、三日、四日、二人だけでこもっている蔵の前で、茫として、ただ番をしている自分の役割を、世にもばかげている――と思ったわけではない。そのことについては、彼はあきらめている。むしろ彼は女のためによろこんでやりたいのだ。

自分を阿呆のようだ、というのは、蔵の中で行われていることが、なぜかただごとでないと知覚しつつ、自分がその前に見えない縄で縛られて、どうすることもできないことであった。

いったい七郎太は、奈良で何を修行して来たのだ？　七郎太は果心居士に何を学んで来たのだ？

白日の中を、灰の幻影が妖しいけむりのごとく這《は》い、あの怪幻術師の声が幻聴となってきこえる。

「――わしがおまえたちに秘奥を伝授すれば、仮令《たとえ》北畠家無双の剣人らといえども――左様、石を投げこまれた水のうたかたと同じ――一滴ずつ、消えてゆこうがな」

「――わが幻術には、ほかにいろいろの目録がある。例えば女を、あらゆる男を悩殺せずばやまざる女人に変ずるとか。――たんなる形容ではないぞ。文字通り、その女を見たとたん、男は、地上のほかの男という男を殺しつくしても、その女をおのれのものとしたいという心の業風に吹きどよもされる。――」

また、それに重なって、眼前にはおらぬ七郎太の声がながれる。

「──あのお方を、何者がいかに事を運ぼうと、決して織田の阿呆息子に渡しはせぬ」

おお、そういえば、旗姫さまのところへ織田茶筅丸が乗りこんでくる日も、一日ごとにちかづいてくる。

それを思うと、京馬は胸苦しくなった。まるで運命の足音をきいているようであった。

何かが起る。きっと何かが起る。

五日、六日。──

一日にいちど、飯綱七郎太は蔵の戸をひらいて現われた。彼は帰って来たときの憔悴《しょうすい》から、次第に回復していた。いや、なお眼はおちくぼみ、頬はこけて、顔色も蒼白だが、その皮膚に異様なつやが、あぶらを塗ったのではないかと思われるほどになり、からだじゅうから不思議な精気が発散して来たのだ。

「七郎太どの」

「なんだ」

「お眉どのはどうしておる」

「もう四日待て」

七郎太は指を折って、

「茶筅丸がくるまでには、まだ七日あるな」

と、つぶやいて、また蔵の中へかくれていった。京馬に対して御苦労などという言葉は、いちどもかけなかった。

八日、九日。——

「七郎太どの、まだか」

「明日。——」

と、七郎太は答えた。

「京馬、明日、午《うま》の刻、この戸をひらけ」

そして彼は、凄惨とも歓喜とも、何とも形容しがたい笑いを浮かべた。

「ひらくはずだ。そして京馬、入って来てよいぞ。——」

四

——その翌日、正確にいえば五月十二日正午。

木造京馬は、土蔵の重い土戸に手をかけた。以前にはいくどもひらいたことのある戸なのに、なぜとは知らず、自分の手がぶるぶるとふるえているのを彼は知った。

土戸はひらいた。

入る。——外は白い光のみちた初夏の真昼なのに、蔵の中は、薄暮のごとく暗く冷たい。

その奥に、飯綱七郎太は腕ぐみをして寂然と坐っていた。

その前に、だれやら横たわっているらしく、夜具がなだらかに盛りあがっているのを京馬は見た。

だれやら？

「お眉じゃ。──恥かしいとみえる。見てやれ」

七郎太は笑って、あごをしゃくり、京馬がためらっているのを見ると、自分で腕をさしのばし、かけてあった夜具をいっきにはねのけた。

「あーっ」

京馬はさけんでいた。

伊賀で幾年か恐るべき忍法の荒修行をした彼ほどの者が、この世のものならぬ恐怖の絶叫をあげて飛びずさっていたのだ。

彼が見たものは、何であったか。そこに横たわっていたものは、いったい何であったか。

まさに、それは、この世のものではなかった。

人間の全裸のかたちはしている。黒髪もある。そのほかの体毛もある。乳房もある。臍《へそ》もある。いや、顔の眼鼻はあきらかにお眉のものであった。その顔は口を大きくひらいていた。

が、それは全身水母《くらげ》のように透きとおっていたのだ。透きとおった皮膚と肉の向うに、脳髄も見える。内臓も見える。血管も見える。骨も見える。しかし、その脳髄も内臓も血管も骨も、これまた透きとおっているのだ。むろん、ギヤマン細工のようではなく、それらが重なり、交叉《こうさ》するごとに翳《かげ》を生み、さればこそすべてのかたちがおぼろおぼろと浮かんで見えるのだが――それは惨麗とも形容すべき、吐気のするような物体であった。

「果心の幻術で、ほおずき燈籠《どうろう》という」

　と、飯綱七郎太はいった。

「こ、こ、これはどうしたのだ？」

「吸ってやったのだ。おれが。――」

「何を？」

「十日間。女の髄と液と精を」

「お、お眉どのは――死んでいるのか？」

「これで、生きていると見えるか」

「む、無惨なことを。――」

「お眉は、よろこんで死んだ。――果心居士から伝授された秘法によって吸いあげ、吸いとってやったのだ。苦痛はなく――それどころか、およそこの世で女が味わう快楽のうち、この女が味わったほどの快楽はまたとあるまい。――おれはお眉ではないが、最後の一滴を吸いつくすまで、お眉があげた快美のうめきでそれがわかる。――」

　飯綱七郎太はニンマリと会心の笑みを浮かべていた。

「あらゆる意味で、この女にとっては本懐であったろう」

「七郎太！」

　われ知らず京馬は兄弟子を呼び捨てにした。

「な、なんのためだ。この所業は――」

「旗姫さまをお救い申しあげるためだ」

「なに？」

「京馬！」

七郎太の顔から妖笑が消えた。

「織田茶筅丸の婿入りは三日のちだな？」

「その通りだ。……しかし、それより、き、きかせてくれ。このお眉どのが――お眉どのをこんな目にあわせたことが、ど、どうして旗姫さまをお救い申しあげることになるのだ？」

「なる。なってから知れ」

飯綱七郎太はすっくと立ちあがり、鍔《つば》のひろい忍者刀を腰におとした。

「京馬、御所へ参るぞ。うぬもいっしょにいって、それを見ろ！」

五

――目前に迫った織田茶筅丸信雄の到着をひかえ、北畠家ではそれを迎える支度に忙殺されて、飯綱七郎太の動静など注意しているいとまもなかったようである。

が。――

その三日前、思いがけず七郎太がまた御所に推参して、是非にと伝えて来た口上と、またその時が、北畠具教卿を動かした。

「茶筅丸さまをおん婿君としてお迎えしつつ、旗姫さまをいけにえとはなし参らせぬ法を思いついてござる」

七郎太はそういっているというのだ。

正直なところ、旗姫に対する哀憐《あいれん》の思いこそ、父の具教を最も苦しめている泣きどころに相違なかった。この七郎太の言葉は、この土壇場になっても、なお具教をふりむかせる充分な綱であった。

しかし、そんなことができるのか？

織田茶筅丸の到来をふせぐことができないのはもうはっきりしている。彼が来て、しかも旗姫を救う方法などというものがあり得るか？

冷静にもどると、そんなことは絶対不可能だという判断を下さざるを得ない。具教は過ぐる日の飯綱七郎太の逆上ぶりを思い出した。

「……きゃつ、まだ血迷うておるな」

と、彼はつぶやいた。

「いや、事は決した。もはや目通りの要はないと言え」

――いちどはそういったのである。

ところが、たまたまその座に――例の十二人の剣士たちがいたのである。実は彼らは、織田とのあいだの風雲は去ったと見て、花婿の到来を前に十字軍を解散することにきめ、別れを告げるべく具教卿の前に出ていたのである。

ついにたたかわなかった剣豪のむれ。飯綱七郎太にいわせれば不甲斐《ふがい》ない極みといえるが、しかし大人の眼からみれば、彼らの存在あらばこその和議であり、充分その目的は達したといえるであろう。

「……はて、あの男が？」

くびをかしげたのは、諸岡一羽という剣客であった。

声からすると四十前後だが、頭巾で顔をつつんでいるのでよくわからない。袈裟頭巾《けさずきん》に似ているが、柿色の布で、しかものぞいているは眼ばかりという姿である。

「左様なことを申して来たと？」

「念のため、ともかくここへ召されてその申し分、おききなされてはいかがでござろうか」

といったのは、これも四十年輩、枯木に似た痩軀の富田勢源という剣客であった。

十二人の剣士たちは、みないっせいにうなずいた。

「では、呼べ。――」

と、具教卿は侍臣にいい、それからまた別の侍臣に、

「それからの、飯綱の申すには、この座に是非とも於旗にもおって欲しいとのことじゃ。いそぎ参って、旗子をここへつれて来い」

と、命じた。

やがて旗姫がいぶかしげな表情で現われ、ややあって飯綱七郎太と、そしてそのかいぞえのように木造京馬が大書院に参入して来た。

——しゅく、と、その刹那、座の空気が冷たくなったようだ。

しまった、と京馬は心中にさけんでいた。そうはさけんだが、しかし何が、しまった、のだかよくわからない。実は飯綱七郎太から発する鬼気が、水のごとき十二人の剣士に月影のように映って、そこからさらに照り返す冷気が、説明できぬ恐ろしさを以て京馬を縛りつけて来たのであった。

もっとも京馬も、ついては来たが最初から七郎太に不安を抱いている。

織田茶筅丸を迎えながら旗姫さまを救う、そんなことができるかどうかというだれしもが持つ疑問とともに、奈良へゆくまえの七郎太の宣言が胸によみがえるのだ。

姫を救う云々《うんぬん》の言葉もさることながら、

「——わしは忍法に自信を持つ」

「——忍法の名誉にかけて、剣法に負けてはおれぬ。あの剣客たちに、忍法の恐ろしさを眼にもの見せてくれる」

などという声。——

七郎太は、ここで何か大変なことをしでかすのではあるまいか？

「飯綱」

と、眼前一丈ばかりの位置に平伏した七郎太を見て、具教が声をかけた。

「そちの言葉、きいた。しかし、余は信じがたい。その法とやらをいって見よ」

「はっ。……申しあげるよりも、まず事実を以て。――」

スルスルと膝ですべり出して来た。

「待て」

声をかけたのは、鐘巻自斎であった。

「まず、それを申せ」

あごをしゃくると、もう一人の剣士が、ながれるようにすべり出て、飯綱七郎太のすぐ傍にぴたと坐った。

剣士――と呼ぶのがおかしいほどの美少年だ。林崎甚助も若いが、これはさらに年少の、まだ十六、七歳と見えるが、あえてこの一座に列することを許されている天才児、伊藤弥五郎景久。

伊豆の生れで、いま鐘巻自斎の高弟である。それが、少年らしくもなく、おちついた調子でいった。

「いつぞや、おまえは同様の望みを口にした。そのときは林崎どのにかろくあしらわれて退散したおまえが――あの程度の腕しか持たぬおまえが、その後どのような才覚を得ていま推参したか。それをきかせてくれい」

「……旗姫さまに呪《まじな》いをかけるのでござる」

「呪い？」

少年伊藤弥五郎は、にっと白い歯を見せた。

「呪いをかければ旗姫さまがお救い申せるとな。ふふん。……ではその呪いを、なぜ先日かけなんだのか」

「それは、あれから拙者奈良へ参って、果心居士から受けた秘術でござれば」

「なに？　果心居士？」

剣士たちのあいだに動揺の波がわたった。その名は彼らもきいて知っていたと見える。

――ふいに僧形《そうぎょう》の一人がうめき出した。

「果心居士。……あれはいかん。あれは恐るべき邪心を抱く幻術師だ。あれはいかん！」

六

朱を塗ったような顔色だが、剃《そ》りこぼった頭は青い。まるで金剛力士みたいな荒くれ坊主だ。もっとも年は四十五、六か、大きな眼には精気とともに年相応の深沈の色もある。豪槍《ごうそう》を以てきこえた宝蔵院胤栄《いんえい》。

奈良に道場を持っている人物だから、同じ奈良元興寺に住んでいるという果心居士のことを、だれよりもよく知っているにちがいない。それが、いま、

「恐るべき老人だ。あれは。……あのような人間から伝授されて来た呪いなどを姫君にかけるとは途方もないこと、断じてそれは相ならぬ！」

と、赤い顔をますます染め、大きな眼だまをいよいよむいて吼《ほ》え出した。

が、一方では、果心居士に伝授されて来た呪術《じゅじゅつ》、ということに、当然、好奇の心をもやした者もあって、

「して、それはいかなる呪いか」

と、きいた者もあった。京で名高い吉岡拳法である。

「されば、それは事実を以て御覧願いたいと申しあげておる」

と、七郎太は答えた。ぶきみなほどおちつきはらって、うすら笑いを浮かべている。――伊藤弥五郎の頬に、さっと血潮の色がさした。

「では、うぬはあくまでそれをなす所存か」

「果心居士は仰せられた。――忍者飯綱七郎太、剣法の宗家にあっては、さぞや肩身が狭かろうが。北畠家で忍法者が影うすい存在として目せられておるときけば、果心、あまり嬉しゅうない。斯道《しどう》のために、甚だ不満でもある。――わしが、おまえに秘奥を伝授すれば、あの無双の剣人らといえども――」

「七郎太!」

京馬は顔色変えてそれを制しようとした。

伊藤弥五郎がひざで寄って来た。

「忍者。あくまでやるつもりか」

「やるといったら、お断りなさるか」

「望むなら」

「やる」

ぬうと七郎太は立った。その両腕があがった。

実にこのとき飯綱七郎太は奇怪なかたちに両手を頭にさしあげたのである。左手首を右手でつかんで、空に輪をえがいて。

当然、腰の刀には手をかけなかったが、正面の旗姫さまの方へからだをむけて、一歩出た。——その形相の凄《すさま》じさに、京馬すら呪縛された思いになったとき、伊藤弥五郎の腰から光流がほとばしり出た。

一瞬、七郎太の構えがやや変った。みずから左腕を弥五郎の方へむけたのである。

ばすっ！

異様な音とともに、その左腕は肘《ひじ》から切り離された。

いったい飯綱七郎太は左腕を以て弥五郎の刀を防ごうとしたのか。それとも弥五郎の方で七郎太の片腕のみを打ち落してこらしめようとしたのか。

とにかく、実に当然のことだが、かわしも防ぎもならず、一腕はみごとに断たれた。——が、それは地に落ちなかった。七郎太が右手を以て、その切断された腕をつかんでいたからだ。

「……あっ」

さすがの天才伊藤弥五郎も思わずさけんだ。

スルスルとそのまま飯綱七郎太はすすんだ。旗姫さまの方へ。

それを見つつ、弥五郎、京馬はもとより、なみいる大剣士たちまでが、数秒、かっと眼を見張ったままであったのは、片腕斬られてなおすすむ七郎太もさることながら、さらに怪異な現象のためであった。

斬られたその片腕から血が出ない！

彼はいまやその左腕を頭上にふりかざしている。あれは蠟《ろう》細工の腕であったのか。そんなはずはない。たしかに人間の肉と骨を断つ音がした。——

まさに数秒、息を一つか二つするあいだのことである。飯綱七郎太は旗姫さまから三尺の距離でぴたりととまると、その片腕の切断面をむけた。

「果心幻法びるしゃな如来《にょらい》！」

同時に、その切断面から、ビューッと何かが噴出し、雨のごとく旗姫さまにふりかかった。

何かが——血ではない。それは赤くはない。透明な液体だ。それが旗姫をぬらしつくしたと見えたとき、実にこのとき、はじめて七郎太のからだについている二の腕の方の切口から、どーっと鮮血がたたみにしぶきをあげはじめた。

「な、何をいたすっ？」

ようやく愕然《がくぜん》として具教卿が躍りあがったとき、飯綱七郎太はどっかと坐った。

「これでござる。これだけでござる」

平静に、うすら笑いすらたたえていう。さすがに顔色は藍《あい》のようだ。

「姫君のおいのちに別条はござらぬ。ただ――一人の女人の精血を以ておん湯浴《ゆあ》みなしまいらせただけでござれば」

「一人の女人の精血？」

「男に惚れ、快楽に燃えたぎる女の髄、液、精――愛液と申してようござりましょうか。それを拙者ことごとく吸いとり、いま左腕に籠《こ》めたものをほとばしらせたのでござりまする」

ほんのいまの阿修羅《あしゅら》のごとき姿はどこへやら、あぐらをかいて、左腕を袖口《そでぐち》でおさえながらしずかにいう七郎太に、いちどに追い打つ姿勢にあった伊藤弥五郎も、息をのんで見まもっている。

「それが、何になる？」

「まず、姫君をごらんなされい！」

みんな見た。

京馬も見た。――いや、彼はそれ以前から、姫の姿ばかりに眼を吸われている。

旗姫さまはさっき奇怪なものを七郎太からそそぎかけられたときから、身動きもしない。そそぎかけられたものは、まるで強い酒が蒸発したように、もうあとかたもない。しかし彼女は凝然《ぎょうぜん》と坐っている。むりもない、突如として眼前にあのような凄惨な活劇が演じられたのだから。

旗姫は衝撃と恐怖のため麻痺《まひ》しているのか？

京馬は、しかし姫の眼が酔ったようにかがやき、頬がぼっとあからみ、胸が大きく起伏しているのを見た。――

七

なんという旗姫さまの美しさであろう。いや、旗姫の美しさははじめからわかっているが、それはおぼろな霞《かすみ》にけぶる春月のような美しさだ。天上のものであって、人間界のものではない。――

しかるに、いま。

みな、息をのんだ。

酔ったようにうっとりとして、しかも人を射る双眸《そうぼう》のかがやき、頬にさすうすくれない、やや半びらきにしてしずかにあえいでいる唇は、ぬれて、真っ赤で、そしてなんという肌の色であろう、象牙色といえば象牙色、さくら色といえばさくら色、それがぬめぬめとひかって、何かが匂《にお》い立っているようだ。

それは天上のものであり、同時にまた地獄的な美しさであった。見る男すべての息をあらくし、血を湧きたたせ、脳髄までくらくらしてくるほどの超絶の妖艶《ようえん》さであった。

事実、そこにいた剣士たちが、いっせいに、ズ、ズ、ズ――とにじり出し、四、五人、ふらふらと立ちあがったほどである。

「女を。――」

と、飯綱七郎太はいった。

「あらゆる男を悩殺せずんばやまざる女人に変ず。その女人を見たとたん、男は、地上のほかの男という男を殺しつくしても、その女をおのれのものとしたいという心の業風に吹きどよもされる――果心幻法びるしゃな如来、いまここになる」

おのれの片腕を膝の上に置いたまま、七郎太はいう。斬り離された片腕からはすでに何も流出しないが、二の腕の切り口からはなお雨のように血が落ちつづけて、彼はその血だまりの上に坐っていた。

「おいでなされい、おいでなされい」

と、彼は、立った四つ五つの影を眼でさしまねいた。

その中の二人ばかりが、ふらふらと寄って来た。一人は若い林崎甚助だが、もう一人は播州《ばんしゅう》三木からやって来た剣客、宮本無二斎であった。

年は四十前後、あかちゃけた蓬髪《ほうはつ》、やや三角形の琥珀色《こはくいろ》の眼、まばらな針みたいな髯《ひげ》をはやした高い頬骨、容貌は魁偉《かいい》だが、しかしみるからに沈鬱《ちんうつ》重厚、禁欲的な風貌でもあるこの宮本無二斎が、その三角形の眼をとび出さんばかりにひらかせ、舌で唇をなめ、あごをつき出し、林崎甚助をおしのけるようにしてちかづいてくる姿を見て、京馬は彼を、別人かと疑った。

「おいでなされい、おいでなされい」

うす笑いして、七郎太はさしまねく。

その前を夢遊病者のごとく通りすぎた無二斎と甚助が突如立ちどまり、股間《こかん》に手をあてた。なんとも形容しがたい表情となり、

「あ、あ、あ！」

うめくとともに――その袴《はかま》のすそから、乳色の液体がながれおち、たたみにねっとりとひろがり出したのである。

「危い。そこにておひき返しなされい」

と、七郎太はいった。

「約十歩。――それ以上この姫君にちかづかれると、男の精汁《せいじゅう》ことごとく流れつくし、涸《か》れつくし、おいのちにもかかわるでござろうぞ。――拙者のおるところがその圏外の限界でござるわ」

七郎太は血の沼の中に、ぬうとまた立ちあがった。

「びるしゃな、とは梵語《ぼんご》にて日輪のことでござるそうな。天空にかがやけども、見れば眼がつぶれる。ちかづけば焼けただれる。――殿！　拙者の申したことがいつわりでなかったことが、いまおわかりでござりましょうが」

さしもの具教も、あまりにも信じがたいことが、事実として眼前にくりひろげられたので、あらゆる判断力を失って、夢魔にうなされたように無二斎たちを見、七郎太を見、姫

を見ているばかりだ。

「さすがは父君。殿だけはその圏内にあられても異常がござりませぬな」

七郎太は声もなく白い歯を見せた。

「が、およそ姫に肉欲を持つかぎり——すなわち男であるかぎり——姫にちかづく者はことごとく十歩の位置で精汁をはなち申す。しかれば、三日のちに乗りこんでおいでなさる花婿どのも」

ついに彼は声をたてて笑った。

「花嫁には手が出せぬ。つまり、旗姫さまは永遠の処女でおわすことになる。あはははは！」

「し、七郎太！」

ようやくわれに返って、京馬は蒼白になって横においた一刀をつかんだ。

まさに飯綱七郎太は、織田茶筅丸を迎えつつ、旗姫さまをそのいけにえにせぬという絶対矛盾の命題を解決したのだ。

が、これが解決であろうか。これが旗姫さまをいけにえにせぬということであろうか。このことを何びとよりも熱願しつつ、しかし京馬は、旗姫さまが恐ろしい呪詛《じゅそ》の祭壇に捧げられたことを直感した。

「な、なんたることを——」

と、彼は立ちあがった。

「もどせ、姫君を――もとのおからだにして返せ！」

「お約束は果した。では、拙者退散いたす」

平気で七郎太は、具教卿と旗姫さまにうすら笑いを浮かべて一礼し、京馬の前をゆきかかった。

「ま、待て、七郎太」

「うぬなどは一討ちじゃが」

京馬をにらんだ眼を、ぎらと剣士たちにまわして、

「ほかの方々に申しあげる」

たたみに流れる精汁の上にへたりこんだ宮本無二斎と林崎甚助をのぞき、あと十人の剣士たちは総立ちになっていた。

「姫君に浴びせた精血には、わしの念力がかかっておる。わしを殺せば、姫君のおいのちもないぞ」

いいすてて、彼はスタスタと縁側の方へ歩き、はだしのまま庭へ下りた。いま見た怪異から、この牽制《けんせい》の言葉に釘を刺されて、具教卿も剣士たちも思わず立ちすくむ。

たまらず、京馬だけがそのあとを追った。

「か、かようなことをして、七郎太！　ど、どこへゆくのだ？」

「当家を退散いたす。忍者を遇することあまりに薄い北畠家をな」

塀の下でふりかえって、七郎太は昂然とそらうそぶき、そのままうしろざまに魔鳥のご

とく塀の上に舞いあがった。

そして、笑った。

「いま申したのは、うそだ」

「――うそ！　うそとは？」

庭のまんなかまで追った京馬は、たたらをふんで立ちどまった。

「おれを殺せば、姫君もまた死なれるということがだ。びるしゃな如来の幻法はうそではないぞ、見ろ、京馬」

あごをしゃくられて、京馬はふりかえった。

飯綱七郎太がこれほど驚天動地のことをやってのけて、悠々とのがれ去ろうとしているのに、あの十二人の剣士たちは動かない。声も立てない。――いや、京馬は見た。彼らが具教卿と旗姫さまを中心に半円をえがいて、じいっとその方向ばかりに眼をそそいでいるのを。

眼だけではない、からだそのものが前のめりになって、それを必死に自制しているように見える。何やら妖しい炎みたいなものが彼らから吹きつけて、旗姫さまをめぐって渦巻いているように見える。それが京馬の錯覚でない証拠には、父の具教卿もこの異常に気づいたらしく、大それた叛逆者《はんぎやくしや》飯綱七郎太を追う余裕も失って、むしろ恐怖にみちて彼らから旗姫をかばおうとしているかに見える。――

ぎょっとして京馬もまたわれを忘れて反転しようとした。その京馬の鼓膜を七郎太の声がまた打った。

「京馬よろこべ、きゃつらに忍法の恐ろしさを今こそ見せたぞ。あの自称剣豪めら、これより旗姫さまに魂を奪われ、おたがいを殺しつくしても姫を得たいという煩悩《ぼんのう》の黒炎にとりつかれるであろう。――」

「な、な、なんだと？」

「――旗姫さまにそそいだお眉の女の精、時たてばやがて効験が薄れる。そのときにはおれがまた現われて、ここに残った右腕からべつの女の淫血《いんけつ》をそそいでくれる。――おれを殺せば姫のいのちはないといったのはうそだ」

自分の切断された左腕をふりかざし、飯綱七郎太は高笑いした。鬱魂《うっこん》をはらし、さらに復讐《ふくしゅう》にもえる悪鬼のような高笑いであった。

「すなわち、おれのいのちのあらんかぎり、旗姫さまをめぐって修羅の嵐は吹きすさむ。まず織田茶筅丸はどうするか、あの十二人の男たちがどうするか。――おれは見ている。闇《やみ》から、姫をめぐる男どもの地獄図を見物しておる。あはははは！」

「七郎太。……お、おぬしは魔界におちたか！」

「京馬も来い。うぬも来て、いっしょに見物しよう。のう、同じ忍者の兄弟弟子ではないか。……」

「――ば、ば、ばかな！」

「ほう、来ぬか、京馬、うぬも旗姫さまに狂い死にする煩悩の鬼の一匹となるか？　うふふ、では、勝手にさらせ、では、わしはゆくぞ。——」

塀から向うへ跳躍しそうな姿勢を見ると、京馬は恐怖と怒りに理性を失った。

「待て、七郎太！」

絶叫し、躍りあがった兄弟子の足を狙《ねら》って、手裏剣の光芒《こうぼう》が走った。

それは空中で、ぶんと投げ返された左腕につき刺さり、奇怪なT字型の物体として地上に落ち——眼をあげたとき、飯綱七郎太の姿はすでに空になかった。

さまよう日輪

一

三日後。——五月十五日。

ついに花婿茶筅丸が、この大河内、太の御所に乗りこんで来た。織田の部将明智光秀と、その麾下《きかな》名代《だい》の鉄砲隊長槍隊《ながやりたい》をふくむおびただしい軍兵に護られて。

茶筅丸信雄、十九歳である。

暗愚という噂《うわさ》はかねて高いが、顔だちだけは父の信長に似てまず美男といっていい。しかし噂にたがわず、のっぺりとして、どこか優柔不断な、抜けた感じがある。

「あらめでたや」

「織田家の栄えのみならず、北畠家の安泰にとっても」

「伊勢の海山、これで幾久しゅう波もたたず風も吹くまい。——」

両家の交歓がどよめいているあいだにも、

「旗姫は？　日向、於旗どのを早う見たい」

と、茶筅丸はきょときょととして光秀にいった。自分の花嫁の美貌については、岐阜からくる道中でも、くりかえし光秀から讃歌《さんか》をきかされていたからだ。

婚儀に先立って、一応、対面の式が行われたが——さて、これが異様なものであった。

花婿の席と花嫁の座が十数歩——三、四間も離れ、先に待つ茶筅丸の前に、やがてしずしずと現われた花嫁は、頭から被衣《かずき》をかぶり、前を両こぶしでとじて坐ったのだ。

「……これは？」

つきそいの光秀は、ふしんの眼を具教に投げた。

「……されば、初寝《しょしん》の床まで、たとえ三々九度の盃事《さかずきごと》のときといえども花嫁は夫に顔を見せぬのが、北畠家の古来よりのしきたりでござれば」

具教の声は、沈痛であった。

「この席をかように離したのもそのしきたりに従ったまでのことで」

いうまでもなく北畠家は南朝以来の名家で、げんにこの具教も中納言に叙せられているほどだ。田舎大名から成り上った織田家の比ではない。——しかし具教の顔色がやや蒼《あお》ざめているのを光秀は見とがめた。

「あいや」

きっとして背をのばして彼はいった。

「爾今《じこん》北畠家におかれては、織田家の家風に従わるべし——と、主君よりきびしく仰せつかって参ったものでござる。織田家には、初寝の床まで花嫁が夫に顔を見せぬというようなばかげたしきたりはござらぬ。顔をかくされておっては御対面にならぬ。いや、是非光秀も、花嫁さまを拝顔いたしたい。——」

文字通りの高姿勢である。光秀はこのとき、ひょっとしたらこの花嫁は身替りのにせものではないか——という、とんでもない疑いにとらえられたのだ。

「左様でござるか」

具教の声は依然として沈んでいた。

「しかれば、旗子——やむを得ぬ。顔を御覧に入れよ」

白蠟のような手がうごいて、うすくれないの被衣がちらとひらいて、すぐにとじられた。

「……おう」

茶筅丸と光秀は思わずうめきにちかい声をもらしていた。

見えたのは、ほんの一息か二息のあいだのことだ。

茶筅丸のうめきは、眼のひらいた盲人がはじめて春夜花かげにおぼろ月を見たようなものだといってよかろうか。が、このたびの婚儀のとりきめにやって来て、以前にいちど旗姫を見た光秀は、おぼろ月が太陽に変ったほどの印象を受けて、思わず驚きの声をあげたのであった。

――これがあの旗姫さまか？

思わず眼を見張ったが、すぐに、

――いや、あの姫君だ、まちがいはない。

と、うなずいた。

具教の態度のいぶかしさに、もともと強引な婿入りだという自覚が触発されて、ふと替え玉ではないか、などと突飛な疑惑がかすめたが、冷静に考えれば、この期《ご》に及んで北畠家がそんな破滅的なことをするわけはないし、事実、たしかにあの旗姫に相違ない。――冷徹、金石のごとき光秀でさえ、ずーんと全身しびれるような思いがしたのは、なんということであろう。

が、さしもの光秀も、それ以上に疑惑を掘り下げることをしなかったのは、是非もない。

彼はただ、

――ううむ、女によっては、祝言を前にすると、かくも凄じいまでに美しゅうなるものか？

と、感嘆して舌をまいただけである。

「御対面の儀」

と、彼はひと息ついていった。

「つつがのう終って祝着《しゅうちゃく》でござる」

「祝言はいつであったかな？」

と、茶筅丸はうわごとのようにいった。

「明夜でござりまする」

そんなことは承知しているはずだが、茶筅丸の魂は天外に飛び去ってしまったのである。彼は明夜まで待ちかねて、息も切れるような思いがした。

北畠具教は悩みぬいていた。

ついに花婿一行を迎える破目には立ち至ったが、さてこれからさきどうすればいいのかわからない。

娘が実に何といっていいかわからない魔女に変えられてしまったことは事実なのだ。あれから、まさか？　と思って、二、三人の侍臣をちかづけてみたが、彼らが姫を見ると、ことごとく家来にはあるまじき形相となり、十歩の圏内に入ると、みんな悲鳴のごときうめき声を発して坐りこみ、そのまま突っ伏してしまうのだ。

それ以来、娘の身辺には、老女と侍女以外ちかづくことを許さなかったが、さて明夜の花婿を何としよう？

そして、恐れていたその夜はついに来た。

「北畠家古来の典例」により、花婿と花嫁は十数歩離れて坐り、その位置で三々九度の盃をかわした。このあいだ花嫁は深い綿帽子に面をかくしている。

宴果てて、やがて床入りのこととはなった。――「婿入り」ということで、花嫁の方がさきに閨《ねや》で待ち、花婿がこれを訪れる形式をとった。寝所《しんじょ》の唐紙をあけたとき、織田茶筅丸はもうからだじゅうが燃える思いでしきりに唇を舌でなめていた。

二

広い寝所の中央に夜具がしいてある。旗姫さまは白いきものを着て、その上にきちんと坐って、うなだれていた。

ほのかな雪洞《ぼんぼり》に浮かびあがって、それは紅葉の錦の上につばさを休めた白鷺《しらさぎ》のように見えた。――それが入って来た茶筅丸の気配に、しずかに顔をあげた。

「…………？」

同時に茶筅丸は、もうふつうの男性が射精するときのような息づかいをした。

当然だ。旗姫は綿帽子をぬいで、その美玉のような顔をあらわしていた。照らし出されているは半顔のみ――半顔はぼうっと陰翳《いんえい》にけぶっているのだが、それだけで、かがやく眼、ぬれた唇、うすくれないの頰から頸《くび》へかけての曲線――男を灼《や》きつくす神秘と淫蕩《いんとう》の精がここに出現したかと思われた。

頭が酒の蒸気につつまれたようになって、ふらふらと茶筅丸はちかづいている。彼は圏内に入った。……

とたんに茶筅丸は、さっきの通常の放出のうめきでない——けもののような声を発して下腹部をおさえ、数秒立ちすくんでいたが、たちまちヘナヘナと崩折《くずお》れている。

「………？」

旗姫は眼を見張ってこれを見ていた。

何がいったい起ったのか？　というように。

彼女にはわからない。すでに彼女は、じぶんの眼前で男たちが、これと同じ奇態な現象をあらわしたのを何人か目撃している。しかし旗姫には、いったい何が起ったのか見当もつかないのだ。また彼女は、例の飯綱七郎太が、何やらじぶんにえたいの知れぬ液体をそそいだとき、いった——

「約十歩。それ以上この姫君にちかづかれると、男の精汁ことごとく流れつくし、涸《か》れつくし、おいのちにもかかわるでござろうぞ」云々。

その他の吐気のするようなぶきみな言葉をきいている。が、それを吐気のするようなぶきみな山彦のごとく思い出しつつ、なおその意味を理解できないのだ。

茶筅丸はへたりこんだまま、キョトンとして旗姫を見た。

旗姫も見まもった。——旗姫は心進まぬながら、今宵茶筅丸の花嫁となることはすでに覚悟している。しかし、いま茶筅丸の奇々怪々な醜態を見ても、むろん彼を助けにゆくはおろか、声もかけられなかった。

眼が逢ったとたん、茶筅丸は、眼に見えぬ糸にひき寄せられるように、がばがばとまたその方へ這い出した。

が。——

「あ、あああ！」

またも、彼は鶏の絞め殺されるような苦鳴をしぼってつっ伏している。その足もとから背後へ、おびただしい乳色のねばっこい水脈を曳《ひ》いて。

そして彼は、犬みたいに哀れっぽい眼で旗姫を見た。——這う。うめく。のたうちまわる。

旗姫はふるえながら、男の勝手なきちがい踊りを眺めていた。ふるえていても、彼女の肌はさくら色に匂い立って、この世のものとは思われぬ妖艶さを発散させていた。

三

——この一夜、どうなることとか？

だれよりも両腕をねじり合わせたい心境になったのは、北畠具教卿であったろう。

ついに、いてもたってもいられず、彼はそっとおのれの居室をぬけ出して、「新夫妻」の寝所の方へ近づいた。花嫁の父は、だれでもこれに似た不安は持つにちがいないが、しかしこの夜の具教卿ほど深刻な悩みにとらえられた父はまたと世になかろう。

しかも、御所の中では人目があるから、彼はわざと庭へ廻《まわ》って、足音しのばせてめざす寝所の方へ近寄っていった。これまでの苦労をする父親は絶対にこの世にあるまい。

五月十七日といえば、いまの暦で六月下旬にちかい。雨こそなかったが、山国らしい霧のじっとりとたちこめた夜であった。

遠く御所のあちこちで篝火《かがりび》の燃える色がどんよりと空にうつり、祝儀の酒盛りがこの時刻ようやく中間小者《ちゅうげんこもの》たちのあいだにくりひろげられたらしく、そのあたりで、濁《だ》みた唄声《うたごえ》や笑い声がきこえた。北畠家の安泰を確約されたこの一夜、くつろいで心ゆくまで愉《たの》しむようにと、具教卿自身から申し渡してあるのだ。

――ふっと具教卿は背中に妙なものを感じた。

だれかがいる。――

ふりかえった。だれもいない。霧にぼうっとにじむ塀、櫓《やぐら》、石、樹々、草――それらはおぼろおぼろと浮かんでくるが、動く人影などはない。この一画《いっかく》、べつに護衛兵は立てていないはずだ。

五、六歩あるく。

何者かの眼が、じぶんのからだに注がれている。――

具教卿はまたまわりを見まわした。依然、だれの姿も見えないが、しかし彼は、たしかに人間がいっせいにぴたと草か樹々の中に身を伏せたのを感覚した。いっせいに――という以上、一人や二人ではない。

——何やつか？

叱咤《しった》しようとして、そこが寝所にちかい場所にあると知り、かつその寝所の雨戸のちかくに、蟇《がま》みたいに四つん這いになっている二つの影を見て、具教卿は風のようにちかづいた。大名ながら、これも当代の名剣士たる具教卿だ。足音一つたてない。

二、三間の距離になって、二匹の蟇ははじめて気がついて、ぱっと飛びはなれ、ふりむいた。霧の中、夜空の下であったが、具教の炯眼《けいがん》は、その姿かたちから、それが何者であるかを知って、あっと吐胸《とむね》をつかれていた。

「具教じゃ」

と、彼は声を殺していった。

「一羽」

返事はない。

「自斎」

これまた返事はない。

しかし、たしかに例の剣法十字軍の——諸岡一羽と鐘巻自斎に相違ない。相違ないのに、名を指摘されても彼らは黙っている。黙って、じいっと具教の方を凝視している。——あとになって思えば、諸岡一羽や鐘巻自斎ほどの者が、具教がそこまでちかづくのに気がつかなかったというのは、よほど寝所の中の気配に全神経を集中していたせいにちがいない、と具教は思ったが、さらにのちになってまた、いやあれはそれより一つの獲物を狙って、獣と獣が闇中《あんちゅう》ににらみ合っていたようなものかも知れない、と想像して、そのぶきみさに全身が鳥肌立ったことである。――

「何をしておる」

と具教はいった。

低い声ながら、さすがに、ただではすまさぬ殺気があった。

とたんに二つの影は、すうっとうしろにながれるようにすざっていって、闇の中に完全に没してしまった。

きっとしてそれを見送り、さらにあたりを見まわした具教卿は、このとき霧の中からじぶんを凝視していた幾つかの眼が――決して五人や七人ではない眼が――いっせいにこれまた消えたのを感覚したのである。

立ち戻り、それを追うより、具教は、このとき寝所の中でただならぬうめきをきいた。ぎょっとしてその方をながめ、たちまち具教は駆け寄り、小柄《こづか》で雨戸を浮かせるとそれをはずし、障子をあけて寝所に入った。

そして彼は、閨《ねや》の上に凍りついた白鷺《しらさぎ》みたいに動かぬ旗子と、そこから五、六歩手前に、粘液にまみれて失神状態になっている茶筅丸の姿を見出したのである。

「…………」

しばし、何と口を切ってよいのかわからない。

このときなぜか、じぶんの方を見上げ、唇をわななかせつつ、みるみる頬をぼうと染めた旗姫に、具教の方もかっと頬が熱くなるのをおぼえた。

「ゆるせや、於旗」

と、彼はいった。

それは初夜、その閨房《けいぼう》に踏みこむという父の行為を謝したばかりでなく、そもそもこのグロテスクな初夜を娘に迎えさせたという父の詫《わ》び言であった。

「今夜は、茶筅丸どのはわしがあずかる」

悪寒《おかん》をおぼえつつ、具教は茶筅丸を両腕に抱きあげた。

「あとの始末は、老女を来させよう。そちは今宵、まず安らかに眠れ」

そして具教は寝所を出たが、またはたと立ちどまった。先刻外でうかがっていた餓狼《がろう》のような幾つかの眼を思い出したのだ。

「……於旗どの」

失神したと思っていた茶筅丸がつぶやいた。間のびした顔を、いよいよ白瓜《しろうり》のごとくのばし、うわごとのようでもあり、泥酔しているようでもある。細い、もつれた声でまたいった。

「於旗どののところへ」

具教は——花婿を受け取るか、わが軍を迎えるか、と織田に迫られたさきごろの苦境より、さらに切迫した、さらにまがまがしい窮地におち入ったことを感じた。

今宵、まず安らかに眠れ、と娘にはいったが、明夜からたちまちどうするのだ？　いや、今夜そのものも、外からうかがうあのぶきみな眼をどうするのだ？

四

まんじりともしない一夜が明けた。夜じゅう、具教は、大刀を傍に置き、腕こまぬいて、旗姫の眠る部屋の外に坐っていた。

朝になって、彼は別室に寝させてあった茶筅丸を訪れた。

「……昨夜は」

と、具教がいいかけると、

「しくじり申した」

と、茶筅丸はつぶやいた。

寛闊《かんかつ》というより、なぜじぶんがあんな風になってしまったか、全然怪しむことも知らない愚かしい顔であった。

「なにぶん……於旗どのがあまりに美しゅうて」

花婿とはいえ織田家の御曹子として十九歳、むろん童貞ではなかろうから、昨夜のおのれの怪現象を、たんに昂奮のあまりの失敗だと思いこんでいるらしいのである。また、だれがあれを、旗姫から放射される文字通りの魔力によるものだと想像し得ようか。

「今度こそは、首尾ようやってごらんに入れる」

具教は心中に顔をしかめた。

いっそ知らぬ顔をして、この若者が精を流しつくし、涸れつくし、衰え果てて命の緒の絶えるのを待ちたくなったほどであった。

しかし、むろん、そんなことはできない、そのような怪死を茶筅丸がとげたら、信長の疑惑を受けない道理がない。——いや、たとえそれに到らずとも、だいいちきょうこれからでも、まだ御所にとどまっている明智光秀が、早速伺候《しこう》してこの茶筅丸に昨夜の首尾をうかがうことは必定《ひつじょう》である。

「茶筅丸どの」

重い声で具教はいい出した。昨夜一晩じゅうの沈思の結果である。

「実は……旗子は奇病にかかっておる」

「奇病？　あんなに美しゅうて」

「その美しさが病いなのでござる」

そして具教は打ち明けはじめた。旗子にちかづく男は、ちかづくだけでいち早く漏らしてしまう。昨夜は決してあなたの失態ではない、だれでもそうなるのだ。——

「だれでも？」

さすがに暗愚な茶筅丸も心外な表情をした。そんなけしからぬ事態となった男がいままでにあったのか、といわんばかりに口をとがらした。

「ああいや、まちがってちかづいた男でござる」

と、具教はややあわてて訂正した。

「とにかくそれを以てしても、旗子が正真正銘の処女であることがおわかりであろう」

それから彼は、いかなる原因で旗姫がこの奇病にかかったのか知らず、治療法もないいまにこのたびの婚儀を迎え、かかることをいまさら申しても信ぜられぬことはあきらかで、苦慮しつつも、ただ万一の成功を僥倖《ぎょうこう》して昨夜を待ったが、いかんせん、やはりよんどころない始末とはなった――と、暗然としていった。さすがに「茶筅丸から救うために」家来の一忍者が呪法をかけたとはいわなかったが、まず大体は事実通りであるといっていい。

さらに彼は眼をあげて、茶筅丸を見つめ、

「これを信ぜられずして、これより毎夜同じことをくり返されるならば、おんみのいのちは保証しかねる」

と、いった。

「――そ、そんなばかな！」

「まだいつわりといわれるなら、家来を旗子にちかづけて、そのなりゆきをお見せいたしてもよい。――ただ、そのような騒ぎになれば、当然明智の知るところとなり、従ってまた信長どののお耳に入り、このたびの婚儀は破談になるよりほかはござらぬ。……その結果は、この具教も覚悟しておる」

「――は、破談」

茶筅丸は口をあんぐりとあけた。それから、甲高《かんだか》い声でさけび出した。

「そ、そんなことは相成らぬ！」

「破談はおいやか」

「いやでござる。あの於旗どのを眼前に見ながら……いや、いったん花婿としてここへ乗り込みながら、花嫁に手もつけずすごすごと帰ったとあっては、この茶筅丸、なんのかんばせあって世にまみえようや」

愚かでも、これだけは筋の通ったことをいった。実は彼は、昨夜見た旗姫を思い出すだけで全身あぶられるようで、その恋慕の一心がはからずも吐かせた出来過ぎの激語であった。

「しかし。——」

と、彼はしおからいような顔をした。

「於旗どのの奇病。……それがいつまでも癒《なお》らぬとあればこまりますぞ。それはまったく癒る見込みのないものでござろうか」

ようやく彼も旗姫の「奇病」を信じはじめたのだ。そういわれてみれば、昨夜のじぶんの、逆さに吊《つ》られて血を吐かされるような苦しみはただごとではない。

「——かかる娘でもなお破談にするはおいやとあれば申す」

「あ」

「旗子としばらく別れては下さるまいか？」

「別れる？」

「旗子のその病いが癒《い》える日まで。……見れば眼の毒、どこぞへかくして、その病いが癒えたらふたたびここへ呼び戻し申す」

「な、癒るのか？」

「さ、それは――いや、癒るでござろう。いつまでもそのような奇怪な病いがつづくものとも思われぬ。それも、五年、十年というわけではない。左様、遠からざる将来。――」

　この点になると、北畠具教も甚だ心もとない。

「い、いつまで？」

「されば、まず――半年をめどにいたそうか。それを過ぎて、なお旗子をおん身のもとへ返さぬようなことがあれば、北畠家、信長どのからいかなる御報復を受けてもいたしかたござらぬ。――」

「ううむ」

「いまのいま破談にするよりましだと思われるなら――このこと信長どのにお知らせいたさぬように、明智がここを去るまで素知らぬ顔をしていて戴《いただ》きたい。何もかも無事にめでたく終ったかのような顔をして、明智を帰して戴きたいのだ。――茶筅丸どの、いかがでござる？」

　あまり利口でない婿だからこそ持ち出せる要求だ――

　さすがの茶筅丸も、ひたいまで青筋を怒張させて宙をにらんでいたが、これはこの要求が子供あつかいだというより、半年、あの美しいとも何とも形容を絶する花嫁と、それに一指もふれないうちに別れなければならぬ苦痛を思ったからであろう。

が、彼はうなずいた。

「やむを得ぬ。承知した。――しかし、きっと半年でござるぞ、具教どの！」

「約束いたす。実に奇異な願い、御承引あってかたじけない。――」

具教は、胸の奥底から吐息をついた。

彼としても、決して茶筅丸をたぶらかすつもりはない。この場合、まったくほかの手段がなかったのだ。昨夜一晩、まんじりともせず思案しつくして、やっと思いついた唯一の窮余の策であったのだ。

「で、於旗どのをかくすといって、どこへ？」

「されば、北畠の城は、小城ではござるが、この東に多気《たけ》の城もあれば、南の方に三瀬《みせ》の城もござる。その他、南伊勢に砦のごときものなら数知れず、――しかし、旗子をどこに置くかは茶筅丸どのは御存知ない方がよろしいな。とにかく、旗子の一身については、父のこの具教が責任をもってあずかると御約束いたす」

五

数日後。

明智光秀は太の御所を立ち去った。五分の一の織田侍は茶筅丸信雄付きの人間として残したが、あとのものものしい鉄砲隊や長槍隊は引き揚げた。

「まず以て、御婚儀滞りのう相済んで祝着の至りでござる」

具教に挨拶する光秀の顔には、さすがにこのたびの大命を果したという安堵の色がある。あれから幾度か、彼は茶筅丸にお目通りしているが、茶筅丸がべつになんの故障ものべないので、何も気づかなかったらしい。――当然のことである。

まず、これにてさしあたっての一難は去った。――と、その光秀を見送る具教の顔にも一抹の明るさがあった――といいたいが、これがそうではなかった。具教の眼は、やはり大手門外に居流れて織田部隊を見送る北畠家の侍たちの中に、或る異分子のむれを見ていたのだ。

例の十二人の剣豪と、それにつながる弟子や家来たち。

これが――まだ御所にいるのだ。茶筅丸と旗姫の祝言の三日前、「もはやわれらがここに参った目的は達した」とばかり、快然として訣別《けつべつ》の宴まで張った彼らが、そんな別れの言葉などけろりと忘れたような顔をして、依然としてこの大河内に滞在しているのだ。

もともと具教の請いに応じたのではなく、みずから進んで北畠家の急を救うべく、遠国近国の山河から馳せ集って来てくれた義侠の人々である。むりに去れ、とは具教の口からはいえなかった。

それどころか。――

もしこの人々が御所にこのまま滞在してくれるなら、北畠家の安危のいかんを問わず、永遠にでも具教は大手をひろげて歓迎したであろう。——ただ、彼らが以前の彼らであるならば。

ちがう。

彼らはちがう。以前の彼らとはちがう。

すでに具教は、あの夜——祝言の夜、花婿と花嫁の寝所をめぐり、ひたひたと妖しげな雲霧《うんむ》がめぐり、その中に、はっきりと名ざしてだれかと呼ぶことのできた者さえ見出している。

夜が明けてからも、あれはまことのことであったか？　とみずからの経験を疑ったほどであった。しかし、あれは夢ではない。——

あれ以来、具教は毎夜ひそかに旗姫の眠りを護っていたのだ。あの夜をのぞき、それからは忍び寄って来る異形《いぎょう》の者を感じることはできなかったが、しかし、ひるま——この十二人の剣士たちを見ていると、ちがうのだ。たしかに以前の彼らとはちがうのだ。

彼らは御所の一点に——旗姫の居所の方へ——素知らぬ顔をして、しかも深甚《しんじん》の注意をむけているようすだ。それは常人には見えない十二条の熱い炎のながれのようで、しかも彼ら同士のあいだの、敬愛の念にみちた、それまでの春風にも似た交流は断たれている。ばらばらだ。それどころか、おたがいに猜疑《さいぎ》し、憎悪し、牽制《けんせい》し合っているようなのだ。

外見、なにも変らないのに、しかも彼らが、ぶきみな、不吉な、靄《もや》みたいなものにつつまれているのを具教だけが感覚した。

あの少年の伊藤弥五郎までが。

あの重厚の柳生石舟斎までが。

そしてまた神々しいほどの上泉伊勢守や、脱俗超世の塚原卜伝までが。――

彼らはそれぞれ耐えているらしい。何かと必死にたたかっているらしい。じいっと宙を見つめて坐っている眼には、何やら惨澹《さんたん》たる苦しみの翳《かげ》すらある。――が、彼らはこの御所を立ち去ろうとはしない。

北畠具教は戦慄した。

不逞《ふてい》不忠の忍者飯綱七郎太の笑い声が耳たぶをよぎる。「その女人を見たとたん、男は、ほかの男という男を殺しつくしても、その女をおのれのものにしたいという心の業風にふきどよもされる。――」

この呪忍の宣言を、いまや具教は信ぜざるを得ない心境となった。

――明智の一行を見送るや、彼はすぐに木造京馬を呼んだ。

六

「――京馬」

木造京馬は、主君が、この場合、あり得べからざるほど沈痛の顔色をしているのを見てとった。

「頼みがある。旗子をつれて、この城を出てもらいたい。――」

「――え?」

具教は、茶筅丸との約束を語った。それからまた――十二人の剣士たちの異様な変化、ぶきみな挙動を語った。

「たんに茶筅丸どのとの約束ばかりではない。於旗をこのままここに置けば、ただではすまぬ凶事が起るような気がしてならぬ。――」

「で、殿。……どこへ?」

「それよ、多気、三瀬、その他の城へは、やがて彼らも眼をつけるであろうから、彼らに気づかれぬ伊勢の山河を」

「あてどもなく?」

「おまえにまかす。」具教は、京馬、おまえを信じる」

京馬は、眼も口もひらいたままであった。――この前、旗姫さまの婚礼是か非か、という問いをこの自分に投げかけられたときの驚きよりも、いま受けたこの命令に対する衝撃の方が大きかった。

それにしても、あの剣聖とも呼ぶべき人々が?

具教はいう。

「この館《やかた》を出るときは、ひそかにまぎれ出よ。旗姫のゆくえがわからなくなったら、あの剣士たちもあきらめてここを立ち去ってくれるであろう」

「で、いつまで？」

「茶筅丸どのには、まず半年と約した。それまでに旗子のふしぎな病いも癒《い》えるであろうとな。であるから、この秋のころまで、人目を避けて逃げかくれてくれい。或いは山で雨に打たれる日、野で草に寝《い》ねる夜もあろうやも知れぬ。……」

なんという苦労だ。これは？

自分のことではない、旗姫さまのことだ。なんの罪あって、この伊勢国の姫君が、おのれの領内の山や野を漂泊されなければならぬのだ？

突然、京馬は、その根源があの兄弟子飯綱七郎太にあることを思い出した。苦痛と怒りが胸をつらぬき、彼はがっぱとひれ伏した。

「申しわけござりませぬ。殿！……兄弟子ながら飯綱七郎太、実に魔天に墜《お》ちたかと思われる大それた奴、もはや兄弟子と思いませぬ。先日より京馬、意を決し、このたびの御婚儀終り次第七郎太を討つべく出立することを、殿にお願いに出ようと覚悟いたしておりました」

「出てくるかも知れぬぞ」

「は？」

「七郎太が。おまえたちの旅の前途に」

「現われれば、京馬、いのちをかけて討ち果しまする」

「もとより、きゃつは討ち果せ。が、現われるのは七郎太ばかりではない。――ひょっとしたら、あの剣士どもも」

「――あ!」

「みながみな、あきらめてこの伊勢を去ってくれればよいが、しかし妄執断ちがたく、旗子を追い、探しまわる者がないとはいえぬ」

「おお!」

「――といって、いま申したように、旗子をここに置いておくわけにもゆかぬ」

さしもの北畠具教も蒼《あお》ざめていた。彼はいった。

「ただ、於旗に十歩の距離に近づけば、男という男、男の機能を失うという。それだけが救いじゃが、しかし一面、このことによって理性を失い、憤りを発し、或いは自暴自棄、やぶれかぶれの凶念を抱く者があろうやも知れぬ。――あの剣士たちの中でじゃ」

京馬の髪もそそけ立って来た。

「よいか。あの十二人の剣士たちからは、絶対に姿をくらませいよ」

「あいや、拙者の苦労など。――」

「おまえも旗子に、十歩離れてゆかねばならぬ。しかも、それでいて旗子を護ってくれねばならぬ」

京馬は、その事態をいま空想することさえ苦しんだ。なんたる異常な同行二人旅《どうぎょうににんたび》。――が、それよりも京馬には、まず気にかかることがある。

「殿。……姫君には、このこと御承知でござりましょうや」

「まだ申してはおらぬ。父として、まことにいいにくいことじゃ。旅の苦労もさることながら、あれにはなぜ旅に出ねばならぬか、よくわかるまい。――あれは自分のからだの異変すらもよくわかるまい。すべて、何が起ったか、あれの判断力を超えたことであろう」

「そ、それよりも、拙者を供におん旅立ちあそばすことが」

「それじゃ、京馬と旅に出る、と申せば、旗子は、たとえ意味はわからぬながらでも、よろこんで承知するであろう」

「……と、仰せられますると?」

「於旗はの、京馬、お前が好きじゃと申した。さればこそ、いつぞやの自分の運命、京馬の心にまかすと申した。……」

京馬はほとんど白痴にちかい表情で具教の顔を凝視している。

具教は重く微笑した。

「ふびんや、京馬」

「…………」

「そちには、重ねがさねの犠牲を強いる」

「…………」

「剣難女難の旅、と申してもよいが、世にいままで、このように恐るべき剣難、このように奇怪な女難の旅をした者があろうか」

「…………」

「しかもこの役、みごと果せば、その方に待っているのは、旗子と茶筅丸の――まことの祝言じゃ」

「…………」

「承知してくれるか、京馬。北畠家と旗子の大難を救うために、あえて引き受けてくれるか、この勤めを。――」

木造京馬は、肩ふるわせてひれ伏した。

「誓って！　殿！」

と、彼はのどのつまったような声でいった。

「ただ、殿、お願いでござります。姫君に、あのびるしゃな如来のことを、それだけは口が裂けてもお教え下さりませぬように！」

旗姫と木造京馬が、太の御所をぬけ出したのは――じっと見送る北畠具教の眼はべつとして――ただ二人だけでのがれ出したのは、その夜、いわゆる五月闇《さつきやみ》の中のことであった。

居室にひそかにもどった具教のところへ、やがて次々に小姓が忍びやかに報告に来た。

「諸岡一羽どの、御安眠でござりまする」

「吉岡拳法どの、御熟睡でござりまする」

「宝蔵院胤栄どの、鐘巻自斎どのに異常ござりませぬ」

きいて、具教はうなずいた。十二人の剣士はすべて何も知らず眠っているというのである。はじめて仄明《ほのあか》るい微笑が浮かんだ。

「まず、これは首尾よういった」

——しかるに。

なんぞ知らん、その翌朝、その十二人が一人も残らず、忽然《こつぜん》と太の御所から消滅していることを知ろうとは。

鬼速抜刀術

一

「京馬」

「——はいっ」

「おまえ、なぜ、そんなに離れて歩くのです」

「——はいっ」

暗闇《くらやみ》の初夏の谷間である。チ、チチ、チチチチと、人を恐れぬ山鳥が、すぐ頭上に、或《ある》いはすぐ足もとからも鳴いて飛び立ち、飛び交わしていた。

その中で、ふいに旗姫が立ちどまったのである。うすくれないの被衣《かずき》をかぶり、その上に市女笠《いちめがさ》をつけた姿であった。

充分、十歩以上の距離があったのに、その被衣のあいだから暁闇《ぎょうあん》に浮かぶ残月のような顔を見ると、京馬もまた編笠をかぶっているのに、思わずまた二、三歩、ぽうんと飛びずさっていた。

「どうしたのですか、京馬」

「――は、はいっ」

「はい、ではわかりません。いったいどこへゆこうとするのか、旗はこんな道を通ったことはないのに、わたしに案内させるつもりですか」

大河内谷を俗に七尾七谷ともいう。それほど山中の城下町だ。そこから外へ出るには、ふつう東へ――櫛田川《くしだがわ》に沿って松阪の方へ出るのだが、いま京馬と旗姫は、さらに細い山《やま》峡《かい》を南へ越えようとしていた。

「恐れ入ってござりまする。さ、左様なわけでは決してありませぬ。……ただ、姫君にちかづきまいらせるには、あまりに恐れ多うて」

「よく、恐れ入る男じゃ。京馬らしゅうない」

「はっ、恐れ入ってござ……」

旗姫はとうとう笑い出してしまった。

京馬らしゅうない、といったが、たしかに以前の京馬とはちがう。それまでの京馬は、ほかの家中の侍とちがって、一種独特の野性があった。

南朝以来の名家ということで、あるじは中納言、城さえも御所と呼ぶほど典雅な一面を持つ家風だけに、その自然児ぶりがことさら目立ったのかも知れない。

もう一人、それにまさる野性を持っていると見えたのは、京馬の兄分にあたる飯綱七郎太だが、これは自然児を超えて、むしろ狂的で、無礼で、冷たいくせに妙に執念ぶかい眼で自分を眺めていることがあって、旗姫はぶきみなものに感じていた。

それからみるとこの京馬は、あくまで明るく活発な眼や笑いや動作の中に、好ましいういういしさと礼儀正しさがあって、そこまで分析したわけではないが、旗姫はこの天涯孤独ときいている身分低い若者に、いつのまにかたんなる好意以上の、いちじは熱っぽい眼で思いつめたほどの慕情をおぼえていたのであった。

それが——この旅を一歩踏み出してから、妙にしゃちほこばってしまった。まるで二人のあいだに十歩の厚みの見えない氷でもたちふさがっているかのように、遠いところでぎくしゃくしている。——

ふいに、旗姫はぎょっとしたようにいった。

「京馬。……わたしは……恐ろしい女になったのではないかしら?」

京馬の方が、それ以上にぎょっとした。

「どうして?……どうして?……どうしてそんなことを仰せられまする、旗姫さま!」

被衣の中で、旗姫の顔から笑いが消えていた。

「わたしにちかづく男が、みな妙なさけびをあげて、しゃがみこんで苦しむようになる。……」

と、つぶやいた。

「七郎太がわたしに恐ろしいものを浴びせかけた。……何やら恐ろしいことをいった。……驚きのあまり、わたしは七郎太が何を浴びせたか、何をいったかわからなんだ。……けれど、それからじゃ、わたしにちかづく男がそんなことになるようになったのは。――」

まだ暗い風が、笠の下の被衣を吹きそよがせる。

「わたしは鏡を見た」

彼女はかすかにふるえる声でいう。

「いくども鏡をのぞきこんだ。わたしは変っておらぬ。まえからの旗と同じじゃ」

「――そ、その通りでござりまする」

「そうであろうか？　京馬。――変ったところはないけれど、気のせいか、どこか変ったようにも見える。……」

「――お、お気のせいでござりまする。むしろ、姫君には御祝言前後からいっそうお美しゅうなられてござる」

「そう、わたしは美しゅうなった！」

こんどは京馬の方がふるえ出した。然り、それは何という恐ろしい美しさか。

「けれど……どこか、いやな美しさになった！」

「――ちがう、ちがい申す。そんなことはござりませぬ、神かけて！」

「京馬、それはほんとうかえ？　わたしはこわいのです、わたしだけには見えないけれど、わたしは恐ろしい顔の女になったのではないかと。――」

「――さ、左様なことにおなりあそばしたとしたら……織田茶筅丸《ちゃせんまる》さまが御祝言のお席にお坐《すわ》りなさるはずがないではござりませぬか。明智日向守どのも御同座で、ぶじ御対面のおん儀も相すませられたというではありませぬか」

「それは、その通りでした。……けれど、その夜、茶筅丸どのが。――」

と、いいかけて、旗姫は黙りこんだ。あの夜の茶筅丸の姿を思い出すと、なぜか吐気がするようで、口に出していうにしのびない。

京馬の方が、あわてて手をあげた。彼もまたこの旗姫の唇から、その話をきくにしのびなかった。主君の具教卿からきいた話を思い出し、力をこめていった。

「茶筅丸さまは御病気になられたのです。織田家におわしたころから、ときどきひきつけなどを起されるお方であったとも承っておりまする。茶筅丸さまのその御病気がおなおりあそばすまで――旗姫を遠ざけておいてくれ――というのが、京馬が殿から受けた御下知《げち》でござる。ただし、織田の付人またその息のかかった者が、なんぞかんちがいして姫を奪い返しにゆくやも知れぬゆえ、ところ定めず旅をして、姫を護れ――と京馬は仰せつかったのでござる」

「ほんとうかえ？　京馬、おまえは嘘《うそ》はいわぬかえ？」

旗姫は一歩ちかづいた。京馬は一歩退《さが》った。

「何とは知らず、父上から旅に出よといわれたとき、於旗はほっとした。あの茶筅丸どのから離れ、しかも京馬といっしょに旅をすることができるとは――と、わたしは天にも昇る思いでした」

「姫。――」

あやうく京馬は十歩を一飛びに飛んで、旗姫を抱きしめたい衝動にかられた。が、それはできなかった。

「それなのに、なぜおまえはわたしといっしょに歩かないのです。そんな、こわそうな顔をして」

「もったいないのでござる。姫君さま、あまりお傍におちかづき申しあげることは、家来として恐れ多いのでござる。――」

「嘘じゃ、おまえはわたしといっしょに旅をするのが迷惑なのじゃ。いやなのじゃ。父に命じられたから、しかたなくついて歩いているだけなのじゃ！」

旗姫は顔に手をあて、童女の泣きじゃくるように、細い肩をふるわせた。

「姫さま！」

京馬は苦しげに声をしぼった。

「御一緒に旅に出ればとて、姫君は茶筅丸さまの奥方さまでござりまするぞ。このことよう胆《きも》に銘じよ。供をこそ命じたるなれ、かまえて男女主従の道を乱すなよ――とは、殿が京馬にきびしく仰せられた掟《おきて》でござりました。姫、京馬の立場を、よくお察し下されませ！」

「京馬」

旗姫は、顔から手を離し、きっぱりといった。

「わたしは大河内へ帰る」

「えっ」

「このような旅、つづけても煩《わずら》わしい。おまえがそんなことをいうなら、わたしはわたしの夫とかいう茶筅丸どののところへ帰ります」

京馬は仰天した。

旗姫はスタスタとこちらへ歩いて来た。京馬は、その距離だけ飛んで後退しながら、口をぱくぱくさせるばかりで、とみにはいう言葉もない。

言葉がないどころか、なすすべもないのだ。彼は旗姫をとらえて、それを制止することができないのだ。

「し、しばらく、旗姫さま、しばらく！」

やっとそういって大手をひろげたまま、彼はあとずさりしてゆく。——それはまるで羽根をたてた紅鶴《べにづる》の美しさに眼がくらんで、逃げまどうむささびのような姿であった。

「……あ」

ふいに旗姫が立ちどまった。

「だれか、来る。——」

ふりむいて京馬は、山の上こそ明るんで来たが、まだ蒼茫《そうぼう》と暗い山道に、まだはるか遠くだが、たしかに一個の人影がこちらをふり仰いでいるのを見た。

だれか？と眼をこらすなり、何よりもその背に負うた異常に長い刀ようのものを見て、京馬は息をのんでいた。

あれは長巻。――長巻を背負った男はだれであろう？

抜刀術の名手、林崎甚助。

二

前にもいったように、林崎甚助重信は奥州出羽、最上家の家来である。

幼にして父を坂上主膳《しゅぜん》という男に殺され、復讐《ふくしゅう》を志して刀法を修行したが、敵は、最上家でも屈指の剣客といわれた彼の父を斬《き》ったほどの豪剣の使い手であり、それに比してあまりにも自分が年少であるため、この敵を討つすべもなくて苦しんだ。自分が青壮の年齢に達するまで待ってはいられなかった。なぜなら、戦国の世であったから、敵の身の上にいかなる異変が起るか予想できなかったからである。

十六歳の雪ふる一寒夜。彼はふるさとの一明神《いちみようじん》に祈って、豁然《かつぜん》として一案を悟った。

つまり、敵の手に刀を与えずしてこれを斬る法である。これならば十六歳の自分を以てしてもいかなる敵でも大根のごとくに斬れる。――

ただし、敵に全然刀を帯びさせないということはできない。そんなことは期待できないし、そもそも無刀の敵を狙《ねら》うなどということは卑怯《ひきょう》であって、そんな復讐をしても父の亡魂がよろこぶ道理がない。同条件で相対し、対等にたたかって勝ってこそ、父の怨念《おんねん》の供養ともなり、かつはおのれの剣名をあげるよすがとなる。

帯刀にして無刀。

敵をしてこういう状態ならしめる法は如何《いかん》。すなわち相手が抜刀しないうちにこちらが抜刀して斬ればよいのだ。——彼はこう悟ったのである。

アイデアはこの通りだが、実行は至難のことであった。相手ほどの使い手が抜刀するのも疾風の速さであることは自明の理だからだ。それを可能にするのは——いかに相手が迅速であろうと、その秒瞬の前にこちらの一刀が敵に達するのは——ただ超人的な訓練であった。

その凄《すさま》じい修行とならんで、彼は少年でありながら、新形式の武器を発明した。長巻である。

長巻——柄を短くした薙刀《なぎなた》のような武器——は以前からあったが、これを抜刀術に用いたのはこの林崎甚助を以て最初とする。全長七尺、これを背にななめに負うて、その柄を肩の上に出す。柄が四尺、刃が三尺というのも、これを使用するにあたって、重心と速度の力学的関係から最も有効であると彼が割り出したのだ。

これを負うて、刀身のとどく距離に迫るや、全身の念力をこめて肩越しに薙《な》ぎおとす。それはまるで天空を走る白い稲妻のようであった。

この長巻とこの抜刀術を以て、彼はみごと豪剣坂上主膳を倒し、父の恨みをそそいだ。彼が十七歳のときである。

——ちなみにいえば、彼が悟りをひらいたという明神は、いまも山形県東根市にあり、林崎明神とも呼ばれ、また居合神社とも呼ばれている。

それから彼は諸国を武芸者として歩き、北畠家の恩義も受けた。しかし彼が太の御所に来会したのは、その恩義もさることながら、天下の名剣士の大部分がここに参集したということをきいて、それによしみを通ずる心もあったろう。

もとよりたがいに試合など試みたことはないが、彼は黙って目測していて、あの十二人の名剣士らも、その中の数人を除いては、たしかに自分が勝てると信じた。

剣を以て相対するなら知らず、それに至る直前に、ただ一閃《いっせん》を以て相手を倒してしまうのだから、いかなる剣豪といえども剣技のふるいようがないのである。

それだけにどのような剣士にとっても、実に戦慄《せんりつ》すべき神速の抜刀術。——その天才がこの林崎甚助であった。

三

その甚助が遠く山道の下で、こちらを見上げていた。

身をかくすにいとまなく、彼はあきらかに木造京馬と旗姫を見とめたようであった。

「……あれは、林崎」

と、旗姫もつぶやいて、つつ、とこちらへ出て来た。

「――あっ」

京馬は狼狽《ろうばい》その極に達して、またとびずさった。――そのゆくてには、林崎がいる。

「姫」

と、彼はさけんだ。ただならぬその顔に、旗姫も思わず立ちすくむ。

「何とえ？」

「あれは恐ろしい男でございます。……」

「恐ろしい？　林崎は北畠家を護りに来てくれた人々の一人ではないか。おおそうじゃ、おまえがわたしといっしょに旅をするのがいやじゃというなら、わたしはあの林崎に頼んで大河内へつれ返してもらおう」

「と、とんでもないことを。――あの林崎甚助は、姫のおいのちを狙う刺客でござりまするぞ！」

「なぜ、あの林崎が。――」

「さ、それは――左様、ただいま姫君がもしこの世からお失《う》せあそばしてごらんなされい、北畠家がつらあてしたと信長さまが御立腹になるは必至。いやたとえそう思わずとも、もはや茶筅丸さまとの御縁組はとけたとばかり、北畠家に大軍をむけることはまた必定《ひつじょう》。――それを狙って、さる近隣の大名が陰謀をめぐらし、このたびの織田北畠両家の和平に、槍先《やりさき》の功名を立てる機を失った林崎甚助どのがその方に寝返りした――という事実が判明したのでござる。――」

「だれから、そんなことをきいたえ？」

「中納言さまから。――おお、姫君さまがおびえなされてはなりませぬゆえ、いままで黙っておりましたが、ことここに至ってはやむを得ず、いまこそ申しあげまする。姫君がこのたび御所を御退去に相なるよう父上さまがお手配なされたのは、この危険を避けるためもあるのでござりまするぞ！」

苦しまぎれにしぼり出した口実だ。しかし、これは存外に旗姫の心にぞっとするような矢を射込んだらしい。

「京馬、それはあの十二人みんなの人がかえ？」

「い、いえ、そのうちの何人か、まだしかとはわかりませぬが、とにかくあの人々を見たならば、三十六計逃げるにしかず。――」

「そういえば、思いあたる。あの剣士たち、いつごろからか恐ろしい人々に変ったような――と、わたしも思うておりました」

彼女は、あの七郎太が片腕斬られて逃げた日、じぶんをめぐってじりじりと迫りながら、蛇のように妖《あや》しい眼でつつんで来た剣客たちのぶきみな光景を思い出したらしい。

「では、織田家の付人だけでなく、あの男たちもわたしを狙っているといいやるのか。――京馬、どこへ逃げよう」

「ま、まず、この奥へ。——」

と、京馬は片側の山の斜面に茂る青い林を指さした。

「京馬、わたしはあんなところは歩けない。負ぶっておくれ」

「そ、それは成りませぬ」

京馬の周章ぶりはいよいよ甚《はなは》だしくなった。

旗姫の始末もさることながら、この問答のあいだもちらちらと見ていた林崎甚助の挙動も気にかかるのだ。

林崎甚助はいちどこちらを見たが、どういうわけか、また反対の方角をも眺めている風であった。その一見尋常な動作から、京馬も、はてな、あの人からわたしたちは逃げる必要はないのではないか？　と思い直したほどである。

が、たちまち林崎甚助は、こちらをめざして、背に長巻を躍らせながら駆《か》けのぼって来た。その疾駆ぶりは、たしかにただごとではない。——

「姫、実は逃げても、逃げきれぬのでござります。姫君のおみ足では。——されば拙者が林崎を迎えて、これを追い返しまする。そのあいだ、姫君にはしばしお姿をおかくしなされておって下さりませ。お願いでござる！」

彼は声をしぼった。

「あの林崎を追い返す。——おまえに、できるのかえ？」

「はっ、いのちをかけて！　姫君、早く、早く！」

せきたてられて旗姫は、少からず不安げな、やや不服そうな顔ながら、やむを得ず、熊《くま》笹《ざさ》かきわけて林の中へ逃げかくれてゆく。

京馬はなお数秒、もとの場所に立って、駆けのぼってくる林崎甚助を眺めていた。

旗姫にはあんなことをいったけれど、実は京馬とて、果して林崎甚助に害意があるかどうか、つまびらかにしないのだ。ただ主君の具教卿からきいた十二人の剣士のぶきみな変化、さらに彼らが「妄執断ちがたく、旗子を追い、さがしまわる者がないとはいえぬ」また彼らが「理性を失い、憤りを発し、或いは自暴自棄の凶念を抱く者があろうやも知れぬ」云々《うんぬん》の言葉を思い出しての反射的行為であった。

具教卿の危惧《きぐ》は一つの可能性にすぎない。――

が、なぜ林崎甚助はここへ来たのか。おお、本来ならこの時刻、まだ大河内の御所に眠っているはずの彼が、どうしてあんなに一陣の魔風のごとく駆けてくるのか？

京馬は突如として、その方向から吹きのぼってくる凶念をあきらかに感じた。忍者独特の鋭敏な感覚であった。

――さてこそ、主君の憂いは当ったり！

とはいえ、この抜刀術の名剣士をいかに処置すべきか？

京馬は曾《かつ》てこの林崎甚助の猛襲を受けている。あのとき、たたみの盾を紙のごとく斬り裂かれて、彼自身「――参った！」と死物狂いの絶叫をあげたのであった。

手裏剣を飛ばす。――

京馬の頭にはまずこの考えがひらめいた。

しかし、一語をも交わさないうちに、いきなり手裏剣を飛ばすわけにはゆかない。凶念を感覚するとはいえ、まだ相手の意向がはっきりわからないからだ。それに彼の胸には、どうしても拭《ぬぐ》い切れないこの抜刀術の名手に対する敬意があった。

或る距離をへだてて、相手の意向を問う。万事休して手裏剣を飛ばすとする。が、それだけの距離があれば、敵は軽くこれをかわすか、或いは一閃、抜き打ちにこの手裏剣をはねのけるであろう。それだけの技倆《ぎりよう》を持っている相手だ。

のみならず——それだけの距離があれば、相手はふたたびその刀身をもとの背に返すであろう。肩越しに長大な長巻を出没させるのが、眼にもとまらぬ迅《はや》さであることを、京馬は知っていた。

ふたたび刀身をおさめる。これがこわいのだ。

なんとなれば抜刀術は、最初の一閃が勝負の火花であって、抜き合って相対したら、ふつうの剣士と同様である。いや、抜き打ちに修行の全力をあげているだけあって、尋常の勝負となったら、ふつうの剣士よりもろいかも知れない。抜刀術の名人の一刀は、鞘《さや》の中にあってこそ——甚助の場合は、背中にあってこそ——身の毛もよだつ恐ろしさを秘めているのだ。

といって、敵にそれだけの余裕をあたえぬ距離まで接近すれば、たちまちその抜き打ちの血祭りにあげられる。おのれの独特の刀法の関係から、その距離にはだれよりも鋭敏な敵であるからだ。

木造京馬は、みるみる大きくなってくる林崎甚助をもういちど見てから、左右を見まわし、頭上を見あげた。

思考は旋風のごとく一瞬であった。彼は行動に移った。

大地を蹴《け》ると、彼は頭上の枝にぶら下り、一はねしてその樹幹に飛びつくと、また青葉の上をむささびのごとく別の大木の枝の上に飛び移った。

四

夜がみるみる水のように明けて来た。氷で作られたように鋭角的な林崎甚助の顔も、ひょろりと長い手足もはっきりと見えて来たが、甚助の方も走りながら、あきらかに樹上の京馬を眼で追っていた。

「待たれい、林崎どの」

一本の大木の上で、京馬はついに声をかけた。

「ひどく急いで来られたが、何の御用でござる」

「旗姫さまはどこへ失せられたな」

山路に仁王立ちになって、甚助はいった。

「いや、きかずとも、いままでここにおわしたことは、ちゃんと知っているのだ」

彼はつかつかと歩き出そうとした。――

「待った！　その用きかねば、慮外ながら手裏剣を飛ばしますぞ」

「な、何い？　小僧」

林崎甚助はまた立ちどまり、京馬を見あげた。氷のような片頬《かたほお》に、うすら笑いが走ったようだ。――小僧と呼んだが、背こそ高けれ林崎甚助の方が、京馬より二、三歳は若いはずだ。

「うぬは、いつぞやのこの林崎の長巻を忘れたか？　飛ばして見ろ、手裏剣を」

二息が三息、いやその息もつまるような時をおいて、

「投げられまい、投げても無駄だ、そんなものは。――わしはいそぐ。いそいで旗姫さまにお逢《あ》いしてお話しせねばならぬことがあるのだ」

甚助はまた歩き出した。蒼白《あおじろ》い頬に、ぽっと妖《あや》しい血の色がさしている。

「なんの話」

京馬の声はひきつるようであった。

「うぬにきかせる話ではない。うぬはそこに猿となって暮しておれ。わしは旗姫さまを戴《いただ》いてゆく。出羽のふるさとへ。――」

「それにて、相分った！」

絶叫とともに、ザ、ザ、ザーッと青葉が鳴った。樹上から京馬の姿が舞いおちていったのである。片手に剣光の尾を曳《ひ》いて。

飛び下りた——といっても、ふつうならいかに飛んでもとどく距離ではないのに、彼のからだは上弦の巨大な弧をえがいて飛んでいったのである。

彼の左手は、一本の綱をにぎっていた。小指よりも細いが、鋼ほどに強い忍者独特の綱であった。これを彼は先刻の行動で、林崎甚助とのあいだのほぼ中間の樹木につなぎ、これを支点として、大空から甚助を襲撃したのである。

「やるかっ、伊賀猿！」

林崎甚助の右手があがった。背になためにに負うた七尺の長巻の柄は、その右肩の上ににゅーっとつき出している。それを彼は右手ののびるだけの高さにひっつかんだ。

京馬の襲撃は一瞬のことであったが、林崎甚助の眼には、それすら高速度撮影のフィルムのごとく緩慢に見えたかも知れない。

待つや久し。——

とばかり、眼前に抛物線《ほうぶつせん》をえがいて廻《まわ》って来た黒い影と剣光めがけて、その背からさらに長大な剣光が逆の弧をえがいた。

「……あっ」

甚助はさけんだ。

彼の必殺の抜刀は空を切った！

木造京馬は、彼の眼前七尺にやや足りぬ距離にすっくと立って白刃をかまえていた。そのうしろに、空の綱がゆっくりと振りもどってゆき、その綱に打たれた青葉の幾十片かが、いまはじめて散り落ち出していた。

　あり得べからざることだ。林崎甚助の長巻は、綱を利して飛んでくる男の移動時間と空間地点を目測して、正確にそこへ薙《な》ぎおとされた。にもかかわらず、相手はみごとそれからのがれ去った。――

　事実をいえば、木造京馬は遠心力によって飛びつつ、左手につかんだ綱を強烈にひいて、或る空間の位置から逆の方向へ飛び返ったのであった。

　力学的には可能性のないことではないが、しかしまた力学を無視した運動だともいえる。驚くべきことは、落ちた地点に仁王立ちになったまま、京馬がよろめきもせず、微動だもしなかったことであった。

　弓矢八幡《はちまん》、動いてなろうか。この地点に位置するため、ただそれだけのための京馬必死の体術であったのだ。

　なぜなら。――

　約七尺の長巻を、空を切ったままの姿勢で、林崎甚助も一瞬、二瞬、身うごきもしなかったその刀身を反転させれば、京馬は充分血祭りの圏内にある。が、その刹那《せつな》には、長巻の刀身のみねと京馬のからだとの距離は、京馬の刃のきっさきと甚助のからだとの距離に相等しかったのだ。

　長巻の反転が早いか。

　京馬の一刀の襲撃が早いか。

いま見せたほどの凄じい跳躍力を身につけた伊賀の忍者だ。必ずしも長巻の方が早いとはいえない。――林崎甚助もまた動けなかった。要するに甚助としては相手に、手もとに飛びこまれすぎたのである。

抜刀術の生命たる最初の一閃はかわされた。前にもいったように、抜き合って相対したら敵と同様、或いはそれ以下になるのである。

とはいえ。――京馬からすれば、相手は林崎甚助である。たとえ、京馬に動物的忍者剣法があったとしても、或る時間を経過すればついに気力も燃えつきるであろう。討つならば地に飛び下りて相手が狼狽した瞬間であったかも知れないが、事実上それは不可能であった。

京馬のひたいから、しだいに青白い汗がつたわり出した。林が明るんで光を青く染めて、汗もまた染めたのだ。

林崎甚助もまた青面の鬼のようであった。最初の一撃をかわされた。――人もあろうにこの伊賀猿ごときに！　と思う。その衝動と怒りがまだ尾をひいて、長巻をつかんだ腕が痙攣《けいれん》しているほどであった。

数十秒か。――数分か。

この夢魔の時間にはめこまれたようになっているあいだ、京馬は、

――だれか来るな。……

とは、五感以外のもので感じていた。

——だれか、ここへ近づいてくるな。

その方向に京馬は向って立っているのに、それがだれであるかたしかめる視力も聴力も彼から失われていた。彼の五感は、ただ横にのびた敵の長巻と敵の眼との範囲内にあった。

「林崎」

ゆったりとした声がした。

「ばかに苦しんでおるではないか。伊賀者相手に」

とたんに、チカッと長巻がきらめいたのを知りつつ、京馬はゆらと片ひざついていた。

その声を、やはり十二人の剣士中の一人、片山伯耆守《ほうきのかみ》と知って気力の糸が切れはてたのだ。

五

チカッと林崎甚助の長巻がきらめいたのは、しかし京馬に向って薙ぎつけるためではなかった。

電光のごとく甚助はその長巻を宙天に回転させ、もとの背にもどしたのである。同時におのれ自身も反転しつつ。——

彼は当面の敵、伊賀流の一忍者などかえりみるいとまがなかったといっていい。——声だけで、背後に来た者がだれであるかを知ったのだ。

実は甚助は、声をかけられる以前から、その人間がやがてここへ来るであろうことを知っていたのである。先刻、彼が――京馬がいぶかしんだように――山道の途中でいちど立ちどまって反対の方角を眺めていたのは、はるか自分のあとを追ってくるその人影を見ていたのであった。そして、それが何者であるかをたしかめると、その人間に追いつかれないうちに自分の目的を達しようとして疾駆して来たのである。彼が京馬を相手に抜き打ちを誤ったのは、これによる焦燥もあったかも知れない。

が。――

その人間がついに来たと知って、抜いたままの長巻を以て迎えず、電光のごとく背にもどしたのはさすがに林崎甚助である。これこそ抜刀術必殺の装塡《そうてん》。

もっとも甚助とて、この相手の追跡の目的をほぼ察しつつ、なおたしかめる必要もあったろう、ちょうど京馬が甚助に対して同様の心境であったように。

これは、けさまで同じ城に起臥《きが》していた盟友――どころか、彼にとっては先輩格にあたる、やはり抜刀術の名人片山伯耆守藤原ノ久安であった。

「苦しんではおらぬ――遊んでやっておったのだ。猫が鼠《ねずみ》で遊ぶがごとく」

と、彼は鋭い声でいって、手ぶらで相対した。相手も手ぶらだと見たからだ。

「左様かな」

意外にも相手はおだやかに笑っていた。もともと背は低いが、まるまると肥って穏和な顔をした人物であった。色白で公卿《くげ》めいた気品すらある。しかし、笑っていよいよ細くなった眼は、どこかからかうような光をたたえている。

「じゃが、いま走りながら見たところによると、なかなかそうでもなかったぞや」

「伯耆どの」

甚助はかんばしった声でいった。

「走りながら——と仰せられたな。何のためにそれほど急いで来られたのか」

「おぬしは？」

といって、片山伯耆守は、やや二重になったまるいあごをつるりと左右に動かせた。

「おわすか？　おわすな？　あの伊賀者がおる以上——旗姫さまが」

その細い眼にひらめいた妖光《ようこう》は、曾《かつ》て太の御所にいるときの伯耆守には見えなかったものであった。ぺろっと舌でしめした唇の赤さも大河内にいるときの久安には見えなかったものであった。

「林崎、おぬしもあの旗姫さまが欲しゅうなったか、思いは同じ、藤原ノ久安、あれをつれて周防《すおう》へ帰ろうと思う。……あれは、まったくわれらの修行を無に帰し、われらの道念をとろかしてしまう！」

ぱっ！

鳥の羽ばたくような音がした。

林崎甚助が右肩の上の長巻のつかに、同時に片山伯耆守が左腰の長刀のつかに手をかけた音であった。

六

……そもそも甚助が太の御所にあって、おのれの抜刀術を思い、十二人の大剣士を目測してみて、「数人を除いては」自分の方が勝てると自負したが、その「数人」の中の一人が、この片山伯耆守なのであった。色白のなめらかな皮膚をした、まるまっちいこの久安こそ甚助にとって、たしかに疑問符を置かるべき人物であった。

周防大内家の家臣。もっともその大内家が滅んだのが天文《てんぶん》十九年、いまから二十六年前だから、それ以来ずっと彼は牢人《ろうにん》していたことになる。

その間、彼は京の愛宕山《あたごやま》の阿太古《あたこ》神社に詣《もう》でて、その夜「貫《かん》」の一字を夢みて、抜刀術の真髄を明悟した。それより彼はおのれの流儀を一貫流と名づけるに至った。

京にいたというのは、もともと大内家が朝廷と縁の深い名家であったので、彼も堂上に知り人が多かったからであろう。

それどころか、その縁で、剣技を天皇の叡覧《えいらん》に入れるという稀有《けう》の機に恵まれて、その結果、従五位下《じゅごいげ》に叙せられた。おそらく当代名剣士は雲のごとく存在しても、剣を以て叙位せられたのは、この伯耆守以外にはあるまい。伯耆守というものものしい名前も、実はそのおり賜わったのである。

そのとき彼が天覧に供したのは、「磯《いそ》の波」という技刀術の奥儀であったという。

ただ沖より音もなくのたりと寄せて来て、磯の岩頭に天に沖《ちゅう》する白沫《はくまつ》をあげ、ふたたび何のこともなげに、沖へのたりとひいてゆく。それを如実に現わしたという秘剣。

このとき伯耆守は、ただ左手だけで長刀をあやつったが、ただ一閃の片手斬の音が、キェーッと人々の鼓膜をつんざくばかりであったという。

これらの話は、甚助もきいていた。

しかし、円転滑脱ともいうべきその風貌《ふうぼう》やものごしを見ていると、そんな話は信じられないようであった。手さえ、指や手くびにくびれが入って、まるまると柔かげに見えるのである。

むろん、そんな実技を見たことはないが、ただ老剣客たちと座談をしているのを黙ってきいていると、なかなか饒舌《じょうぜつ》で、かつ理論的であった。

甚助は心中に冷笑した。自分のひたすらな猛烈な訓練――敵よりも秒瞬早く抜刀するという、ただその速度一つに生命をかけた修行の、あの汗血の刻苦ぶりを思い出すと、抜刀術にほかになんの理論があるものか、あの女のような手で、どれほど実技の苦労をしたか、おそらくは理論のみ精妙な、そして宣伝だけは達者な公卿剣法であろうと思わないわけにはゆかなかった。

にもかかわらず、なぜかこの人物はうすきみが悪かった。

その理由は、やはりこの伯耆守が自分と同じ抜刀術を専門としているという同業者の意識から来た。

とくに彼が開眼したという「貫」の一字とは？

ぱっと肩上のつかに手はかけたが。――

これをなぐり落せば、充分伯耆守の脳天を唐竹割りにできると目測しながら。――

しかも、片山伯耆守の帯びているのは、常人よりはやや長いとはいえ、七尺に及ぶ自分の長巻には比すべくもないと知りながら。――

林崎甚助の手は動かなかった。動けないのだ。

伯耆守に一見何の異常もない。これも長刀のつかに右手を、鯉口《こいぐち》に左手をあてはしたが、眼はつぶるでなし、ひらくでなし、まるで青い遠山を眺めているようだ。――が、そのしずかな姿が、ふだんの春風駘蕩《たいとう》といった感じから、月影を映した寒流のような印象に変っていることを、甚助だけが認めた。

「抜け」

ひくく、伯耆守がいった。

甚助は抜けない。ただ、鷹《たか》に似た眼で相手の気息を読もうとしている。しかし伯耆守の鼻口からは、気息がもれているとも思えなかった。

一方がいまや発射されようとする長距離砲なら、これは一触即発の大地雷とでも形容すべきであろう。

片山伯耆守の秘剣――「貫」

これは他流にその内容をうかがわせないために文字を変えたので本来なら「〆《しめ》」とでも

名づけるべきものであった。彼が阿太古神社に祈った夜夢みたのは、抽象的な図形ともいうべき「〆」の一字であったのだ。日本では古来、一貫二貫と数えるべきところを、一〆二〆と書く。

伯耆の大悟した剣法とは、敵に先に抜かせることであった。敵に先に斬りかからせることであった。それを額をかすらせる位置で受ける。その距離に身を置くことと、刹那の体さばきはもとより尋常の剣士に出来ることではない。そして敵の刀を受け止める。左につかんだ鯉口を鞘のままで突きあげ、鍔《つば》ではっしと受け止めるのだ。この敵味方の刀の一瞬の構図が〆のかたちに似ているのである。

敵の刀を鍔ではねのけてから、はじめて彼の抜刀術が打ち出される。すなわちはねのけた刹那、間髪を入れず、いちど離した右手がつかにかかり、キェーッとうなりをたてて敵へ飛ぶ。――

受ける、止める、はねる、抜く。これが一瞬のわざである。

彼が天覧に供した「磯の波」というのはこれではなく、前の三動作を除いた最後の「抜く」動作だけであったろうが、ただ左腕だけで刀がうなりを発したというのは、いかに彼の左腕が容易ならぬ力を持っていたか、すなわち敵の刃を受け止めるとき鞘ごと抜きあげる力がいかに迅速なものであったかを推定させるに充分だ。

要するに、林崎甚助の抜刀術がいかなる敵よりも早く抜く、ということに絶対性を持っているならば、片山伯耆守の抜刀術は、敵に抜かせて斬る、ということに絶対性を持つものであった。

「抜け」

またひくく、伯耆守がいった。やや息のつまった声であった。

一見、駘蕩たる姿だが、しかし片山伯耆守は、恐ろしい体力の消耗をおぼえていた。一秒ごとに内臓が薄いかんなで削られてゆくような。

林崎甚助、侮るべからず、とは見ていたが、若年のことでもあり、かくまで凄《すご》い奴とは思わなんだ。――

抜けといっても抜かぬ。抜かなければ、なみの剣士ならばこちらで抜いて斬る。この過程を経なくとも、空中にうなりを発するほどの抜刀術は体得しているのだ。それ以上の剣客ならば、ふっと針ほどの誘いの隙《すき》を見せる。――その隙が見せられないのだ。見せる余裕がないのだ。

針ほどの隙でも、その瞬間、相手の長巻は飛来してくるであろう。

足指で刻むほどの前進もならぬ。後退もならぬ。

さればとて、かかる対峙《たいじ》をつづけていれば、はたち前後の敵と三十二を越した自分との体力の差が致命的なものになるであろう。――そうと知りつつ、片山伯耆守は一個の銅像と化したかのようであった。

まさに、思いは同じ林崎甚助、最初反転して長巻のつかに手をかけた瞬間、彼の全身を走った戦慄は、ふつうの意味の戦慄とともに、ついにこの人物と真剣の抜刀術を以て立ち合うことができる！

という若さと覇気にみちた武者ぶるいでもあった。

しかるに。……

そのままの姿勢で、これまた彼もつかをつかんだ右こぶしを、針ほども動かせなくなってしまったのだ。敵は腰の刀に手をかけたままの、いわば常態の構えであり、それに比して自分は、右腕を頭上にのばし切った構えにある。血が下る、というより、その腕の血球が一秒毎に消滅してゆくような感覚に、この姿勢が自分にとっては破局的な負担になるのではないか。――そうと予感しつつ、彼もまた一個の銅像と化したかのようであった。

五分。……十分。……三十分。

すでにまったく明けはなれた山に、チチ、チチと小鳥が鳴く。風が吹く。青葉がゆれる。それは彼らの感覚の外にある。二人は伊賀流の忍者のことも忘れた。あれほど妄念をもやした旗姫のことさえも忘れた。――

このあいだ。木造京馬はどうしていたか。

ついに気力つきはてて片膝《かたひざ》つき、面を打つ死の風を意識し――それが吹き過ぎたあと、横にまろび逃げて、さて茫乎《ぼうこ》としてこの対峙を観戦することになったのはもとよりだ。

微動だもしないこの二剣士の間に張られた殺気の糸に、最初彼はしびれた。おのれの危険も忘れ、強烈な興味にとらえられた。短い時間だが、彼もまた旗姫さまのことを忘れたほどである。

が、さすがの彼もついに退屈した。疲れはててしまったといった方が適当かも知れない。京馬は旗姫さまのことを思い出した。そして森の中へ駆けこんでいった。

——日が中天にのぼっても、片山伯耆守と林崎甚助は動かなかった。

何をかんちがいしたのであろう。小鳥が甚助の高くあげた右こぶしにとまり、また伯耆守の頭上にとまっても、二人は動かなかった。

そして、やがて夕焼けが赤あかと染め、さらに夕闇がすべてを沈めていっても、なおこの二人の抜刀術の名人は、ついに抜かずの像として向い合ったままであった。

腐剣・盲剣

一

——とは、あとは白波。

いや、このあたりは白波どころか、ただ山また山の緑の中であった。このような旅でなかったら、いたるところに咲きみだれているつつじの真紅の花や、しゃくなげの淡紅の花、或いは樹皮や岩から咲き出したかと思われるこの奥伊勢特有のむかで蘭《らん》の妖異《ようい》な花の群落に、嘆賞の声を惜しまなかったであろう。

大河内からその山と峠を越えて、ひたすら南へ出る。

やっと同じ山中ながら、別の谷へ出た。石だらけの部落といっていい景観の土地なので、大石村という。そこにまた一流があった。大河内谷を流れていた櫛田川の南に、それと並行して流れる祓川《はらいかわ》の上流である。

「どこへゆくの？　京馬」

そこからまた川に沿うて東の方へ足をむける木造京馬に、心細げに旗姫がきく。

「左様、まず、伊勢へでも」

京馬の返事も心細い。

伊勢といったのは、この場合、大神宮のある伊勢という意味だが、実際のところ、彼もさしあたってどこへいっていいのかわからないのだ。

「その方へゆけば、もうだれも追うて来ぬかえ？」

「さあ、それは」

「あの林崎甚助たちはどうしたであろうか？」

「さあ、それは」

京馬の答えは、いよいよ以て頼りない。

あの林崎甚助と片山伯耆守《ほうきのかみ》の対決は、ついにその決着を見ずに逃げ出した。見るのにくたびれ果てたといってもいいが、しかしあの両人が実に何とも凄《すさま》じい剣人であったということも心魂に徹した。その両人、或いはそのうちのどちらかが、また追って来ないという保証はないし、さらにあと十人の剣士たち——林崎、片山にまさるとも劣らぬ面々も、自分たちを追っていないという保証もない。

そのうちのだれにめぐり合ったとしても、もしその人物が林崎たちと同様の邪心を旗姫に抱いているとするならば、実に戦慄すべきことだ。それを考えただけでも、京馬の全身の毛穴はぞうと冷気に吹かれる思いがする。

で。——

「旅路の平安を祈るために伊勢へゆくのでござりまする！」

といって、歩き出したが、背後を思えばついその足がいそぐ。

「あ、待って！」

旗姫の悲しげな声が呼んだ。

「京馬、足がいたい」

思わず知らず、二十歩ばかりも先へ歩んでいて、京馬はあわててひき返そうとして、はたと立ちどまった。

「京馬、見や。……血がにじんでおるぞえ、石の上を歩きつづけて」

「…………」

「来て、見てたもれ」

「…………」

「おぶってたもれ」

「…………」

「なぜ、来てくれぬのじゃ、京馬――」

――実に、木造京馬の困惑は一通りでない。

だだをこねる旗姫さまを、なだめつ、すかしつしながら、それでも、東へ、東へと旅してゆく、あくまで十歩以上の距離を保って。

姫のあどけなさに、ふと――まさか、あんなことが？　と改めて懐疑心を起してその圏内に入ると、やっぱりだめだ！　下腹部に熱鉄の棒のようなものがつきあげてくるのを感覚し、彼はあわてて圏外へ飛びのく。

そのうちに彼は、旗姫の顔や姿を見なければ、或る程度ちかづいても異常のないことを知った。しかし、眼をつむったり、顔に手をあてたり、そっぽをむいたり、背進したりしてちかづくことは、現実の問題として、そうひんぱんにやるわけにはゆかなかった。とくに旗姫自身が、じぶんの顔や姿に、目に見えぬ怪奇が現われているのではないかと、疑い、怖れているに於《お》いてをやだ。

で、旗姫に気づかれぬようにして、からくも彼女のための種々の用を果す。なかでもこまったのは、途中の旅籠《はたご》に泊るときで、旗姫を外に待たせておいて、彼だけが旅籠の亭主と交渉する。

同行の女人は、さる高貴のお方ゆえ、じぶんの泊る部屋は離すこと。給仕、入浴の世話などは、決して男がしてはならぬこと、など。――これは充分以上の金子《きんす》にものをいわせて、ともかくも目的を果せた。

第三者から見れば、これは相当に滑稽《こっけい》な旅であったが、むろん京馬は滑稽感をおぼえるどころの騒ぎではない。追跡してくるかも知れぬ魔群への恐れ、主君への誓いの義務感で全身つっぱり返って、笑うどころの余裕はなく、さらにこの苦労のために身心すりへらされて、果してこんな旅が、半年はおろか、一月ももつだろうか、と、自分でも自信を失うほどであった。

まちがって旗姫さまにちかづいて、醜態をさらしたくないのはいわずものことだが、京馬はそれよりも、その醜態を旗姫さまが見る、そのことの方が怖ろしかった。万一、そんな場合の旗姫さまの表情を想像するだけで、彼女を汚物でけがすような気がして、心臓が痛くなるほどであった。

けれど。——

道中、「下に——下に——」と触れて、先導するわけにはいかない。だから、当然、旗姫にちかづこうとする下賤《げせん》のやからが、ほとんど毎日のように現われるには、ほとほと閉口した。

うすくれないの被衣をかぶり、さらに市女笠をつけている。それでも旗姫の姿は、ありきたりの女よりも数十倍も魅力的で、なまじそんなものをかぶっているだけに、いっそう男たちの好奇と好色の心をそそるらしく、

「やあ、女」

「ひなにはまれなあで姿と見た」

「いっそ、玉のかんばせ、拝見させてくれい」

と、寄って来ようとするのを、はるか前や、或いはうしろから、

「ならん、この下郎め、ひかえおれ！」

と、京馬は大喝する。

そんなお供がいたのか、と仰天し、その血相に胆《きも》をつぶし、たいていの男は鼻白んでスゴスゴと逃げてしまうが、中には数人連れの厚かましさから、それを無視してなおちかづこうとする奴もある。このときには京馬の手からうなりをたてて、マキビシ——四方に尖《せん》端《たん》を突出させた一塊の釘《くぎ》で、忍者独特の武器——が飛来して、男たちの腕や肩やふとももにくいこんだ。

「まっ、何ということを、京馬。——」

と、旗姫が驚き、彼を非難しようとにらんで、かえって息をのむほどの京馬の凄じい形相であった。

しかし、いつもこうとばかりはかぎらない——という怖れの予感を京馬は持っていたが、そんな事態がついに来た。

二

祓川に沿うてはいるが、まだ山間の阿波曾《あわそ》という村で、東の方から来かかった十四、五人の山伏《やまぶし》のむれが、ふいにいっせいに立ちどまったのである。

まだ数十歩の距離があったが、京馬は妙な胸騒ぎをおぼえて、さりげなく旗姫を河のほとりの杉の大木の木かげにかくれさせ、自分は路上にちょっとしゃがんで、わらじの緒《お》をしめ直していた。何のこともなければ、このままやり過そうと考えたのだ。

おそらく、吉野へゆく山伏たちであったのではあるまいか。しかし、それにしては破戒の修験者《しゅげんじゃ》であった。

「はて、かようなところにあるまじきあえかなる被衣の女人」

「しゃッ面、見てやろう」

「美女であったら、大峰入りの修行に先立ち、ここで煩悩を洗い流してゆこうではないか」

傍若無人な話し声を交わすと、すぐに地ひびきをたててちかづいて来た。

路上にすっくと木造京馬が立ちあがって、黙って大手をひろげた。

「何じゃ、うぬは？」

と、山伏のひとりが吼《ほ》えた。

京馬は半身をまわし、路と並行になって、しずかにいった。

「おとなしくゆくなら、路のこちら側を通れ。通してやる」

「何じゃと？　うぬは――」

山伏は同じ言葉を、やや呆《あき》れたようにくりかえしたが、たちまち、

「ちょこざいなっ」

と、さけんだもう一人とともに、砂塵《さじん》を巻いて駆け寄って来ようとした。――その二人の鼻ばしらにマキビシがめりこんで、ぱっと初夏の日光に、時ならぬ血の花が咲いた。

「あっ、こやつ。――」

のけぞりかえって、巨大な虫みたいに地上に廻転《かいてん》している二人の向うで、山伏たちがどっとどよめき、いっせいに太い戒刀を抜きつれた。

いかなる凶器で二人の同僚が打ち倒されたのかわからないほどの早業であったが、その直前にその若者の両腕が同時に振り下されたのは眼にしていて、その男が何かした、と見ていっせいに抜刀したのだが、いまの手練が、一瞬、彼らの足を立ちよどませた。

「ううぬ、乱暴至極な奴、――」

「きゃつ、ゆだんのならぬわざを持っておるぞ。――」

乱暴なことは、京馬も百も承知だ。が、それを敢《あえ》てせずとも、しょせんは黙って通過する連中ではない、と彼は看破《かんぱ》したのだ。

「よしっ、こうなったら、もはやただでは通れぬ」

「あの若僧、戒刀の銹《さび》にして、あの女、なぶりつくしてやれ！」

わめいて、ふたたび足を踏み出した山伏たちの集団は、まるで戦車のような迫力があった。

「姫、河の方へまわりなされ！」

と、京馬はいって、旗姫が杉の木をまわるのを見てとると、自分も横っ飛びに飛んで、同じ杉の木の反対側に背をつけた。

さして広からぬ山の中の村道で、山伏は三、四人が先頭を切るかたちとなった。その足を、京馬の手からたばしり出た一条の縄が薙《な》いだ。縄はまるで鎖のような威力を発揮して、その三、四人が、向うずねをおさえて伏しまろんだ。

「河へ廻れ！」

「あの女をまず捕えろ！」

山伏たちは狼狽《ろうばい》してわめいた。

まだ上流で、河の水は膝あたりまでしかなかった。その中へ、ザザザッと白いしぶきをちらして四、五人の山伏が入りこんでいった。

路上と河と――半円をえがいてジリジリと迫る山伏たちを、京馬は血ばしった眼でにらみすえた。この場合、旗姫をかばうどころか接近すると例の危険が起りそうで、或る距離を置くか、乃至《ないし》は杉の木の反対側に位置しなければならぬのが、何にもまして彼のハンディキャップであった。

ふだんなら、眼もトロトロするようなものうい初夏の真昼、突如としてあがりはじめた叫喚《きょうかん》に、あっちこっちから百姓が駆けてくる。子供が走ってくる。はては犬や鶏までが飛び出してくる。たちまちあたりは、胆《きも》をつぶした顔の輪になった。

その中で、山伏でも百姓でもない声がした。

「やるか、兎角《とかく》。――」

「うむ、何はさておき、この鴉天狗《からすてんぐ》どもを退治するのが先決であろうのう」

そんな対話とともに、そのあたりから、きらっきらっと二本の厚手の刀身がきらめくと、いきなり路上の山伏たちが、獣のような絶叫とともに血けむりをあげはじめた。

「いざ、来い。天真正伝神道流の剣風を見せてやる！」

あわててその方向へ身を返す山伏たちに、血笑ともいうべき笑顔をむけているのは、武士の姿をしてはいるが、五尺に足りぬ小男でそのくせ熊《くま》の子みたいに肥って、蓬髪《ほうはつ》、髯《ひげ》むしゃ、毛の生えていない皮膚も真っ黒な若者であった。

「おぼえておけ、諸岡一羽一の弟子、おれは岩間小熊《いわまこぐま》。――」

叫ぶと、猛然と突入した。

「何ぬかす、諸岡一羽一の弟子は、この根岸兎角じゃ！」

もう一人は、これも髯だらけだが、髪は総髪《そうはつ》、鷲《わし》みたいな眼と鼻をして、背は七尺をこえる巨漢で、これは長大なすずねを飛ばして、河の中の山伏めがけて、これまた水けぶりをあげて突入した。

三

——岩間小熊、根岸兎角、という名乗りをきいたとき、いや、それ以前にその姿を見たときから、木造京馬は、助太刀が現われた、と思ったのである。

この両人は太の御所で見て知っている。知っているどころか、岩間小熊の方は京馬とどこか馬が合うらしく、なんども親しく語り合っていた仲なのだ。

太の御所に参集した剣客たちはただ一人孤剣を負うて来た者が大半であったが、中には数人、或いは十数人の弟子や従僕を伴った者もあった。天真正伝神道流の達人といわれる諸岡一羽はこの例にあたり、岩間小熊、根岸兎角はその三人の弟子のうちの二人なのである。

その姿を見、その名乗りをきいて、京馬は助勢が来たと思ったが、事実、彼らは助勢をしている。山伏たちを片っぱしから斬りちらしている。

とくに、河へ入った根岸兎角の豪剣のなんという凄じさであろう。体格も大きく容貌も魁偉《かいい》だから、いっそうその荒れ狂いぶりが際立って見えるのかも知れないが、彼は、斬るのではない。たたき割るのだ。——その豪刀の躍りかかるところ、まるで西瓜《すいか》でも割るように、血と脳漿《のうしょう》、はては臓腑《ぞうふ》までが飛散する。さしも剽悍《ひょうかん》な木造京馬があっけにとられたほどの物凄さであった。

が、すぐに京馬は、はっと或ることに気がついた。岩間小熊と根岸兎角が、どうしてこんなところに現われたのか？　ということである。大河内から出ようと思えば、ふつうはすぐ東方の松阪へ出る。大河内から南の峠を越して、この祓川《はらいかわ》沿いに辿《たど》るなどいう道程は、あまりだれも選ばぬ経路なのだ。

「……も、もしやすると？」

見ていると、まるで豆戦車みたいな岩間小熊は、街道の山伏の半ばを斬り伏せ、あと半分の山伏は恐怖の悲鳴をあげて、東と西へ、ばらばらに、こけつまろびつ逃げ去ってゆく。河の中ではまだ断末魔の叫喚がつづいていた。これも山伏は逃げようとするのだが、水に足をとられて行動が敏速を欠いている上に、根岸兎角という男が、天性執拗《しつよう》なのか、それともこの実地の殺戮《さつりく》を愉《たの》しんでいるのか、逃げようとする敵を、これは巨獣のごとく盛大に水をはねて、あくまで追いまわして、たたき割ってしまう。すでに絶命して、流れてくる屍体《したい》をまた両断するという念の入れ方だ。

「まだ、おるか。――そっちに」

小熊も河の方へ走りかけた。

「手伝うぞ、兎角。――」

「待ってくれ、小熊どの」

やっと、京馬は呼んだ。

「助勢、かたじけない。――しかし、どうしてここへ？」

「おお、そうだ」

と、岩間小熊は立ちどまり、ふりむいた。

「おぬしたちを追って来た。そこに、旗姫さまがおわすな？」

「なに、わしたちを追って来た？」

「されば、師匠の一羽先生とともに」

京馬の背に、水が走った。

「一羽先生はどこにおられるのだ」

「この半里ばかり西の地蔵堂にお休みじゃ。そのあたりで、旗姫さまとおまえらしい人間がこっちへ通っていったときいたので、おれたちが捜索に出て来たのだ」

「な、なんのために、わたしたちを？」

「それが、おれにはわからぬ、師匠のお申しつけだ」

また河の方へ駆け寄ろうとするのを、

「あ、待て、小熊どの。――そもそも、わたしたちが太の御所を出たことをどうして知ったのだ？」

「なんでも、あの夜明け方、太の御所で眠っておられた剣士連を、障子の外でそのむね触れていった声があるらしい。その声は、おお、おまえの兄弟子、飯綱七郎太とやらの声であったというぞ。――」

「な、なんだと？」

「――あっ、兎角、どうしたのだ？」

ふいに岩間小熊がさけんだ。その表情があまりに異様であったので、京馬はふりむいた。河に立っているのは、根岸兎角ただひとりだ。山伏たちはことごとく水を朱に染めて流れたり、浮いたりしている。その兎角が――仁王立ちになったまま、じいっとこちらを見つめているのであった。

こちらを――杉の大木の向う側を。

そこには旗姫がいる。

根岸兎角は、姫の顔を見たのだ！

――いかん！　と思うと、京馬はとっさに舌も足もしびれてしまった。あの十二人の大剣士たちこそ「びるしゃな如来」と変った旗姫さまを見ているが、そのまた弟子であるこの兎角などがそれを見る機会は、いまがはじめてのことであったのだ。

突如、兎角のふといのどから名状しがたいうなり声がもれると、彼は水しぶきをあげて岸の方へちかづいて来て、また棒立ちになり、

「――ううふっ」

さらに奇怪なうめきとともに、さらに奇怪な表情をした。

彼は射精したのである。

まるで麻痺《まひ》したような顔を見せたのも一瞬、ふたたび彼は寄ろうとする。二歩、三歩、また棒立ちになり、例の怪声を発した。第二回目の射精をひき起したのだ。しかもなお彼

は、恍惚《こうこつ》たる眼をこちらにそそいだまま、あくまで寄ろうとし、かぎりない射精のため、ついにはどうと水中にくの字なりにまろび伏した。

「どうしたのだ？　兎角っ」

河へ駆けこんでゆく小熊の姿に、はっとわれにかえると、

「姫、こっちへお廻りなされ。こっちを廻って、おいでなされ！」

と、京馬は狂ったように呼びたてて、それから自分もあわてて飛びのいた。彼もまた危く異様な感覚に襲われかけたのである。

彼は河の方をむいてさけんだ。

「姫、お逃げなされ！」

いままで、この思いがけぬ修羅地獄を、どんな気持で見ていたことか。――いや、旗姫の恐怖ぶりは、京馬にそういわれて、まろぶように逃げ出したその早さからでも知れた。

「逃がすな、小熊――」

水の中から、根岸兎角がいるかみたいに吼《ほ》えて、それを助け起そうとしていた岩間小熊が、あわててまたこちらにひき返して来ようとする。

それに、京馬は歯をむき出しにした凄じい形相となり、

「来るなっ」

と、さけんで、こんどは両掌を合わせた。

「ついて来て、くれるな、岩間どの。――おれの顔に免じて、旗姫さまの追跡をやめてく

れ。師匠の一羽先生もおとどめしてくれ。追ってくれれば、おぬしらの剣心が破戒の地獄に堕《お》ちる。――」

「なに？」

と、岩間小熊がくびをひねったとき、木造京馬はもう身をひるがえし、旗姫のあとを追って街道をかけ出している。

四

「いま、きゃつ、妙なことを申したぞ。われらの剣心が地獄に堕ちるとは？」

と、小熊がいった。これに対して、根岸兎角はただふいごみたいな息を吐いていたが、

「おお、わかった！　一羽先生が何やらものに憑《つ》かれたようにわれらをせきたててあの姫を追うように命じられた意味が。――」

と、いま腑《ふ》におちたようにさけんだ。

師匠の挙動に関する見解は、岩間小熊も同感であったが、それに対する兎角のこの解釈は、いよいよ以て小熊の腑におちない。

口をぽかんとあけている岩間小熊をおしのけて、根岸兎角は駆け出そうとした。

「ううむ、いかに破戒地獄に堕ちようともあの女は師には渡さぬ。おれがもらう。だいいち、いかにわが師でも天道にそむく、あのからだであの美姫を抱こうなどとは――」

「あっ、これ、何をいう」

小熊があわてて兎角の頬をぶんなぐると、思いがけなく兎角は大きくぐらんとよろめいて、また水にころがった。

この兎角らしくもないぶざまな動きが、精液涸《か》れ果てて虚脱状態になったことから来たとは、小熊の想像を超えている。彼は兎角が発狂したのかと思った。

「何だかよくわからぬが、とにかくあの姫はわしが捕えてくる。しばらく待っておれ。――」

と、駆け出そうとすると、

「いや、うぬに渡してなるものか。小熊っ、ゆくな」

と、根岸兎角はさっきの命令とは矛盾したことをいって、

「いってはならぬと申すに、これ、待てっ」

と、岩間小熊の足にむしゃぶりついた。たまらず、小熊は水中につんのめる。

「気でも狂ったか、兎角っ」

「おお、狂った。狂わずにおられるか、あの姫を見ては――」

まさに正気の沙汰《さた》とは思われない味方同士の水中の格闘がはじまった。ここにもまた「びるしゃな如来」の妖光にあてられた男のきちがい踊りがはじまったのである。――

この奇妙な同士打ちの結果がどうなったか。

しばらくののち岩間小熊は、ふらふらと真昼の街道を、西へ歩いていた。むろん髪から

衣服からびしょぬれだが、そのほか大きな瘤《こぶ》だの、狸《たぬき》みたいな眼の隈《くま》だの、あっちこっちのすり傷だの、惨澹《さんたん》たるありさまである。

元気者の彼にしては珍しい姿だが、とにかく相手が、御同様諸岡一羽一の弟子と名乗る根岸兎角だからやむを得ない。――そんな姿になりながら、彼はしきりにくびをひねっていた。

すると、その前に、すうと一つの影が立った。

うつろな眼で見上げて。――

「おお、先生!」

と、彼はさけんだ。

「ただいま、御報告にゆくところでございました。――」

立っているのは、袈裟頭巾《けさずきん》で面をつつんでいる武士であった。のぞいているのは眼と、そのまわりのわずかな部分だけで、頭から胸のあたりは頭巾のはしの布で覆われ、手さえ、ただの手甲《てっこう》ではない、手袋様のものをはめている。で、容貌はおろか、年のほどもまったくわからない。

岩間小熊らの師、諸岡一羽がこの人物であった。

諸岡一羽は、常陸国信太郡《ひたちのくにしのだ》（いまの稲敷郡《いなしき》）江戸崎の人である。江戸崎は、霞ケ浦《かすみがうら》の舟着場だ。同じ常陸出身の塚原卜伝に剣を学んだが、のち離れて、やはりちかくの下総国《しもうさのくに》香取に伝えられた飯篠長威斎《いいざさちょういさい》の流派をつぎ、その天真正伝神道流の達人となった。卜伝にとっては異端の弟子にあたるわけだが、げんにいま、その卜伝も太の御所に来会していて、彼は同格の士として遇し、またほかの剣士たちも彼のこの異形《いぎよう》の姿をさして気にしていなかったところを見ても、いかに彼の剣法が高度のもので、かつ人物も相当のものであったかが知れる。もっとも卜伝その人が、飯篠長威斎の流れから卜伝流を編み出した剣人ではある。

諸岡一羽のこの姿は、荒修行中、ふとしたことで熱湯をあびた結果をかくすためだということであった。

「先生、実に奇怪なことでござります！」

岩間小熊は師に抱きすがらんばかりにしていった。

「根岸兎角めは、先生のおゆるしも受けず、逐電《ちくでん》してしまいました。あまつさえ。——」

と彼は、阿波曾《あわそ》での大乱闘のいきさつを報告し、かつ相弟子の根岸兎角の世迷《よま》いごと、なかんずく「いかに破戒地獄に堕ちようと、あの女は師には渡さぬ」と大それた狂語を吐いたことをのべ、それから、ふいにいま水からあがったばかりのようにぶるっと身ぶるいして、

「先生、この旅、ひきかえすことはなりませぬか。なぜとは知らず、拙者、前途に不吉なものをおぼえまする！」

と、いった。

「旗姫さまをとらえて来いといったのは忘れたか」

と、諸岡一羽ははじめて口をきいた。

旗姫をとらえよ、それだけが岩間小熊らの受けた命令で、それには絶対服従のほかはないが、同時に小熊のもっとも納得しがたい命令であった。

「兎角はいずれわしが成敗しよう。が、うぬもまた用の足りぬ奴。――」

以前の通り、病んでいるようなひくい声だが、妙に熱っぽく、いらいらしたような語韻がある。――太の御所にいる末ごろから、小熊が感じ出したふしぎな師匠の変化だ。

諸岡一羽はまたいった。

「泥之助は見かけぬか?」

「土子《ひじこ》は、さあ?」

土子泥之助は、一羽の三人弟子のうちの一人で、やはり小熊らと同様、旗姫捜索に出ている男であった。

「うぬも、もういちど捕えにゆけ。わしの待っておる報告はそれだけじゃ。捕えられぬ報告など無用である。ただし、いっておくが、兎角ごとき不倫の乱心を見せれば土子であろうが、うぬであろうが、一羽、たちどころに誅戮《ちゅうりく》してつかわすぞ。ゆけ!」

五

こんな執拗で恐るべき追跡を、いまや肌ではっきりと知って、京馬はそれからのがれ切るのに焦燥し、心をくだいていた。

自分たちを追っていたのは、やはりあの林崎甚助や片山伯耆守だけではなかったのだ。岩間小熊からきいたところによると、あの十二人の剣士すべてがじぶんたちを捜索している可能性がある。のみならず、弟子ある者はその弟子すら加えて。――

さらにまた。

彼らの背後に、飯綱七郎太の悪魔的意志が働いていることもたしかであった。きゃつはどこにいるのか？　大河内を出て以来、その姿を見たことはないが――岩間小熊からあんなことをきいてからは、街道に沿うて流れる祓川の水音の中にもぶきみなその高笑いがまじっているような気がする。――

――危い、この路は危い。

危険をのがれるためにえらんだこの路であったが、それはもはや通用しない。

射和《いさわ》という村まで来て、そこに舟着場があるのを見た京馬は、そこから河を渡って、南側の相可《おうか》の村へ渡ることを思いついた。ともかくも、敵の追跡をそらすのだ。

「……姫、向うへ渡りましょう」

と、一歩離れて声をかけて――京馬はまたはっとしていた。

同じ船に、姫といっしょには乗れないのだ！　いや、ただ二人だけならば、自分はなるべく遠くに身を置き、顔をそらしてもいようが、同じ船に乗るほかの客をどうしよう？　膝と膝の相接するような小舟に、市女笠と被衣につつまれた姫を、好色な眼でのぞきこもうとするやつが、きっとある。——

舟着場には、汗くさい百姓や行商人や牢人《ろうにん》風の男たちが、もう十数人も群れて、向うから舟の帰ってくるのを待っていた。

その中に、警戒すべき人物は見えないようであったが、

「……はて、どうも気にかかる。あれに追手の男が混っているような虫の知らせがござりまする」

といって、京馬は、そこを見下せるちかくの低い丘の中腹まで旗姫をみちびいて、日没を待った。

やがて西方の伊勢と大和を隔てる国見山系に美しい五月の落日が沈んで、ここ祓川の河面に蒼茫《そうぼう》の夕波がそよぎはじめる。

この季節、小丘の上で旗姫さまと坐って半日暮す。すぐ下に見える渡し場に向うからくる人々、こちらからゆく人々、いかにも牧歌的な風物詩だ。以前なら、京馬が夢想したこともない幸福のひとときであったろう。

げんに、或る距離は置いていても、初夏の草いきれにまじってぷうんと旗姫さまの香りが漂ってくる。……むかしからこの姫君がこんな匂《にお》いを持っていたのかどうか知る由もないが、それは甘ずっぱくて、強烈で、京馬をくらくら痺《しび》れさせそうな匂いであった。

ただ、その京馬の頭を、二、三度はっと冷風で吹くような光景があった。

あの根岸兎角が、あれからどうしたのか知らないが、ふたたび血相変えて、東の方へ駆

けていったことだ。

それから、やや時をおいて、こんどは岩間小熊も、だれかを追うというより自分が追われているようなせわしない形相で、これも西の方から駆けすぎていった。——両人とも、渡し場を横目で見て。

しかし、どうやら師の諸岡一羽はまだ西にいるはずだが、それはどうしたのか？　また、もう一人土子泥之助という弟子もいるはずだが、彼はどうしている？

ともかくも、一応ここに避難していて、根岸や岩間をやりすごしたことはよかった。——と、京馬はひと息ついたが、夕ぐれちかくなって、はっとまた吐胸《とむね》をつかれることがあった。

こちらから向うへ渡る最後の舟らしい様子であったが、そこへ東側からやって来た一人の武士が、しばし思案していたが、それに乗りこんだのである。
二十七、八の恐ろしく背の高い、鋭角的な顔をした武士であった。その名を京馬は知っている。
佐々木岸柳《がんりゅう》。

やはり、太の御所にいた十二剣豪の一人、富田勢源の弟子である。——その佐々木岸柳がなぜまたこのあたりをうろうろしているのか。してみると、師の富田勢源もこのちかくにいるということなのか。富田勢源がいるとするならば、勢源も自分たちを追っているということなのか？

岸柳は河を渡っていった。

「虫の知らせ、当ってござる。……」

と、京馬は沈痛なつぶやきをもらした。

旗姫も、旅に出てからの相つぐぶきみな異変に心をおしつぶされていると見えて、もはやだだをこねない。心配そうに、そしてまた頼りにし切っているように、京馬を見ているのがいじらしかった。

やがて、向うから最後の舟が来た。

ゆくべきか、ゆかざるべきか。——こちらから渡っても、向うには少くとも佐々木岸柳がいる、とは考えたが、このままこちら側の道をたどるよりも、まだ危険性が少いだろう、と京馬は判断して、

「ゆきましょう」

旗姫をうながして、渡し場に下りていった。

京馬が、舟をもやいにかかっている船頭に、もういちど舟を出してくれるように頼み、そのために見せた過分の金子に船頭がたちまち承知して、舟の縄をときにかかったときである。

「舟が出るのか？」

遠く背後から、声がした。

京馬はふりかえって、もう宵闇の中に、東の方から駆けてくる人影を見た。いま、その

声をきいただけで、彼はその影が何者かを知った。

土子泥之助。――

根岸兎角、岩間小熊と同じ、諸岡一羽の弟子だ。――やはり、彼はこのあたりにいたのである。

彼は五間ばかりに近づいてから、やや歩度をゆるめて、何やら考えている風であった。自分も渡ろうか、渡るまいかと。

「かまわぬ、船頭、舟を出せ」

と、京馬はいった。

小声であったが、土子泥之助は何か気づいたらしい。それまでの緩慢な動作から、ふいにはっとしてこちらをのぞきこみ、

「あっ……旗姫さまではおわさぬか？」

猛然と駆け寄ってくる前に、京馬も地を飛んで立ちふさがった。

「土子どの、何の用じゃ」

「おお、木造京馬。――旗姫さまをお捕えしろと、師の一羽先生の御命令だ。待て」

「やはり、そうか！　その件については、先刻、岩間小熊どのにも御無用に願うとくれぐれもお頼み申したはずじゃが、それをきいてはくれなんだか。小熊どのも、いまおぬしが来た方へいったはずじゃが」

「きかぬ、逢わぬ」

泥之助はくびをふった。どこかで、何かのはずみでゆきちがったものらしい。

「だいいち、小熊が何をいおうと、おれは師の御下知通りにするほかはないが。——」

常陸の百姓あがりの剣士ときいている。名の通り泥くさい風貌だが、それだけにまた誠実一途《いちず》の重厚な男であった。先刻、兎角や小熊が山伏たちに斬りこんだとき、それぞれ「諸岡一羽一の弟子。——」と名乗ったが、しかしこの土子泥之助こそが一の弟子と一羽自身が目していたらしいのは、ただ剣技のみならず、この重厚の風貌からもうなずけた。

——

京馬もまた、小熊についで、しばしばこの剣士とは好感をまじえた会話をかわしたことがある。

「小熊どのにもいったことじゃが、泥之助どの、きいてくれ。——」

「なんだ？」

「おぬしたちの修行のためじゃ。これ以上、姫にはちかづかないでくれ」

「はて、なぜ？」

土子泥之助はちらと河岸の旗姫を見たが、ふいにその眼がぎらりと異様なひかりを発した。

黄昏《たそがれ》の世界であったが、河には残光があった。その反映を受けて、舟の傍でふりかえった旗姫の顔は月輪のごとくであった。

「おおっ」

泥之助は牡牛《おうし》みたいなうめきをあげ、ひどい衝撃を受けたように立ちすくみ、次の瞬間、ずかずかと足を踏み出して来た。

この男ならば、小熊と同様、話せばわかるかも知れぬ――と思ったのは買いかぶりであった。いや、それほどの魔力を旗姫がはなっていたと考えた方が正しいかも知れない。

ああ、この人もまた！

という歎《なげ》きと戦慄とともに、

「姫。……さきに舟でおゆきなされ！」

さけんで、京馬は抜刀した。

「……お」

これを意外としたもののごとく、土子泥之助はまた足をとどめたが、すぐに、

「邪魔する気か。木造。――さりとは無謀なまねを」

と、肩をゆすってこれまた抜刀した。いまちょっと意外らしい表情をしたのは、路傍の小石がふいに転がったのを見たのと同程度のものであったらしく、木造京馬がなぜかくも刃向うか、いまの制止の言葉は何を意味するか、そんなことを追及するだけの理性は、もはやこの百姓あがりの剣士から失われているらしい。

が。――

「ほ」

改めて、また意外とする光が、土子泥之助の眼にゆれた。

木造京馬の構えを見てである。太の御所で、さして珍重されているとも見えなかった一忍者の一刀が、思わず彼を瞠目《どうもく》させたのだ。刀法というより、その刀は京馬自身も知らないが、先日の林崎甚助との恐るべき対峙の体験から鋳出《ちゅうしゅつ》されたものであった。

ここからは、一歩もやらぬ。——旗姫に十歩の圏内には入れぬ。

「姫、早く」

京馬はまたさけんだ。

旗姫が動かないのに、彼は焦燥した。実は旗姫は、本人も動く余裕もなかったろうが、何より船頭が恐怖の金縛りになっているので、動きようもなかったのだ。

土子泥之助の分厚い歯が、にやっとむき出された。

「やるな、おぬし。——面白い！」

どし、と地ひびきをたてて、一方の足が出た。また、どし、と一方も足が出る。さすがに大剣士諸岡一羽の一の弟子、なみの剣客には面もむけられぬ泥流のごとき迫力だ。

意志も超絶するその迫力に押されて、ズ、ズ、ズ、とあとずさりながら、

「船頭、舟を出せといったのがきこえぬか！」

と、京馬がまた絶叫したとき、

「待て、舟を出してはならぬ」

と、いう声がした。低いが、きく者の耳をジーンと凍りつかせるような声であった。

土子泥之助ではない。——その証拠に、彼はふりむいた。この場合に、彼をふりむかせ

るほどの声であったのだ。

刻々深くなってゆく夕闇と、そこに欅《けやき》の大木が一本、濃い影の傘をひろげていたために、何者かわからない。間髪を入れず、土子を襲おうとした京馬は、次の瞬間、

「富田勢源じゃ」

という声をきいて、こんどは血まで氷結してしまった。

――どこから来たのか、いつからそこにいたのか。

富田勢源がこのあたりにいるのではないか――と、うすうす疑っていた木造京馬でさえ、全身が冷たくなるほどだから、土子泥之助の驚きはいうまでもない。

「……あっ」

と、河面までひびくような大声を張りあげたが、しかしこれはその富田勢源の意図を知っての驚きではなく、たんに太の御所で師の諸岡一羽と相ならぶ大剣士たる勢源の時ならぬ登場に対する意外の声であったろう。

だから彼は、すぐにこういった。

「せ、勢源先生、何しにここへ？」

「旗姫さまを頂戴《ちょうだい》しようと思うてな」

声は微笑していた。

決して余裕のある微笑の声ではない。テレかくしの笑いだ。しかし、ふだんの勢源の風貌を知る者には、彼のテレかくしの笑いほどぶきみ千万なものはなかったろう。

まだはっきりとは見えないが、むろん京馬にも土子泥之助にもその姿はまざまざと眼に浮かんだ。

勢源は四十前後ときいた。しかし、髪は総髪にし、道服を着た姿は枯木みたいに痩せて、何かのはずみには五十歳以上にも見えることがあった。いかにも病身らしく、顔は土気色をしていて、高い声を出したのをきいたことがない。——いま、「待て」といったときの声は、あきらかに勢源のものにはちがいなかったが、はじめてきいた強い声といっていいほどであった。

「その方の師、一羽と同じじゃ」

影はソロソロと出て、ちかづいて来た。

「一羽には渡せぬ。従って、その方にも渡せぬ」

「なんと仰せられる？」

泥之助は完全にその方向に向き直った。

「では、勢源先生。——拙者をお斬りなさるというお心か」

「そういうことになるか。その方が、そう思うならば」

土子泥之助は、ぱっと豪刀を往来の方からちかづいてくる影にむけた。もはや京馬などかえりみるいとまはない。——が、愕然《がくぜん》とした、というより、泥之助の顔に、むしろこの人物とここで立ち合えるのは剣を学ぶ者にとっての本懐といった激情が、白い歯となってむき出されて、

「よしっ、ともあれ拙者も、姫は富田先生には渡せぬ、と申しあげる。天真正伝神道流の面目、また、師の一羽の面目にかけて。——」

「一羽。ところで、土子、ついでにいまきくが、おまえの師匠の一羽は、なぜいつもああ覆面をしておるのかな?」

「……左様なこと、いま考える場合ではござらぬ! いざっ!」

と薄闇にも満面を朱に染めて泥之助はわめいた。

富田勢源は刀のつかに手をかけぬ。病者のごとき足どりで、飄々《ひょうひょう》とちかづいてくる。

「しかし……ふしぎなものよの、あの姫君は」

と、いまの問いは忘れたようにけろりとして——むしろしみじみとした感じの声でいった。

「あの姫君を見るとどうなるか、男のぶざまなていたらくは太の御所でも見た。……それでも姫を得たいと思う。女人などに興味のなかったこのわしまでが。……わしは、このわし自身の心理をふしぎに思う。……」

つぶやきつつ寄ってくるのに、こんどは土子泥之助の方が、じりっ、じりっと、さがり出した。

当面、敵対者でない京馬までが、名状しがたい勢源の妖気に打たれて、無意識的に、これも河の方へ後退していた。

「姫を抱いたらわしがどうなるのか。このわし自身を験《ため》したいためにも、姫を抱いて見たいと思う。……」

土子泥之助はあとずさり、富田勢源は歩む。

それが、旗姫の立ちすくんでいる舟着場と十歩の圏にちかづいたことを知って、京馬ははっとしていた。彼の位置は、同じ河の岸でも、そこから十歩以上の距離があった。決してその距離を計って避難したのではなく、勢源の進んでくる方角からその結果になったので、むしろ彼は、愕然とするとともに旗姫のそばに駆け寄って、みずから舟を出したいほどであったが、その足がとっさに動かぬほど凄絶な、抜かぬ勢源の剣気であった。

「姫。……舟へ」

わずかに、必死の声をしぼり出した。

「せ、船頭。——舟を出せ！」

旗姫が動いた。まるで、見えない蜘蛛《くも》の糸に粘りつかれているような動作であったが、舟に片足かけようとした。水明りが、河の夕風に被衣を吹きはらわれたその姿を照らした。

勢源がしずかにいった。

「見ろ、土子、旗姫さまを」

この場合に、土子泥之助は、まるで別の師に命じられたように首ねじむけて、ふりむいた。とたんに。——

「…………」

異様なうめきをあげて、泥之助はぶるっと大きく身ぶるいした。

京馬は、彼が射精したのを知った。泥之助の位置は完全に十歩の圏内にあった。十歩どころか、舟着場から五、六歩の距離に。

十歩の圏内にあったのは富田勢源の方だ。このとき勢源は、ふしぎなしぐさを見せていた。左手をあげて、おのれの左眼を覆っていたのである。

しかし、むろん右眼はあいて、じいっと旗姫を眺め、また泥之助の方を見つめている。

「やはり……漏らしたのか」

と、いった。

そのとき、勢源のからだが、ぐらりとゆらいだ。京馬は彼が小石につまずいたのを見た。

「きえっ」

それを見てか、或いは窮鼠《きゅうそ》の反撃か、そんなさけびを発して、土子泥之助は大刀をふりかぶって富田勢源に躍りかかった。

勢源のからだが、のめるように泥之助のななめ横をながれた。雨みたいな細い光が走って、泥之助がすぐそのあとを同じ方角へかたむき、どうと転がった。彼の右足は膝から切断されていた。

勢源の右手に抜きはらわれているのは、一尺三寸にも足りぬ小太刀であった。しかもなお彼の左掌は、その左眼のふたをしている。——

土子泥之助の切断された片足がごろごろと転がっていった先に船頭がいた。

「わっ」

金縛りになっていた船頭は、はじめて恐怖の奇声をあげ、横っ飛びに舟へ飛びこんだ。舟がゆれて旗姫もその中へ崩折れた。いったん呪縛《じゅばく》から解かれると、あとはただやみくもに水棹《みさお》をとり、船頭は無我夢中で漕《こ》ぎ出そうとする。

「待て、その舟、出すな」

駆け寄ろうとする勢源の手にぴしっと何やら音して、鮮血が飛び散った。左眼を覆った手の甲にである。

勢源は手を離して、京馬をにらんだ。手の甲にくいこんでいるのはマキビシであった。にらんだその眼の妖光だけに京馬は射たれたように水の中へ飛びこんでいる。

勢源はすぐにまた、もう一間半ばかりも離れた舟の方を見て、一飛び跳躍しそうな姿勢になったが、たちまち、

「…………！」

奇妙なうなりをもらして、からだをくの字なりに折りまげた。

――勢源も射精した。この時に至って、彼ははじめて射精した！

抜手を切って泳ぎながら、ふりむいて京馬はそう看取《かんしゅ》した。

このあいだも舟は、狂気のような船頭の棹さばきにみるみる岸を遠ざかってゆく。京馬はそのあとを追いつつ、

「止るな、ゆけ。そのまま、一刻も早く向う岸へ！」

と、さけんだ。

勢源が河へ飛び込んで来たら、水中で格闘してもこれをふせぐつもりであったが、しかし勢源はそれ以上追って来なかった。舟着場で、くの字なりのからだを立て直したが、しかしその場所に枯木みたいに突っ立ってこちらを見送ったまま、じっと動かぬ影として残った。

——はてな。

一息ついて泳ぎながら、京馬は考える。

——土子泥之助を斬るとき、あの人はふしぎなことをした。左手で左眼にふたをしたが、あれはどういうことであろう?

その人物の経歴と富田流の刀法を彼は思った。

六

富田勢源、越前《えちぜん》宇坂の庄、浄教寺村（いまの福井県福井市浄教寺町一乗谷）の人。領主朝倉家に仕えて中条《ちゅうじょう》流《りゅう》の達人といわれた富田治郎左衛門の長子として生れた彼は、幼名を与五郎といい、みずから後世まで富田流小太刀の名をうたわれる剣法をひらいた。

すなわち彼のつかう刀は、つねに一尺二寸に過ぎなかった。

刀は長大なばかりが有利とは限らない。太刀さばきには短い方が迅速なことはいうまでもない。万一、一撃をし損じた場合など、小太刀の方の反転が早いことは当然だし、また複数の敵と接戦するような場合にも、小太刀の方が身ごなし敏捷《びんしょう》なことも自明の理である。

しかし、だれしも長大な武器を持ちたがる通念を克服し、かつ長剣に対してかえって小太刀の有利さをいかんなく発揮する剣法を独創した富田勢源は、たしかに例の十二大剣士のメンバーに加わる充分以上の資格の持主であった。

勢源というのは、彼が若くして家督を弟の景政にゆずって、自分は隠居してから号した名である。なぜ彼が弟に家をゆずったかは、ふつうには病身であったからと伝えられる。

余談になるが、この弟景政の子が重政、すなわちのちに小太刀を以て名人越後と呼ばれた富田越後守である。加賀の前田家に仕えて一万三千五百石を受けたが、将軍家指南役として破格の禄《ろく》を受けたということで有名な柳生但馬守《たじまのかみ》ですら一万二千五百石なのだから、いかに富田越後の剣技が重く見られたか想像に余りある。

そして勢源は、その剣技に関するかぎり、甥《おい》の越後よりはるかに凄味を持っていたといわれる。だいいち新しい刀法を開発したという点だけでも、それは首肯《しゅこう》されるであろう。

病身なので家督を弟にゆずったといわれるが、しかし勢源はその後、諸国を武者修行して歩いている。北畠家を知ったのもそのためである。

この遍歴中、美濃《みの》で有名な試合を行った。美濃の斎藤山城守義龍《やましろのかみよしたつ》が在世中のことで、その義龍が死んだのが永禄四年のことだから、いまから少くとも十五年以上前の話である。

当時、斎藤家に梅津某《なにがし》という兵法者が逗留《とうりゅう》していた。元来が常陸鹿島《かしま》の人間だが、この地に来てそれまで斎藤家切っての使い手といわれた吹原大書記、三橋貴伝という者を破り、そのためちかくは斎藤義龍の指南役に召し抱えられようかという話まであった。そこへ富田勢源が、やはり斎藤家に仕える旧知の朝倉成就坊《じょうじゅぼう》という人を頼って来泊したのである。もうこのころから、勢源の小太刀は有名であった。

これをきいた梅津が「あのような小太刀、実戦にはものの役に立つものではない」といったことから、義龍が両人に試合を命じた。勢源はいくども辞したが、すでに重臣武藤淡路守《あわじのかみ》の屋敷の庭に試合の場所が設けられていることをきいて、「かくては及ばず」と従容《しょうよう》として出向いた。

試合場の入口に、黒木の薪束《まきたば》が積んであった。それを見ると勢源は、その中の一尺二寸ばかりの薪の一本をひきぬき、手もとに鹿の皮を巻いて、ぶらりと庭へ入っていった。

すでに梅津は待ちかまえていて三尺五寸にあまる大木刀をひきつけていたが、相手の武器を見て怒りに満面を朱に染め、

「かかる無礼な奴に木剣の試合は無用の礼じゃ。願わくば真剣を以て立ち合いたい」

と申し出た。

勢源はうす笑いして答えた。

「お手前は白刃にて向われるがよろしかろう。拙者はこの薪で結構でござる」

こういわれて梅津は真剣を用いるわけにはゆかず、例の木刀を取って立ち上ったが、憤《ふん》怒《ぬ》は彼の全身を炎と化して燃えあがらせんばかりであった。

梅津は大兵《だいひょう》肥満で、しかも大木刀、これに対して勢源は、当時壮年ながら枯木のごとき

瘦軀《そうく》に子供のおもちゃのような短い薪ざっぽう。

二間半の位置から、梅津は咆哮《ほうこう》をあげて襲いかかった。うなりをたてて大木刀を振り下した。むろん勢源の短い薪など、梅津のこぶしにもとどかぬ距離である。

たしかに梅津の木刀は勢源のからだのどこかを打ったと見えたのに、勢源は流れるように梅津とすれちがった。そのあと、梅津は棒立ちになり、地ひびきたててうち伏した。

勢源は反転し、ちかづいた。

そのとき、つっ伏していた梅津の木刀がビューッとまた廻って勢源の足を薙《な》いだ。勢源は避けもせず、片足あげてこれを踏みつけた。凄じい音をたて、大木刀は二つに折れた。

死力をふるって起き上り、なお腰の刀を抜こうとする梅津の脳天を勢源の薪がなぐりつけた。砂利をたたくような音がし、梅津はふたたび——こんどは完全にのびてしまった。

勝負はあったのである。

この試合で、梅津某は死にはしなかったが、最初の一撃で肋骨《ろっこつ》数本をたたき折られ、二度目の打撃で脳に回復不能の異常をきたしたという。肉体、精神ともに廃人と化したのだ。

七

——木造京馬は、実はこの試合の話は、太の御所で、岩間小熊と兵法話や剣士連の品評など交わしているときにきいたのである。

そのとき、小熊はまたこんな話をした。

「試合のあとでな、斎藤家の一家士が、あのときたしか勢源どのがどこか打たれたにちがいないといい出し、数人で勢源どののひきあげた朝倉成就坊の家を訪れた。ちょうど勢源どのは湯浴《ゆあ》みしていたが、それをきいて笑いながら、それでは拙者は裸のままお逢い致そうといって出て来たが、からだのどこにも打ち傷など見当らなんだという。――ところが、あとでまた侍たちがはっと気がついたのだが、その裸の勢源どのは、何気ないふりで、絶えず右手で左手の甲を覆っていたということじゃ。つまり、梅津の木剣は、ひょっとしたら勢源どのの左手をたしかに打っていたのかも知れないというのじゃな」

「なるほど」

「もし真剣であったら、その程度ではすまなかったろうと想像もされる。つまり勢源どのの薪は、梅津に真剣を持たせないための兵法であったというのじゃ」

「なるほど」

「しかし、いずれにしても勢源どのが強いことにまちがいはない」

それからまた小熊は苦笑していった。

「その敗れた梅津どのじゃがな。いま常陸鹿島の人といったろう。……わが師諸岡先生のお国江戸崎とは霞ケ浦づたいにほんの眼と鼻、いや近いも近い、実は遠縁にあたる。しかも、同じ天真正伝神道流。――」

「や？」

「むろん、古い話。その上、梅津輩とちがって一羽先生は勢源先生と同じ、一流中の一流の剣人。そのようなことにこだわりのあられようはずがなく、いま御談笑の間にも、ただおたがいに敬意を捧げ合っておられる以外に他意はないが」

小熊の話にも別に他意は感じられなかったが、いまはからずもこの富田勢源が、諸岡一羽一の弟子土子泥之助をまた斬った。

梅津某のこととは直接なんの関係もないが、これも運命の一奇というべきであろう。

一奇といえば――その試合のとき、勢源が左手の甲を何とかしたという話だが、いま木造京馬のマキビシに同じく左手の甲を刺されている。これもいよいよ以て関係はないが、また一奇というべきであろう。

しかし。――

その試合でも、その後でも、勢源が左の眼を覆って相手を倒したというような話は、いまだきいたことがない。

「……あっ」

泳ぎながら、京馬はふいにさけんだ。

土子泥之助を相手にしたときの富田勢源の異様な姿を反覆して頭にえがいているうち――泥之助を斬る直前、彼がぐらりとよろめいたのを思い出したのだ。

それは相手を誘う故意の隙かと思っていたが、それにしてもあの体勢はあまりにも不自然であった。勢源はたしかに小石につまずいた。あの大剣士富田勢源ともあろう人物が。

――

――眼が見えなかったのではないか？

その考えがひらめいたのである。勢源は盲《めしい》であったのではないか。見えないままに、土子泥之助を盲斬りにしたのではないか。――そうとしか思われない動作であった。

しかし富田勢源が全盲であるはずがない。彼は左眼だけが見えて、右眼は見えないのではないか。その左眼を手で覆って、わざと盲になったのではないか。――なんのために？

旗姫さまを見ないためだ。勢源は旗姫さまの魔力を承知していて、それを防ぐために眼をふさいで土子泥之助を斬った。泥之助には旗姫さまを見よといい、彼をして射精させたあとで斬った。そのさらにあと――思わず、左手の覆いをとったあと、勢源みずからも射精した！

そう解釈すると、すべてが理解できる。

富田勢源はさしたる年でもないときに、弟に家を譲ったということだが、ひょっとすると、その理由は当時眼病にかかったせいではあるまいか、京馬はそこまで推理した。

これは新発見であった。おそらく世のだれも知らない。――

「――たしかに、あの仁《じん》は、右眼めくらだ！」

小太刀の名人富田勢源の大秘密を京馬は看破し、それを確信したが――さて、このことがどういう役に立つだろう？

勢源は全盲になって、その後左眼だけは回復したか、それとも最初から右眼のみ失明したか、それはわからないが、たとえ当時は隠居するほど悩んだにせよ、とにかくその後完全にこの弱点を克服して、いまは何びともこれを気づかないほどの名剣士となっている。

しかも、見える眼を故意にふさいでも、なおかつ土子泥之助ほどの者を斬る手練《しゅれん》の持主なのだ！

ふたたび勢源があらわれたとき、おのれの忍者としての修行がどれほど役に立つ？

いちど、もう暗い川波の中にきらとひかった木造京馬の眼は、すぐにまたその暗い波より暗く沈んだ。

「おういっ」

と、京馬はわれに返って呼んだ。

「そのあたり、舟を着けろ」

すでに日は暮れはてていたが、岸にちかづいた舟とその上の影は見えた。旗姫を乗せていて、船頭に異常がなかったのは、その闇と、船頭がいま離れた北岸の恐怖に心を奪われていたからであったろう。

闇、めくらの闇。

京馬はふっと気がついた。いまの富田勢源のとった手段を思い出して胸を打って来た考えだ。

わしもこの両眼をつぶせば、旗姫さまのおそばに危げなくちかづくことができ、永遠に安んじてお仕えすることができるのではないか？

この着想は、闇の中にふたたび京馬のその眼をかがやき出させたほど誘惑的なものであった。――富田勢源に対する恐怖の中に、その剣技以外に、盲にならなければ旗姫さまにちかづくことができないことを承知しつつ、あえてちかづこうとした執念に対するぶきみさがあったが、しかし気がつくと京馬もまた同じ誘惑にとりつかれていたのだ。

妄想はそれ以上つづかなかった。

京馬も岸へ上った。同時に、盲になってしまっては、旗姫さまをお譲りすることができぬ、という当然な常識が甦《よみがえ》って彼を苦笑させた。

彼は船頭に、はじめ約束した金子の倍も渡して、今夜一夜、舟はこちらにとどめておくこと、自分たちの渡ったことはだれにももらさぬことを誓わせた。

……その夜はこちら側の相可《おうか》の村に泊る。

それもひどく警戒しつつその宿を求めたのは、ひるまのうち、こちらに渡った人々のうち、明確に警戒しなければならぬ人間のあることを知っていたからだ。

富田勢源の弟子、佐々木岸柳。

八

そうまで警戒していたのに、翌日京馬たちは、その佐々木岸柳にばったり逢ってしまったのだ。……しかも、さらに恐るべき人物にも。

相可から一里半ばかり東へいった或る村に入ったときだ。向うから二、三人の子供が泣きべそかいて駆けて来たが、京馬を見ると、いきなりしがみついて来た。

「お侍さんっ……たすけておくれよ」

「何だ？　どうした？」

子供たちの駆けて来た方角を見たが、べつにだれも追ってくる者はない。

「つばめをたすけておくれよ」

「燕？」

子供たちは泣き声で口々にいった。

「つばめの巣とってもらったんだ」

「おいらたちもわるかったんだ」

「だって、のっぽなんだもの」

「そしたら、おいらたちにくれないで、つばめを殺すんだよ」

よくわからないが、ともかくきいた。

「燕を殺す奴がいるんだな。ひどい奴だ。どこにいる、そいつは。――」

「あそこのかどをまわったところ」

「よしよしわかった」

京馬は、十歩離れてうしろについている旗姫をうながして、その方へ歩いていった。

角をまわると、ちょっとした広場の辻《つじ》になっていて、そのまわりの家々の軒下や樹々の蔭《かげ》に、十数人の村人や子供たちが、しーんと動かずに群がっていた。

こちら側に旅人らしい一組も半円をえがいて、じっと何かを見つめている。京馬はうしろに旗姫を待たせ、その一群の背後からのぞきこんで、吐胸《とむね》をつかれた。

向うに納屋らしい建物があって、その前に空ぐるまがある。傾いたそのくるまの尻《しり》に腰うちかけているのは、まさしくきのうちらと見た佐々木岸柳であった。

京馬はひき返そうとした。そのとき岸柳の腰から白い光がきらめいた。その眼前で、ぱっと黒いものが二つになって地に落ちた。

燕だ。——見ると、彼の足の前の地上には、両断された燕の死骸《しがい》がいくつも散乱しているのであった。

それでもまだこの死の網を知らないのか、また二羽の燕が、すうと彼の左右を通りぬけかけた。また白刃がひらめき、二羽の燕が血しぶきをたてて斬り落された。

京馬はそのゆえんを知った。佐々木岸柳のすぐうしろの納屋の入口に、燕の巣が一つ置いてあり、そこにたくさんの雛《ひな》が、頭より大きな口をあけてピイピイと騒いでいた。そこへ餌《えさ》を運ぶ親つばめの経路に岸柳が坐っていて、それを斬っているのだ。

そも佐々木岸柳は、三十ちかい年ごろに見えるのに、何のためにこんなおとなげないまねをするのか？

おそらく、その納屋の軒下に燕の巣があって、どういう事情でか、子供たちが通りかかった背の高いお侍にそれをとってもらったのであろう。が、そのお侍すなわち岸柳は、何思ったのか、子供たちにやらないで、その巣を道具に、こんな遊戯をはじめたのであろう。遊戯――というには、あまりにも無惨きわまる白昼の殺戮《さつりく》。

とはいえ、なんたる妙技。燕の飛ぶ時速は三百五、六十キロにも及ぶという。してみれば秒速百メートル、これを同時に二羽も斬っておとす。――そこに散乱している燕の死骸のすべてが餌を運ぶ親つばめであるはずはないから、そのほとんどは無縁の燕であろうが、まるでその魔力のいけにえになるために、次から次へ空から吸い寄せられたものとしか思えなかった。――

……これが、富田勢源の「弟子」か。

舌をまき、あらためて師の勢源の腕はどれほどかと肌寒さをおぼえ、ともかくも京馬は、君子危きにちかよらず、と、そっと人々のうしろから遠ざかりかけた。

「やはり来たな」

と岸柳がいった。

はっとしてふりかえると、岸柳の鷹みたいに鋭い眼は、たしかにこちらを眺めていた。

「もしやしたら、川のこちら側を――と思い、きのうからこのあたり、ゆきつ戻りつ、探しくたびれて遊んでおったのじゃが、やっぱりこちらをやって来たな」

ぬうと立った。物干竿《ものほしざお》みたいな長身にそぐわぬ小太刀を腰におさめて歩いて来たが、とっさに京馬は応答の言葉も出なかった。

「旗姫さま、そこにおいでだな」

京馬は飛びずさり、ふりかえった。

「姫、お逃げなされ」

「そうはさせぬ。師匠の御命令だ」

佐々木岸柳は、大きなコンパスでちかづいて来た。

死闘を覚悟し、京馬は懐中のマキビシをつかんだが、飛燕《ひえん》すら斬る岸柳にマキビシごときが何の役に立つだろう？　一瞬迷ったあいだに、相手は早くも一、二間の距離に接近した。それ以上ちかづかれては！

このとき、岸柳がはたと立ちどまった。例の鷹みたいな眼が、じいっとこちらを見すえている。

「はてな」

と、彼はいった。

岸柳の眼が、自分ではなく、自分より後の何かにそそがれているのを知って、京馬もふりむき、心臓をわしづかみにされた思いがした。

先刻自分がまわった路の角を、二人の人間がまわって現われた。それがこちらの広場を見て、向うもはたと立ちどまった。

一人はあの岩間小熊だが、もう一人は頭巾で顔をつつんだ人物——太の御所で見かけた妖異な風態は、諸岡一羽でなくてだれだろう？

あの二人もまた、河を渡ってこちらに移動して来たのだ！

偶然か、それとも――ひょっとしたら、射和《いさわ》の舟着場で片足斬られた土子泥之助を見出し、それから自分たちが河を渡ったことをきいたのかも知れない。――

ともあれ、彼らはちょっと立ちどまり、それから、駆け出そうとする小熊を、一羽は白い手袋をはめた腕をあげて制したようであった。そして、みずから先に立ち、しずかな足どりで歩いて来た。

「……姫！」

京馬は納屋の方へ、あごをしゃくった。旗姫は身をひるがえそうとした。

「動くな」

と、一羽はいった。ゆるやかな足どり、そして病んでいるような低い声なのに、旗姫はもとより、京馬をもそこに釘づけにする異様な迫力があった。

「岸柳も動くな」

と、一羽はいった。

佐々木岸柳は師と同格の諸岡一羽を迎え、いまの横柄な一語と、そこから吹きつけてくる名状しがたい殺気に、疑惑ととまどいにとらわれた風で、長身をゆらゆらさせながらとっさにそこに立ちすくんだままであった。

「旗姫さまは、わしがつれてゆく。……小熊」

白い頭巾をしゃくられて、岩間小熊があらためて駆け出そうとするまえに、京馬は立ちふさがった。

「……やはり、左様か！」

と、岸柳がうめいたのは、自分の師勢源の命令を思い出したからであったろう。いまやはっきりとこの諸岡師弟の目的を知って、さはさせじとこれまた旗姫の方へ、岸柳も動きかけた。——

と、一羽がしゃがれたふるえ声でいった。

「岸柳待て、なんじの師富田勢源は、わしの弟子土子を斬った。それゆえ、わしもうぬをここで斬る」

「なにっ？」

岸柳はびっくりしたように一羽を見た。そんなことは知らなかったらしい。が、すぐにその眼にひかり出した或るものは、恐怖ではなく——ちょうどきのうの夕、富田勢源と相対した土子泥之助の表情と同じ、すなわち、この人物とここで立ち合えるのは剣を学ぶ者にとっての本懐、といった激情であった。

「よしっ」

さけんで抜刀した。

「そのことは知らず、ともあれ拙者も、姫を諸岡先生には渡せぬ、と申しあげておく。富田流小太刀の面目、また、師の勢源先生の面目にかけて。——」

諸岡一羽は、岸柳の壮語に対し耳がないかのごとく、また岸柳の抜刀をも無視したごとく、さらにまた、いま「うぬをここで斬る」といったみずからの言葉さえ忘れたかのように、横歩きに歩いた。――旗姫の方へ。

それを見つつ、岩間小熊の前に立ちふさがった京馬は、そこに釘づけになったままであった。小熊がいなくても、彼は身動き出来なかったかも知れぬ。刀のつかに手もかけず、病んでいるように足どりもヨタヨタしている覆面の大剣客諸岡一羽のからだからは、一種いいがたい鬼気が放射されている。――

「来ぬか、岸柳」

一羽は白い頭巾をしゃくった。

「ふ、ふ、富田流小太刀と申したな。天真正伝神道流は長刀じゃが、一羽、うぬの小太刀と同様の使いぶりをしてあしらってくれる」

なお横歩きに歩きながら、手袋をはめた手に、スウとしずかに長剣が抜きはらわれた。

「来い、来い、――岸柳」

これと並行して、やはり横歩きに歩きつつ、佐々木岸柳は小太刀を構えた。例の飛燕をも斬る小太刀が、さすがに容易に発せず、しかし充分その猛気を秘めて、鷹の爪《つめ》のように一羽の隙をうかがう。――

これに対し、一羽は岸柳と同じ太刀さばきをした。剣尖《けんさき》が右へ動けば右へ、上へあがれば上へ――一羽の長刀はむしろ岸柳の小太刀よりも軽快で、どっちがどっちのまねをしているのかわからないほどであった。

怒りか、狼狽か、岸柳の顔が蒼白に変って来た。

「このわしがな」

と、一羽は、しかし岸柳とはちがう動作をふと見せた。不敵にも旗姫の方へ顔をむけて、

「姫を抱いたら、どうなるか、このわし自身を験《ため》したいためにも姫を抱いて見たいと思う。

……」

逆に、つりこまれて岸柳もちらっと旗姫を見た。

とたんに彼は、「あうっ」とうめいて、長身を折り曲げた。両人はすでに旗姫から十歩の圏内に入っていたのである。そして、一羽は射精したと見えなかったのに、佐々木岸柳の方はあきらかに射精した！

「やはり……漏らしたか」

と、一羽がいった。

このいのちをかけた瀬戸際で、いかなればかかる現象が起ったのか佐々木岸柳は自分でもわからず、むしろ諸岡一羽の何やら奇怪な術にでもかけられたと思ったらしい。くしゃくしゃと顔ひきゆがめると、無我夢中といった態《てい》で、それだけに凄《すさま》じい勢いで一羽に躍りかかった。

この場合に、一羽は相手と同じ刀法を用いた。そして岸柳の小太刀が自分の右足にとどく以前に、自分の長刀を以て相手の右足を膝から切断していた。

佐々木岸柳ほどの者を、まるで遊んでいるように斬って、諸岡一羽は歩み寄り、依然

弱々しい声でいった。

「岸柳、これ以上はゆるしつかわす」

「な、何を。――」

地に鮮血とともに転がった岸柳は、立とうとしてまた転がり、地に刀を旋回させたが、小太刀の悲しさ、一羽の足にとどかなかった。

「勢源も泥之助を片足斬ったままで助けたゆえ、わしもおまえの片足斬ったままでゆるす。おまえを殺すのが目的でない。――」

「き、斬れ」

のたうちまわりながらわめく岸柳をふりかえりもせず、しかし諸岡一羽は血ぬられた一刀をひっ下げたまま、京馬の方へ歩み寄った。

「小熊、そやつは邪魔立てすればわしが斬る。旗姫さまをさらってゆけ」

ちょっと頭巾をかたむけて、

「左様さ、まず宇治へ出て桑名《くわな》へ廻り、常陸へ帰ろうかい。小熊、姫をつかまえるとき、うぬの身に異変が起るかも知れぬが、かまわぬ、さらってゆけ」

迫る両人と三角をなす地点に飛びずさり、京馬は刀のつかに手をかけたが、そのままの構えで、

「待った」

と、さけんだ。

「お待ち下され、諸岡先生。――例え拙者を討ち果されても、このまま無事に関東までお下りなさることができるとお考えか」

「とは?」

絶体絶命の窮地からしぼり出された一つの策であった。

「富田勢源先生がお見のがしなさるとお思いか」

「勢源先生がこのちかくにおられることはすでに御承知であろう。従って、白頭巾のお人がこの佐々木岸柳を斬られたということも、必ず一両日中に勢源先生のお耳に入るであろう。……」

「耳に入るどころかよ、耳に入れるために岸柳を助けたわ」

と、一羽はいった。

「諸岡先生。――富田先生とお立ち合いなされて、必ずお勝ちになるという御自信がおありでござりまするか?」

「真剣をとってわが師にまさる者が天下にあると思うか!」

と、小熊が吼《ほ》えた。しかし一羽はうすく笑って答えた。

「いずれが勝つかは、まず時の運であろうな」

自信がないようでもあり、あるようでもある。――頭巾のあいだからのぞく眼は、しかし意外に清澄で、勝敗を超越した夢みるような光をはなった。

「勢源先生に勝つ秘伝をお教えしよう」

と、京馬はいった。

「なんだと？」

小熊の方が眼をむいた。

「そんなものがあるのか。……あるなら、いって見よ」

「いま、即座にはいえぬ。或る条件を叶《かな》えられなければ。――」

「左様なことはきく必要はない」

と、諸岡一羽は苦笑したようであった。

「知っているなら、おまえが勢源と立ち合うがよかろう」

「拙者ごとき腕前ではおそらく通用しないのです。どちらさまが上か、下か、髪一すじというの腕のお方でなくては」

京馬は、岩間小熊の方にいった。

「小熊どの、かかる始末と相成っては、諸岡先生富田先生――両先生、一騎討ちのほかはないぞ。その運命を前に、勢源先生唯一の弱点をききとうないか？」

「それをきかせる条件とはなんだ」

「まず御両所にここを一応立ち去っていただきたい。――」

一羽が、かすかに肩をゆすった。京馬はせきこんでいった。

「三日のちのいまの時刻、五十鈴川《いすずがわ》の宇治橋の上で逢おう。そこへ、旗姫さまをおつれいたす」

「あてにならぬことをいうな」

「いつわりをいったら、こんどこそは本気で追いまわせ。京馬、甘んじておぬしに首をやる。……小熊どの。京馬が子供だましの嘘などつく男でないことは、太の御所でのおぬしとの語らいでよくわかってくれたであろうが。——この条件、きいてくれたら、勢源先生の秘密、教えよう」

京馬は、必死であった。

「三日のち、富田先生にもそこに出向かれるように、拙者、はからう。書状にして、あの佐々木岸柳の懐中にさし入れておいてもよい。……その宇治橋の上で、両先生お立ち合いの上、旗姫さまを御所望ならば、どこへでもおつれ申しあげたらよかろう。後顧のうれいなく」

「……よし、きいた！」

と、小熊はうなずいた。

「では、その秘密を言え」

「一足さきに、諸岡先生に宇治へいってもらってくれ。おぬしだけに話す」

「先生！」

と、岩間小熊はお辞儀した。

「おききの通りでござる。ここは小熊におまかせおき下されい。拙者、どうあっても、富田先生の秘密とやらをきき出しとうござります。その秘密とやらがいかがわしきでたらめであったり、またこやつが刃向ったりすれば、拙者責任を以てこやつを討ち果し、姫をおつれ申しておあとを追いましょう」

一羽はじいっと旗姫の方をながめていた。

ユラユラとそのからだが二、三度ゆれたのは、おそらく迷ったのであろう。が、京馬のそぶりから、その言葉に或る程度の真実性を認め、旗姫への執念もさることながら、やはり彼とて富田勢源の秘密を知りたくなったのであろう。

「小熊、あざむかれたら、そちも斬るぞ」

と、いって背を見せた。そのまま、頼りなげな足どりで東の方へ去ってゆく。

あと見送って。——

「……岩間どの、諸岡先生をどう思う？」

と、京馬はきいた。

「実は、おれも奇々怪々に耐えないのだ」

岩間小熊はその通りの表情をした。

「おれはただ師匠の命令に従って駆けまわっておるが、太の御所でたたき起されてから悪夢でも見ているような気がする。みんな、気がちがってしまったようだ。先生のお変りようもわけがわからんが、なんでまた相弟子の根岸兎角が師にそむき、またわれらが富田勢源先生と敵対関係におちいってしまったのか。——や！」

と、われにかえって、

「京馬。……勢源先生の秘密とはなんだ」

と、声をひそめてきいた。京馬は念をおした。

「それいえば、たしかにここをひいてくれるな」

「うむ。……」

「実は、勢源先生の右眼は見えないのではないかと思う」

「なに？ 右眼が？」

さすがに小熊は意外といった顔をした。

「なぜ、おまえはそんなことを。――」

「忍者として探りあてた。そのことを、一羽先生に申しあげて見ろ。いかがわしきでたらめと仰せられるか、いや、一羽先生ならば、きっと思い当られることがあると信じる」

「ううむ」

「そうときいて、一羽先生が勢源先生と勝負なさる気がいよいよそそられるか。とにかく三日のち、勢源先生にも宇治橋へ出向かれるようにとりはからう。その結果。――」

みんなまできかず、小熊は、

「よしっ、このこと師にお伝えしよう。先生が、そのようなたわごとをとお怒りなされたら、おれはすぐにまたここへ帰ってくるぞ。よいか！」

と、釘をさして、豆戦車みたいに土埃《つちぼこり》をたてて一羽のあとを追っていった。

なぜ木造京馬が「忍者として」こんなことを知り、なぜまた京馬がこんなことを教えてくれたのか、それ以上追及するよりも、名剣士富田勢源の右眼が盲《めしい》ではないかという言葉に、ぐいと心をとらえられてしまったらしい。元来頭脳の単純な岩間小熊であったが、それだけでなく、剣の世界にのみ関心のある男にとって、これは何より師に報告すべき新事実だという思いにとりつかれたようである。

京馬にしても、こんなことをいま諸岡師弟に教えてどうなるか、はっきり目算があったわけではない。ともかくもいまの窮地を脱するには、この材料をたねに使ってかけひきをする以外になかったのだ。

もっともいまのいま、たんに相手をそらせるためばかりではなく、漠と思いついた着想はある。さっき頭にひらめいたことだが、それは諸岡一羽と富田勢源をたたかわせることだ。この大敵を相撃《あいう》ちさせることによって、自分たちを追う魔群を一人二人でも減じたい。

おそらくこれはあの林崎甚助と片山伯耆守との相撃ちの例からひらめいたとっさの智慧《ちえ》であったろうが、しかしその結果がどうなるか、京馬にも見当がつかない。

林崎甚助と片山伯耆守が、あれからどうなってしまったか、京馬は知らないが、とにかくそれ以後、自分たちの前に姿を現わさないことは事実だ。しかし、諸岡一羽と富田勢源の場合はどうなるか？

だいいち、この両者の試合が実現するかどうかも保証できないが、たとえ実現したとしても、いずれが勝つか。勢源の右眼が盲目ではないかという知識が、一羽にとってどれほどの利になるか。そしてまたどちらが勝ったにしても、あと旗姫はどうなるか？
ともかくもこの恐るべき両剣人をこのまま捨てておいて、こちらが無事でいられようとは思われない。
みずから設定した計画に数々の疑問はあったが、しかし京馬はとりかかった。とりかかるよりほかに法はなかった。
「姫。……御心配なされますな」
遠くで茫然と佇《たたず》んでいる旗姫に、京馬はあまり根拠のないなぐさめの言葉と、蒼白い笑顔を投げておいて、地に横たわったままの佐々木岸柳の傍にちかづいた。
さっきから見ていたのだが、岸柳は右足を切断された流血のために失神していた。
その鼻に手をあてがい、まだ息はあると判断し、念のため、おくればせながら彼の衣服をちぎってそのふとももを縛り、さて、矢立と懐紙を出して、しばし思案ののち
「逢いたくば
五月二十七日未《ひつじ》の刻
宇治橋に来れ
如来とともに待たん」
京馬はこう書いた。
広場のまわりにまだ村人や旅人は立ちすくんで見ていたから、たとえ岸柳が落命しても、彼を斬った者が白頭巾の武士だということは知れようが、こう書き残しただけでも、この

通告者がだれかということは富田勢源にはわかるはずだ。

「……さて」

立ちあがって、一瞬、京馬は迷った。

一応先にはゆかせたものの、東には諸岡師弟がいるし、ひき返したところで富田勢源やほかの探索者がウロウロしているかも知れない。勢源は自分たちが祓川《はらいかわ》の南岸に渡ったことを知っているはずだし、たとえ知らないほかの探索者も、岸柳の例を見てもわかるように、この川の南岸北岸を問わず、ゆきつ戻りつして嗅《か》ぎまわっている可能性がある。――

「あっ。――」

ふいに京馬はさけんだ。

「姫。――あ、あの納屋に！」

指さした京馬のただならぬ様子に、旗姫は悪夢からゆり動かされたように、納屋の方へ駆けていってその中へ逃げこんだ。

京馬も横っとびに飛んで、納屋の横に身をひそめ、ふりむいた。

西の方から駆けて来たのは、なんと根岸兎角であった。あの凶暴無比の一羽の弟子である。彼もまたこちらにまわり、このあたりを徘徊《はいかい》していたと見える。――

兎角は何も気づかないもののように、ただキョロキョロしながら走って来たが、広場の異常に気がついて、すぐに倒れている岸柳を見つけ、ちかづいた。

むろん兎角は岸柳を知っている。果せるかな、その顔を見て大いに驚いたようであった。

ふりかえって、さけんだ。

「だれだ、この男をこんな目にあわせたのは？」

見ていた人々はしばらく返事もしなかったが、

「言わぬと、斬るぞっ」

と、腰の物凄い豪刀のつかに手をかけた姿と、仁王みたいな形相に、いちばんちかくにいた百姓の一人が寒天みたいにふるえて、

「白い頭巾をかぶったお侍が――」

と、答えた。

その一言をきいただけで、根岸兎角はしばし口もきけないほど再度の驚愕の相を見せた。斬られた岸柳そのものが恐怖すべき相手に感じたらしく、あわてそこを立ち去る気配を見せたが、ふと岸柳の懐中からのぞいた紙片に眼をとめて、それをひき出し、のぞきこんだ。紙片をつかんだ手がワナワナとふるえている。

それをもと通りにおしこむと、

「が、岸柳！」

と、さけんだ。

「こりゃ、果し状じゃな。二十七日、勢源先生と一羽先生が果し合いなされるということか？」

京馬が富田勢源に判読させようとした内容を、根岸兎角が判読したのである。彼も、こ

れは諸岡一羽が書いたものと見たのである。

乱暴な奴で、失神している佐々木岸柳を、ふとい腕でがくがくとゆさぶりたてた。しかしこの大声とあらあらしい動作で、岸柳は気がついたらしい。かすかにその頭があがったようだ。

「教えてやる」

と、兎角は急に声をひそめた。

「一羽先生は、癩《らい》じゃ」

岸柳の耳に口をあて、ちかくの百姓の耳にもきこえないほどの声であったが、それよりはるか遠いところにいた忍者の京馬は、はっきりと兎角がこういったのをきいた。

そういったきり、根岸兎角は一秒もこの場にいるのがこわいといった様子で、あわてて東の方へ駆け出したが、すぐその方角にいた女に、白頭巾の武士もそっちへいったことをききだすと、狼狽してまたもと来た方へ逃げ帰っていった。京馬や旗姫の存在など気づくはおろか、探し求める余裕もないほどの動顚《どうてん》ぶりであった。

京馬は、動かずそのうしろ姿を見送っていた。

根岸兎角がなぜあわてたかはわかる。彼もまた旗姫を求めて狂奔していたにちがいないが、これは師の一羽の命令から逸脱した彼の個人的行為であって、それだけに一羽とめぐり逢うことを恐れたからであろう。そして彼は、富田勢源の弟子佐々木岸柳に、師匠の秘密を教えた。もし一羽と勢源が争うならば、師の弱点を敵に教えることによって、得べくんば敵の手で一羽の存在をこの地上から消したいと望んだからであろう。

げにや——。

「男は、地上のほかの男を殺しつくしても、その女人をおのれのものにしたいという心の業風に吹きどよもされる」びるしゃな如来旗姫さま。

しかし、京馬をそこに釘づけにしてしまったのは、根岸兎角のいまさらの裏切行為ではない。

諸岡一羽が癩をわずらっていたという事実だ。

いまにして一羽の頭巾の謎《なぞ》もうなずける。またあの病んでいるような声調や動作も納得できる。そして、彼が旗姫から十歩の圏内にあって、例の結果におちいらなかったのは、ひょっとしたらその方の器官に結節を生じ、また神経系統に癩性変化を来しているためではなかろうか。

むろん京馬は、癩について詳しい知識を持っているわけではない。が、これが恐ろしい、またいとうべき業病《ごうびょう》ということは知っている。そして、その業病を病みながら、弟子の根岸兎角をあれほど恐怖させ、げんに自分も目撃したように、佐々木岸柳をあかごのごとく斬る技倆を保持している諸岡一羽という剣客にはいっそう戦慄せざるを得ない。

それ以上にまた、この恐るべき病剣客に狙われた旗姫を思うと、身の毛もよだつ。——そも彼は、そのような業病をわずらいながら、旗姫を得てどうしようというのであろう。

また、思い出せば、あの富田勢源も、京馬の信ずるところによれば、見える左眼にふたをして、盲《めしい》となって旗姫にちかづいたが、そうまでしなければ旗姫にちかづくことができないということをあきらかに承知しつつ、彼もまた旗姫を得てどうしようというのであろう。

「……姫を抱いたらどうなるか。このわし自身を験したいためにも姫を抱いて見たいと思う」

期せずして、勢源も一羽もつぶやいたこの言葉をあらためて思い出し、京馬は吐気のするような恐怖に襲われた。

――実際京馬は、もしこのまま逃げおおせることができるなら、この妖剣士から雲を霞《かすみ》と姿をくらませたかった。しかしそれが不可能だということは、いままでの様相から思い知らされている。

彼はすべての結果を見とどけようと覚悟した。約束のためでも、好奇心のためでもなかった。

両剣士立ち合わせ、一方が倒れれば、死力をふるって残る一方を自分が倒す。両者、起つ能《あた》わざるほど傷つけば、それこそ望むところだ。それ以外に彼らから逃れきる法はないと見きわめるほかはなかったのだ。

九

三日後。

五月二十七日未の刻。午後二時。

木造京馬は旗姫を伴って、内宮《ないくう》宇治橋にあらわれた。

神苑《しんえん》の北、五十鈴川にかかる橋。橋のらんかんも朽ち、大鳥居も風霜《ふうそう》に黒ずんで、いかにも戦国頽廃《たいはい》の世を思わせるありさまで、ここを詣《もう》でる人影とてほかにはないが、ただ橋下のせせらぎの清冽《せいれつ》さと、森のかなたからかすかに吹き送られてくる笙《しょう》ひちりきの音が、わずかにここが古来からの神境であることを想起させる。——

その内宮の森の方から、二つの人影が出て来た。

白い頭巾をかぶった諸岡一羽と弟子の岩間小熊であった。

京馬自身も半信半疑であったが、果然、一羽は策に乗ったのである。京馬の提供した条件を受け入れるに足ると一羽も認めたのか、約を護ることを小熊が進言してやまなかったのか、いずれにしても富田勢源を——勢源がほんとうにこの場に現われるならば——ここで消しておかなければ、たとえ旗姫を手に入れても、安んじて伊勢を去ることはできない、と判断したものであろう。

「やはり、来たな。——」

と、小熊もいった。

諸岡一羽はちかづいてくる。自分が呼んだくせに、その頭巾の中を想像すると、京馬はそれ以上の旗姫への接近を耐えかねるもののごとく、五、六歩そちらへ歩きかけた。

二人が立ちどまった。じいっとこちらを凝視している。小熊の頭髪が逆立ち、一羽の眼がうすく笑ったようだ。

それが、自分に対するものでも、旗姫に対するものでもないことを直感して、京馬はふりむいた。

宇治の方から、一つの人影が近づいて来た。総髪、道服——枯木のような富田勢源である。果然、これもまた岸柳の懐中の「果し状」を見るか、岸柳からきくかして、この日、この時刻、この宇治橋に現われたのだ。

自分の狙いは当ったのに、京馬は戦慄して、その方へ、思わず身をひるがえそうとした。

「動くな」

と、小熊がさけんで、ずんぐりした腰から豪刀をほとばしらせた。

「事が終るまで、京馬、そこを動かずにおれ」

京馬は内宮寄りの橋のたもとに立っていたが、小熊に制されたわけでなく、東西から橋に近づく二つの人影、そこからはや流れ寄る妖しい剣気に全身を縛りあげられてしまった。

諸岡一羽は、京馬のすぐ前に——こちら側の橋のたもとに立った。頭巾の横顔を見せて、向う側を見つめている。眼のまわりの皮膚が妙な黄紅色を呈していることに、京馬はいまはじめて気がついたが、それよりもそこから何か放射しているような眼光の凄じさに、彼はその対象ではないのに、射すくめられる思いがした。三日前、佐々木岸柳を見ていたときの眼の比ではない。——

富田勢源は橋の向う側のたもとに達していた。

旗姫は橋のまんなかに立ちすくんでいる。

二人の妖剣士は、そこでしばし静止した。神苑の森のそよぎは絶え、五十鈴川の川音も消えた。

「こういうことで、わしたちが立ち合おうとはなあ」

と、一羽が感慨深げにいった。

「姫もさることながら——いちど立ち合うて見たいとは思うておった」

と、勢源のしずかな声がきこえた。

「本懐じゃ、一羽」

「寄れ、勢源」

二人は橋のまんなかへ歩み出した。いずれも、病者のごとき足どりである。が、歩みつつ両者抜刀した手ぎわは、これは機械のように流麗な動作であった。

一羽は長剣、勢源は例の小太刀。

一羽と勢源の距離はせばまった。

このまま、或る間隔に達して、二人同時に斬りつけたら、どうなるか。むろん、富田勢源の小太刀のとどかぬ前に、一羽の長刀が勢源を斬ってしまうにきまっている。

このとき、勢源は左掌をあげて、左眼を覆った。——旗姫から十歩の圏内である。

一羽は立ちどまった。

「寄れ、一羽。——」

あざ笑うように勢源はいった。

おそらく勢源は、同じ圏内に一羽が入って射精現象を起すことを期待したのであろう。

そのまま彼は、なお飄々《ひょうひょう》と歩みながら、

「来ぬか、わしの刀はかくのごとき小太刀。――」

と、歩みぶりとは反対の、ややいらだたしげな声で誘った。

一羽が立ちどまったのは、一息か二息つく間に過ぎなかった。彼は歩き出し、充分圏内に入った。同時に、彼もあざ笑うようにいった。

「盲《めしい》で、一羽が斬れるか、勢源。――一羽は士子とはちがうぞ」

勢源が停止した。おそらくそれはおのれの秘密を指摘された驚きと、相手が射精しないことの驚きのためであったろう。

手が眼から離れた。

「一羽！　姫に癩の醜顔を見せよ！」

この人物にしては甲走《かんばし》った、憎悪に狂ったような声であった。その刹那《せつな》、一羽の長剣が天空から、勢源の頭上におちかかった。

その一瞬前、勢源が停止したのが勢源を救った。いや、いまの勢源のさけびに、一羽がはっとしてその肘《ひじ》の弦を切ったのが、彼の計測をあやまらせたのである。

諸岡一羽の長刀は、富田勢源の顔すれすれに――きっさきはその左眼を薄く縫って下ったのである。絹糸のような血をひたいから左頬にえがきながら、勢源は二足、右へ廻りつつ進んだ。彼は一羽の長剣の手もとに入ったのである。

一羽の刀が反転しようとした。稲妻の速度であったが、なんで勢源がこれを待つべき、その小太刀は早くも一羽の脳天を斬り割っていた。——

と、思ったのは、盲となった勢源だけである。そのきっさきは、これまた一羽の顔面をかすめただけで、その覆面がひたいからさっと裂けた。

「あーっ」

さけんだのは岩間小熊であった。

勢源と一羽はすれちがっていた。勢源はそのまま、ト、ト、ト、と小熊の方へよろめき、小熊が橋板踏み鳴らして駆け寄ってくる前に、横に飛んで、そのらんかんから五十鈴川へ、水けむりをあげておちていった。

この転落が、小熊の襲撃を避けるためか、小太刀の手応えから、一羽を斬ることに失敗したと知って、その長剣のうしろ斬りを防ぐためか、それとも全盲になったため、らんかんの位置を計りそこねたゆえであったか、その動作からは、目撃していた京馬にもわからなかった。

駆け寄った小熊は、そのらんかんに手をかけて、水の中の勢源を見下そうとして、はっと顔をあげた。

「姫、その腐れた顔をごらんなされ!」

と、いう咆哮《ほうこう》がきこえたからだ。

勢源ではない。——宇治の側の川のほとりで、躍りあがってわめいているのはたしかに根岸兎角であった。

「諸岡一羽は癩じゃ。そのからだで女を抱けば、女も癩となるであろう。諸岡一羽は天刑の病者じゃ！」

兎角は恐怖とも哄笑《こうしょう》ともつかぬ表情で歯をむき出していた。

一羽がしゃがれ声でいった。

「小熊、きゃつを斬れ」

「ううぬ、裏切者、待てっ」

小熊は橋を韋駄天《いだてん》のごとく駆け渡っていった。それと見るや、根岸兎角は地ひびき立てて向うへ逃げ出した。はっきりとこんどは笑い声がきこえた。

実は京馬は、河におちた富田勢源も、向うに現われた根岸兎角も、それを追っていった岩間小熊も、すべて幻影のように視界の端に映じさせただけである。

彼はただ諸岡一羽ばかり見ていた。

癩——その病いはきいてはいたが、なんというその面貌の凄じさ、いたるところ黄紅色の斑紋《はんもん》や黄褐色の豆状の隆起が生じ、それが一種油状の光沢をもち、なかには糜爛《びらん》し、潰瘍《かいよう》となっているものもある。前額部の髪の毛も眉《まゆ》もすべて脱落し、顔全体は皺襞《しゅうへき》のかたまりに無数の豆がくっついたようで、まさにそれは人間の「面貌」というべきものではなかった。

しかも、それが、ひたいから鼻柱——というほどのものは認められないが——あごにかけて、これまた赤い絹糸のような刀痕《とうこん》から、タラタラと血潮がながれおち、網目をなしてひろがっている。——むろん、勢源の一刀の痕《あと》だ。

「…………」

姫に逃げろという声がのどにつまった。

もとより旗姫は、橋のまんなかに背をおしつけて立ちすくんだままだ。それまで被衣で顔を覆っていたのが、その手が離れて、森から吹く青嵐《せいらん》にそれがハラリと吹きなびき、顔が現われた。彼女はいっぱいに見ひらいた眼を、すぐ前の怪物に吸いつけられていた。

一羽もまた凝然と佇《たたず》んでいる。

いま、弟子の小熊に「兎角を斬れ」と命じたが、それはほとんど無意識的にいったものらしく、顔はこれまた旗姫にむけられたままだ。その左手はあげられて、顔におしあてられている。傷を覆うより、顔そのものをかくそうとしているつもりなのだ。それでも、だれがその凄じい面貌を見まがうことがあろう。

そして。——

旗姫の被衣がハラリと吹きはらわれたとき、

「…………」

一羽ののどの奥で怪声がもれると、彼はからだをくの字なりに折り曲げた。

それが旗姫に飛びかかる姿勢に見えて、旗姫ははじめて恐怖の悲鳴をあげ、京馬の方へ逃げ出して来た。

「京馬、助けて！」

「森へ――」

そういって、京馬は神苑の方へあごをふったまま、眼をなお死物狂いに一羽の方に向けていた。

旗姫は森の方へ逃げてゆく。京馬はそこに踏みとどまって、一羽が追ってくれば刃を交えるのもやむを得ず、と覚悟をきめていたが、諸岡一羽が橋のまんなかにしゃがみこんで動かないのを見ると、はじめて身をひるがえして旗姫のあとを追った。

そもそも最初は、この果し合いで、生き残った方を自分が倒すつもりであったが、正直なところ、とうてい刃をあてるのに耐えられぬ腐肉の対象であった。

十

それっきり、京馬はあとのことを知らない。

諸岡一羽、その弟子の岩間小熊、根岸兎角、そしてあの勢源に片足斬られた土子泥之助《ひしこ》が生きているのか、死んだのかも、しばらく耳にすることができなかった。

富田勢源もどうしたか、その弟子の、一羽に片足斬られたあの佐々木岸柳も生きているのか、死んだのかもこれまた噂《うわさ》をきくこともなかった。

とにかく、この伊勢の宇治橋の決闘以来、京馬たちは、諸岡一党、富田一派の追跡からまぬがれることができたのは事実である。

いったいこの果し合いそのものも、どちらが勝ったかよくわからない。

両者の刀はいずれもその顔に絹糸のごとき傷をつけただけであった。一見、河へおちた富田勢源が敗れたようだが、あの長剣と小太刀を以て相対して、しかも同程度の損傷を与え、与えられたところは、必ずしも一羽の勝利とはいえまい。

勢源の片眼が盲で、一羽が癲であるということの知識も、おたがいがそれを利用しようとしたことはたしからしいが、どこまで役に立ったかも疑問である。むしろその弱点と秘密を指摘されてはっと動揺したことが、おたがいに一髪の救いになったと見られるふしもある。まさに一瞬のタイミングの狂いも、どんな結果の相違を現わしたか予測のつかない果し合いではあった。

ところで、諸岡一羽の業病のことだが。——

彼がそのような業病を持ちつつ旗姫を恋慕したのも奇怪だが、それはびるしゃな如来の魔力のゆえとしても、覆面しているあいだは射精せず、それが裂けてむき出しになってから、その現象が起ったらしい——たしかに彼はあのあとでそうなった——のは、いよいよ以て奇怪である。たぶんそれは、それまでの隠蔽《いんぺい》意識が破綻《はたん》して、全身、裸で旗姫に直面したような感覚からこの現象をひき起したのではあるまいか。

一羽が自分の業病をいかに秘密にしていて、それが白日のもとにさらされることをいかに恥じていたかは、その後の彼の運命のなりゆきを見ればわかる。

そもそも宇治橋で、そのあと一羽が、姫を襲うはおろか、何もなし得ずうずくまってしまったのは、勢源から受けた傷のせいばかりではなく、また不覚にも射精してしまったせいばかりでもなく、旗姫のまえにおのれの惨澹《さんたん》たる醜貌をさらしたという恥辱感からであったろう。

そのくせ、旗姫を追いまわしたのはわけがわからないし、また醜貌をさらしたといっても旗姫と京馬の前だけだが、とにかくその後一羽は、ひっそりと伊勢から去って、郷里の常陸へ帰っていったことだけはたしかである。

しかも、爾来《じらい》、この名剣士がいちども世にあらわれることなく、影のように死んでいったのだが、その歿年《ぼつねん》すらはっきりしない。してみると、この試合によって富田勢源の小太刀は、一羽の生命こそ絶たなかったとはいえ、人生に於て致命の傷を与えたというべきであろう。

ただ、その弟子岩間小熊が、文禄二年、師を裏切った根岸兎角を江戸の大手大橋で討ったということだけは世に知られている。文禄二年というとこの物語の十数年後のことになるからずいぶんのちのことだが、これは根岸兎角がようやくふたたび世間に顔を出したのがそのころになってからだからであったろう。

それにしても、根岸兎角が、なぜあの場に現われて、あのようなさけび声をあげたのか。おそらく師の秘密を敵に教えてその抹殺を期待したのに、一見その師が決闘に勝ったように見えたことから、ごうを煮やし、逆上して悪罵《あくば》をはなったにちがいない。
これは結果に於て京馬たちを救った。おかげで京馬は岩間小熊の監視からのがれることができたからだ。

しかし、京馬と旗姫をさえすておいて、一羽が成敗を命じ、小熊が追いかけた対象物になった根岸兎角の恐怖は、それ以後、伊勢で旗姫に執心することを断念させたのみか、さらに十数年にわたり、彼を世から潜伏させたほどのものであった。

さて、余談になるが、その十数年後の文禄の試合話である。

兎角がふたたびあらわれたのは文禄の世になってからのことだが、おそらく諸岡一羽がようやく死亡したという噂をきいたからではなかったか。彼は江戸で「微塵流《みじんりゅう》」という新しい流派の看板をかかげ、みるみる数多くの門弟を集めた。

このことを伝えきいて、常陸にあった土子泥之助と岩間小熊は、

「すわ、忘恩の醜奴《しゅうど》、ついにあらわる」

と、躍りあがった。

土子泥之助の方は片足失っていたため第二次の討手《うって》ときまり、まず岩間小熊が江戸へむけて急行したが、あとで泥之助は鹿島明神に血書の願文をささげた。

「それがし兵法の師匠諸岡一羽の亡霊に敵対の弟子あり、根岸兎角と名づく。この者、師の恩を讐《あだ》を以て報ぜんとす。いま武州江戸にあって逆威をふるいおわんぬ。これによって彼を討たんがため、それがしの相弟子岩間小熊、江戸へ馳《は》せ参じたり。願わくば神力を以

て守り給え。――」

と、祈り、もし小熊敗れ、さらにまたおのれも敗れることあらば、

「神前にて腹十文字に斬り、はらわたをくり出し、悪血を以て神柱を朱に染め、悪霊となって未来永劫《えいごう》当社の庭を草野となし、狐《きつね》のすみかとなすべし」

と、明神を恐喝《きょうかつ》している。いかに裏切者兎角への怒りが甚《はなは》だしかったかを見るべきである。

さて、江戸へ向った岩間小熊は、徳川家に果し合いの届けを出し、かくて大手大橋（いまの大手町一丁目）で、根岸兎角と試合を行った。

この日、両人のいでたちは。――

根岸兎角は容貌魁偉《かいい》の大男で、これがふとい縞《しま》の小袖《こそで》に白布のたすき、繻子《しゅす》の刺繍《ししゅう》をした袴《はかま》に黒脚絆《くろきゃはん》、わらじばきという仰々しいよそおいをしているのに対し、岩間小熊は小男で色黒く、乱髪、ひげむしゃ、それが鼠《ねずみ》色の木綿の袷《あわせ》に浅黄《あさぎ》の木綿袴をつけ、かかとのない短い草履をつっかけているといううらぶれた姿であった。

二人は橋の両方から歩み寄った。

このとき小熊が、左手で頭をなでて、

「いかに兎角」

と呼びかけたのに、兎角が頬ひげをなでて、

「されば」

と答えた。

この問答ですでに勝負あったと評した人がある。からだの高い部分をなでた方が気概も昂揚《こうよう》している証拠だというのだが、これは少々こじつけの結果論のようだ。

さて、両人、この声とともに走り寄り、刀をかみ合わせたが、そのまま鍔《つば》ぜり合いとなり、小男の小熊はたちまちらんかんに押しつけられた。あれよと見ている間に、両者の態勢がくるっと変り、背の低い小熊はいきなり片手を以て兎角の足をつかむと、大兵の兎角はらんかん越しにざんぶと河へ投げ落された。

小熊は、

「八幡《はちまん》、これ見よ」

と、さけんで、そのらんかんを斬ったという。——

で、結局、このかんじんの根岸兎角がどうなったという記録はないが、結果に於ては彼は、これでふたたび、完全に世から葬られたものであろう。

事実としても、あとで自ら死んだにちがいないということを証明する後日譚《ごじつたん》がある。兎角の門人たちが、のちに小熊を誘って浴室に入れ、熱湯を以て半死半生としたあと斬殺《ざんさつ》したという話があるからである。

してみると、剣豪相撃ち、剣士相たたかってたがいに消えてゆくというびるしゃな如来の魔力は、まさにこのころにまで及んだというべきか。

その魔力の後日譚といえば、宇治橋の決闘の一方、富田勢源の方にもそれがある。

五十鈴川におちた富田勢源も、まさか溺死《できし》はしなかったが、それ以来、ふっつりと世から その名を絶った。彼は両眼盲目となったはずだから、それも当然かも知れない。

ところで、彼の弟子、佐々木岸柳である。

古来から、例の宮本武蔵と試合した佐々木小次郎が富田勢源の弟子だという説がある。

しかし、有名な船島《ふなじま》の試合は慶長十七年、この物語から三十七年後である。武蔵はまだ二十九歳の壮年であった。

武蔵と小次郎の試合ぶりは、どうみても武蔵の方が老巧で、小次郎の方が若い。

すなわち、船島の佐々木小次郎は、この物語の佐々木岸柳の一族の後裔《こうえい》であった。

佐々木家は周防岩国の出身といわれる。諸岡一羽に敗れたりとはいえ、富田勢源の高弟であった佐々木岸柳は、やはり剣法の俊秀として一族の敬意を受けたものであろう。

それと血のつながった佐々木小次郎がのちに巌流《がんりゅう》と称したのも、一族の先達の名をつごうとしたものにちがいない。或いはその恥をそそごうとしたのかも知れない。佐々木小次郎がやはり富田流を伝えるといわれながら、彼が使用したのが小太刀ではなく、人並以上の長剣であった事蹟《じせき》を見ればである。

それにしても。——

その佐々木小次郎の相手武蔵がこの物語に於ける十二人の大剣士の一人宮本無二斎の子であるとはこれまた悪因縁のただならぬことを思わせる。——

ただし、小次郎はもとより、武蔵もまだこの天正四年当時にはこの世に生れていない。

武蔵の生れたのはこれから八年後、天正十二年のことである。

武蔵といえば。——

彼が二十一歳のとき、慶長九年京の吉岡一門と数度の決闘をしたことは有名である。すなわち蓮台寺野《れんだいじの》で吉岡清十郎と、次にその弟吉岡伝七郎と、そしてまた一乗寺下り松で残りの門弟らと。——

それから十年後、吉岡家の三男又三郎が、朝廷の猿楽興行を見物にいった際、警備の雑《ぞう》色《しき》と大騒動を起したという話もよく知られている。

すなわち、たまたま雑色が又三郎を「頭《ず》が高い」と杖《つえ》で打ったために、又三郎がこれを一刀のもとに斬り殺したことに端を発し、おびただしい雑色が彼を包囲したのを、猿楽の舞台の上下を飛びちがってかたっぱしから斬り伏せ、ついに南門の塀を躍り越えて逃げようとしたとき、はいていた袴がとけてひっかかり、ころがりおちたところをズタズタに斬られたという事件である。

長男、次男、当時無名の武蔵に敗れ、三男またこのような非業の死をとげたために、吉岡流は以後絶えたが、しかしその父吉岡拳法の名は、その在世当時、京一円を覆っていた。

さればこそ武蔵が世に出るや、そのころすでに拳法歿して久しかったが、なお盛名たかい吉岡一門にまず挑戦したのだ、という説もあるが、逆にまたこの挑戦があまりに異常無謀であったために世の耳目をひいたとも見られる。

異常でも無謀でもない。武蔵が吉岡に執拗に挑んだのは、それ相当のいわく因縁があったのだ。つまり、前世から。——

武蔵の父、宮本無二斎。播磨国揖東郡《はりまのくにいっとうぐん》宮本村の住人。またその家が美作《みまさか》の新免《しんめん》伊賀守に仕えてその姓を拝領したので、新免無二斎ともいう。十手《じって》の達人として世に知られた。

吉岡流の開祖、吉岡拳法。

京、西の洞院《とういん》四条に道場をひらき、室町御所にも出仕して将軍に指南し「兵法所」の称を得ている達人。

——以下は、この武蔵と吉岡一門の先代同士の物語である。

二門先代記

一

さて。——

木造京馬と旗姫は、伊勢の大神宮の神官、渡会門太夫《わたらいもんだゆう》の屋敷に身を寄せていた。

戦国乱世、ともすれば廃墟《はいきょ》となりかねない大神宮の命脈を伝えるべく、神官や禰宜《ねぎ》は必死に諸国を勧進して歩いたが、その首導者がこの渡会門太夫であって、むろん彼はしばしば国主の北畠家へもやって来た。国の防衛に寧日《ねいじつ》もない北畠家ではあったが、そこはもともと南朝の忠臣の末裔《まつえい》たる家柄である。兵馬のあいだにできるだけの保護を加え、大神宮が荒れ果てながら、なお古来からの祭事を伝えていたのは主としてこのためであったといっていい。

京馬がここへ来たのは、この縁を思い出したからでもあった。

渡会門太夫は驚き、かつ怪しんだ。

「……北畠家の姫君が、家来一人をつれてなぜここへ？」

という疑問に対し、京馬はやむなく、

「花婿の織田信雄《のぶかつ》さまが御脳を患われて御行状あらあらしくおなりなされ、しかも獣のごとく旗姫さまをお求めなされてやまないので、具教卿《とものり》の御命令で、ここ半年ばかり姫を奉じて避難の旅をしているわけです」

と、虚実半々の返答をした。

しかし、北畠家の厚意をふだんから感謝していた門太夫は、それ以上疑わず二人を歓待してくれた。

ただ、この逃避の理由はともあれ、主従とはいえ男女二人だけの旅という点にはいささか首をかしげたようであったが、京馬が旗姫に対して、三尺置いてその影を踏まず、どころではない態度を持しているので安心し、さらに京馬が、

「姫君には茶筅丸《ちゃせんまる》さまの御狂気めいた御行状から男性恐怖症にかかっておわすので、お身

の廻《まわ》りのお世話はなにとぞ女人のみにお願いいたしたい」

と依頼したのをいよいよ尤《もっと》もとして、自分の遠縁の娘で、神宮奉仕の「子等の館《たち》」に勤めている巫女《みこ》のお優《ゆう》とお汐《しお》という二人の娘を以てその役にあててくれた。

嵐を避けて神苑《しんえん》の樹蔭《こかげ》に羽根を休めたような京馬たちの生活は一と月とつづかなかった。

六月も半ばすぎの一夜、渡会門太夫が不安げにこんなことを伝えたのである。

「おぬし……織田の侍衆にいどころを知られてはまずかろうが」

「え、織田の侍？」

「されば……どこできいたか、ここの禰宜神官の家に北畠家の姫君がひそんでおわすそうな、と織田家中と名乗る侍衆が、あっちこっちをきいてまわっておるそうな」

京馬はくびをかしげ、宙をにらんでいた。

——あり得ることだ。

と、すぐに納得がいった。織田の侍たちが——自分たちが奉じて来た花婿茶筅丸の花嫁たるべき旗姫が太の御所にいないということを、いつまでも気がつかないはずがない。これに対して茶筅丸がどう説明したかは知らず、彼らが旗姫のゆくえを捜索に出動して来ないということは断言できない。——

「左様。——」

やがて、京馬はうなずいた。

「いま、織田の侍衆につれ戻されては、殿のお申しつけを承った甲斐《かい》がない。ともあれ、いそぎ出立《しゅったつ》いたしましょう。……ところで」

と、門太夫を見て、

「いかがでしょう。これからの旅、それほど長いあいだではないが、旗姫さまのお世話役として、お優どの、お汐どのを、しばしお貸し下さるというわけには参りますまいか？」

といった。

京馬としては例のタブーをかかえて旗姫の供をするのに、ここまで来るにも四苦八苦であったし、またもう一つ。——もし捜索者が旗姫と木造京馬という組み合わせを追っているなら、そのかたちを変えて、三人の女人という別の組み合わせを作り、それを遠くで自分が護っている方が安全ではないかという着想が胸に浮かんで来たからであった。

「ほかならぬ北畠家の姫君さまのこと、わしとしても否やはいいがたいが、しかし、お優、お汐がどう申すか？　ちょっときいて参る」

と渡会門太夫はいって立ち去ったが、やがてすぐ戻って来て、

「お供いたすと申しておる」

と報告した。

彼は、京馬たちの旅がどんなに恐ろしいものであるかを知らない——その夜のうちに、市女笠《いちめがさ》に被衣《かずき》をつけた三人の女が、ひそかに渡会家の裏木戸を出ていった。ゆくさきは、鳥羽《とば》にある北畠家の一族の家と告げてある。

「京馬さま、こちらです」

「何をしていらっしゃるのですか」

いちど、旗姫について先へいったお優とお汐がひき返して来た。

お優は十九、お汐は十七、いずれも神に仕える巫女として養われて来たという素性はあきらかにからだに見え、とくに若いお汐の方はいかにも清女といった純潔さがういういしくあらわれているが、お優の方はおなじ清麗さでも、やはり匂《にお》い出す女のなまめかしい香はいかんともとどめがたい風情があった。

――旗姫さまが好きになりましたから。

と、二人は口をそろえていったという。

しかし、もとよりこの二人も、旗姫にからみついている妖雲《よううん》は知らない。京馬を呼びたてる二人の清女の眼には、生れてはじめて経験する、こんな旅への好奇心か、むしろ禁園から解かれた小鳥のような浮き浮きした心のはずみが、きらきらとかがやいていた。

「いま、すぐに参る。安心して先へゆきやれ」

淡墨にぼかしたような六月の月明りの下で、京馬はわらじの緒《お》をしめなおしながら、自分が旗姫にちかづけないという行動を、この二人の娘にどう説明しようかと、それを苦に病んでいた。

鳥羽は宇治から三、四里。

そこに住む坂手監物《けんもつ》という人物を頼るつもりだが、これは北畠家と縁つづきにあたり、もし鳥羽へ寄るならそこへ寄れと、あらかじめ具教卿からきいていた家であった。

二

——鳥羽は、熊野《くまの》灘《なだ》と遠州灘のちょうど中間にあり、また伊勢湾の門にあたる。この位置と、鳥羽湾の前面に答志島《とうしじま》とか菅島《すがしま》などいう島々があって外洋からの荒波をふせぐために、古来から、「千家甍《いらか》をならべ、輻輳《ふくそう》の船相つぐこと難波につぐ」といわれる港であった。

ここの領主は九鬼《くき》右馬允《うまのじよう》嘉隆《よしたか》である。

のちにいわゆる九鬼水軍の名を以て知られた武将だが、もともと九鬼家は紀伊国牟婁《むろ》郡九鬼浦から出た一族で、北畠家の援助のもとにこの鳥羽一帯に勢力を占めた家だけに、家中にも北畠家の息のかかった武士が少くなかった。

坂手監物もその一人である。

坂手家をひそかに訪ねて、京馬は伊勢の渡会門太夫に対するのと同様の逃避行の理由を打ちあけたのだが、その監物から、ちょうど門太夫が京馬に告げたのと同様の警報をきいたのは、それから七日もたたぬうちのことであった。

「……大河内から、織田の侍どもが四、五人、鳥羽に来たと申すぞ」

と、監物は告げて、自分もしばし思案していたが、

「ここではまずいが、ひょっとしたら、答志島におるわしの甥《おい》の家ならば気がつかぬかも

知れぬ。織田衆の動静如何《いかん》にもより、また姫君が御辛抱なされるかどうかも気にかかるが、あそこならば、当分ひそんでおることもできよう。……ひとつ、見てくるか？」

といってくれた。

北畠家と縁つづきでもあり、かつ武士でもあるだけに、織田の侍が捜索に来たといってすぐに浮足立つのは面目にかかわる、と思ったらしい。

「――どこへ？　京馬さま」

外出する支度をしている京馬を見て、そう問いかけるお優、お汐に、

「ちと所用あって、……ただし、拙者が帰るまで、この屋敷から出られぬように」

と、京馬は釘《くぎ》をさしておいて、坂手監物とともに答志島へ出かけた。

答志島は鳥羽のすぐ前に横たわる長さ二里ばかりの長い小島であった。監物の甥というのは九鬼家に仕える武士ではなく、この島の漁師の頭領であって、さればこそ監物が気をつかったのだが、なかなか大きな屋敷で、充分旗姫をかくまうだけの建物もあると京馬は判断した。主人もふかく理由はきかず、快諾してくれた。

で、二人は、海風に吹かれつつ、舟着場へひき返して来たのである。

すると、磯《いそ》ちかくのひきあげてある舟に腰うちかけていた一人の菅笠《すげがさ》の武士が、ゆっくりとその笠をあげてこちらを見た。

「木造京馬と申したな」

京馬の顔から血の気がひいた。

どうしてこの人物が答志島へ渡っていたのか——そのいきさつは知らず——年輩は四十過ぎ、ふっくらと色白の肉はついているのにスラリとした感じがあって、菅笠はかぶっているがたしかその髷《まげ》も公卿《くげ》風で、とうてい元来、京の染物屋出身とは思われない。事実、さきごろまで足利公方《くぼう》の兵法所《ひょうほうじょ》としてきこえた人物にまぎれもない。

「拳法先生!」

と、京馬はさけんだ。

吉岡拳法であった。

むろん、吉岡拳法は京馬を知っている。——「室町家兵法所」という名を自分でも意識しているが妙に貴族ぶってとり澄ましているところがあって、京馬などと話をしたことはないが、少くとも拳法の方では、旗姫の婚約のことについて飯綱七郎太と京馬が太の御所にまかり出たときのいきさつを目撃しているはずだ。

「旗姫さまは、いずれにおわすな」

と、拳法はいった。

「この島か、と思ったが、そうでもないようだ。鳥羽におられるのか」

——してみると吉岡拳法は、鳥羽のどこかで、京馬たちを見かけて、ひそかにこの答志島に追って来たものであろうか。

「あれは、何者じゃ」

と、監物はきいた。相手の権高い口のききようにむっとしたようだ。

「京四条の吉岡拳法先生。――」

答えると、さすがに監物もはっとした。その高名は知っていたのである。

「これは、これは、兵法所の吉岡拳法先生。――思いがけず、大剣客の御光来。拙者は九鬼家の――」

と、何も知らぬ監物は、笑顔で拳法にちかづいた。

京馬があわてて口を制するより、監物がその言葉を、「あっ」というさけびに変えた方が早かった。ふいに彼は、両眼をおさえて立ちすくんだ。

「こ、こりゃなんだ？」

京馬にも何が起ったのかわからなかった。ただ、その直前に拳法が妙なことをしていたのを見てとった。

拳法は依然として船に腰を下したままであったが、その左の腰の――刀をさした帯のあたりに、小さなにぎりこぶしみたいな淡褐色の皮袋が結びつけられていて、そこにあてがっていた左掌の親指を、二度、ピーンピーンとはじいたようだ。

「見えぬ！　何も見えぬ！」

坂手監物は片手で眼を覆い、片手で宙をかきむしって、キリキリ舞いをした。

「ちと急ぐことがあって、色々問答を交わしておるひまがない。旗姫さまのいどころをききさえすればわしの用はすむ」

吉岡拳法は、すうと船から身を起した。

左の手はなお腰にあてがわれたままだ。いま拳法はそこからたしかに白いものを二つ飛ばした。それが監物の両まぶたにピシャリとあたると、糊《のり》みたいな、飛沫《しぶき》をちらし、両眼をふさいでしまったらしい。――

――問答無用。

拳法はそういっているのだ。

「それいえば、これ以上手間はかけぬ。いわぬつもりなら、盲にして、口をきかせる」

それ以前から、京馬は拳法の意図を感づいている。

彼はぱっと飛びずさって、右手を腰の力にかけたが、左手は顔のまえにつき出した。何が飛んで来るかはまだ知らず、盲目とされるのをふせごうとしたのだ。

が、京洛《きょうらく》に吉岡流の名をとどろかせた吉岡拳法を相手に、このようなハンディキャップを以て京馬が敵対し得るや否や。

三

――そもそも吉岡拳法は、その風采《ふうさい》挙止、いかにも洗練された公卿風の人物であったが、その出身は公卿どころか、武士ですらない。

実に彼は、もと京の染物屋の生れであったのだ。

そのころ、世に、しゃむろ染めという染物の様式があった。しゃむろとは、シャム、つまりいまのタイのことである。南蛮人がもたらしたシャムの更紗《さらさ》を模した染め方で、吉岡家はそれを得意とした。とくにこの拳法はきわめて独創的な人であったらしく、一種独特の黒茶色の染め方を発明したので、世人はこれを吉岡染め、または拳法小紋と称した。

この染物屋がどうしてまた吉岡流とも呼ばれる剣法の創始者となったか。

この染物は、布に紙型をあててから防染《ぼうせん》の紺屋《こんや》糊《のり》をぬり、乾かしてから糊を洗い去ると、黒茶色に小紋があらわれるというやりかたであるが、彼はこの糊を引き切るヘラの使い方から小太刀の工夫を思いついたという。ちょっと常人には見当もつかない結びつきだが、この点に於《お》いても彼は天才的な独創家であったにちがいない。

しかし、剣になんの興味も素養もないなみの染物屋が、いかにヘラ使いの名人であったとしても、刀法の達人となるわけがない。――やはり彼は、染物屋でありながら、もともとこの道に志すところはあったのである。

元来京一円にはやっていた剣法に、京八流という流派があった。伝説によると、平安の末、京白川に鬼一法眼《きいちほうげん》という陰陽師《おんみょうじ》があって、これが鞍馬寺《くらまでら》の八人の法師におのれの発明した刀法を伝授した。例の牛若丸をきたえた天狗《てんぐ》たちはこの八人の僧であるというのだが、むろんこの話はあてにはならない。

とにかく、古来から京八流と呼ばれる小太刀の剣法は存在していて、拳法は染物屋でありながら、これを修行してはいたのである。それに彼独特の工夫を加え、忽然《こつぜん》として一流の開祖になったのだ。

吉岡家は、室町御所出入りの染物屋であった。この縁でみるみる彼は公方義昭をはじめ、足利家の侍たちの兵法師範となり、四条西の洞院に大道場をかまえるに至った。

吉岡拳法という名も、実はそのころから名乗ったものであろうし、彼が必要以上に貴族的な態度を持していたのも、この地位による身構えと、その出身から来た反動であったろう。

時に九州筑紫《つくし》に勇名高い朝山三徳なるものあり、「身長六尺余、あたかも夜叉神《やしゃじん》のごとし」と形容される人物で、七尺の八角棒をかるがると打ちふるい、当る者ことごとく脳骨みじんにたたき割られるという凶暴さであった。これが上洛して、「室町家兵法所」たる拳法に試合を申し込んだ。

両者の決闘が行われたのは東山八坂《やさか》である。

このとき八角棒をふるって躍りかかった朝山三徳は、突如眼前に拳法の姿を見失ったようであった。

「拳法うしろに廻《まわ》って一足飛躍し、三徳の脳天を打つ。妙手の一撃、三徳の頭たちまち砕けて、すなわち倒れ死す」

と、史籍集覧に収められた「吉岡伝」にある。

これより拳法の名、四方にひろがり、それを伝えきいて猛然と立った人物に、鹿島林斎という男があった。

「東関の林斎ほのかにこれをきき、憤りを発して諸徒にいっていわく、京の柔輩《じゅうはい》、みだりに瓦釜を以て雷鳴をなす。しかず、われゆきて一刀に打破せんと。すなわち鹿島を出でてはるかに洛陽に入る」

つまらん奴のくせに、評判だけは高い、と罵《ののし》ったのである。彼は京都に上って、拳法に挑戦した。


「林斎、身長六尺五寸、禿髪《とくはつ》にして、ひげ胸に垂れ、眼まろく、口大にして耳に至り、面色朱にしてほとんど仁王に類す。その携うるところは大棒なり」

これもまた棒だが、これが朝山三徳の持っていたような棒ではない。

棒頭には一尺五寸の真剣が装置され、五尺の棒には鉄のイボイボが打ちこんである。――ちょっと林崎甚助の長巻に似ているが、甚助の長巻がただ抜き打ちの力学から考案されたのに対し、これは、前後、いずれも武器となるように工夫されたものであった。すなわち林斎は、計六尺五寸のこの棒のまんなかあたりをつかんで、水車のように回しながら敵を襲うのである。

「林斎これを軽がると提げ、十字街頭車輪を回し来たる」

場所は四条西の洞院であった。

これを迎えて、吉岡拳法はどうしたか。

打ち込んで来た棒を、彼は両腕を刀架《とうか》のごとくあげて、はっしと受けた。とたんに、どうしたのか、その水平の刀身は林斎の棒に膠着《こうちゃく》したのである。

鹿島林斎の棒はT字型となった。狼狽《ろうばい》し、猛然と打ちふるっても、その刀は離れなかった。

猛然と打ちふるう――というより、おのれの武器の均衡を失って、思わず彼はキリキリ舞いをしたのである。

「棒を返さんとするや、拳法一途《いちず》に飛翔《ひしょう》しつつ、小刀を以て林斎の頭を撃つ。頭砕けて血のほとばしること滝のごとし」

――この東山八坂と、四条西の洞院の果し合いの物語は、木造京馬もきいていた。きいたが、なぜ朝山三徳ほどの者が、子供の鬼ごっこではあるまいし、拳法に背後に廻られて頭を打たれたのか、またなぜ鹿島林斎の棒に拳法の刀が膠着したのかよくわからなかった。おそらくこれは吉岡拳法の妙技を誇大にたたえる伝説であろうと思っていたのである。

――いま、京馬は知った。少くとも、朝山三徳の一件の秘密を知った。三徳はそのとき盲目とされたのである。

そのことはいま坂手監物が同様の目に逢《あ》わされたことではじめて知ったが、しかし、なぜ盲目とされたのか、これは京馬にもまだよくわからなかった。――

実は、拳法の特技の秘密は、左の腰、刀をさしたあたりにぶら下げている小さな皮袋にあったのだ。それは女の膀胱《ぼうこう》をなめしたものであったが、その中には糊が入っていたのである。

この糊が、拳法の発明にかかる特殊なもので、いまでいえば強烈な接着剤の作用を持つものであった。彼はこれを左手でしぼり出しつつ、親指を以て敵にはじきかけたのである。

四

左手で顔を覆いつつ、右手を刀の柄にかけた京馬を見て、吉岡拳法の顔にうす笑いが浮かんだ。

「拳法に腕立てする所存か」

といった。

「ききたいことは、その男にきく」

と、あごを坂手監物の方にしゃくった。この間、監物は、両まぶたをかきむしって、なおわめきつづけている。――あとでわかったことだが、彼の眼をふさいだ糊状のものは、まるでまぶたを熔接《ようせつ》したように、一か月以上もひらくことを許さなかった。――

「うぬはもはや無用じゃが、しかし、邪魔にはなるな。拳法は急ぐ。手にかける気はなかったが、面倒ゆえここで始末してくれる。天下の兵法所の刀を受けるを誉《ほま》れと思え」

ピーンと腰で左手の親指をはじくと同時に、右手で抜刀した。

京馬の刀の鍔《つば》のあたりで、何かぴちっというような音がした。拳法の親指ではじき飛ばされたものがそこに命中したことはわかったが、何がどうなったのか見とどける余裕がない。

ただ、京馬は最初から抜刀する気はなかった。天下の兵法所と真っ向から立ち合う意志は彼にはない。刀の柄に手をかけたと見せかけて、彼がにぎったのは、柄のあたりにぶら下げている小さな滑車状のものであった。

拳法の抜刀と同時に、京馬の右手からビューッと何かが噴出した。

この意外事に、さしもの拳法の刀が一瞬静止したとたん、それはその刀身にキリキリッと巻きついた。

「――ほ」

と、拳法が口をあけた。

拳法の刀身と京馬のこぶしのあいだに、ピーンと張られた一条の細い糸。その糸の先端に――つまり、拳法の刀身に、小さな滑車状の円板がぶらんと垂れて、鋼と銅の相触れる音をたてた。

糸ではない。女の黒髪をよじったものだ。それが京馬の腰に結びつけられた直径二寸足らずの滑車に巻きつけられていて、これをビューッとたぐり出すと同時に、滑車は眼にもとまらず回転し、最後にこの滑車自体が飛ぶ。最後に――とはいうものの、この髪の縄を引いてから電光の一瞬のことだ。

「忍者じゃな」

さけんだ拳法の声に長嘆のひびきがあった。いかにもこれは伊賀流秘伝の武器髪ろくろ。細い鎖に分銅のついた玉鎖という武器がある。これはその玉鎖に似ているが、さらに強靭《きょうじん》だ。実体は女の黒髪だが、敵の刀に巻きついて、振ってもねじっても切れぬところが、その髪のよじりようにもより、またこれをあやつる者の手さばきにもよる。

どどんと雪のごとく砕ける波を背景に、拳法のからだが宙に躍り上った。同じ距離を京馬はとびずさった。髪ろくろは、蛇のごとく拳法の刀をとらえつづけている。——

ふつうなら、このとき京馬の左手から手裏剣が飛ぶのだが、左手でなお顔をへだてている京馬には、その動作ができなかった。いま髪ろくろを飛ばせただけが、精一杯の抵抗だ。

「あっぱれじゃ」

拳法がさけんだのは、この若い忍者の奇態な武器の使いようより、この間なお左手の防衛を忘れていないことに対するものであった。

ほめたが、拳法はなお飛んだ。刀は右手一本で握ったまま、左手は腰の例の皮袋にあてがわれて、そこから何が飛んでくるかわからない。京馬はまたうしろざまに飛んだ。

波しぶきが背を吹き、京馬にはもうあとがなかった。

「なるほど、切れぬ。——わしの刀でもまだ切れぬところを見ると、なみの剣客ではなお切れまい」

と拳法がいったのは、刀身に巻きついた髪ろくろのことだ。

「が、拳法は切る、見ろ！」

その品のいい顔の、口が耳まで裂けたかと見えたとたん——京馬の髪ろくろは、ぷつ！とまさに切れた。足もとの岩に、滑車が落ちてはねた。

京馬の経験では、巻きつかれていままでこれを切った者がない髪ろくろである。拳法でも数間跳躍して追ってくるあいだ切れなかったものだが、おそらくこのとき、ヘラで糊を切る呼吸を忽然《こつぜん》として想起し、手くびのひねりでこれを実行したものであろう。

「忍者、これまでようやった。笑って成仏せい!」

真っ向から悠々と薙《な》ぎおとされてくる刀の前に、京馬はまたうしろへ大きく跳ね飛んだ。

——海の中へ。

いや、そこの杭《くい》にもやってあった二、三艘《そう》の小舟の一つへ。

常人はおろか、こればかりはおそらく吉岡拳法も及ばぬ跳躍力であった。舟の上にしりもちをつくと、まろびながら手刀を以てもやい綱を切る。

櫓《ろ》は持たぬのに、舟は動き出した。鳥羽とそれをめぐる島々とのあいだの特有の急潮がいま現出する時刻になっていたことが天の助けであった。

跳躍力が及ばない——というより、この忍者の必死の離れわざにさしもの拳法もあっけにとられたのであろう。彼は巌頭《がんとう》に立って、じいっと舟を見送っていたが、やがてきゅっと苦笑を浮かべてひき返していった。

櫓をとって、死物狂いにこぎつつ、首ねじむけてこれを見すました京馬は、はじめてからだじゅうから冷たい汗がどっとあふれ出すのをおぼえ、片手を腰の刀にやった。さっき鍔のあたりでぴちっと音たてたものは何かと探って見たのである。

抜こうとしたが、抜けなかった。見下した。鍔から鯉口《こいぐち》にかけて、ぺたっと白い糊のようなものがくっついて、それがもう石みたいに固くなっている。――

彼の刀は封じられていたのである。先刻、この刀をあてにしなかったことこそ、彼に九死に一生を得させたものであったことを知ると、京馬はながれ出した全身の汗が、たちまちまたすうとひくのをおぼえた。

ともあれ。――

真っ蒼《さお》な急潮の中を、京馬は鳥羽へむけて、腕も折れよと櫓をこいだ。

拳法は、盲となった坂手監物から、旗姫さまたちがいまどこにいるかをきき出して、彼もまた舟で鳥羽にひき返してくるだろう。それまでに坂手の屋敷へ駆《か》け戻って、彼女たちをつれて逃げ出さなければならぬ。

――しかし、鳥羽を逃げたとしても、そのあといつまで逃れ得るか？

五

旗姫さまと、お優、お汐は、京馬とあるじの坂手監物がどこへ出かけたか知らなかった。

「どこへいったのでしょう？」

と、旗姫がきいたことから、

「鳥羽とはどんなところ？」

という問いになった。彼女はこの鳥羽に来ていながら、すぐに坂手監物の屋敷に入って、町も港もほとんど見てはいなかったからだ。

しかしほんのここから眼と鼻の宇治に住んでいたお優とお汐は、むろんいくどかこの鳥羽に遊びに来たことがあった。とくに日和山《ひよりやま》という丘に上れば、眼の下の蒼《あお》い海に浮かぶ島々は絵のようで、はるか渺茫《びょうぼう》の海のかなたには尾張の渥美《あつみ》、知多半島まで見える。それどころか、よく晴れた日には、なんと駿河《するが》の富士山まで見えるという。——彼女たちはそんな話をした。

「え、富士が見える？」

旗姫さまは眼をかがやかした。

「きょうはよく晴れた日ではないかえ？」

そして三人は、ふとその日和山へ出かけて見ることに相談をきめたのである。京馬に

「留守中、外出無用」とかたく釘を刺されていたにもかかわらず。——

むしろ、京馬の留守に乗じた気味がある。彼女たちは、旗姫が追手を受けていることを知ってはいたが、鳥羽に来てからの数日、日々平穏であったし、監物や京馬からべつに不穏な話をきいていなかったから、つい気をゆるしたのだ。

もう完全に夏といっていい白い日ざしの下であったが、習慣的に旗姫は市女笠をかぶり、被衣をつけた。笠はもとより、薄い紗《しゃ》の被衣は日よけにもなった。

三人の娘は日和山に上った。さすがに富士は見えなかったが、俯瞰《ふかん》する波と島の美しさは旗姫の魂を魅した。山中の大河内に育った旗姫は、あまり海を見る機会がなかった。

「もっとちかくで海を見よう」
その旗姫の願いで、彼女たちは山路を下りて、海の方へちかづいていった。
そして、光と波と風の乱舞する大自然の饗宴《きょうえん》の中に、お優、お汐は、つい酔ったように唄《うた》いはじめたのである。
「しだら打てとてでがのたまえば、
打ちはんべり、習いはんべり、
童女《あこめ》の袖、破れてはんべり、
帯にやせん、襷《たすき》にやせん、
いざせん、いざせん、
鷹《たか》の尾にせん」
大神宮の「子等の館」でおぼえた古雅な唱歌であった。
——すると、海沿いに廻る路をひたひたと歩いて来た五人の侍が、ふとこの美しい唄声をきいて足をとどめたのである。
「……はてな、あれは？」
「伊勢の巫女《みこ》の歌ではないか？」
「さては！」
ぎらと眼を見合わせると、みな地ひびきたてて、その唄声の方へ走っていった。
岩と松にかくれて、その姿も見えぬうちから、数人の集団が走ってくる跫音《あしおと》を、三人の娘たちはきいた。本能的に危険を感じたのである。

「姫さま！　あの岩かげに！」

お優がさけんで、旗姫が指さされた岩の向うに身をひそめたとたん、五人の武士が海沿いの路に現われた。

「いま、巫女の歌を唄っていたのはおまえらか」

ちかづいてきく。……否定しても通る状態ではない。

「はい」

と、お汐がうなずいた。

「おまえら、伊勢の巫女じゃな。神宮渡会門太夫のところの娘たちであろうが」

「――はい」

と、しかたなくお優も答えた。

「あなたさまたちは？」

「これ、北畠家の姫君といっしょであろうが。姫君、いや、奥方さまはどこにおわす？」

お優の問いには返事もしないが、これはまさに大河内の太の御所に詰めていた織田侍たちであった。果せるかな、花嫁たる旗姫の失踪《しっそう》に疑惑を抱き、茶筅丸の説明のあいまいさに憤懣《ふんまん》をおぼえ、ともかくも姫を捕えてひき戻さねば信長公の御面目にもかかわると、手分けして出動して来たものの一部である。

この五人は、宇治で、神宮渡会門太夫の家に旗姫らしい女人が泊っていたが、数日前に同家の巫女二人をつれてふたたび姿を消したことをつきとめ、さらに彼女たちがこの鳥羽の坂手監物の屋敷に滞在していることも、ようやくつきとめたのだ。

「監物どのに逢いたい」

といったが、外出したという家人の返答であった。どこへときくと、答志島へという。ようすから見て、それは事実らしい。

「旗姫さまにお逢いしたい」

と、さらに要求したが、家人はその名も知らなかった。が、たしかにそれらしい女人がいることは事実で、奥へ入っていったがすぐにあたふたと出て来て、

「おられぬ。……はて、その客人たちは、いつ、どこへ出かけられたものか？」

と、狼狽《ろうばい》した顔つきであった。それも、決してお芝居ではないらしい。

「……では、同じその答志島へゆかれたのではないか？」

と、これはあてずっぽうの推測であったが、偶然これがあたって、はからずも彼らはここでこの娘たちを捕捉《ほそく》したのである。

「旗姫さまは、どこじゃ？」

「――旗姫さま？」

一応とぼけてみせたお汐の顔が愛くるしかった。が、一方のお優の顔色はもうごまかしのきかないほど蒼ざめている。

「いわねば、縛って、ぶってもいわせる」

ずかと彼らは寄って来て、二人の娘の腕をとらえた。

かなわぬまでも、お優とお汐はかんたんに口を割る気持はなかった。それは旗姫に対するよりも京馬に対する信義のためであった。

「何なさるのですっ」

身もだえしてふりほどこうとすると、その抵抗が、腕をつかんだ侍に、ふと妙な衝動を呼び起したらしい。――

「おまえら、巫女であったな」

「巫女に、これほど美しい女がおったか。――」

眼が異様にひかり、声がうわずって、

「よしっ、からだにきくぞ！」

「みな手伝うてくれ！」

と、急に凶暴な力でねじ伏せにかかった。

ほかに人影とてはない岬《みさき》であることと、荒々しい波しぶきが彼らの血をどよめかしたこともあろうが、この二人の娘が神に仕える巫女であることが、いっそう彼らの獣性を煽《あお》りたてたことはたしかだ。

「あっ……あっ……」

悲鳴が潮風にちぎれた。

たちまちお優は二人の男に両腕をとられてあおむけに磯におさえつけられた。一人はそ

の足もとの方からのしかかろうとしたが、たちまち、

「うわっ」

とさけんで顔を覆った。お優の足に蹴《け》られて鼻血をあふれさせたのだ。

「こ、こやつ、巫女のくせに乱暴な！」

手前勝手な怒声をあげ、彼はお優の両足をひっつかみ、水平になるほどおしひらいた。左右からはもう二人が、それぞれ片手をのばして、彼女の襟をひきむしって、真っ白な乳房をわんぐりとつかんでいる。

一方のお汐は、波打際を逃げたが、五間も走らないうちにうしろからぐいと猿臂《えんぴ》をのばして帯の端をとらえられた。帯はくるくると解けて、お汐は廻転しながら自然と半裸の姿になり、水けぶりあげてころがった。えたりや、と二人の男は飛びかかった。

あくまでも明るい日光と潮騒《しおさい》の中に、正視してはいられない光景がくりひろげられようとした。いや、すでにお優もお汐も、そのままでも眼を覆いたくなるような無惨な光景であった。

岩かげで旗姫はこれを見ていた。

彼女はふるえ出した。いままでの剣士たちの血なまぐさい争闘や、諸岡一羽の腐爛《ふらん》した顔を見たときよりも怖ろしかった。

が、旗姫はついにたまりかねた。

「何をしやる？」

彼女は立ちあがり、駆け出した。

「下司侍《げすざむらい》ども！　わたしの供の女に何をしやる？」

駆けてゆく彼女の被衣を、海から吹く風が吹きはらった。

五人の侍は顔をあげてこれを見た。——とたんに、お優にのしかかろうとしていた奴が、「あうっ」というようならめき声をあげて、両こぶしをにぎりしめて、全身を硬直させた。

むろん、お優の両足は離れている。そのあたりに浴びせかけられた何やら生暖かい液体のぶきみな感触に、無我夢中で彼女はまた蹴りあげ、こんどはあごをもろに蹴られて、その男はのけぞり返った。

お優の両腕をおさえつけた男たちもそのままの姿勢でしゃがみこみ、お汐にかかっていた二人は、姫を見たというより、この三人の仲間の異変に、すわ何事が起ったかと仰天して、お汐をはなしてこちらへ馳《は》せ寄って来たが、これまた途中で、からだをまるくしてうずくまってしまった。

まるで動いていたフィルムが静止したようだ。いや、波が動いているだけに、彼らの突然、空間に嵌《は》めこまれたような動作は異様であった。

旗姫はびっくりして立ちどまった。はね起きた二人の娘も、あっけにとられて、眼を見張っている。

六

「……おういっ」

　そのとき、海から声がきこえた。

「あっ。……京馬！」

　旗姫がさけんだ。

　いかにも、木造京馬だ。答志島の方から小舟にのって、必死にこぎ寄せて来ながら、彼は凄《すさま》じい眼でこちらをにらみつけていた。

「……きゃつ、姫について逃げたという若僧ではないか」

「たしか、伊賀流の忍者とかいう。――」

　織田侍たちはわれに返った。これくらいの情報は彼らもつかんでいたと見える。しばし、虚脱状態にあった五人は、このことで猛然と躍りあがった。

「よし、女どもの始末はあとだ」

「まず、きゃつを血祭りにあげろ」

　ヨタヨタと、その舟のちかづいてくる方角に走りかけたが、その一人がいきなり顔面をおさえてのけぞりかえった。覆った片手の指のあいだから鮮血があふれている。

　もう五間の距離にちかづいた船上の京馬の投げたマキビシが命中したのである。

「あっ、きゃつ、飛道具を持っておるぞ！」

「女どもを盾にしろ」

地上で虫みたいにまろくなってキリキリ舞いしている仲間の一人を放り出して、四人はあわてて逃げ戻った。二人が、お優、お汐をひっ立てる。あとの二人はまた旗姫にちかづきかけたが、これは、奇声を発してしゃがみこんでしまった。

放出すべきものはない。にもかかわらず、激烈なその感覚がある。からっぽの肉筒をしごかれるような、形容しがたい苦痛だ。まさに右往左往の混乱状態だが、ともかくも彼らはお優、お汐を盾にした。

「やるか。——伊賀猿！」

「われらをだれだと思う？　織田家の者だぞ。織田の家中に刃向えば、北畠家のごときひとひねりだぞ！」

この間、ザ、ザ、ザザッと小舟を岸に乗りつけた京馬を見て、彼らは口々にわめいた。

「織田家の花嫁をとりもどすのに、何の不服があるか、神妙にせよ！」

京馬は舟から飛び下りた。

……岸にこんな事件が起っていようとは思いがけなかった。なぜまた、固く禁止してあったのにこの女人たちはこんなところに出て来たのか？

しかし、何はともあれ、こやつらは皆殺しにせねばならぬ。

が、一刀を抜こうにも、それは拳法の糊に封印されていた。例の武器髪ろくろはない。残っているのはマキビシと手刀だけしかなかった。

が、織田侍たちはそれは知らず、ただちかづいてくる京馬の野性にみちた殺気に押されて、

「来るか？」

「来るなら、女を斬れ」

と、一人ずつ、お優、お汐を背から羽がいじめにし、一人ずつ横から大刀をつきつけて、ジリジリ退《さが》り出した。

京馬はピタリと立ちどまった。

元来が精強無比の織田家の武士である上に、北畠家に対してはおごりたかぶっている連中である。その上彼らは、京馬を伊賀流の忍者とはきいていたが、むろんその真価は知らない。それなのに、五人かかってこんな窮余の策に出たのは、ただ京馬の気魄《きはく》に押されたばかりではない。――

実に滑稽《こっけい》なことに、彼らはことごとく一種の虚脱感からくる意気の衰えをおぼえていたのだ。

京馬が立ちどまったと見て、彼らは自分たちの策があたったとやや気力を回復した。

「無礼な奴だ。本来ならゆるしおかぬところじゃが、旗姫さまに免じて命だけは助けてやる。おとなしく立ち去れ」

「ゆけ、ゆかぬと、この女ども、刺し殺すぞ！」

威たけだかになってわめき出した。

が、京馬はこちらをにらんでいる。その眼が自分たちではなく、もっとうしろの方を眺めている様子なのを、はじめて知って、

「…………？」

彼らはふりむいた。

日和山の方から一人の武士が歩いて来た。脚絆《きゃはん》にわらじをつけてはいるが、袴《はかま》もはかず、色あせた裾短《すそみじ》かの黒紋付をきた四十年輩の骨ぶとで長身の武士だ。

それが、二、三十歩向うで、これもピタリと立ちどまった。

「姫」

と、こちらを見て、錆《さび》をふくんだ声をかけた。

「お迎えに参じてござる。おいで下され」

それがあまり沈着な調子なので、織田侍たちは、ふっと――これは姫君が泊っている坂手とかいう家の者かと思ったほどである。が、すぐに、それにしてはその風態があまりにも無造作すぎると気がついた。

「うぬは何者だ？」

と、一人がいった。

「姫、おいでなされ。――ただし、拙者にはいまちかづかれませぬように――そちらを大きくお廻りになって、日和山の方へおゆき下され」

と、男は織田侍たちを無視していった。

旗姫は恐怖に金縛りになったように動かない。――彼女はこの人物を知っている。顔は魁偉《かいい》だが、しかしどことなく頼もしい、好感の持てる剣客と感じていた。が――あの飯綱七郎太が片腕から何やら自分に浴びせかけた直後、この人物が自分に近づいて、奇妙な声をあげて立ちすくんだぶきみな姿を見たことがあるのだ。

あかちゃけた蓬髪《ほうはつ》、やや三角形の琥珀色《こはくいろ》の眼、まばらな針みたいな髭《ひげ》をはやした高い頬骨《ほおぼね》、凄絶《せいぜつ》の風貌《ふうぼう》のくせに、どこか禁欲的な意志力をみせているこの人物。

宮本無二斎。

京馬が見まもったのは実にこの剣客であった。

無二斎は四十を越えてまだ独身であった。修行のため、生涯女を断つつもりだ、と何かのはずみで太の御所で語ったことを、京馬はきいたことがある。

この禁欲的な宮本無二斎が、いま旗姫を追って来ている。――いや、それどころか、京馬も目撃したのだが、いちど旗姫にちかづいて、彼にはあるまじき、あられもない醜態をさらしたことがある。

旗姫や京馬にも記憶があるくらいだから、当人の衝撃はいかばかりか。いま。――

「そこな二人の女」

と、あきらかにお優とお汐にあごをしゃくって、

「姫をお護りして、早く日和山の方へゆくがよい。拙者はあとで参る」

といったのは、曾《かつ》てのみずからの失態を想起して、うかつに旗姫にちかづくのを警戒し

ての指示に相違ない。

ひょっとしたら、彼ははるか以前から旗姫や京馬を追尾しつつ、こんな掠奪《りゃくだつ》の機会をじっくり待っていたのかもしれない。

しかし、それほど警戒を要する旗姫を追って、いったい彼はどうするつもりか。その心事は解《げ》しかねるが、無二斎その人にもよくわからないかも知れぬ。それでもなおかつ追わずにはいられないこの不可思議な現象を彼自身、不本意に思うのか。

「早くゆけ、ゆかぬか！」

と、促した語調には、何やら憎悪にちかいいらだちのひびきがある。当人の面貌もその声も沈鬱《ちんうつ》の気がみなぎっているだけに、いっそう底冷えするような凄味《すごみ》があった。

早くゆけ、といわれても、織田侍たちに羽がいじめにされているお優、お汐にはむりな話である。

が、おのれたちの存在を無視された命令に、織田侍の方が逆上した。

「きゃつ、むさ苦しき素牢人《すろうにん》、討ち捨てろ」

お優を抱きとめていた一人がわめいた。太の御所に来て間もなかった彼らは、そこに来会していた十二人の剣士の面々を一々おぼえるいとまがなかった。――

あちらには奇妙な飛道具を持った精悍《せいかん》な忍者がおり、こちらには、蓬髪、垢《あか》じみた着流しの乞食《こじき》めいた牢人がいる。どちらかを始末せねば、しょせんこの場が片づかぬと観念したのか、それとも、先刻の放出による虚脱からやや回復したのか、

「そこどけ」

「どかねば、斬るぞ！」

娘たちに刀をつきつけていた二人が、そのまま猛然と無二斎の方へ殺到し、同時にめちゃめちゃな一刀を左右から薙《な》ぎつけた。

無二斎の両腕に、キラ、キラ、と鋭い光がうごいた。戛《かつ》！　戛！　凄じい金属の音がして、無二斎から見て左方の刀は叩《たた》き折られ、右方の刀は空中で動かなくなっている。

無二斎の両腕ににぎられているのは、二本の十手《じって》であった。動かなくなった方の一刀は、十手の鉤《かぎ》にくいとめられたのだ。と見るや、無二斎の右のこぶしがぐいとひねられると、その一刀もぽっきりとへし折られてしまった。

これが一瞬のことだ。

尻《しり》もちをついた二人の織田侍は完全に戦意を喪失《そうしつ》し、

「助けてくれ！」

とわめいた。

その脳天に左右の十手が振り下されると、頭蓋骨《ずがいこつ》は打ち砕かれて、血と脳漿《のうしょう》がとびちり、二人の顔はわけのわからない物体と変じて地にひしゃげてしまった。

「……げっ」

「しゃあっ」

これは、お優とお汐をとらえていた残り二人の織田侍の口からもれた意味不明の声である。

この惨劇を目撃しつつ、彼らが反対の方角へ逃げなかったのは、そっちに京馬が立ちふさがっていると知ったからではあるまい。また、二人の娘を放り出して宮本無二斎の方へ駆け寄ったのは、朋輩《ほうばい》二人を殺された怒りからや、戦国武者の勇猛さからでもなかろう。悲鳴にちかいわめき声をあげながら、ともかくも抜刀して殺到したのは、まるで死魔にとり憑《つ》かれ、吸いこまれていったとしか考えようがない。

のぼせあがった二本の乱刃を、ふたたび正確に、無二斎は左右の十手で受けとめた。刀は動かないのに、それに沿って十手の方は動いた。

無二斎は二条の刀身を支えたまま、二人の手許《てもと》にスルスルと寄ると、左右の膝《ひざ》を交互に電光のごとくあげて、織田侍の股《また》ぐらを打撃したのである。その個所で、何やらつぶれたような音がし、二人の侍は鼻口から血へどを吐いて崩れおちた。

幾十秒かの間に四人を斃《たお》した——あきらかに殺戮《さつりく》した無二斎は、ちら、ちら、と眼を地上四つの屍骸《しがい》に投げたが、息も切らさず、

「……無二斎が旗姫さまをつれていった——と、あとで織田家に告げられては、主人の手前、ちと具合が悪いでな」

と、例の沈痛な語気でつぶやいた。主人——とは北畠具教卿のことではなく、彼の本来の主家別所一族のことであろう。

殺伐なことには馴《な》れた京馬も、眼はうなされたようにひろがったまま、心中戦慄《せんりつ》した。

――二重の意味で。

第一には、まずこの宮本無二斎という人物の残忍さだ。魁偉《かいい》凄絶《せいぜつ》の風貌の所有者ながら、一方で沈鬱重厚の気があって、この男がこれほど物凄じい殺戮を無造作にやってのけるとは思いも寄らなかった。

――しかし、むろん京馬の想像のかぎりではないが、この播州《ばんしゅう》の田舎剣客には、それまで克己の力でめったに現わしたことはなかったが、たしかにこのような血は流れていたのである。

それは無二斎の先祖を探るよりも、のちに生れた彼の子の剣歴を見ればわかる。――すなわち、わずか十三歳でそのころ世に知られた一剣豪であった有馬喜兵衛なる武芸者を木刀で打ち殺し、さらにまた後年、櫂《かい》で一撃のもとに佐々木小次郎を打ち殺した――父そっくりの風貌を持つ彼の子の武蔵を。

第二には、むろんいま見せた無二斎の十手の使いようだ。

京馬は十手という武器がこれほど恐ろしいものだとは知らなかった。

いかにもそれは、刀にくらべて短い。短いがゆえに、左右両手に自在にあやつることが可能である。のみならず、防備の点では刀よりはるかに確実だ。たんに受けとめるだけでなく、その鉤にかけてしまうのである。そして鉤にかけた刹那《せつな》、それは恐るべき攻撃用の武器と変ずる。

ひねって、相手の刀をへし折るばかりではない。いま京馬は見たのだが、無二斎は敵の刀身を鉤で捕えて動かなくしたまま、自分の十手の方は相手の鍔《つば》まで滑らせていって、やすやすとその手許に飛びこんだのである。――

「女ども」

無二斎はまたいった。

「もどれ、日和山へ。――そのあと、坂手の屋敷に帰る必要はない。わしの指示する通り播州へゆくことになる。しかし、わしがすぐに追いつくゆえ、ともかくも日和山へゆけ」

そういうと、自分の方は、旗姫さまの位置から大きく迂回《うかい》して歩き出した。京馬の方へ。

「新免無二斎、無益な殺生は好まぬが、いま申した通り、旗姫さまのゆくえを知られては具合が悪い。……また、わしの見とどけたかぎりでは、忍者、うぬもやわか生きて、おじぎしてわしを見送りもすまい」

例の金茶色の三角形の眼で、じいっと見つめて、

「木造とやら、忍びの術であろうが、何であろうが、やって見よ、無二斎の十手を相手にどれだけ通じるか、それを知って、冥土《めいど》への土産にするために」

しぶく笑って、なおソロソロとちかづいた。

波打際に立ちすくんでいた京馬の手が、ぱっと動いた。

無二斎の顔の前で、霰《あられ》のような音がした。京馬の投げた残り少いマキビシのすべては、二本の十手で払いのけられたのである。

「刀は抜かぬのか」

無二斎はもう一、二間の距離に迫った。

京馬は刀の柄に手をかけてはいたが、それが抜けないことを知っていた。

岸に乗りあげた舟をひき出すいとまはない。いや、彼は、旗姫さまを捨ててどこへ逃げる気もさらにない。

……殿！　京馬、使命を果し得ず。――

京馬が心にさけんだとき、無二斎は立ちどまった。すでに一跳躍の間隔であった。顔は京馬にむけられていたが、眼がちらっとそれてそのまま釘づけになり、何かほかのものを見つめていることに京馬は気がついた。

ふいに無二斎は横に走って、汀《みぎわ》の水をはねちらし、突き出した巌頭に立った。

京馬はふりかえって、すぐちかくの海を――こちらに矢のように漕《こ》ぎよせてくる一艘《そう》の舟を見た。乗っているのは、吉岡拳法であった。

「なんじも鳥羽に来たのは知っておったが」

と、拳法が声をかけた。

「ここで、もうそのような騒ぎを起していたとはなあ。……わしが心急いだのには理があったのじゃ」

七

――ちと急ぐことがあって、色々の問答を交わしておるひまがない。旗姫さまのいどころをききさえすればわしの用はすむ、と拳法がさっき答志島でいった言葉を京馬は硬直した頭で思い出した。

おそらく拳法は、坂手監物が何者であるかということ、旗姫が坂手屋敷にいること、などをきき出して舟を出したにちがいないが、しかしそれがこうまで早かったのは、やはり「急ぐこと」を心に抱いていたからだ。つまり彼は、宮本無二斎の到来の消息をつかんでいたのだ。

その無二斎とまさか狭い海を隔てたこの対岸の浜辺でぶつかろうとは予想の外のことで、それはいま自分も口にしたことだが、しかし逢えば対決のほかはないことはあらかじめ観念していたと見える。

これを迎えて。――

「室町兵法所」

と、無二斎はちょっと頭を下げたが、次に、

「京の青侍相手とはちとちがう」

と、つぶやくようにいったところを見ると、その呼び方が尊称ではなくて嘲《あざけ》りであった

ことは明らかであったし、またむろんこの相手とここで果し合いすることは、これまた覚悟の上であったとみるほかはない。

ただ彼が、それまで相手にしていた京馬などをかえりみるいとまもなく、拳法の舟の方へ馳《は》せつけたのは、この室町兵法所に対する彼の認識が、決していま口にした言葉のようなものでなかったことを物語っている。無二斎が二本の十手を一つにし左手に持ち、右手はやはり刀の柄にかけていたところを見ると、やはり十手を以てあしらうことなど思いもよらぬ相手と見たためであろうか。

舟のへさきは二、三間の距離に近づいた。

右手で櫓《ろ》をあやつりつつ、拳法の左手が腰へいった。

——やるな！

京馬がはっと眼を見張ったとき、そこから白い数個の粘塊《ねんかい》が海風に乗って飛び、巌上の無二斎めがけて走った。

反射的に無二斎は左手の十手をあげて顔を覆っている。が、白い粘塊の二、三は、あきらかにその腰のあたりへ吸着したようであった。

さしもの無二斎もこの奇襲にはめんくらったと見えて、大きく飛びずさった。

舟のへさきが巌頭にあたるひびきとともに、拳法は身を躍らせた。

たんに岸へ跳び上ったばかりではない。そのまま、いま後退したばかりの宮本無二斎の方へ、抜刀しつつ疾風のように馳せ寄ったのである。

その動きは寸分のむだもない、むしろ流麗と形容していいほどであった。それは拳法の持味でもあるが、またいま自分の飛ばしたもので、事前に相手の剣を封じたという自信からも来た動作にちがいない。大げさにいえば、完全に島の守備隊の砲陣を沈黙させたあとの機動部隊の敵前上陸と同様の観があった。

——突然、その拳法が、はたと停止した。

無二斎が右手にも十手を握っているのを見たのである。

それが刀の抜けぬことを知って改めて十手に変えたのではなく、最初からこれを以てたたかう予定であったような動作に見えた。刀封じは無用のわざであったのだ。

「十手を使うとはきいておったが」

と、拳法はあざ笑った。

「わしを相手になあ」

笑いが憤怒の息に変ると同時に彼は跳躍した。

戛然《かつぜん》！

碧空《へきくう》に白金の光が散って、拳法の刀身は無二斎の右の十手で受け止められている。——その猛豹《もうひょう》のような襲撃と防禦《ぼうぎょ》の動作の後、二人は作りつけの人形みたいに動かなくなってしまった。両者の間隔は一間に足らぬ。

——新免無二斎は、心中、これは！　と驚愕《きょうがく》していた。

本来ならば十手で受けたとたん、鉤でひねって相手の刀身をへし折るか、その鉤を滑らせていって敵の懐へ飛びこみ、左の十手で打ちすえるか、膝で蹴上げるかする。それが——

ひねろうにも、滑らせようにも、十手がピタと相手の刀身に膠着《こうちゃく》しているのだ。

吉岡拳法もまた、心中、こやつ！　と舌を巻いていた。

なみの剣士ならば受けられる自分の一刀ではないが、無二斎ならば或いは受けるであろう。それを予想して、彼は刀に糊《のり》を塗った。

左手で膀胱《ぼうこう》袋の糊をしぼり出しつつ、右手で抜刀する。一瞬に鍔《つば》もとからきっさきまでスーッと糊を走らせるのが拳法の紺屋剣法であり、この秘技をいままで見破った敵はない。曾《かつ》て彼が四条西の洞院で鹿島林斎の棒を破ったのはこのわざのゆえであった。

斬り込んで受け止められる。しかし相手の十手はこれで封じる。これは予定行動だ。

しかし——もとより、このとき彼は大刀のつかを両手で握っていたが、本来なら、電瞬、左の手を離して小刀を抜くべきところなのに、その左手が大刀のつかから離せないのだ。

安易に離せば、刀を折られる。そのことを手応えから感覚した。刀を伝わって来る、それほど微妙で強烈な敵の十手のひねりの予感であった。

……幾十秒か、幾分か。

一間足らずの距離に、拳法は恐るべき敵の三角形の金茶色の眼を見た。敵もまた拳法の吊《つ》り上ったきれながの眼をちかぢかと見ているのであろう。……

この敵を相手に左手で小刀を抜くことなど思いもよらぬ、と拳法は判断した。この場合、もし抜いたとしても当然逆手に握って抜くことになり、いつも彼はこの逆手の小刀を逆薙《な》ぎに敵の腹からあごへかけて斬りあげるのだが、いまはたとえ抜いたとしても敵の左手の十手にふせぎとめられるであろう。——さしもの無二斎も右手の防禦に渾身《こんしん》の力を奪われたか、左の十手で眼の防禦をすることを忘れている。——琥珀《こはく》の眼を見て、拳法はそう思った。と拳法は思った。

——微妙な機を拳法はつかんだ。ついに手がつかから離れ、電光のごとく左の腰へ走った。

腰の袋から糊をしぼり出しつつ、親指ではじいてその小さな粘塊を、敵のからだの狙った個所に命中させる。——これは拳法の絶妙の技術だ。

いま、それが飛んだ。

狙いあやまたず二つ飛んで、ぴしいっと無二斎の両眼をふさいだ。

はじめて拳法の左手が小刀のつかにかかった。

これを瞬刻の動作というなら、その拳法の魔の左手の指をうち砕いた新免無二斎のわざは何と評すべきか。

一眼つぶれ、二眼目がつぶされんとする刹那《せつな》に、無二斎は拳法の左手の動きを見たのであろう。同時に無二斎の左手の十手が廻転《かいてん》しつつ投げつけられて、その妖《あや》しき袋をたたきつぶした。しかも廻転する鉄の十手は、拳法の五本の指を鉤にひっかけて逆にねじ折ってしまったのであった。

飛散した糊は、拳法の腰のあたりにしたたかかかり、彼自身の小刀を鯉口で封印されずとも、左手の指すべてを折られた拳法に何が出来たろう。

しかも、一方で。

宙にかみ合った拳法の右手の刀身と無二斎の右手の十手は、依然、最初の通り微動だもしない。――

が、新免無二斎の例の琥珀の両眼は盲目。吉岡拳法の左腕は完全に機能喪失。

十手をひっぱずすことができれば、拳法の刀は盲《めしい》の無二斎を斬るであろう。が、無二斎の十手が拳法の刀をへし折れば、盲とはいえ無二斎の十手は、手ぶらの拳法を打ち砕く嗅《きゅう》覚《かく》を失ってはいまい。

ズズ……ズズ……二人のからだが動き出した。前へでもうしろへでもない。左へ――左へ。

両者相ゆずらず、しかもいまの負傷でいかなる平衡感覚障害を起したか、拳法と無二斎のからだはななめにかしぎつつ左へ流れていって。――

「……あっ」

京馬がさけんだとき、二人はそのまま巌《いわお》の上から海へどぼうんと転落していった。

――それまで京馬は、息もつかずこの二人の大剣士の決闘を見まもっていたのである。

手を出そうにも、彼にも武器はないが、それより、逃げることすらできぬ緊縛感に襲われて、京馬はそこに立ちすくんでいたのだが、二人が海へ落ちるとともに、はじめて声がのどから出て、京馬は岩の端に駆け寄った。

吉岡拳法と新免無二斎は、海中に横なりになって漂っていた。その上を蒼《あお》い波と白い泡がうねり過ぎた。しかも、両人は、先刻の姿勢の通り、なお刀と十手をかみ合わせている。

――

その姿が急潮におし流されて、みるみる遠ざかってゆくのを見たとたん、京馬ははじめて名状しがたい恐怖に吹かれて、

「早く、早く、いまのうちに。――」

ふりむいて、旗姫、お優、お汐に手をふり、みずからも駆け出した。

八

それからあと、二人がどうなったか、京馬はこれも知らない。この二人が、しかし海で死なないで生きながらえていることを知ったのは、ずっとあとになってからのことだ。

拳法は京へ帰って、四条の道場は維持したらしいが、しかし以後あまり剣名はきこえていない。おそらく左手の指を折られて、例の糊の秘術を封じられたからであろう。

その後彼はまもなく歿したが、三人の男の子があって、これがむしろ拳法の盛勢時代以上に道場の名を回復した。ただし、三人ともいわゆる京八流の名手であって、糊の秘法な

どあやつった事蹟のないところを見ると、拳法は、これを相伝しなかったのであろう。

宮本無二斎も播州宮本村へ帰ったらしい。それまで独身であったのが、晩年になって妻帯したところをみると、旗姫さまはあきらめたものの、女体の魅力というものに開眼したのであろうか。そして生れたのが武蔵である。

この父子は、子の武蔵の剣歴ばかり伝えられて、とくにこの鳥羽以後の無二斎の武芸譚《ぶげいたん》は残っていないが、ただこの物語から二年後の天正六年から八年にわたる播州三木城の籠《ろう》城戦《じょうせん》に彼が参加していたことはたしかである。

旗姫さまを奪おうとしたとき。――

「無二斎が旗姫さまをつれていった――と、あとで告げられては、主人の手前具合がわるい」

と、彼もしきりに気にしていたが、その主人、すなわち播州三木城の別所一族が、この天正六年に至ってついに織田の圧力にたえかねて叛旗《はんき》をひるがえし、籠城した。

これを攻めたのが、羽柴《はしば》筑前である。秀吉ほどのものが攻めて、しかも帷幄《いあく》に例の有名な軍師竹中半兵衛がいて心血をしぼったにもかかわらず、別所一族は足かけ三年にわたってよく抵抗した。その途中、ついに竹中半兵衛は落城を見ることなく陣歿したほどである。

そして三年目に三木城は陥落したが、このとき城兵は、壁をくらい紙をくらうという饑《き》餓《が》状態にあったというから、いかにその武者だましいが頑強凄絶《せいぜつ》をきわめたものであったかがわかる。――この中に、新免無二斎もいたはずである。

さて、この吉岡拳法と宮本無二斎の試合については色々の説がある。

明治大正に於ける兵学の泰斗といわれた楠正位《くすのきまさただ》の「武蔵談義」によると。――

「無二斎は刀術及び十手の名人であった。その評判が時の将軍足利義昭の耳に入り、特に無二斎を召して足利家の師範役拳法と試合を命じられた。

拳法と無二斎の試合の模様は明瞭《めいりょう》に記したものはない。当時の漢文はその意味の明瞭を欠くものが多いが、推測によると、初太刀《しょだち》は無二斎が勝ったが、拳法は負傷するほどのことはなかったが義昭は拳法の負けたのを残念に思って今一本を命じ、次は拳法が勝ち、無二斎も負傷のことなく、双方一本一本となって、ついに無二斎の勝負勝ちとなったらしい」とある。

また吉岡方の記録によると。――

無二斎の子、武蔵が吉岡一門に挑戦したが敗れ、ふたたび試合を申し込んだ。ここに於て吉岡方は、

「日を定めてこれを待つ。武蔵たちまち跡をくらまして去ってそのゆくえを知らず」

とある。

後世ひろく伝えられた武蔵の勝ちいくさの物語とは正反対だ。

吉岡とたたかったのは、無二斎なのか、武蔵なのか。またそのいずれが勝ったのか、負けたのか。

すべて、この鳥羽に於ける二門先代の対決が、後年に京洛一乗寺に於ける武蔵の決戦に

混りこんだことから来た武道伝説である。

天正月影抄《てんしょうげつえいしょう》

一

……さて、その日のうちに、木造京馬と三人の女人は、坂手家へも戻らず鳥羽をのがれ出していた。

何処《いずこ》へ？

何処へというあてはない。本来なら、鳥羽から舟で桑名へ、さらに尾張へ渡るところなのだろうが、尾張はいうまでもなく織田の本拠であり、北伊勢も——その西方の伊賀が侵攻されたことでもわかるように——すでに完全に織田の勢力範囲にある。

大河内へ信雄の付人として派遣された織田侍のうち、旗姫を追っている者が鳥羽に現われた五人だけであろうとは思われないし、とにかく北へゆくのはあぶない。

危いといえば。——

はじめ京馬が考えた、三人の女だけを歩かせ、自分は離れて遠くから見まもりつつ歩くというアイデアそのものがもはや完全とはいえない。織田の追手が、旗姫に神宮の巫女《みこ》が供をしているということをすでに探り出していたらしいからだ。

それに。――

あの危機一髪の災難である。お優、お汐はふるえあがったことであろうと思い、

「宇治へ帰られるか」

と、京馬はきいた。

ところがお優、お汐はしばし顔見合わせていたが、やがてくびをふった。

「いいえ、このままお供させて下さい」

「それはかたじけない、といいたいが……実はわけあっていままで話さなんだが、旗姫さまはここしばらくあのような恐ろしい難儀をお覚悟の上でまだおん旅をなされなければならぬことになっておる。またあのようなことが起らぬ、とは断言できぬぞ」

お優の顔はちょっと蒼ざめた。が、お汐がいった。

「わたしたちがお供しなくても、お二人は――お二人だけは旅をおつづけになるのでしょう？」

それが羨望《せんぼう》にちかい眼なのに、京馬はまごつき、苦笑して、

「そういうことになっておる」

と、うなずいた。すると、蒼ざめていたお優がきっぱりといった。

「それでは、わたしたちも、どこまでもお供して参ります！」

それでは、とお優がいった言葉の意味がわからない。またこの場合、京馬はその意味を

反芻《はんすう》する余裕を持たない。

ただ北畠家に対する恩義と旗姫さまに対する好意のゆえであろうと京馬は思った。それにこの二人がついていってくれるなら、姫のお身のまわりの世話をするのにこれほど好都合なことはないということは、骨身にしみて知っている。

「いって下さるか？　礼をいう」

彼は、二人の巫女の手をおしいただいたほどであった。

ただ、このとき彼は、決してこの二人の娘のために危惧《きぐ》ではなく、この娘たちからの不安を、わけもなく漠と予感したけれど。——

お優とお汐の顔がぽうとうす赤く染まった。

「京馬！」

さきへいっていた旗姫の市女笠がふりむいていた。

「何をしているのです？」

被衣《かずき》で顔は見えなかったが、あまりきげんのいい声ではなかった。のみならず、ひき返して来そうな気配を見て、京馬は狼狽《ろうばい》して二人の娘を追いやった。

「は、早く姫のおそばにいってくれ。早く、早く。——」

「いったい、どこへゆくのです？」

と、お汐がいった。京馬はいよいよ狼狽して、

「そっちの道じゃ。……ともかくも、志摩の果てまで。——」

と、実におぼつかない旅のゆくえを指示した。

また、旅がはじまった。どこまでもなだらかな丘の起伏する志摩国の大地を。真っ蒼な夏の空からふりそそぐ日の光は白金に似て、山河は緑の炎のようだ。まれにゆきから旅人たちの顔は汗にぬれひかっている。が、遠くから逸早《いちはや》くその旅人の顔をたしかめ、またときどきふりかえる京馬は暑さを感じるどころではなかった。二人の巫女はむしろ風の中の蝶《ちょう》みたいに、この流浪を愉《たの》しんでいるようだ。

ただ、旗姫の市女笠だけがうなだれがちに歩いている。

次第に彼女の顔が憂愁にとざされてゆくのが、その顔を見ない京馬にもわかって、キリキリと胸が痛んだ。

「……お疲れではないか？」

が、いかに案じても、ひき返すこともならず、またちかづいて慰めることもかなわぬ京馬であった。

さまざま気をつかいつつ、それでも彼は或る村で鍛冶屋《かじや》を見つけると、ひとりでそこに入っていった。何やらおやじと談合していたが、やがて自分で鎚《つち》をふるったりふいごを押したりしはじめた。

そのふいごの赤い火の見える往来越しの林の中で、三人の女は待っている。

「なんとえ？　京馬がおまえたちの髪をくれといったとえ？」

お優とお汐の話をきいた旗姫がいった。

「え、わたしたちの髪を長くよじって、何か武器を作るんだそうでございます」

「えっ。——黒髪が武器に？」

「はい、京馬どのはそういって、ほら、ここをさっくりと」

とお汐が誇らしげに黒髪に手をあてるのを旗姫は見たが、何もいわなかった。ただ被衣が微風に吹かれるようにふるえていた。

やがて、京馬が駆けて来た。

「お待たせいたしました。いざ参りましょう」

彼は「髪ろくろ」の滑車やマキビシをみずから製造して懐中にして来たのであった。これだけは彼にとって緊急必須《ひっす》の道具だ。ただいままでの同じ武器より不細工であることは、この際やむを得ないが、正直なところ不安は禁じ得ない。

いざ、参りましょう、とうながしつつ、例によって十歩以上も離れたところにピタリと立ちどまっている京馬に、

「京馬、わたしの髪は役に立たぬのか？」

と、旗姫はかなしげにいった。

京馬はちょっとめんくらった顔をしていたが、

「そのことですか。あいや、かような忍びの道具に、姫君のおぐしを頂戴《ちょうだい》するなど、とんでもないこと」

と、苦笑した。旗姫の声はふいにいらだった。

「京馬、この女たち、宇治へ帰して」

「——は？」

「おまえがわたしをいやな女と思うなら、それでよい。わたしは一人でゆく。いいえ、父上のお許しあるときまでわたしは大河内へは帰らぬ。わたし一人で旅をする！」

京馬は言葉も顔色も失った。

が、びっくりしたように立ちすくんでいる二人の巫女の顔に——清麗としか形容のしようのない顔に、ふっと女の凱歌《がいか》の笑いのようなものが浮かんだのを見ると——いや、京馬にそこまではわからない。ただ、一種異様な妖《あや》しい表情を見ると、われにもあらず、かっとして、

「……そなたら、やはり帰ってもらおうか」

といった。

二人の巫女はじっとしている。——何か、てこでも動かぬ気配である。

京馬はうろたえて、五、六歩ちかづいたが、そのとき夏の風が、ハラリと旗姫の被衣を吹いた。

「……あっ」

小さなさけびをあげ、二、三間もうしろへはねとんだ京馬の苦悶《くもん》の顔をじっと見ていた旗姫が、

「ああ、やっぱりわたしは。……」

と恐ろしげにさけんだ。彼女自身も、自分にはわからないが、男に対して奇怪な作用をする顔になっているのではないかという恐怖と劣等感があって、それが甦《よみがえ》ったのである。

「ああ、わたしともあろうものがだだッ子みたいにききわけのないことをいい出して」

と、身もだえして、

「みんな、わたしのためにこんな苦労をしてくれるのに……ゆるして下さい。みんないっしょに来てたもれ。……」

ちかづいて、抱きしめたい衝動を必死に抑え、京馬はわずかに安堵《あんど》の白い歯を見せた。

なお予想される大剣士たちの魔影以上に、京馬の旅は実に多難である。――

二

ちょうど京馬一行から数里離れて、鳥羽から南へ――志摩の野を、土埃《つちぼこり》あげて歩いてゆく三人の編笠の侍たちがあった。

村に入るたびにきく。

「この道を、三人の女と一人の男が歩いてゆきはせなんだか？」

「三人の女と申しても、ここらの百姓女ではない。市女笠をかぶって、左様、﨟《ろう》たけた女人たちじゃ」

「男は郷士《ごうし》風の若者。――」

そしてまた脇街道《わきかいどう》があると、必ずそこに入っていって、同様の質問をして、そっちに探している影の消息のないことをたしかめると、またひき返して南へ歩き出す。

そんなことをしながら、彼らはときどきふりむいた。

「ちぇっ、まだついて来るぞ」

「うすきみの悪い坊主じゃ」

「われらを織田の侍と知っておろうに、さりとは不敵な奴」

彼らの一町ほどあとに、墨染めの衣に網代笠《あじろがさ》をかぶった一人の雲水の姿が見えた。笠にかくれて顔は見えないが、まるで金剛力士みたいな巨大なからだをしている。それが、雲水のくせに長大な槍《やり》を一本かついでいるのだ。

その槍が、もの凄い太さで、そのうえ——穂に三日月がかかっているように鎌《かま》がかかっている。いわゆる鎌槍というやつだが、一方が長くて、一方が短い。

ふつうの槍に一方だけ鎌を出したものを片鎌槍というが、このように二本あっても左右の長さが異っているものも片鎌槍という。片輪の槍という意味だ。

「……やはり、きゃつ、中納言の意を受けて旗姫さまを護っておるのか？」

「だとすると、姫君を捕えようとすれば、きゃつ、必ず邪魔を入れてくるぞ」

「いや、いまでも邪魔だ。われらが必死に探して歩くあとを、ぬけぬけとついて歩く、人をくった坊主め」

「とはいえ、何しろ音にきこえた宝蔵院じゃからな。——」

雲水は歩いて来る。いかにこちらが歩を早めても、ノッシ、ノッシと、べつに急いで追うとも見えないが、とにかく歩幅が大きいのだから、どこまでも同じ間隔を保っている。

そのうちに、彼らはべつにまた妙なことに気がついた。

「これ、宝蔵院のうしろに——また同じほどの道のりをおいて、編笠の武士がついて来るのを知っておるか」

「知っておる。……あれはだれだ。おい、穴沢、例の北畠家についておった十二人の剣客とかを知っているといったな。あれはその中のだれだ」

「それがわからぬのだ。どうもあの十二人の中の一人ではないようだ。……だいいち、遠目で見ても、ヒョロリと痩《や》せて、しかもからだつきが剣客のようでない。それよりわしは、あの男を、その背恰好《せかっこう》から以前にどこかで見たような気がするのだ。……」

くびをひねりひねり歩いていた穴沢という侍が、或る野原の中の一本道で、ふいにあっとさけんだ。

「きゃつ、ひょっとすると。——」

穴沢に何やらささやかれた二人の武士は、

「なにっ？　あれが、猿の軍師？」

「そんなはずはない。猿めはいまごろ安土の城作りに精を出しておるはず。それにいつも影のそうようについておるあの男が、こんなところに？」

と、驚きと疑いのさけびを発したが、すぐに、

「宝蔵院はともかく、きゃつの顔たしかめよう」

「猿めの軍師が、なんのためにこのようなところをウロウロしておるのか」

「とにかくこういろいろと妙な奴らにくっついて歩かれては、気がかりでこっちがおちおち動けぬ」

と、うなずいて、ツカツカとひき返しはじめた。

当然、彼らは一町ほどうしろを歩いていた雲水にぶつかることになる。正体を知っているだけにぶきみ千万で、これはそしらぬ顔で通りぬけようとしたのだが、雲水の槍がゆっくりと横になると、道をふさいでしまった。

「何をいたす？」

「この無礼な坊主め」

「そこを通せ」

さすがに憤然として歯をむき出す三人に、網代笠の下から、

「どこへゆく。……旗姫さまはそっちではあるまいが。わしをまこうと思っても、その手は桑名の伊勢の国じゃ」

と、野ぶとい笑いをふくんだ声がかかった。

「たわけっ、まくもまかぬも、うぬなど念頭においておらぬ」

「そっちに用があるのだ。そこをあけろ。——道あけぬと、沙門《しゃもん》とはいえ捨ておかぬ。踏みつぶしても通るぞ！」

雲水は笠の下で哄笑《こうしょう》した。朱盆のような口だけが見えた。

「わしを踏みつぶす——宝蔵院の胤栄《いんえい》と承知していてその口きいたか。わははははは！」

「名乗ったな。宝蔵院！　では、わしたちを織田家中の者と知っておろうが。それ知ってかかるふるまいをするとは、一介の破《や》れ寺《でら》の坊主として、さりとは、ふ、不敵な奴。——」

「織田家中の奴らと知ればこそ、ここらで片づけておかねばならぬ、そろそろ思案しておったところだ」

哄笑はなおつづく。

「もはや、ここまで案内してくれれば、旗姫さまのゆくえは知れておる。うぬらは無用であるのみならず、生かして帰してはいろいろとうるさい。そこで。——」

横になっていた槍がニューッと宙天に立つと、さすがに三人の織田侍は、はじかれたように飛びのき、反射的に抜刀した。

「あとで経だけはたっぷりあげてもらえると、そこは安心して往生してくれ」

槍が垂直に下りて来て、ピタリと向けられた。

「いかにも坊主じゃが、殺生はいとわぬ。……ただし、久しぶりじゃ。うぬらごとき木ッ葉侍相手に、宝蔵院の奥儀もないが、手ならし、足ならしに、ここでちょっと遊んでくれる」

三

宝蔵院胤栄。

正しくは、宝蔵院覚禅坊法印胤栄。このとし四十六歳。

奈良興福寺の塔中《たっちゅう》四十余坊の一つ、宝蔵院の院主《いんじゅ》である。春日明神《かすがみょうじん》の社務をとるのが本来の勤めだが、若いころから彼は甚《はなは》だ武芸を好んだ。いわゆる僧兵というものがまだ世にはびこっていた時代だから、これはべつに異常なことではない。

異常であったのは、胤栄の熱情と天才だ。

十数年前、剣聖上泉伊勢守が大和に廻国《かいこく》して来たときに、奈良から二里ばかり離れたところにある柳生谷の柳生石舟斎とともに刀法を学んで、上泉第四の高弟とさえいわれた。

第一第二の高弟はだれかというと、この物語の当時わけあって北畠家に馳せ参ずることができず、従ってこの物語に登場はしないが神後《じんご》伊豆守、疋田《ひきだ》文五郎小伯という人である。

第三が、柳生石舟斎。

距離もちかし、みずから好敵手と目していた石舟斎には、刀法に於てはわずかに一歩をゆずると伊勢守に評定されたのを、胤栄はひどく苦しんだ。伊勢守は彼の素質からみて、槍術《そうじゅつ》に転じては如何という示唆《しさ》を与えた。

胤栄は槍をとった。

彼は寺を出て、諸国行脚《あんぎゃ》の旅に出た。雲水らしからぬ血なまぐさい漂泊であった。北畠具教卿《とものり》の庇護《ひご》を受けたのはこの間のことだ。すなわちそのころには、すでに彼は槍を以て一世に聞えるほどの達人となっていたのである。

この修行中、彼はふと或る夕べ曠野《こうや》を歩いていて、一匹の獺《かわうそ》が河ばたの笹藪《ささやぶ》を出入りしているのを見つけた。

いたずら心に彼は槍をとりなおしてこれに狙いをつけた。

「…………！」

無声の気合とともに稲妻のごとく走った槍の穂の前に、獺は宙に躍りあがった。みごと槍がはずれたのを知って、彼は狼狽した。宙に踊った獺は、そのまま河へ飛ぶ。間髪を入れず狼狽しつつも、槍は正確にその影を追う。

「仕止めた！」

水中の影をつらぬいた穂先を見て、胤栄は一瞬そう思った。

が、手応えなく、獺はみごと水中をのがれ去った。つらぬいて見えたのは、水中に於ける光線の屈折による錯覚だったのだ。

相手が動物であっただけに、胤栄は瞳《ひとみ》をぬかれた思いで、茫然とそのままの姿勢でいた。獺と槍でいちどしぶきをあげた河の面は、しずかに波紋をひろげやがて静まった。そして胤栄はおのれの槍に鎌のようにかかっている細い光を見たのである。

それは空にかかっている三日月の水にうつる影であった。

「……おお、そうだ！」

もしいま、穂先が三本であれば必ず獺をのがすことはなかったであろう。

このときに彼は鎌槍のアイデアに開眼したのである。

――もっとも、鎌槍というものは胤栄の発明ではない。それ以前から、あることはある。

ただし、それが素槍《すやり》ほど一般に使用されなかったのは、穂先が三本となると重量も容易ならぬものとなるから、これを自在にあやつることは常人には難しく、またその形状からどうしても運搬に不便となるからであろう。

この鎌槍の威力を胤栄は再発見したのである。

もともと彼の槍は柄の直径が一寸五分ちかく、そして石突きは穂先と同じ長さであったといわれる。いかに彼の掌が巨大で、また剛力であったかがわかる。従って、たとえ穂先が三本となっても、鍛練の如何によっては充分素槍と同じ速度でふるい得ると彼は確信したのだ。

そして、いざというときの有利さは、持ち運びの多少の不便さを補って余りあるとも計算した。

彼の作り出した鎌槍――いわゆる宝蔵院の三日月槍は次のようなものである。

まずまんなかの穂先、これの断面が平三角形であることは、甲冑《かっちゅう》をもつらぬく必要上、ふつうの槍と同様だ。が、その両側に出ている二本の穂が、それまでのものはまんなかの穂と同じ作りで、かつ十文字に近かったのを、厚手の鎌に変えた。

しかも、一方を長く、かつ刃を外に向け、もう一方を短く、かつ刃を内へ向けて。まるで三日月がななめにかかったような槍だ。

この効用は如何。

第一に、通常通りに槍を使う。

第二に、たとえ敵からそれても、左右の穂が捕捉する。

第三に、敵の刀身をこの三つ股《また》で受け止める。

第四に、長い枝の刃のある方から薙《な》ぎつければ、槍の柄だけの距離をへだてて刀と同様の作用を発揮できる。

第五に、短い枝の方で突きかければ、刃が内側にあるから、これまた刀で押し切るのと同じ結果をもたらす。——

しかも、手もとでこぶしをひとひねりすれば、左右の鎌はかろく逆転し、従ってその威力も左右転換する。野球のスイッチ・ヒッターみたいなもので、そのうえ左右の枝の長さが異るため、敵はとっさに応戦に混乱を来す。

こうなると、槍も一つの精巧複雑な兵器であり、かつその操作は芸術的とさえいえる。のみならず——。

宝蔵院は天性の怪力を以て、槍そのものを前後に使うのだ。石突きを重視するのが宝蔵院流の特徴といわれたくらいで、石突きを穂と同じ長さにしてあるのもこのためである。

覚禅坊胤栄が無双の槍術家であると目されたのもむべなるかな。

宝蔵院流の口伝の歌にいう――

「突けば槍
打てば鳶口《とびぐち》
引けば鎌
とにもかくにもはずれざらまし」

彼は奈良に帰って、大道場をひらいた。寺そのものは破れ寺なのに、道場は隆盛をきわめ、総檜造《そうひのきづく》りの床と羽目板は能舞台のごとくひかり、柱は一尺角、すだれのごとく立てかけられた稽古《けいこ》槍の穂先から、なおその倍もあるほど天井が高く、正面に愛宕の勝軍地蔵と春日の赤童子を祭ったその景観の森厳さは、当時に於て京四条の吉岡道場に匹敵するものがあったといわれる。

ただし、なみの門人では鎌槍をあやつることなど、まず不可能であったろう。

胤栄もまたこの鎌槍を実際に使うことなど稀《まれ》であったが、ただこのころ大和信貴《しぎ》山《さん》城の松永弾正に招かれて、これはこの物語と偶然数が一致するが、十二人の槍術家を片っぱしから破った話、また興福寺南大門の前で当時弓の名人といわれた菊岡二位宗政と弓槍試合を行ったとき、槍をかまえた胤栄に、菊岡宗政が一矢も放つことができず、かえっておされ、追いつめられ、ついには弓矢を投げ出して長嘆したという話などが伝えられている。

ただし、これらの試合では、彼が三日月槍を使用したかどうかさだかでなく、また相手を殺戮《さつりく》したとも書いてない。

事実、この三日月槍はその操作の複雑さと重量から、人間を相手にめったに試合などできるものではなく、これを実地にいかんなくふるえば、それはすなわち相手の死を意味するものであったろう。

胤栄としても髀肉《ひにく》の嘆にたえぬものがあったにちがいない。

彼が奈良の大道場をあとに北畠家の危急に駆けつけたのは、放浪時代に受けた恩義以外に、この三日月槍に実際に人間の血を噴かせたいという欲望にかられたこともあるのではなかろうか。

しかし、その望みも一応空しくなろうとして――はからずも、ここ志摩の野に、その機を得た。むしろ、彼の方から強引に喧嘩《けんか》を吹っかけたきみがある。

四

いま。――

「うぬら、それで戦場に往来したことがあるのか？」

網代笠《あじろがさ》の下であざ笑われても、三人の織田侍は眼前にさしつけられた三本の穂の三日月槍に、声すらとまってしまい、ただ眼をひからせ、肩で息をしているばかりであった。

「まず、来う」

と、胤栄はいった。

槍が一方に——胤栄から見て左に徐々に動いた。

まるで、大きくふところをあけるように。

「しゃあっ」

重圧にたえかねたように、一番右の武士が、吸いこまれるように突撃した。

とたんに胤栄の手もとの石突きが廻って来て、その鼻柱にズボとめりこんだ。間髪を入れず、槍は大きく閃《ひらめ》いて、二人の侍の左から右へ薙ぎつけられている。

「うわっ」

さけんだのは、顔面に血の穴をあけられ、もんどり打って転がった一人だけではない。

狼狽《ろうばい》のわめきをあげつつ、二人の武士の刀は左へ向けられたが、胤栄の槍はからかうように——しかも光の虹《にじ》のごとく二人の頭上を右へ走って、たちまちキラと反転して来た。

まず長い鎌の外側の刃が、右側の武士の首へ閃きおちた。

それはその頸《くび》を蠟《ろう》のごとく通過して、次の武士の頸をも襲う力と速度は充分持っていたのに、胤栄の長い鎌は、一方だけの首を刎《は》ねると、ヒョイと引かれて、こんどは短い方の鎌を、そのあごの下へピタリとあてがってしまった。

もっとも、三本の穂のうち、まんなかの穂は平三角形の厚みがあるから、当然、頸骨《けいこつ》で停止して、二人ならべて撫《な》で斬りというわけにはいかなかったかも知れない。

「たっ、たったたっ」

鎌の刃にあごをのせた首の恐怖の相ほど、世に無惨なものはあまりなかったろう。

「すまぬが、手習いのため、いろいろやって見る」

と、胤栄はいった。

そのまま、槍をかろく押した。彎曲《わんきょく》した刃は、きれいに最後の一人の首を押し切ってしまった。

「南無阿弥陀仏《なむあみだぶつ》」

あっというまに、夏のまひる野には二つの首が転がっている。あとの一人、すなわち最初に顔面を砕かれた男は、一、二度ぶるぶると手足を痙攣《けいれん》させたきり動かない——。

一瞬の間に宝蔵院は、石突き、長い鎌、短い鎌という三つの武器を以て、突く、薙ぐ、押し切るという三つの手法で、三人の武士を殺戮してしまったのである。この間、本命たるべきまんなかの槍の穂はついに使わない。——

「やはり、よいものじゃ」

ふうと一息ついて、血まみれの槍の前後左右に眼をやってつぶやいたのは、この三日月槍の性能のことか、それとも久しぶりの実戦のことか。

それにしても、人殺しをして、

「やはりよいものじゃ」と恍惚《こうこつ》状態になっているとは、大変な坊主があったものだ。

「おおーい」

夏の風が、そんな声を送って来た。

宝蔵院はくるっとふりむいた。たんに殺人の場を発見されたというだけでなく、だれか容易ならぬ人間を予測していて、それに対して身構えたというような、まるで荒鷲《あらわし》の羽ばたくような動作であった。

「おおーい、宝蔵院胤栄どのう」

背後の野道を編笠の武士が一人駆けて来る。

「柳生ではない」

と、胤栄はひとりごとをいった。ちょっと肩から力がぬけたようだ。

「きのうごろから、わしのあとをつけて来ていた奴だな。柳生ではないとすると――ほかに思いあたる奴もないし、はて、何者であろう、きゃつは。――」

十歩ばかりに近づいた編笠を爛々《らんらん》にらみつけて、

「止れ」

と、胤栄は吼《ほ》えた。

「これ、うぬは何者だ？」

「織田家の者でござるが。――」

「なにっ？」

ぱっと怪奇な豪槍をかまえた胤栄に、武士は平然として編笠をとった。

「ただし、織田家中の者ではござるが、いまそこに首を転がしておるのは明智の手の者、拙者は羽柴の手の者です」

「羽柴――筑前か！」

「されば、竹中半兵衛と申す」

編笠をとった顔を、宝蔵院胤栄はあっけにとられたように眺めている。

ひょろひょろと痩せていて、面長の――面長すぎるほどの顔は、蠟《ろう》みたいに蒼白《あおじろ》い。女性的といっていい感じで、むしろ病身らしい。それに、若い。まだ三十を少し出たくらいであろうか。

「……ほう、あなたが、あの大軍師の――」

やっと胤栄がいった。

名は知っていたのだ。むしろ、この男が仕えているという羽柴筑前よりも天下に名がきこえているといっていい。曾《かつ》て信長でさえ攻めあぐんだ美濃の斎藤竜興《たつおき》の本拠稲葉山城を、わずか十六騎で占領したという伝説的軍略の経歴を持つ竹中半兵衛であった。

若い、それに病身だとはきいていたが、現実にその人を眼前にみれば、胤栄も、思わずほほうと驚かざるを得ない。にせものではないか、という疑いは起きなかった。若くて、病身に見えるにもかかわらず、きれながの眼にひらめく知能と自若たるものごしは、一見してこの人物がただものでない印象を与えるからであった。

「竹中半兵衛どの、御雷名はつとに承っておる。……それが、拙僧になんの御用？」

「まあ、歩きましょう。ちとここは血なまぐさい」

半兵衛はスタスタ歩き出した。つりこまれて胤栄は、槍をかついであとを追いながらあとふりかえり、

「竹中どの、あれは、実は織田家の連中じゃがな」

「存じておる」

半兵衛は泰然として、これは一顧もくれず、

「それより宝蔵院どの。突然の話だが、拙者の主人をどう思われる？」

「貴公の御主人――というと、あの猿。――」

「左様、羽柴筑前守秀吉どの」

そして半兵衛は、秀吉がいかに将来性のある大器であるかを説き出した。そのことはこの竹中半兵衛ほどのものが、信長公をおいて、わざと秀吉に仕えた事実を以て御推察相成りたいといった。実際、曾ては伊吹菩提山城《ぼだいさんじょう》の城主であった竹中半兵衛が、信長にではなくその一部将たる秀吉に随身したということは、天下の奇事として人々の首をひねらせていたのである。

そして、秀吉は織田家に於ける序列としては、現在のところ第五か第六の位置にある江州《ごうしゅう》の一大名に過ぎないが、ここ十年以内にも必ず第一位に出てくることはまちがいなしと断じ、さらに、

「いや、この半兵衛の見るところでは、それ以上にも」

と、いって蒼い天を見た。

織田家に於ける序列第一位以上とはどういう意味なのか、それを改めてきく疑惑など、この夏風に吹きとばしてしまいそうなさわやかな快笑と、ふしぎな説得力を持った男であ

った。

「待て、半兵衛どの」

と、胤栄はいった。

「筑前どののえらいことはよくわかった。しかし、それがわしに何の関係がある？」

「御仕官なさるお気はないか」

「仕官？　わしは坊主でござるぞ」

「沙門結構。東の徳川には南光坊天海という傑僧あり、西の毛利には安国寺恵瓊《えけい》という智《ち》僧《そう》あり。そこで御《ご》坊《ぼう》には羽柴の宝蔵院と呼ばれるおひとになっていただきたいのだ」

「わしにはそんな智謀はない」

「いや、智謀の方は、恐縮ながらこの半兵衛がおります。そもそも主人の筑前その人が、日本開闢《かいびゃく》以来といっていいほどの智謀の人で。――ところが、残念なことに、羽柴家には智慧者はたくさんあるが、打物とっての豪傑が少い。で、拙者、筑前とつらつら談合の末、この際どうあっても羽柴家に精強無比の槍組を創成したいと思いましてな。その大将たるべき人は、天下に宝蔵院胤栄どの以外にあるべくもあらず、かく断じて、先日来、御坊をしたって追って来たわけで。――」

竹中半兵衛ほどの人物に、こうまではるばると追われて来たということは、たしかに槍術家としての誇りにちがいない。

「それにもう一つ理由がある。思いは同じか、徳川家康どのがの、御坊も御存じの柳生石舟斎どのを聘《へい》して一大剣法軍を編成しようと企画されているらしい。——」

「なにっ、柳生を？」

「そして拙者の見るところでは、信長公はいまのやりようでは必ず将来高ころびにころばれる。そのあと天下を争うのは、おそらく拙者のあるじ羽柴筑前と徳川家康どのでござろうな。いや、いまおそらく、と申したが、この半兵衛の眼力に狂いはない。——」

「柳生が徳川家に仕える——といわれるか」

といって、胤栄は重っ苦しげな思案顔になったが、ふいにその眼が敵愾心《てきがいしん》にぎらとひかると、とんと三日月槍を地についてむき直った。

「石舟斎を刺しとめたら悪かろうか」

「ほ？　それはまた、なぜ？」

「ただ、悪いかときいておるのでござる」

「いや、悪うはない。いま申したように徳川こそわれらの未来の大敵でござるから、羽柴家にとっては望むところといってよろしい」

「では、刺す」

なに思いついたか、宝蔵院胤栄は満面朱色に染まって、全身ふくれあがり、

「ほぞを決めた。半兵衛どの、胤栄たしかに羽柴に随身いたそう。しかも宝蔵院流槍術の見本として、柳生石舟斎の首を筑前どのへ土産に」

「……ほんとうか、それは？」

竹中半兵衛は眼をまるくした。胤栄をおだてるために、柳生石舟斎をどうしようと苦しからず、とはいったが、べつにそれほどの必要も感じていなかったのだ。

「どうせ、きゃつ、わしと両立はせぬと思っていたのだ。が、曾ての相弟子、思い切るには遠慮があった。しかし、いまや大義名分はある。決して、女のことではないぞ。……」

胤栄は厚い唇でぶつぶつとひとりごとをいったが、やがて凄絶なうなり声をたてた。

「宝蔵院、石舟斎を討ち果してから還俗《げんぞく》して近江《おうみ》に参る、と筑前どのへ御報告願う！」

五

その翌日。

同じ夏野の街道を南へ、ひどくうなだれて歩いてゆく一人の武士があった。年は四十半ばか、いかにも沈毅《ちんき》重厚の相貌で、体格も堂々としているが、その上、一介の牢人とは見えない気品がある。――ただ、その顔や骨格に似合わず、何か思い悩んでいる風で歩いてはいるけれど。

放心状態とも見えるのに、ふっと或るところで立ちどまった。

「血の匂《にお》いがする。――」

と、つぶやいた。

そこは、きのう、宝蔵院が三人の織田侍を倒した場所であった。むろん屍骸《しがい》は、発見した百姓がどこかへ運んで埋め、しかも日暮、夕立ちが一過したので、血は完全に洗い流されたはずだが、それにもかかわらず、武士はまわりを見まわした。

「宝蔵院の匂いがする。――」

とも、ひとりごとをいった。

「やはり、あの坊主、こっちへ来たか？」

ふいに、ぱっとふりむいた。それまでの放心状態とは別人のような体さばきであった。

半町ばかりうしろの地蔵堂のかげを廻ってきた一人の薦僧《こもそう》が、急に足を早めて近づいて来た。

薦僧。――のちの虚無僧《こむそう》である。笛を吹いて放浪する乞食は平安朝時代からあって、世にこれを「ぼろんじ」といったが、これが江戸時代に入ると、例の天蓋に袈裟《けさ》をつけたいわゆる虚無僧スタイルをとるようになった。その過渡期がこの戦国時代の薦僧である。

深い編笠をかぶってはいるが、決してのちの天蓋と称されるようなものではない。うす汚れた白衣に、ぼろぼろの黄色い袖無しをきて、袈裟などはつけず、片手に面桶《めんつう》をかかえ、腰にむしろを巻いているといった姿であった。それを。――

「……はて、あの男、どこかで見たような」

と、武士はくびをかしげた。

「……柳生どの」

と、その薦僧が呼んで、編笠をとった。

「や。……服部半蔵ではないか」

「左様です。柳生新左衛門どの」

そう呼ばれた武士は、さすがに意外のおももちで、しげしげと相手を眺めやった。

むりもない、眼前に立ったむさくるしい薦僧は、この春まで伊賀の服部郷で頭領であった人物だ。ただし、この春、織田の大軍に踏みにじられて亡国となり、この半蔵自身もどこかへ逃亡したときいたが、それがいまこの志摩にこんな姿で歩いていようとは。

「あれ以来、そんなありさまでおったのか」

と、柳生新左衛門と呼ばれた武士は、さすがに痛ましげにきいた。

「いや、拙者、しばらく三河におりました。徳川どのをお頼りして」

と、半蔵はいった。

「実は、その徳川どのと御相談の上、是非あなた、柳生石舟斎どのに頼みまいらせたきことあり、ひそかに上方へひき返して来たものでござる。なにぶん、伊勢志摩はもはや織田家の勢力範囲といっていいありさまでござれば、やむなく拙者もこの態で」

「わしに頼みとは？」

「新左衛門どの。……徳川家にお仕えになる気はありませぬか」

「なに？　家康どのに？」

柳生新左衛門はそうさけんで、半蔵の顔を見つめていたが、

「わしは、いちどは織田勢を相手に一働きしようと北畠家に来援したものであるぞ。徳川

は織田家の盟邦ではないか」

「いかにも盟邦でござる。盟邦とは二つの意味があります。一つは織田家とよく、一つは織田家からしかと独立しておるということです。それゆえに、柳生の庄を無事に保つには、徳川に頼るのが一番賢明なのでござる。拙者、手遅れにて、亡国ののち、徳川家に頼りました。伊賀の次は、その西、国を接する柳生でござるぞ。――」

「さればこそ、わしは北畠家を助けようとした。――」

「それも無益となったわけです。伊賀に入った織田軍がひとまずそこでとどまったのは、柳生をふくむ大和一国がいまだに松永弾正どのの勢力範囲で、いまのところ信長どのが弾正どのに一目おいておられるからです。が、いずれは――それもここ一両年中に、柳生も松永も信長どのに蹂躙《じゅうりん》されることは、火を見るよりも明らか。――」

半蔵は、この柳生新左衛門という剣士の豪族が、おのれの所領たる柳生の庄をいかに大切にしているかをよく知っていた。

それは当然なことで、服部郷を支配していた自分とても同様だがそれにしても新左衛門の柳生の庄に対する執着は異常なものであり、かつそれを保持することに於て実に周到であることを認めざるを得なかった。

孤立無援、織田家に刃向って全滅した伊賀の服部党の比ではない。むろんいま自分が指摘するまでもなく、織田の鋭鋒《えいほう》をとめるべく、新左衛門が大和の大豪族たる松永弾正の威力を利用したことはあきらかだ。

剣人にしては恐ろしく慎重で、思慮ぶかい柳生新左衛門だ。その彼が北畠家に馳せ参じたのはちょっと彼らしくないと思われるほどだが、おそらくそれは剣の道に於て具教と同門であるというよしみからだけではあるまい。織田に対して公然と叛旗をひるがえさず、たった一人、領主たるおのれだけ赴援《ふえん》して、織田の力を打診して見ようと考えたのではないかと思われる。――

その慎重で、思慮ぶかい顔を、ややいらだたしげにのぞきこんで、

「いや、急に徳川云々《うんぬん》と申しても、あまりに突飛で、即座には御納得にならぬかも知れぬ」

と、半蔵はいい、口をきわめて家康がいかに頼るに足る大器であるかを説き出した。

家康はいまこそ信長の弟分的存在であるが、いつまでもその分に甘んじている人物ではない。一見隠忍のお人であるが、いかにその内部に不敵なものを蔵しているかは、織田に滅ぼされた自分を平然と懐に入れたことでも御了察願うといい、

「剣の道をのぞけば、新左衛門どの、実にあなたによく似たお人柄でござる」

と、微笑した。

「で、いま剣の道をのぞけば、と申したように、家康さまはあまりこの道がお得意ではない。さればこそ、いよいよ以て精強な剣士団を徳川家に育成しようと心がけられ、その養成者に最も適任の人は天下にだれか、と拙者に談合された結果、あなたに白羽の矢を立てた次第で。――」

「そうまでわしを買ってくれたのはかたじけないが、わしは到底その任ではない」

柳生新左衛門の重厚な眉宇《びう》には、たんなる謙遜《けんそん》ではない、何やら憂鬱《ゆううつ》なものがあった。

「あいや。――新左衛門どののお人柄は、柳生からわずか二里の伊賀服部郷に住んでおったこの拙者が、だれよりもよく存じあげておる」

と、半蔵はくびをふった。

「実はな、新左衛門どの、拙者ははじめ、例の太の御所に参集された十二人の方々にそっくり徳川家へお移り願いたいと思い、そのあっせんをあなたにお頼みしようと思っていた。――」

「……半蔵、織田家への意趣をはらすためか、それは」

「正直にいって、左様でござる。ところが、このたび伊勢へひき返して見ると、思いもかけぬ異変が起っておる。――まず、片山伯耆守《ほうきのかみ》どのと林崎甚助どの、これはいずれも伊勢をひきあげられたようだが、その姿を見た者の話によると、どういうわけか御両人とも糸のごとく痩せ細り、消耗憔悴《しょうすい》し切って、重病人のようであったと申す」

「…………」

「富田勢源どのと諸岡一羽どのもまた伊勢をひきあげられた。しかも拙者の調べたところでは勢源どのは盲となり、一羽どのに至っては、どうやら癩《らい》を病まれておったようでござるな」

「…………」

「そして、これはほんの数日前鳥羽で知ったことでござるが、宮本無二斎どのと吉岡拳法どの、この御両者も――無二斎どののもまた盲となり、拳法どのは左手の指ことごとくへし折られ、逃げるがごとく播磨《はりま》や京へ立ち去られた由。――いったい、何事が起ったのでござる？」

柳生新左衛門は、黙然《もくねん》と服部半蔵を眺めている。

その眼が、以前知っていた新左衛門の質実な眼とはちがう妖光をはなっているような気がしたが、相手がいつまでも沈黙しているので、半蔵はまたつづけた。

「ともあれ、残っているのは塚原卜伝、上泉伊勢守、鐘巻自斎、伊藤弥五郎、宝蔵院胤栄《いんえい》、そしてあなたの六人だけでござる。そのいずれ様もが、太の御所から立ち去られたらしく、あとの方々のゆくえは知らず、ようやく柳生どののだけをここに探しあてた次第」

「…………」

「しかも、考えてみれば、塚原、上泉の御長老は文字通りあまりに御高齢、あのお年までどこへも御仕官なされなんだところを見ると、いまさら徳川家へ奉公して下されるかどうか、これは半蔵にも自信がござらぬ。――」

「…………」

「鐘巻自斎どの、これは拙者にもえたいの知れぬお人でござるが、どうやらどこかきちがいじみた剣士であるらしい。家康さまとは合わぬかも知れぬ。伊藤弥五郎どの、これは当代稀《まれ》な天才児とはきいておるが、何分年が若すぎる。――」

「…………」

「残るはあなたと宝蔵院どのでござるが、宝蔵院どのについては半蔵、三河を発つ直前に、家康さまから妙なことを承った」

「宝蔵院について、妙なこととは？」

柳生新左衛門はやっと口を切った。

「織田の一将の羽柴筑前がな、宝蔵院を召し抱えて無敵の槍組を編成しようと望み、例の軍師の竹中半兵衛みずからが乗り出したらしいと申されるのでござる」

「ふうむ」

「半兵衛ほどの者が動き出した上は、このことは成るであろう――と家康さまは仰せられる。そしてなお――宝蔵院が筑前のものとなり槍組を練成するとあっては、これは織田家に仕えるよりも恐ろしい。あくまでこれを防げと申されるのでござる。なぜかは知らず家康さまはひどく筑前の将来を怖《おそ》れておられるようで」

「ふうむ」

「あくまでもこれは防げ――宝蔵院が筑前に仕えることを防げぬとあれば、いっそいまのうちに宝蔵院をこの地上より消せ――とさえ仰せられたのでござる。――あ！」

と、半蔵は気がついた。やや狼狽して、

「新左衛門どのは、宝蔵院と御同門でござったな？」

「左様」

意外にも柳生新左衛門の方は、さまで動じたようすがない。もっとも、めったに動じたことのない新左衛門という人物ではある。

「とにかく左様な次第で、結局徳川家に欲しいのは――そしてまた可能性のあるのは、あなた柳生新左衛門どのだけでござる」

と、半蔵はいった。

「いま、くり返して申したように真に頼るべきは徳川家、これは半蔵、太鼓判を押します。柳生の庄を保持なされんと欲せられるならそれ以外にないということがおわかりになっていただけたことと存ずる。どうじゃ、新左衛門どの、柳生と服部、同じ徳川家の内にあって、剣と忍びの二大宗家になるお気はござらぬか？」

「ふうむ」

――後年、この半蔵の勧誘はなかば実現した。

なかばというのは、この柳生新左衛門その人はついに徳川家に仕官することは実現しなかったのだが、柳生と服部は、まさに将軍家指南役と公儀忍び組の宗家となったのである。

徳川の本拠たる三河から遠く離れた大和と伊賀、しかも国を接したこの二つの小豪族が相ならんで徳川の帷幄《いあく》に参ずることになったのは、ほかに例のない歴史的な奇事――謎《なぞ》とさえ思われるが、そのはじまりはこのときの志摩の夏野に於ける服部半蔵と柳生新左衛門のこの会見に胚胎《はいたい》するのである。

なお、うっそりと黙りこんでいる新左衛門に半蔵が焦《あせ》りをおぼえ、われ知らず舌打ちの声さえ立てようとしたとき、

「宝蔵院はどうするな？」

ぽつり、と新左衛門がいった。

「――は？」

ちょっと、半蔵はめんくらった。いま自分が新左衛門に懇願していたこととは脇道の話だ。

「宝蔵院をこの地上から消さねばならぬ、と申したろうが」

「新左衛門どのは、それは反対か。反対であろうな」

「おぬし、やるつもりか」

と、新左衛門は自分の問いだけを進めて、そして重々しく笑った。

「おぬし、やれるつもりか。できまいな。――あの三日月槍には、伊賀の忍びの術もちょっと歯が立つまい。――」

「何といわれる」

半蔵がやや憤然としたとき、柳生新左衛門はおのれにいいきかせるがごとく、うなずいた。

「わしがやろう」

「えっ？」

「この柳生新左衛門が、宝蔵院の首を土産に、家康どのへお目通り願おう」

自分がいい出したことなのに、服部半蔵はやや呆《あき》れて相手を見まもり、

「あなたが？」

と、くりかえした。それをどうとったか、新左衛門はまた重厚に微笑した。

「わしは未熟ながら上泉伊勢守さまから三番の弟子といわれた男。宝蔵院は四番弟子。──

──」

半蔵が「あなたが？」といったのは「宝蔵院に勝てるか」という意味ではない。いま新左衛門自身がいったようにこの両人は同門の弟子であり、かつ柳生新左衛門がどんな事情があろうと、みずから相弟子を討つような人柄には見えなかったからだ。

すぐに、この人物は、それほどにまでおのれの所領を維持したいと熱願しているのかと思い当り、

「そ、それは家康さまは御満足、御安堵《ごあんど》のことであろうが。──」

と、さけんだが、また不審の心を禁じがたく、

「──何かあったのでござるか？」

と、くびをのばしてきいた。

「あれから、太の御所に？」

さすがの半蔵も、まだ旗姫さまの一件のことは知らなかったのだ。大河内谷の人々の大半は、旗姫さま失踪のことすら気づいていないのだからやむを得ない。その発端となったのは、半蔵の弟子たる飯綱七郎太なのだが、七郎太の忍法びるしゃな如来は、半蔵逃亡後に果心居士から伝授されたものだから、事忍法に関するだけに、かえって半蔵の想像を超

えていた。

「それから……つかぬことをおききいたすが、大河内に飯綱七郎太なる者あり、そこに拙者の妹がおるはずでござるが……両人ともゆくえ不明とのこと、その消息は御存じありますまいな？」

それには答えず、ただ柳生新左衛門の重い顔に、ぱっとどす黒い血潮が散って、

「宝蔵院の三日月槍、いずれは相手にしてみたい、と思うておった」

と、うめくようにいった。

半蔵が、いまの新左衛門の赤面を、剣士特有の武術上の興奮と思ったのは是非もない。


——

六

柳生新左衛門宗厳《むねよし》。

宝蔵院より二つ年下でこのとし四十四歳。

他の大半の剣士たちのように一介の牢人であったり、また大名の家来ではなく、小なりとはいえ一大名、少くとも小豪族のあるじといっていい。

柳生の地はもと春日神社の神領であり、柳生の祖はそこを司る神官であったといわれる。

それが、平安の末、荘園制度の崩壊とともに、春日神社から独立した一個の豪族となった。

例の元弘の変に際し、笠置《かさぎ》へおちた後醍醐《ごだいご》天皇に、河内《かわち》に楠木兵衛《くすのきひょうえ》という名将がいるということを進言したのは、この柳生一族であったという説もある。この功績から、柳生一族ははっきりと柳生の庄を朝廷から賜わったというのだ。

それはともかく、応仁の乱以後、細川やら三好やら松永やら、近畿一帯に興亡する覇者の波から、いかにして柳生の庄を護るか、柳生代々は心血をしぼった。

柳生新左衛門が若いころから刀術に工夫をこらしたのも、一身というより一国を護るための必死の必要からであったろう。

しかし、いかにその技術が一身を護るためにも役立ったかは当然のことで、こんな逸話がある。

三好であったか、松永であったか、とにかく時の覇者がこの柳生の庄を手に入れがたいことにやきもきし、柳生の家来で相当の使い手をひそかに買収し、新左衛門の暗殺を計ったことがあった。

時が来た。たまたま柳生新左衛門は病んで、やや回復したところで、柳生城の一室の縁の日向に坐り、左こぶしにすえた愛養の隼鷹《じゅんよう》の手入れに余念もなかった。

刺客はそのうしろに坐る機に恵まれた。彼はじいっと主君の背を眺めていたが、いきなり立ちあがってその頭上から斬りつけた。

新左衛門は電瞬に腰の小刀を逆手に抜き、そのままうしろに突き上げた。

襲撃者は、おのれの太刀がまだ新左衛門の頭上にある間に、睾丸《こうがん》をつらぬかれ、けもののようなさけびをあげつつ、新左衛門の傍をまるくなってつんのめっていって、縁側からまろび落ちた。

この間、新左衛門の左こぶしにすえた鷹は、身うごき一つしなかったという。——傍に、ほかに数人の家臣がいて、あっと眼をむいたあいだの出来事であったが、さてそのあとで舌をふるい、

「殿にはいかにしてこの痴《し》れ者の動きをお知りなされましたか」

と、きいた。

「病み上りと、鷹のおかげで助かったのかも知れぬ」

と、新左衛門は答えた。

「わしは無心になっておった」

「——は？」

「水のような状態でおった。そこに敵の殺気が月影のように映ったのじゃ」

家来たちには、どういうことかよくわからなかった。だいいち、病み上りで、鷹をこぶしにすえていれば、だれでもこの神技が可能かというと、そんなことはあり得ない。

——この柳生新左衛門ほどの男を、赤児のようにあしらった人がある。上泉伊勢守信綱である。

上泉伊勢守が廻国して来て柳生に立ち寄ったとき、二人の弟子をつれていた。神後伊豆守と疋田小伯である。伊勢守はまず小伯を立ち合わせた。

小伯は新左衛門の構えを見て、

「それでは悪うござる」

というや、ハタと打った。

「いま一度」

と、新左衛門がさけんで構えると、

「それも悪うござる」

と、まるで新左衛門の木刀がないかのように打ち込んだ。

三度立ち合って、彼は三度打たれた。

それでも、強情我慢なところがあった彼が、あえて伊勢守に試合を所望すると、

「では、その太刀、取り申すぞ」

というや否や、彼は赤児のごとく信綱に木刀を奪い去られた。

ここに於て、さしもの新左衛門も完全に脱帽し、伊勢守に師礼をとって、しばらく柳生城に逗留《とうりゅう》を願った。それまで武芸上の好敵手として親しく往来していた奈良の宝蔵院胤栄も呼んで、ともに伊勢守の教えを受けた。この両人が上泉門下第三第四の高弟と呼ばれるに至ったのはこのためである。

伊勢守は宝蔵院には槍に転換すれば剣以上になるとすすめ、また新左衛門の太刀には剛強すぎるところがあるとたしなめて、

「浮かまざる兵法ゆえに石舟の朽ちぬ浮名やすえに残さむ」

という一首を与えた。

このときまた伊勢守は、「自分は多年無刀にして敵に勝つ工夫を案じているが、まだその理を明らかにすることが出来ぬ。貴公はなお春秋に富む。必ずこれを研鑽《けんさん》してその奥儀に達してもらいたい」とはげました。

数年後、伊勢守はまた柳生城にやって来た。

そして、新左衛門の立居ふるまいをじっと見ていたが、ふいに真剣を以て勝負しようといい出して、神後伊豆や匹田小伯を驚き呆れさせた。

真剣をぬいて立った伊勢守に対し、柳生新左衛門はなんと手ぶらで向い合った。

「無刀の考案成ったか、柳生。――」

と、伊勢守はしみ入るような声でいった。

「極意は？」

地からわき出るように新左衛門は答えた。

「空手《くうしゅ》にして鋤頭《じょとう》を把《と》り

歩行して水牛に騎《の》る

人、橋上を過ぐれば

橋流れて水流れず」

伊勢守の手から白刃が落ちた。

「出かした！」

そのとたんに、柳生新左衛門は、まるで朽木のように大地へ崩折《くずお》れてしまった。べたりと坐り、両手をついた彼のところへ、伊勢守はしずかに歩み寄って、

「われ、ついに及ばず。――新左衛門、一国一人の新陰流《しんかげりゅう》の印可、たしかに相伝するであろうぞ」

と、いった。

「いや、敢《あえ》て新陰流と呼ばずともよい。堂々と柳生流と名乗れ」

と、伊勢守は微笑し、さらに、

「この前与えた歌の心、これからもよう体するように、爾今《じこん》、石舟斎と名乗れ」

と、いった。

柳生石舟斎宗厳はここに誕生した。

爾来、このたびの北畠家への参陣まで、この乱世にあって、柳生城は寂《せき》として、また厳として風霜に耐えていた。

ただ、内部に於て剣法の修行はいよいよ進んだ。それまで試合といえば木剣であったものを「ひきはだしない」というものを以てするように発明したのも石舟斎である。木剣はまともに打てば相手を殺傷するから、ふつうの稽古《けいこ》では打つ瞬間に止める。それではほんとうの練磨にならないから、割り竹を、ひきはだの縫いぐるみに包んだもので代用させるようにしたのである。ひきはだとは、皮に一種の漆《うるし》を塗って強化したもので、その色と皺《しわ》がひきがえるの肌に似ているのでそう呼ぶ。日本剣法史上、画期的な独創である。

また家庭も静謐《せいひつ》であった。

五人の男子がある。嫡男《ちやくなん》新次郎厳勝《としかつ》二十五歳から、五男又右衛門宗矩《むねのり》六歳に至る。そして新次郎にはことし早々男の子が生れた。この嫡孫に、石舟斎みずから兵介と命名した。五男の又右衛門こそのちの但馬守宗矩である。嫡孫の兵介こそのちに尾州柳生の祖といわれた柳生兵庫である。

まだ四十四歳とはいえ、ともかくも孫まであるその柳生石舟斎が。――

いま、志摩の夏野を歩いてゆく。服部半蔵とはどこで別れたか、また一人だが、心なしか、以前のこの人物には決して見られなかった妖風をうしろに曳《ひ》いているようだ。数百年護りつづけた所領への執念と子供たちへの愛のため、彼はついに半蔵のすすめに従い、徳川家へ随身することを決意したのであろうか。

「柳生谷か。……要らぬ」

と、石舟斎は歩きながらひとりごとをいった。

「あれはわしにとっては足かせになる。――」

――彼が上泉伊勢守の刃を前に喝破《かつぱ》した禅語の意味は、伊勢守以外にはだれにもわかるまい。が、曾ては彼が相当高い心境にあったことは事実だ。しかし、いま炎天の下をゆく石舟斎の、ときにゆがんだり、ときにたるんだりする表情は、あまり高潔なものとは見えない。――

「旗姫が欲しい」

と、またつぶやいた。

「そのためにわしは宝蔵院を追って来た。が……莫逆《ばくぎやく》の剣友を斬るには心憚《こころはばか》られたが……大義名分はここに出来た！」

ふっとくびをかしげ、

「宝蔵院の三日月槍、あれにはまだ立ち合うたことはないが。……」

ニタリときみわるい笑いをもらした。

「しかし、女は女として、きゃつの槍と剣を交わすことは、柳生石舟斎、近来の快事ではある」

七

……海面に女の顔が浮かんでくると、ヒューッと口笛がひびく。

口笛ではない。息である。深い海の底から浮かびあがって来た肺や心臓は、いちどに大きな息をつくと参ってしまうので、わざと細い息をつく。その息の音が笛のように鳴るのであった。波の上に浮かべてある磯桶《いそおけ》に、海底から採って来たあわびや海藻を投げ入れ、そのふちに手をかけてしばし息を休めると、女は二本の足を波にひらめかせて、また海の底へもぐってゆく。

海女《あま》だ。

古来有名な志摩の海女だ。この崎志摩の和具あたりでは「かずきめ」と呼ぶ。かずくとはもぐるという意味で、海にもぐる女ということである。

むろん、一人ではない。数十人の女がこれをやっている。海に浮かんで来たときの顔は苦しげで、決して愉《たの》しんで見物できる見物《みもの》ではないが、あくまでも明るい太陽の下、ひろびろとした蒼い海の上で、これだけの人数の女がちらばってこの作業をしているのは、やはり一つの壮観であった。

夏とはいえ、たえず海に入っていると冷え切ってしまうので、浜辺や磯の岩の上では、どんどん焚火《たきび》を燃やしている。そこに上って、暖をとっている海女たちは、髪こそ、ひたいに魔除けの黒糸ひとすじ縫いつけた磯手拭《いそてぬぐ》いでつつんでいるが、あとは腰巻き一つという姿だ。

「……やってはいけないかしら？」

と、お汐が京馬をふりむいた。

「何を？」

「海女の真似《まね》を」

「よせ。ばかなことを」

「でも、面白そうではありませんか？　それに、わたし、名もお汐ですし。――」

お汐は京馬の傍から離れて、浜を歩いてゆき、つき出した磯の岩の突端に燃やしている焚火の一つの方へ歩いていった。そこには数人の海女といっしょに、旗姫さまとお優が火を守りつつ、海女の働く風景を見物していた。

冗談かと思っていると、そこで海女と何やら話していたお汐が、やがてきものをぬぎ出したので、京馬は胆《きも》をつぶした。

制止しにゆこうにも、そこには旗姫さまがいる。

たちまちそこに、磯桶をかかえた半裸のお汐の姿が浮かび出した――海で働く海女たちとは別の肉で出来ているような、いや、人間の肉体というより、象牙《ぞうげ》細工みたいに真っ白で、しかも蛇みたいにくねくねとうごくからだであった。

うういういしいが、年若いだけに活発な娘であったが、まさかこんなことまでやるとは思わなかった。――

もっとも、宇治を出たときの清純さが、ここ数十日のあいだに、みるみる花ひらくようななまめかしさに変って、京馬の眼を見張らせていたお汐であった。

が、磯桶をかかえて岩頭に立つと、そばで海女が笑いながらかいぞえをしてやるといっているらしいが、さすがにお汐はおじけづいたようだ。

あとずさり、からだをくねらせてこちらをむいた。

「京馬さま。――来て」

「よさないか」

「わたし、溺《おぼ》れそうになったら助けて」

「やめろ」

そうさけびながら、京馬はどこに眼をむけていいかわからなくなった。海をこわがっているように見えるのに、裸身を京馬に見せるのはこわくないのか、お汐は歯をキラキラとひからせながら、さまざまの姿態をとって見せた。

呆《あき》れたようにそれを見ていた旗姫さまが、ふいにこちらに歩いて来た。京馬にいわれている通り、こんな見物にも市女笠と被衣《かずき》をつけている。

「京馬」

旗姫さまは泣くような声をあげた。

「やめさせてたも」

やめさせたくても、その方向に旗姫さまがいるのだ。京馬はあとずさりした。

「なぜ逃げやる。……お汐を叱《しか》ってたも」

「はっ」

京馬は狼狽《ろうばい》しつつも砂の上に輪をえがいて、お汐のいる磯の方へ廻ってゆこうとした。

すると、旗姫さまがまた、子供みたいにいやいやをした。

「ゆかないで!」

「は?」

「はだかの女のそばには近づかないで!」

彼女は砂の上にしゃがみこんだ。

京馬は旗姫の非論理的な要求にめんくらうよりも、なぜか彼女をいたましく思った。泣きじゃくる童女を相手にしているようで、その肩を抱きしめたい哀憐《あいれん》の情にかられて、思わずその方へ、二、三歩歩み寄りかけたのである。

旗姫が市女笠をあげた。

「またわたしは、京馬にむりなことをいいましたね」

泣き笑いともはにかみともつかぬ顔が、被衣を透かして見えた。

京馬はあわてててまた立ちどまった。――が、このときはっと気がついたのだ。自分と旗姫さまとの距離は五、六歩しかないことを。

で、また一歩寄りかけると、彼は異常をおぼえた。京馬は背を見せて、磯の方へ駆け去った。

「やめぬか、ばかな真似は！」

とお汐にどなった。

「それが神に仕える女のすることか！」

お汐がびっくりして桶をとりおとし、あわてできものをとりあげたほどの血相であった。

……しかし、この和具という海村に来てからの十余日、一応は泰平であったのだ。愉しい日々であったといっていい。

志摩の東南端に波切《なきり》大鼻と呼ばれる大絶壁がある。現在の大王崎だ。ここから三里ばかりの小半島が西へ折れていて、ここを崎志摩という。和具の村はその崎志摩のまんなかあたりにあって、志摩の果ての桃源境といってよかった。魚、貝、海藻――海の幸にあふれているような漁村なのだ。

京馬たちはその和具の庄屋の家に滞在していた。そして毎日、こんな風に浜に出て、地《じ》曳網《びきあみ》を見たり海女を見たりしていると、あの妖剣士たちの追跡はおろか、いまの世が戦国であることさえも遠く過ぎ去った悪夢のように思われるのであった。

ただ、こまるのは、例の二人の巫女だ。

京馬は後悔した。この二人をつれて来たことを。

なんとまあ、お優とお汐の美しくなったことだろう。もともときれいな娘たちであったが、旅のあいだになまめかしくなったことは、京馬にも驚くばかりだ。お優は黙りがちだが、肌がねっとりして、ちかづくと花粉がべったりくっつきそうな百合の花みたいな感じだし、お汐の方は、まぶしい夏のひかりに誇らかにゆれる葵《あおい》の花のような印象に変った。そのことを、二人とも意識して、誇示しているようなところもある。

京馬が旗姫さまをうやうやしくたてまつって、決して傍に寄らないのを、このごろは面白がり、からかい、双方の連絡役という立場を逆用して、必要以上に京馬にちかづいて、旗姫さまに見せつけているふしがある。

そのたびに旗姫さまは、実に悲しそうな顔をした。ときには、いまのようにすねて、だだッ子みたいになることもあるが、たいていは、北畠家の姫君らしく、じっと気品たかく耐えて、素知らぬふりをしてきた。それも京馬にはいっそういじらしかった。

旗姫さまが自分に好意を持っていることは京馬にもわかっていた。それを思うと、全身の血も熱くなる思いだが、南無八幡、これぱかりは！　と必死に自分の心にかきがねをかける。

それには眼をつぶるとしても、人間として、

「……さぞ、おさびしかろう」

と、一国の姫君にして漂泊している運命に胸もキリキリと痛み、そんなときさもなれなれしげにちかづくお優、お汐を、わけもなくじゃけんにあつかう。

すると二人はびっくりしたようにいったんはひきしりぞくが、その後数日は、旗姫さまには表面はうやうやしくもその実、まことに女らしい隠微な意地悪い仕え方をするのだ。

それは京馬にも感じられるのだが、志摩の果てまでつれて来て、いまさらここで二人の娘だけを追い返すわけにはゆかない。それにまた、ゆかれると実際問題として困惑する。

……女三人のもやもやが、なんとなく息もつまるような思いになると、京馬はたまりかねて、漁師たちとともに舟で海へ出る。――こんな崎志摩の奥まで逃げて来ているとは、もはやだれも気づかないのではあるまいか、という次第にきざして来た安心感もあった。

――で、その翌日、京馬は海へ出た。

海を東へ、舟は志摩の東南端の波切大鼻のあたりまで来た。そこで漁師は魚を獲っている。

ふだんなら京馬も手伝うのだが、その日は一人、舷《ふなべり》に頬杖《ほおづえ》ついて思案していた。もっとも、日はあかあかと傾いて来た時刻だ。

きのう——旗姫さまに自分はうっかり五歩の距離にちかづいた——あのときのことを思い出していたのだ。

そのことに気づくまで、自分にはなんの異常もなかった。

——ひょっとしたら、あの飯綱七郎太の「びるしゃな如来」の魔力が、そろそろ薄れかかって来たのではあるまいか？

そのことに気がついて、京馬がはっと空を仰いだとき——その空に、彼は恐ろしいものを見た。

空ではない。波切大鼻の大断崖《だいだんがい》だ。

ふだんなら白い色をしている絶壁は、ちょうど夕日のかげになってすばらしい紫色にかげっていたが、その断崖の上に立って墨染めの衣を吹かせている網代笠《あじろがさ》の雲水。その姿は豆粒みたいに小さいが、肩にかつがれているのは、見まがうすべもない三日月槍だ。

三日月どころか、それは落日を受けて、ギラリと灼金《やけがね》のようにひかった。

……宝蔵院胤栄法印！

京馬は息をのんでいた。

たしかに胤栄にちがいない。が、彼は波の上の自分を認めたか。——すぐにその雲水の影は背を見せて、崖《がけ》の上から消えていった。ただそこに立ち寄って大海原の絶景を見わたしたたけのようにも思われたが、彼がこの波切大鼻に現われたというのは、そこから西へ、崎志摩の方へゆくということでなくて何だろう。

旗姫さまの「びるしゃな如来」の魔力が薄れかかって来たのではないか――などという楽観的な考えは、たちまちにしてけし飛んだ。この志摩の果てまで、いつまでもなお執拗《しつよう》に追い求めてくる大剣士――しかも、あれは、槍を持たせれば天下無双といわれる宝蔵院胤栄。

「帰るぞ！」

京馬はさけんだ。

びっくりしている漁師をうながして、舟を西へ返す。

はては京馬自身まで櫂《かい》をとって必死に和具村まで漕ぎもどったときは、もうまるい夏の月が東の空に浮かびかかっている時刻となっていた。

が、さて、どこへ逃げればいいのか？

この崎志摩は、東の波切方面へゆく以外は、南も西も北も海に囲まれた細い半島だ。むろん、道は一本ということはないけれど、その方角から宝蔵院がやってくることを思い、さらに自分たちの所在を嗅《か》ぎあてたものが宝蔵院だけではない可能性もあり得ると考えると、そちらに逃げるのはまさに飛んで火に入る夏の虫のように感じられた。

海だ！

それよりほかにない。西へ、熊野の方めがけて渡るのだ。

京馬は宿としている庄屋にとって返すと、二人の巫女をせきたてて、ともかくも旗姫さまをつれ、さきに浜に待っているように命じた。それから自分だけ残って、庄屋に至急出立のことを告げ、礼をし、とりあえず身の廻りのものをひっかかえて、あとを追って浜辺へ駆け出した。

走りながら、はっとしたのである。

舟をどうしよう？

舟を漕ぐのは自分として、同じ舟に旗姫さまと乗れようか？

——が、浜辺には、そんな京馬の危惧などこっぱみじんにたたきつける恐るべき事態が待っていたのである。

そこには数十隻の舟が並べられ、汀《みぎわ》の方に三人の女がひとかたまりになっているのが、月明りに見えた。その方へ、右の不安を抱きつつ、ともかくも近づこうとして、彼はふいに呼びかけられた。

「木造京馬」

すぐに近い舟に腰打ちかけている影であった。

「柳生石舟斎じゃ」

八

京馬は飛びのくのも忘れ、全身串刺《くしざ》しになったかのごとく棒立ちになっていた。月明の下にその影は、まるで無生物のように動かない。——さればこそ、ほんのちかくを走り抜けようとしてまったく気がつかなかったのだ。

「迷い、迷いながら、伊勢、志摩を歩いてここに来た。——」

その動かぬ影、この沈痛の語気がその人にまがうすべもないことを、いまはっきりと認識しつつ、なお京馬はおのれの眼と耳を疑っている。

太の御所にいた十二人の名剣士のうち、塚原卜伝と上泉伊勢守の二長老を別格とすれば、京馬がだれをいちばん尊敬するかときかれたら、おそらくまず第一にこの柳生石舟斎をあげたであろう。一城のあるじという以外に、つたえきくその重厚の人柄という点で。

その石舟斎が独語する。——

「じゃが、もはや、迷わぬ」

迷うとは足下の路のことではなく、心のことであったろう。——それゆえに京馬を戦慄させる言葉がつづいたのである。

「旗姫どのを伴うて、三河へ参ろうと思う」

「せ、石舟斎さま！」

京馬は絶叫した。

「あなたさまも——あなたさままでが邪念に憑《つ》かれなさるとは！　柳生をお忘れあそばしたか。柳生のお城におわすお子さま方を思われませぬか！」

「その柳生を護るために、しばし柳生を離れるのだ」

と、石舟斎はおのれにいいきかせるようにいう。

「わしは三河にゆかねばならぬ。その土産に、宝蔵院の首が要る」

「えっ、宝蔵院？」

「きゃつ、余りに早《はよ》う織田侍を始末しすぎて、旗姫どののゆくえを見失うた。うろうろする宝蔵院を追うて、わしも無駄足踏んで、かえってわしの方がさきにこの和具を探しあてた。が、きゃつもまたここへ来るであろう。いや、今宵《こよい》、いまのいまにも、ここへ入って来るはず。……」

それは京馬も承知している。そのためにこそ、かくもあわてて脱出しようとしたのだ。

「きゃつ、まもなくここへ来る。旗姫さまに吸い寄せられて。――見ておれ、伊賀の忍者、この柳生石舟斎と宝蔵院の三日月槍との一騎討ちを」

京馬の眼が、月光にかがやいた。

その心理は、なんとこの場合に、この世に超えた大剣士と大槍術家の果し合いを見ることができるのか、という躍動であった。

が、むろんその次に京馬の心をかすめたのは、ことによったら、その機会に逃れることができるのではないか、という望みであった。

いや、そもそも石舟斎どのは、旗姫さまを求めてここへ来たのか。この高潔な剣人がそんなはずはない。――それにしても、いまこのお人は妙なことを口走ったぞ。「旗姫どのを伴うて、三河へ参ろうと思う」と？

京馬はさけんだ。

「宝蔵院どのと試合なされたあと、どうなさるおつもりですか、石舟斎さまっ」

「されば、いま申したように、旗姫どのをつれて三河に参る」

と、石舟斎は自若として答えた。

自若というより、沈んだ声だ。沈んでいるというより、何か放心的な、うわごとめいた声だ。京馬はぞっとした。

「三河にゆくため、剣友宝蔵院の首さえ所望する石舟斎じゃ。その宝蔵院が血まなこになって求めておる旗姫どの、それを手に入れずして何としようぞ」

何のことだか、論理が通じない。そもそも京馬には、石舟斎がなんのために三河にゆこうとするのかそれさえ合点がゆかない。

石舟斎自身は論理が通じたつもりでいる。柳生領を護るために徳川家に頼る。徳川家に仕えるために宝蔵院胤栄の首を土産にする。そこまで思い切ったこの果し合いをする以上、もし勝てば、かくも宝蔵院が執心する女人を戦利品としてつれ去るのに何のふしぎがあろうか――というのだが。

しかし、ほんとうは逆なのだ。石舟斎の欲しいのは、ただ旗姫だけなのだ。そのために宝蔵院を討たねばならぬ。その大義名分を徳川家仕官ということに見出したにすぎない。

上泉伊勢守すらも嘆ぜしめた石舟斎の妙境に投ぜられたびるしゃな如来の魔の一石、石というにはあまりにも妖艶《ようえん》な女体は、彼の心の池を乱して、すべての論理をめちゃめちゃにし、しかも彼自身はそれを認めようとはしない。

妖気は京馬を吹いた。

「わしが宝蔵院と立ち合っておるあいだに、逃げようとしてもそれはならぬぞ」

と、石舟斎は京馬を見すえていう。

「逃げようとすれば、宝蔵院と談合して、まず旗姫どのを捕えにかかる。であるから、勝負がつくまで、おとなしゅうそこで待っておれよ」

じゅんじゅんと、ものの道理を説ききかせるようにいう。

その荘重な調子、深沈たる眼から、なんという凄《すさま》じい力が放射されていることであろう。三人の娘が汀《みぎわ》に金縛りにされていたのもその名状しがたい力のゆえであったにちがいない。

この人、生きてあらんかぎり、この場を逃れることはできぬ！　京馬はそう認識した。

「が、さてあの姫を三河へつれてゆくのが難儀じゃのう。……京馬、ようここまで供して来た。三河までも、供を頼む」

石舟斎が旗姫の方へ顔をむけたので、京馬は電光のごとく——音もなく手裏剣に手をかけた。

「うぬは生かしておきたいと申しておるではないか？」

石舟斎は顔もふりむけずにいった。京馬の手は凍りついてしまった。

石舟斎は眼をもどした。京馬の姿は一過しただけで、反対の村の方へ顔をむけた。

「来たな」

京馬はふりかえった。黒い人家の蔭《かげ》になって、その人は見えぬ。が、その屋根の上までのびて、キラと月光にかがやく三日月槍を。

九

すでに、その影は出て来た。

網代笠をかぶった大きな雲水の姿だ。——五、六歩、銀色の砂けむりをあげて浜の方へ出て来て、はたと立ちどまると、その笠がちょっとかしげられた。

——あとで思うと、宝蔵院はいかにしてか、ようやく京馬たちの滞在していた和具村の庄屋をつきとめ、さらに彼らがこの浜の方へ逃れて来たのを知って、あとを追ってきたものらしい。

で、そこにめざす旗姫たちを見つけ出して、どどと地ひびきたてて出て来たが、ふと——もう一つ、予想以外の影を発見して、一瞬、とまどったようである。

「宝蔵院」

と、こちらから声がかかった。

「何をまごまごしておる。——待ちかねたぞ」

「や、や——柳生石舟斎！」

さすがに驚愕《きようがく》のわめき声が返って来た。

「おぬしがわしのあとを追っていたのは知っておった。いつのまにやら見えぬと思っておったら、さきにこんなところに来ておったか？」

そして彼は、ふたたび猛然と砂けむりたてて近づいて来た。

「石舟斎、何しにここに来た？」

「きくまでもあるまい。おぬしと同じ心じゃ」

例の沈痛な声で石舟斎はいってゆっくりと舟から腰をあげた。

「が、旗姫どののことだけならば、おぬしの来る前につれてゆかれる。それを、おぬしの来るまでわしがここに待っておったわけ、宝蔵院、わかるか？」

宝蔵院は立ちどまった。石舟斎はいう。

「その方とここで立ち合いたい。――」

「おお。――」

「宝蔵院、羽柴筑前から口がかかったそうであるの。その仕官を好まれぬ向きからの望みじゃ。その首、土産にして参れと。――」

「徳川か！」

胤栄は吼《ほ》えた。片手があごにかかると、ぷつ！　と紐《ひも》の切れる音とともに、網代笠が砂上にはね落された。

「ううむ、柳生、よ、よくぞぬかしたり！　おれがいままであちこちさまよっておったのはな、ただ旗姫のいどころ探しあぐねたからではない。おぬし、いや、うぬのゆくえを探していたからだ。うぬの首、こちらも土産にしたいがために。——」

「わしが討てるか？」

石舟斎の声が、かすかに笑ったようだ。

「上泉先生のおん前で、いくたびか立ち合うて、ついにわしに勝てなんだ宝蔵院に。——」

「あれはもう十幾年も昔の話。ましてや。——」

宙天に立っていた胤栄の槍が、ピューッと虚空にうなりをたてて横になった。

「新左！　わしの持っておるのは、剣ではないぞ。槍じゃ。宝蔵院の槍であるぞ！」

地上三尺、三本の飛魚のごとく構えられた三日月槍を前に、柳生石舟斎の腰からしずかに刀身が抜きはらわれた。

志摩の海にしては、波の静かな夜であった。

京馬には、波そのものが凍りついたかと思われた。

蒼々たる月明の下、銀をのべたような砂に、寂然《じゃくねん》と向い合った二つの影。

それが身動きもしないのに、京馬もまた動けなかった。——逃げようとするなら、宝蔵院と休戦して捕えにかかるぞ、と石舟斎に釘を刺されたからではない。

京馬自身、武術の一つたる忍びの術の修行に精根こめた人間として、この二大剣人の決闘をおのれの眼で見たかったのだ。——といってもなお不正確になる。ありようは、このままますくんでいては自分たちの身の破滅になる、と承知しつつ、彼もまたこの両者からはなたれる超絶の剣気に金縛りになってしまったのだ。

とはいえ。——

そも柳生石舟斎、その剣名は一世にきこえているとはいえ、宝蔵院胤栄みずから豪語する三日月槍にいかに対処しようとするのか、という好奇心はたしかにあった。

京馬はまだ胤栄がこの槍をふるうのを現実に見たことがない。しかし、三日月槍は太の御所で見ている。わざは知らず、まん中の槍、内外それぞれ刃のある向きを変えて、ななめにかかった物凄い鎌、それを見ただけで、突く、受ける、薙《な》ぐ、押す、あたかも忍者の諸道具を一本の柄の先に集めたかのごとく、変幻自在の魔風を巻き起すことはあきらかに想像されて、これを防ぐ法はほとんどないのではないかとさえ思われた。

いま、宝蔵院は、その三日月槍をピタリと構えた。

「石舟斎！」

と胤栄は呼んだ。

「この日をわしは夢みておった。三日月槍に開眼して以来、いくたびわしはこの槍ひっさげて柳生城に乗り込もうかとはやったか知れぬ。それをからくも制したのは、この槍をまことに使えば相手のいのちがないと思えばこそじゃ」

その墨染めの衣から、めらめらと銀色の炎がゆらめき昇っているように見えた。月光の妖かしではない。あきらかにそれは殺気にちがいない。

「そうまで遠慮した莫逆の剣友とここで対決せねばならぬとは——心痛むといいたいが、

まことは本懐至極である。天命じゃなあ」

笑いかけた胤栄の声が、ふいに怒りをこめたものに変った。

「石舟斎、こちらを向け」

京馬は、柳生石舟斎が横を向いているのを見た。顔だけではない。なんと石舟斎は、宝蔵院に完全に右の側面を向けて仁王立ちになっているのであった。刀は青眼に構えているが、その方角には何者もいない。——

「こちらを向かぬか、石舟斎！」

「これでよい。……うぬを相手には」

石舟斎はしみ入るように答えた。

三日月槍の攻撃に対して、防禦面を最小にするために石舟斎はそうしたのか。——一瞬、京馬はそう思った。

が。——

海へ向けているその背めがけて、横から薙ぎつけられたらどうするのか。前へ、つまり宝蔵院から見て右へ飛ぶことは出来るだろうが、左へ、つまり石舟斎はうしろざまに飛ぶことは出来るのか。そもそも、宝蔵院の槍を見ずして、その槍を避けることが出来るのか？

いかに見ても、柳生石舟斎の眼は、横の宝蔵院を見ているとは思えなかった。彼の眼にあるのは、ただ砂に落ちている彼自身の影ばかりであった。

ずだ。

むろん、石舟斎が前へ飛ぼうとうしろへ飛ぼうと、水平に構えた左右の鎌が捕捉するはずだ。

それはまるで槍の長さが倍にのびたかのような襲撃ぶりであった。

るると見た。おのれの真髄は槍にあると確信し、本来の穂を真一文字に突きかけたのである。

さすがは宝蔵院胤栄、槍を刀に変えての攻撃は、この名剣士に対してかえって危険であ

られている。京馬は思わず眼をつむった。

その声の半ばにして、三日月槍はキエーッと大気に穴をあけるうなりを発して突きかけ

「上泉門下におったころの胤栄とはちがうぞ！」

宝蔵院は狂ったような声をあげた。

「よしっ」

戛然《かつぜん》！

月明に鳴ったのは、肉の裂ける音ならで、金属と木と相搏《あいう》つひびきであった。

何たること！　宝蔵院の三日月槍はケラ首で切り離されて宙にはね、地に落ちている。

「あーっ」

驚愕の絶叫をあげ、宝蔵院は柄だけになった槍を抱えて飛びずさっている。同時に、はじめて柳生石舟斎は正面に向き直っていた。

胤栄はなお不可解であった。おのれの槍がいかに切られたかを。

その穂先が石舟斎の右頸部めがけてつき刺さる直前、石舟斎の刀身は閃光のごとく旋回してそのケラ首を切った。槍の穂よりも刀身の方が長いからこれは可能だ。が、不可解であったのは、横を向いていた石舟斎がいかにして電瞬の間に槍の速度と距離を目測したかということであった。

事実は、影だ。

もし真正面から立ち合っていたら、かえって胤栄の槍の速度と距離は測り難かったであろう。石舟斎は横をむいて、宝蔵院の槍の影を見ていた。月光の落す影の動きによって、彼はそれを切断したのだ。

その秘奥は知らず、宝蔵院が突きかけた槍に同じ速度を持たせていたら、ななめに切られた槍の柄は、狂いなく石舟斎の頸部をつらぬいたであろう。が、なまじ宝蔵院であるだけに、ケラ首切られた刹那《せつな》、はねかえる巨大な鞠《まり》のごとく彼が飛びずさったのは是非もない。

「三日月は消えた！」

笑んで、スルスルと石舟斎が寄った。

まさに千変万化の凶槍、三日月槍は消滅した。宝蔵院胤栄の手に残るのは、三尺の棒切れにひとしかった。

両者剣をとって対すれば、胤栄はついに石舟斎の敵ではないことは過去に徴して明らかだ。ましてや、これは剣と同寸の棒。――柳生石舟斎がにっと笑ったのはむりはない。

「哀れ宝蔵院。……剣友であったよしみに、せめて柳生流月影の太刀を味わったを本懐と思って死ね」

石舟斎の刀が一閃して槍を切断してからこのときまで、息つぐひまもない流れるような動作であった。

飛びのいて、立ちすくんだ宝蔵院胤栄めがけて、宙天から一刀振り下した石舟斎は、このときまるで大根でも斬るような自信を持っていたのではあるまいか。

一瞬、はっとした。

胤栄の棒が、逆の石突きの方角から——しかも、下から回転して来たからだ。

下から薙ぎあげる刀法はあり得ない。さしもの石舟斎の一刀も、その刹那、はっと動揺した。その剣尖《けんさき》が胤栄の顔をかすめ、胸をかすめ、腹をかすめるにとどまったのは、その動揺のせいであったにちがいない。

「くゎっ！」

形容しがたい絶叫があがった。胤栄のみならず、石舟斎の口からも。

石舟斎は一刀斬り下した姿勢のまま、宝蔵院は槍の柄を薙ぎあげたまま、一瞬棒立ちになっていたが、やがて両者、砂の上にどうと崩折れた。しかもそのあと、これほどの剣豪にしては、無惨と評するしかないキリキリ舞いを、砂けぶりの下に描いている。——

京馬は悪夢を見る思いであった。何が、どうしたのかわからなかった。

が、同時に悪夢からも醒《さ》めた。

「いまだ！」

彼は呪縛《じゅばく》がとけたように身をひるがえし、汀にちかい舟を海へ押し出した。

「早く、早く！」

これまた幻影のように立ちすくんでいる三人の娘をうながして乗せると、彼は艪《ろ》をとって必死に月明の海へ漕ぎ出した。

西へ、西へ。――あてどもなく。

旗姫さまと同じ舟に乗って何の異常もない――ということにすら、京馬は気がつく余裕がなかった。ただ彼は、柳生石舟斎と宝蔵院胤栄という曠世《こうせい》の二名人の凄惨な相討ちの光景に、なお魂を奪われていた。

凄惨な相討ち――？

たしかに両者どこかにただならぬ損傷を受けたにちがいないが、それは致命的なものであったろうか？

「もうおれたちを追って来ない程度に……なるべく御両人、生きておって下され……」

この場合に、京馬は祈るような気持で遠ざかってゆく和具の浜辺をふりかえった。

そして京馬は、その蒼白い浜辺にふと一つの影を見て、ぎょっと息をのんでいたのである。石舟斎でも宝蔵院でもない。たしかに直立している細い影を。

「……あっ」

京馬の顔から血の気がひいていた。

「あれは……飯綱七郎太ではないか？」

十

結果からいえば、石舟斎と胤栄はこの志摩の海辺で落命はしなかった。

二人はなお三十余年――胤栄は慶長十二年まで生きているし、石舟斎の方は慶長十七年まで存命している。

しかし、これだけの剣名と余命を持ちながら、このとき以来、胤栄は宝蔵院のあとを弟子の胤舜《いんしゅん》にゆずって自分は隠居しているし、石舟斎もまた柳生城に隠栖《いんせい》して世から姿を消してしまった。文禄三年、このころは家康も公然、石舟斎を召し抱えようとし、ふたたび彼を招いたが、石舟斎はどうしても受けず、代りに息子の又右衛門宗矩《むねのり》をさし出している。すなわちのちの但馬守である。

その秘密は、この志摩の月明の夜の決闘にあった。

すなわち。――

柳生石舟斎の一刀は、宝蔵院の腹をかすめ、その男根を垂直に裂き、下から殴りあげた宝蔵院の必死の槍は、その石突きで石舟斎の睾丸をたたきつぶしていたのである。

いずれもそのまま絶息しなかったのは、この両人なればこそだが、砂の中をころがりまわりながら、二人は自分をのぞきこんでいる一つの顔を見た。

「生きてゆくがいい」

と、その顔がいった。

「高名ではあるが、無能の剣士また槍術家としてな」

髪はゆわず、肩から背までばさと垂らしているが、苦悶にかすむ二人の眼にも、たしかに曾《かつ》て見た顔であった。

「もとはびるしゃな如来じゃ。おれという忍者のわざじゃ。そのわざにかかって、かかるざまになり果てた醜骸を、生きてあらんかぎりさらせ」

そして皮肉に笑って、冷然とそこを離れた。歩きながら、ひとりごとをいう。

「あと四人。——」

髪はのび、からだは骨までむき出しになったように痩せて、蠟《ろう》みたいな皮膚をしているが、これは飯綱七郎太であった。左腕の袖が、ぶらんぶらんと垂れている。——してみると、この忍者は、あれ以来、影の形に添うがごとく、旗姫たちのあとにつきまとっているのであろうか。

彼は波打ち際に歩いていって、蒼い月明の海を、西へ消えてゆく舟を眺めた。

「旗姫のびるしゃな如来、どうやらいささか醒めて来たようじゃな」

と、つぶやいた。

「醒めてくれねば、おれにとってもこまるが、しかし、まだ四人。——ちと、早すぎる。さて、どうしてやったものか？　とくに、塚原卜伝、上泉伊勢守、あの二人は難物じゃて。

……」

砂の中で二匹の虫みたいにもがいている柳生石舟斎と宝蔵院胤栄の方を、もういちどちらとふりむいたが、これはまったくもう興味がないようで、そのままちかくの舟を探し出すのにかかり、やがてこれまた蒼々たる海へ、右腕だけで漕ぎ出していった。

まるで冥海を追う亡霊のようなぶきみな姿であった。

無惨一刀流

一

秋風が巨大な杉並木をそよがせている熊野の那智《なち》神社の石だたみを下りていった二人の山伏《やまぶし》がある。遠くに、薙刀《なぎなた》みたいに、那智の滝が見える。

厳かで美しい風光に、しかしほとんど眼もくれず、うなだれて先を歩いてゆく若い山伏のうしろ姿を、あとを追いながらじいっと見ていたもう一人の山伏が、

「弥五郎」

と呼んだ。

まるでみみずのかたまりみたいな皺《しわ》だらけの醜顔だが、ふしぎに眼だけは若々しいとい

っていい精気があって、この男を四十代に見せている。

「は？」

先の山伏がふりかえった。

これは若い。まだ十七、八だろう。美少年だが、たんに美しいというだけでなく、顔やからだの線に、清僧みたいな、凄《すご》いほど澄み切った感じがある。——ただし、いまふりかえった眼は、何か熱を病んでいるようであった。

「これから、隣の青岸渡寺《せいがんとじ》へいって、そこを皮切りに熊野路を巡礼してゆくことになっておるが」

「は。——」

「それでよいか？」

「それでよいかと仰せられて」

少年山伏の声には、どこか投げやりのところがあった。

「そのようにお師匠さまは申されたのではござりませぬか？」

「……おまえ、まだ妄念から醒《さ》めてはおらぬな？」

山伏の若い頬《ほお》に、ぼうと血潮がのぼった。それをじろと見つめて、師匠と呼ばれた山伏は、

「志摩にゆきたかろうが」

といった。

「西へ行く予定を、ここから逆に東へ踏み出せば、やがて志摩へゆくことになる。われらはこの夏、伊勢路を追うて……旗姫さまが志摩へ入られるのを見て、ひき返して吉野へ入った。いまでも旗姫さまが志摩におわすかどうかはわからぬ。しかし、わしのかんでは、まだ太の御所には帰っておられぬと見る。いまでも志摩にひそんでおわすような気がする。……」

そうつぶやく山伏の醜悪な顔にも、どんよりと血潮が動いている。が、声は意識して厳粛であった。

「おまえの邪念を断つために、わしはおまえを吉野へつれていった。そこで修験《しゅげん》の荒修行をした。それでもおまえはまだ醒めぬ。これからさらにその妄念を醒ますために西国三十三か所の寺をめぐろうとする——その第一番の那智に立って、おまえはまだ旗姫さまを夢みておるな？」

「おゆるし下さい、お師匠さまっ」

若い山伏はいきなり走り返って、べたと師の足下にひれ伏した。

それを見下した師匠の眼には、憤怒に似たひかりがあった。ふいに彼はさけんだ。

「よしっ、志摩へゆこうぞ」

「えっ？」

「志摩へいって、旗姫さまのお命頂戴《ちょうだい》いたす。うぬの妄念の根源をこの地上から断ち切ってくれる！」

若い山伏、伊藤弥五郎は、恐怖の眼で師の鐘巻自斎《かねまきじさい》をふり仰いだ。

二

鐘巻自斎通家と伊藤弥五郎景久。

剣の師弟である。

剣の師弟と簡単にいうが、世にこれほど文字通り、純粋厳格な意味の剣の師弟はなかったろう。完全な、それ以外、宇宙に何物もない剣の世界。絶対の師、絶対の弟子。

——自斎にとって、この少年の天才児は、まるで天から降って来たもののようであった。ただし、実際は海からやって来たのだが。——二年前のことである。

そのまえに書くことがある。

鐘巻自斎は、相州小田原《そうしゅうおだわら》の北条氏政に剣を以て仕えていた。流派は中条流で、その精錬、東国に於《お》ては諸岡一羽以上といわれた。そのことは、一羽がたんに霞ヶ浦の野の剣士であるのに比して、この自斎が関東の覇者といわれた北条家の師範に召し抱えられたことでもわかる。

彼は妻帯せず、子もなかった。しかし彼は、おびただしい北条家の門弟に、だれひとりとして印可状を与えなかった。彼自身の弟で、同じく剣名高い戸田一放にさえも。

さて、この戸田一放という人物が、実に剣鬼ともいうべき男であった。

例の富田勢源、あれも元来は中条流から出てみずから富田流小太刀を発明したのだが、鐘巻自斎も同じ流れをくんで、別に鐘巻流剣法の創始者となったのである。両者は刀法上の親戚《しんせき》関係にあった。同時にこれはライバルといってもいい。

で、弟の戸田一放も中条流を学んだが、兄の自斎が自分をうとんずるので、わざわざ越前浄教寺村へいって、富田勢源の門に入った。つまり例の佐々木岸柳の相弟子となったわけである。彼が師の名にあやかって戸田と改名したのはこのとき以来のことだ。

そして絶大な自信を持つに至ると、兄の仕官している小田原にやって来て、居候となった。一応功成り名とげたといった観のある自斎は、さすがにこれを追い出すことも出来なかった。

果然、戸田一放は、小田原であばれ出した。

当時、小田原には玉石とりまぜ、兵法者の雲集することは京についだ。その中に茨勘《いばら》兵衛という、剣客というより無頼漢の巨魁《きょかい》ともいうべき男があって、一放はこれと親交を結び、小田原を横行闊歩《かっぽ》した。

もともと素行の定まらぬ男で、この点が兄自斎の眉《まゆ》をひそめさせたのだが、彼はそれを承知で、かえって兄を困惑させて、嘲笑《あざわら》っていたようなふしがあった。そもそも彼が生れながらの姓を戸田と変えたのも、自分を敬遠する兄へのあてつけであったといっていい。

「剣法は心ではない」

というのが一放の口ぐせであった。

「剣は心なり、心正しからざれば剣もまた正しからず——というのが兄の持論だが、なに、兄貴が悟りすました顔をしておるのは、女に持てぬからじゃ。あの面では、やむを得んな。うわ、は、は、は」

と、自斎のきこえるところでも哄笑《こうしょう》の声をきかせた。

そしてまたいう。——

「だいたい、日本人はすぐに技術を道学と結びつけてもったいぶる悪癖がある。茶道、歌道、花道、剣道。うふふ、交合のわざまでも、色道という。——そこでかんじんのわざの浅さ、未熟さをごまかすのじゃ。わざはわざに徹せよ、おれにいわせれば、剣はむしろ邪剣に徹せよ。唐人《からびと》相手にえたいの知れぬ試合をして盛名を得た兄なんぞ、おれの地《じ》摺《ず》りの青眼にはかなうまい。——」

地摺りの青眼。——

これは、一放が北条侍を相手になんども披露して見せたから、だれでも知って、そして舌をまいている。

戸田一放は、敵と相対するとき、実に奇怪な構えをとった。

右ひざを九十度に折り曲げ、左足はうしろへ長くあげて、地に平行に浮かせるのだ。つまり右足一本で立つのだ。そして両腕を前方にいっぱいにのばして木剣をかまえるのである。

現代の体操やバレーにもこんな姿勢があるが、この場合は両腕を横にひろげる。そうしなければ平衡がとれない。しかるに一放は、まるで地に這う蛇みたいに、しかも一直線になって、よろめくどころか、自在の剣をふるった。

いったいに下段の構えというものは、相手にとって実にやりにくいものらしい。一刀流皆伝の箇条にこんな意味のことが書いてある。

「敵を追い込むには、何程太刀を敵の眼中またはのどにつけても、敵はあとへ退《さが》るものではない。この場合は、地上の心というものが必要である。この心で敵を攻めれば、いかなる豪敵といえども次第次第にうしろへ退るものである」

いわゆる下段の構えだ。しかも、戸田一放の構えはふつうの下段どころか、極端にひくく、そして彼自身のからだは直立せず、ほとんど地に這うようなのだ。敵が応対に混乱するのは当然である。

これを彼みずから称して「地摺りの青眼」といった。

一放の放蕩《ほうとう》無頼ぶりには苦い顔をしつつ何もいわなかった自斎が或《あ》るときこのことをたしなめた。

「そのような剣法、おまえが編み出したというならば、めったに人に見せるものではない」

「兄上のお言葉ですが、かくさねばならぬような剣法は、ものの役には立ち申さぬ」

と、一放は答えた。

「秘伝あらば公開し、奥儀書あらばひろく弟子に与え、しかもなお勝つ、というのでなければほんものではござるまい」

彼は皮肉な笑いをたたえた眼で兄を見ていった。

「兄上は数年前、唐人の兵法家を破るのにも、その試合を人に見せられなんだそうな。そしていまも兄上の発明された奥儀をだれにも伝授されぬ。従って、おれも知らぬ。一方、兄上はおれの剣法は御承知じゃ。が、いまここで立ち合えば、失礼だが、おれの方が勝つ。兄上、地摺りの青眼を破る自信がおありか？」

鐘巻自斎は醜顔の中に、ただそれだけ湖のように澄んだ眼で、傲慢《ごうまん》な弟を見つめたきり、あとは口をつぐんだ。

そのうちに、戸田一放の身の上に、予想された異変が起った。

一放は、小田原城下の廓《くるわ》一番の傾城《けいせい》を、悪友の茨勘兵衛と争ってついにこれと果し合いするのやむなきに至ったのだ。

相手の茨勘兵衛は、一放の魔剣を知っているだけに、配下の十二人の無頼侍たちを召集した。そして、総がかりで討つことを提案しかつ言った。

「戸田一放の地摺りの青眼、恐るべしとはいえ、あれは相手が一人なればこそ成り立つ術じゃ。背後から回れば、うしろなぐりの一刀も及ばぬ。横からかかれば、あの構えでは、まるで生胴《いきどう》だめしと同様ではないか？」

決闘は伊豆の伊東の東南半里にある三島神社の境内で行われた。

この一対十三人の果し合いで、戸田一放は十三人をみな斬《き》ってしまった。

一人対一人であればこそ成り立つ術だと茨勘兵衛はいったが、一本足で立った一放は、おのれのからだを水車のように廻転《かいてん》させて、前後左右の敵を撫《な》で斬りにしたのである。地にくいこんだ一本足の踵《かかと》は独楽《こま》のごとくまわり、しかもそのままの姿勢で、千鳥のごとく地を跳ねてまわった。

そして彼は、何思ったか、小田原の傾城を呼び寄せ、それっきり三島神社に泊りこんでしまった。しかもその鳥居に、

「鐘割流剣法指南・戸田一放」という大看板まで打ちつけて。

鐘割流——というのは、あきらかに鐘巻流を嘲弄《ちょうろう》した名称だが、もう一つ、意味がある。

この三島神社は、中世、社をいまの三島に移し——というより、それからいまの三島という地名が出来たくらいの由緒あるもので、この当時もまだもとの神社としてこの伊東に存在していたが、昔、備前の名匠一文字から奉納された刀が、久しく棟木《むなぎ》にくくりつけてあった。それが先年、縄が腐って落ちたとき、下にあった御酒甕《おさかがめ》をつらぬいたが、少しも刃こぼれしなかった。そこで神主が知り合いの鐘巻自斎に贈って、自斎はこれを稀代《きたい》の名刀として「甕割《かめわり》」と名づけ、いまも秘蔵しているという因縁があったのだ。一放は二重のからかいの意味をふくめて、鐘割流と称したのである。

斬ったのが無頼の侍たちであったので、このことについては別にとがめはなかったが、いやしくも神社に傾城をひきずりこんで、このような殺伐な看板をかかげるとは、いかにも傍若無人のふるまいではあった。が、それより十三人斬りの凄《すさま》じさをきいて、小田原からこの三島神社へ集る北条家の武士たちがみるみるふえ出した。

とみに閑寂をきわめはじめた鐘巻道場で、自斎は平然としていたが、主君の氏政が気をもんだ。

「その方の弟じゃが、あれは捨ておけぬな。神社を汚《けが》すとともに、北条家の流儀ともいうべき鐘巻流の名にもかかわるとは思わぬか」

自斎はしずかにいった。

「おゆるしあれば、拙者、不肖の弟を討って参りまする」

そして彼が出立《しゅったつ》の用意をしているとき、驚くべき知らせを得たのである。

戸田一放が斬られたという。――しかも、十五、六の少年に。


それは夏の或る早朝のことであった。

前夜あまりにむし暑く寝苦しかったので、その朝、珍しく早く起きて、三島神社のちかくの海岸を歩いていた二、三人の侍が、ふと海の方から異様なものが近づいてくるのを発見した。

沖からだれか泳いでくる。――

異様なものといったのは、それが頭に何やらのせ、大刀を背に負っているらしく、しかも近づいてくるにつれて、どうやら子供らしいと見えたからであった。見たところ、その向うの沖には舟の影もない。

首をかしげて見まもっていると、やがて海の果てから来たものは、浜辺に泳ぎついた。

よろめくように上ってくると、まだ波の洗う位置にばったり倒れた。

「少年じゃな」

「舟が難破したようでもないが」

「どうしたのか？」

侍たちが近づこうとしたとき、少年はまたヨロヨロと立ちあがった。

頭の包みをといて、きものをとり出して身につける。つんつるてんの粗末なきものであった。髪は水にぬれた雀《すずめ》の巣みたいだ。見たところ、十五、六だが、さして筋肉はたくましい方ではなく、むしろスラリとして骨細な美少年といっていい。それが、ふたたび背に負った刀は、その背丈に比して大刀といっていいほどであった。

少年はこちらに歩いて来た。

侍たちはその前に立った。

「これ、おまえ、どこから来た」

「大島から」

「なに？　大島から？」

侍たちは口あんぐりとあけた。

大島から伊東までは九里――三十六キロもある波の上だ。それをこの少年はひとりで泳いで来たというのか？

嘘《うそ》をつけ、という声が出かかったが、しかし彼らは現実にそれを見た。少年の表情から見ても、うそとは思われないのだ。

「大島から――何しにきた？」

「剣法を学びに」

「えっ、剣法を学びに？　おまえが？」

侍たちは、いよいよ驚いた。

「で、これからどこへゆく？」

「小田原へゆこうと思っています。そこに鐘巻自斎という名人がいるとききましたから」

そういいながら、少年は朝霧の漂っている三島神社の境内に入っていって、その拝殿の前に立った。

手を合わせて、拝んでいる。九里の海上をぶじ泳ぎ渡ったことを神に謝したのか。それとも、これからの剣の門出を神に祈っているのか。――

侍のひとりが神主の家へ駆《か》けていって、そこで傾城と寝ていた戸田一放をたたき起した。

「朝っぱらから、でたらめをぬかせ」

戸田一放は、むしろふきげんな顔で出て来た。

少年はまだ祈っていた。うしろから近づくと、こんな声がきこえた。

「……いかなる艱難《かんなん》ありとも、日本一の兵法家にならせたまえ」

それだけきこえたのだが、戸田一放はげらげら笑い出した。

少年はふりむいて、怒った眼になった。

「奇態な小僧じゃな。大島から泳いで来たというのがまことなら、うぬは流人《るにん》の末孫か」

「…………」

「それにしても、大島にまで、鐘巻自斎の名はきこえておるか」

「…………」

　少年は口を真一文字に結んでいるだけであった。

「戸田一放という名はきいたことはないか」

「ない！」

　この問いだけには、少年はきっぱりと答えた。眼前にいるのが戸田一放自身だとは知っているはずのない表情で。それが一放を大人げもなくむかむかとさせた。

「とにかく、剣の修行に大島から海を渡って来たとは殊勝な小僧じゃ。小田原へゆく前に、おれが一つ筋を見てやろう」

「いやだ」

「なに、いや？　なぜだ？」

「おまえの眼には濁りがある。なんとなく、汚い奴だ。そんな奴から、おれは剣法を学ぼうとは思わぬ。――」

「こいつ。――」

　戸田一放の満面に朱が注ぐと、彼はわれ知らず抜刀した。

　同時に、反射的に少年も肩越しに一刀を抜き払っていた。実に無謀ともいうべき行為だが、しかし見ていた侍たちもはっと眼を見張ったほどのみごとな抜刀ぶりであった。

二人は相対した。

二人、にはちがいないが、文字通り、大人と子供との対峙《たいじ》。

にもかかわらず、いったん朱に染まった戸田一放の頬からすうと血の気がひき、凄じい凶相になって、

「……斬る」

と、うめいたのはこの相手にただならぬ素質を感得したのであろうか。実に戸田一放は、この少年に対して、すうと右ひざを折り曲げ、左足をうしろへひいて宙に上げたのである。

彼の十八番、地摺りの青眼。――

スルスルと少年が寄った。必殺のその構えに、無知そのものの動作で。

「……あっ？」

かえって、一放の方がやや狼狽《ろうばい》した風であったが、その刀は糸のような細い線を横にえがいた。

少年の胸の右端から左端へ、さっときものが裂けた。が、一放の刀身の通過したあとへ、彼はそのまま、一歩も速度を落さずに踏み込んでいる。

「ええいっ」

朝の大気をつん裂く、澄み切った気合もろとも、少年の刀はまるで西瓜《すいか》でも割るように、地上に低く浮いていた戸田一放の巨大な頭を縦に二つにしてしまった。

地摺りの青眼の構えのまま、鮮血をまいて大地に伏してしまった戸田一放の姿と、べつに大したこともやってのけたといった風でもなく、ただふしんげに、一髪の差で皮膚スレスレに切り裂かれたおのれのきものをじろじろ見ている少年の姿を、侍たちは信じられない眼で、茫乎《ぼうこ》として見まもるばかりであった。

――この知らせを、鐘巻自斎は受けたのである。

自斎は伊東に急行して、戸田一放の屍骸《しがい》を見、そこに留め置かれたその少年に逢った。

まず一放の二つに裂けた頭を見て、

「ううむ。……」

こうはおれでも斬れない、と自斎は思った。

少年のわざとは思えないにはちがいないが、自斎も及ばぬ鮮やかな斬りくちだという意味ではない。わざというより無心、鮮やかというより怖さ知らずと見えるという意味だ。

次に少年に逢った。

「しかけたのはおれではない。あっちだ。おれをなぜつかまえる。はなせ、小田原へゆくんだ。小田原の鐘巻自斎さまのところへ。――」

いまになって少年は昂奮《こうふん》して、こうさけびつづけていた。

「自斎はわしじゃ」

そう名乗られて、少年は眼を見ひらき、じいっと凝視していたが、たちまちがばと地にひれ伏した。

「このお方なら師匠に出来る。自斎さまにまちがいない。自斎先生、わたしを弟子にして下さいまし！」

「名はなんという」

「弥五郎」

「姓は？」

「鎮西《ちんぜい》」

「なに？」

少年は顔をあげて、にこっと不敵に笑った。その昔、大島に流された鎮西八郎為朝《ためとも》に名をかりた諧謔《かいぎゃく》に相違ない。自斎も微笑した。

「さて、弥五郎、おまえがあの男――戸田一放を斬ったのは僥倖《ぎょうこう》じゃ。おまえの背丈が小さいゆえに、せっかくの地摺りの青眼のききめがなく、またおまえがその怖さを知らず真一文字に踏み込んだために、一放は狼狽して目測を誤ったと見える。しかし、よくぞ一放を斬った。あれは、この自斎の弟じゃが。――」

「……あっ」

とびずさる弥五郎を、醜顔にも似合わぬ慈眼で見すえて、

「望み通り、おまえをわしの弟子にしてやろうぞ。……ただし、鎮西弥五郎というのはちと子供にしては大仰じゃ。おまえが泳ぎついたこの伊東にちなんで、以後伊藤弥五郎と名乗れ」

と自斎はいった。

よろこんだのは、弥五郎よりも鐘巻自斎の方であったろう。彼は積年待望の弟子を得たのである。

弟を討たれたこと自体は、自斎にとってよろこぶべきことでも悲しむべきことでもなかった。戸田一放はその剣技はともかく、人間としての濁りから、自斎の関心の外にあった。剣法そのものに於ても、かかる奴はしょせん見込みがない、と見ていたのだ。その他大勢の弟子についても同様の見解であった。

ここに鐘巻自斎は、すばらしい天才を持ち、剣の修行に純一無雑な魂を燃やす――それゆえに、自分がいかようにも造形し得る一素材を発見したのだ。自斎が、この海から来た少年を天から降って来たもののように思ったというのはこの意味である。

「剣は心なり」

というのが、鐘巻自斎の口癖であった。

心より邪念を去れ、剣はその次のこと、といい、彼自身、清浄潔白を通りすぎて、厳格な戒律をおのれに課しているらしかった。しかし、その顔は苦行者みたいに深い皺《しわ》にたたまれて、

「まず心を修めると、あんな難しい顔になると見える」

と、門弟たちがかげで笑ったくらいである。

剣はその次のこと、といったように、その方の修行は厳しくはない。重々しくて、オー

ソドックスで、その代りなんの変哲も面白味もない。みずから門弟に手をとって教えるということもあまりない。

門弟どころか、北条家の剣法師範ということになっているが、主君の氏政にさえ指南することは、ほとんどというより、このごろは全然ないらしい。剣法より、むしろ作法を教えるのが役目ではないかとさえ思われる。

北条早雲が小田原城を乗っ取ってから八十年くらいだが、興亡の烈しいこの戦国の世では、この北条家などはもう古い名家に属し、一見関東に武はふるっていたが、その実当主の氏政などは武技よりも典礼に心を入れる傾向があり、それに対して、この鐘巻自斎は恰《かっ》好《こう》の師であったのだ。

この剣法の名人は、小田原に来るまえに京に長らくいたことがあるそうで、顔に似合わぬ故実諸礼に深く通じていたからである。顔に似合わぬ——といったが、しかし、彼が大《だい》紋《もん》烏《え》帽《ぼ》子《し》に長袴《ながばかま》をつけると、そのむずかしい顔が、いかにも荘重に、かえってよく合った。

しかし自斎は、伊東から拾って来た少年弥五郎だけには、みずからよく稽古《けいこ》をつけた。が、その指南ぶりが、あくまでオーソドックスであることに変りはない。基本的な構えを、くりかえしくりかえし、飽きることもなく学ばせるだけである。

少年弥五郎は飽いた。

いったいこの師匠は、ほんとうに強いのであろうか？　自分が大島できいた関東第一の剣名は伝説的なものではなかろうか？　それはただ関東第一の大名北条家の師範だというところから来た虚名ではなかろうか？　そしてその地位も、剣法ならぬ典礼の知識で人の目をくらましているのではあるまいか？

弥五郎は、ときどきそんな懐疑に襲われた。この面白可笑《おか》しくもない、ただもったいぶっているだけのように見える中年の剣士の、どこを見込んで北条家が兵法の師としているのか、とふしぎに思われたが、しかし、きいてみると、その実績はあるのである。

もうかれこれ十年ちかい昔になるが、自斎は小田原に来た恐るべき唐人の兵法家をただ一撃のもとに破ったという。――その実績に対する信頼や評判がいまだにつづいているらしい。

しかし、そのことについて詳しくきいてみるとどこかあいまいな霧がかかっている。自斎がその唐人兵法家を破ったありさまを目撃した者はだれもいないのである。

――嘘だ。少くとも何かのまちがいだ。

伊藤弥五郎はそう思わないわけにはゆかなかった。

「お師匠さまが唐人の剣士を斬られたというのはほんとうですか」

と、あるとき弥五郎はきいた。

「その唐人は、ほんとうに強かったのですか」

自斎は微笑して少年の顔を見つめたきり、何もいわなかった。

「その唐人は、青竜刀を水ぐるまのようにふるい、人の背丈も躍りあがったという話ですが、それはほんとうのことですか？」

　自斎は、ややあってぽつりといった。

「おまえは師を信じないようじゃな」

　そして、弥五郎に木剣を与え、茶室につれこんだ。

「わしは手ぶらでおる。その木剣でわしを打って見るがよい」

　それからの三十分は、弥五郎にとって、まさに信じられない現実であった。

　一人で木剣をふるうことさえ難しい四畳半の空間である。しかも、剣法はともあれ、身の軽さだけでは師にまさると自負していた飛燕《ひえん》のような少年であった。――それが、はじめ遠慮しつつ、しだいに怒り出し、はては狂気のごとく自斎に打ちかかっても、ついにいちどとして木剣を自斎のからだに触れることができなかったのだ。

　このいかついからだと重々しい身のこなしを持つ師匠は、或いは飛び、或いはくぐり、まるで春風か電光のような体さばきを見せ、気がついたときには、弥五郎は木剣を投げ出して倒れ、それを自斎は微笑して見下していたのであった。

「師を疑う心あっては、修行の甲斐《かい》もあるまい。そう思って、見せた」

　と、彼はいった。

「これで信じるか」

「信じます。信じまする！」

　弥五郎はあえぎながらさけんだ。

「しかし、お師匠さまがこれほどの――」

「修行じゃ」

と、自斎はもちまえの重々しい口調にもどっていった。

「或る修行をすれば、だれでもこの程度にはなれる」

「或る修行？」

「しかし、その修行をするまえに、通らねばならぬ課程がある。とくにおまえのような、まだ背もかたまらぬわっぱには。――それがわしの、いまおまえにくりかえしくりかえし学ばせておる基本のからだ作りじゃ」

「そ、それを何年つづけたら、その修行を教えていただけましょうか？」

「左様。おまえが十八にでもなったら」

弥五郎は、自斎がその唐人剣士をいかにして破ったかはまだ知ることができなかったが、その事実を信じた。

ただ自斎がその唐人を破る光景を人に秘したことはまことらしい。そしてまた、その秘法をなおかくそうとする。――弥五郎ははじめてこの師に神秘をおぼえた。

典礼を教え、むずかしい顔をし基本を重んじ、ひたすらオーソドックスを信条とするかに見える鐘巻自斎にして、一つの超絶の秘術があったのである。

彼がその唐人の兵法家を屠《ほふ》ったいきさつはこうである。――

そのころ、小田原に住まわせてあった支那《シナ》の貿易商人が、北条家のゆるしを受けて支那へ渡航し、やがて貨財を満載して三浦三崎へ帰って来たが、同じ船に十官という刀術の名人をのせて来た。

「使えると御覧になった上は、どうぞ召し抱えていただきたい」という口上である。

氏政は興がって、これを小田原城で引見した。ちょうど城で何か祝い事のある日で、侍たちはすべて礼装で登城していたが、儀式のまえに、ちょっと庭に通して見物したのが、思いがけぬ騒動になってしまったのである。

十官は華麗な明《みん》の頭巾《ずきん》と服をつけていたが、背は七尺にちかく、髯《ひげ》の中にくゎっと牡丹《ぼたん》のような口があき、三国志中の関羽か張飛を思わせる風貌《ふうぼう》であった。それが青竜の装飾を施した薙刀《なぎなた》――いわゆる青竜刀をふるうと、それは大気を灼《や》き切るようなうなりを発し、回転させると彼のからだは、閃光《せんこう》のため紗《しゃ》の幕をへだてたようになった。それがまるで鷲《わし》みたいに軽々と地上高く躍りあがるのである。

「一つ、試合をして見い」

という氏政の言葉を、つれて来た明人が通訳すると、十官は笑って、

「試合ということはあり得ない。この青竜刀の勝負には、どっちかが死ぬよりほかはない」

と、いった。

だれもその相手に立つ者がないのを知ると、十官はいった。

「何なら十人かかってよろし」

氏政は激怒した。

「北条の名のために、いや日本の武士の誇りにかけて相手する奴はおらぬか。おお、そうじゃ、そこで見物しておる奴らの中に、鐘巻道場に籍を置く者があろう。そやつら、出い。唐人の申す通り、十人出い！」

やむを得ず、十人が出た。

そして、決死の形相でいっせいに斬りかかった。

ブーン、と凄じい刃うなりが起った。重い青竜刀が稲妻のごときらめき、数分のうちに十人の侍は肢体断裂して、庭を碧血《へきけつ》に染めて散乱した。

「出い！　もう十人出い！」

氏政は狂乱したようにさけんだが、庭をめぐって、満座凍りついたようであった。

そこに、縁側を鐘巻自斎が通りかかった。彼はたったいま登城して来たところで、烏帽子に大紋、うしろに長袴の裾《すそ》をひきずっていた。

わけをきいて、

「自斎、お相手いたす」

と、彼はいった。

「ただし、北条家剣法師範としての奥儀を護るため――恐れながら殿と、かいぞえの明人だけに御覧ねがいとう存ずる。すなわち、そこの大広間にて、唐紙たて切り、その中で勝負いたしたい」

その通りにした。

大広間に自斎、十官、氏政、明人だけが入り、四周の唐紙はすべてしめ切られた。

やがて、その中から、ブーンという例の刃うなりが起り、数秒にして獣の吼《ほ》えるような絶叫がきこえた。

唐紙はあけられた。十官は身首両断されて横たわり、鐘巻自斎はにっと笑んで立っていたが、大紋烏帽子、長袴をひきずった姿には毛ほどの乱れもなかった。

人々はあっと眼を見張ったきりであった。

鐘巻自斎が手裏剣その他の飛道具を使ったのではないことは、明人のかいぞえが見張っていたことからでもあきらかだ。すると、いったい自斎は、いかにして、あの跳踏自在、大魔刀をふるう唐人刀術師を討ったのであろうか。しかも、あの早さで。あの進退不自由な長袴の姿で。

北条家内外の鐘巻自斎に対する信頼がこのときの衝動から根をすえ、以来、不動のものとしてつづいているのもまた当然といえる。

三

——さて、この師、この弟子。

鐘巻自斎はこの伊藤弥五郎という少年を、完全に自分の思い通りに、剣以外は無菌的に育てた。修行はしだいに酷烈なものとなったが、弥五郎はよく耐えた。

ことし、弥五郎、十八歳。

そして年の初めから、はじめて自斎は弥五郎に「或る修行」をさせ出したのである。知って見れば、ははあ、と思い当る——むしろ、何でもないことであるが、実行は容易ならぬことだ。つまり自斎は弥五郎に、大紋烏帽子長袴のいでたちで剣をふるう訓練を課したのである。

そもそも長袴というものが、殿中で刃傷沙汰《にんじょうざた》など起さぬように、身の動きを不自由とするために、足から一尺もうしろへひきずるように作られたものだ。これをつけて剣法を修行するなど厄介きわまることはいうまでもないが、自斎の説によればこれも訓練で、馴《な》れれば何でもなく、ましてやこの修行ののち平服でたたかえば、その軽捷《けいしょう》は人間わざ以上のものとなる、というのであった。

事実、自斎自身がその見本を見せた。

大紋烏帽子長袴の姿では、小田原城で唐人刀術家を相手に。

それをぬいだ平服の姿では、茶室で伊藤弥五郎を相手に。

——弥五郎には、実はまだよく納得できないふしぎがあった。長袴の修行はなるほど一理あるが、一理あるだけに、なぜ自斎がそれほど人に秘するかわからないのだ。唐人剣客を相手に、なぜ唐紙までしめて、それを人々の眼からかくしたのかがよくわからないのだ。

しかし、それを師になお押して問うことはできなかったし、現実にその修行はたしかに効果があった。

彼はこの修行をつづけ、数か月にして長袴をはいたまま、ほとんど平常の体さばきが可能となった。それには天稟《てんぴん》の素質もあるが、やはりそれまでの基本技がものをいったといえる。

そこにこの春の北畠十字軍である。

師の自斎は、北条家に仕えるまえに、北畠家に大恩あるらしく、また織田はしょせん北条とともに両立しがたしと見る氏政の意向もあって、弟子の弥五郎をつれて太の御所には せ参じた。

やがて、例のいきさつがあって、弥五郎には曾《かつ》て知らなかった異変が起った。すなわち、この剣以外には無菌状態にあった天才少年に、びるしゃな如来の魔風が吹きつけて、彼はそのためにもだえ苦しむことになったのである。――

自斎は敏感にそれを嗅《か》ぎとった。――といいたいが、旗姫のゆくえを追って、この師弟がともにふらふらと、いちどは志摩あたりまで追っていったのである。

が、そこで自斎はわれに返り、弥五郎をひき戻した。そして天狗《てんぐ》が魔天につかみあげるようにして吉野の山中までつれていって、精進潔斎の半歳の荒修行をした。しかもなお足らず、那智から西国三十三番の巡礼をしようとして。――

いま。

「……おまえ、まだ妄念から醒めぬかな？」

と、師の自斎は喝破《かっぱ》し、憤然として、

「うぬの妄念の根源をこの地上から断ち切るために、旗姫さまのお命を頂戴する。よしっ、志摩へゆこうぞ」

といい切ったのである。

かくて二人は、西へゆくべき熊野路を東へ反転した。――

那智から新宮へ、新宮から木ノ本《きのもと》へ――右に渺茫《びょうぼう》たる熊野灘《なだ》を見つつ、延々とつづくのはいわゆる七里御浜と呼ばれる白砂青松、まさに絵にかいたような絶景で、ゆきかうこのあたりの女は、桶《おけ》や籠《かご》をみな頭上にのせて歩いている。「いただき」と称するこの地方独特の風景だが、そこをゆく山伏姿の二人は、嘆声をあげるどころか、黙々としてなんの会話もない。

それどころか、白い秋の澄んだ大気に、ときどき妖《あや》しい――殺気といっていい風がながれる。あとになり、さきになりしてゆく師弟が、たがいの背に眼を投げるときに。

眼には見えないのに、二人はそれを感覚した。

むろん、自斎自身「これは旗姫さまのお命をもらい受ける旅だ」といっている。いうなればこれは死神の旅といっていい。

しかし、殺気ははるかなる「妄念の根源」たる女人にあらずして、すぐそばの対象にむけられていることをおたがいに知った。

――なぜこういうことになったのか？　この絶対の師、絶対の弟子が？

弥五郎の陰鬱《いんうつ》な横顔と、それに息づく殺気を、しかし自斎はふしぎには思わない。それは自分の心に問うてみればわかることだ。

彼が旗姫殺害を決意したのは、弟子のためではなく、半歳にわたって悩まされつづけたおのれの妄念を断たんがためであった。すでに彼は太の御所で、婚礼の夜、旗姫の寝所《しんじょ》に吸い寄せられ、中納言具教卿に一喝されている。旗姫を志摩まで追いかけたのも、彼自身の妄執のためだ。その執念はいまのいまもつづいている。

「……こやつ、わしの心を感づいておるか？」

と、自斎は口をひんまげた。苦悩そのものといっていい形相であった。

おたがいの殺気を、どちらが恐れているかといったら、師の自斎の恐れの方が大きかったろう。

なんとなれば。――

弥五郎の腕は、ここ数か月のあいだにすばらしい飛躍をとげた。十八歳という若さを利用して、素直に、熱心に、太の御所で、卜伝とか伊勢守をはじめとする大剣士たちに指南を乞《こ》うたからである。自斎の見解では、いま自分と試合をすれば、三本のうち一本は自分が危いのではないかとさえ思われる。――

それ以上にこわいのは、彼の純粋性だ。

この愛弟子の、剣心一如《いちにょ》の純粋性をこそ、自斎は培養しようとした。が、いまやこの弟子は恐るべき迷いにとり憑《つ》かれた。それを除去すべく、自斎は苦心惨澹《さんたん》した。そのことは弥五郎にもよくわかっているであろう。わかっていればこそ、自分の命ずるままに吉野で修験の荒修行をつづけたのであろう。

――とは思うが。

弥五郎は、ほんとうにこの師の自分を信じているのか。自分の心を知っているのか。――

――弥五郎が自分に殺気を抱いていることを、自斎が自分の心に問うて見て異としないというのは、自分の旗姫への恋慕の強烈さを思って、弥五郎にとっても同様のはずだと類推できるからだ。その烈しい愛執の念から、それを邪魔しようとするこの自斎に殺気を抱くのは当然であろう。

が、弥五郎はそれを抑えている。師の叱咤《しった》こそ正しいと信じて、おのれの妄念を恥じて喘《あえ》いでいる。――

そこに、この自斎もまた同様の妄想に燃え狂っていると知って見よ。彼への制止、叱責の中に、少からぬ嫉妬《しっと》や憎悪の心がまじっていると気がついて見よ。――

彼の純粋さこそ恐ろしい。師への幻滅から狂憤に転化したとき、それが純粋なだけに恐ろしい。

――いずれにしても、こやつのためにも、わしのためにも、旗姫さまはこの世から失《う》せていただかなくてはならぬ！

それにしても、一女人のために、かほど完璧《かんぺき》な師弟の仲にひび――どころか、とりかえしのつかぬ大破綻《だいはたん》が起りかねぬとは！

ぎりっと歯ぎしりの音をかすかにたてて、自斎が足を早めかけたとき、

「お師匠さま！」

と、弥五郎が声をかけた。木ノ本にちかい海沿いの街道であった。

ふりむいて、自斎は十八歳の弟子が夕焼けを背に、思いつめた眼をぎらとひからせているのを見た。

「なんだ」

「旗姫さまを……きっとお斬りなされましょうな」

「さ、さればじゃ、おまえの修行の妨げとなるお人は。――」

そして自斎は、珍しく媚《こ》びるような口調で早口にいいそえた。

「弥五郎、妄執はすべて払いのけて小田原に帰ろう。――おお、妄念の根源をこの地上から消したとき、わしはおまえにこの甕割《かめわり》の刀をそえて、鐘巻流皆伝の印可状をおまえにつかわすつもりでおる。わしはそれほどまでにおまえのことを考えておるのじゃ」

曾《かつ》て門弟のだれ一人にも出したことのない鐘巻流の印可状。それこそは伊藤弥五郎の最大の夢のはずだ。その上、それに自斎秘蔵の名刀甕割まで与えようという。――

ぱっと弥五郎の眼がかがやくべきところだ。

いや、弥五郎の眼はひかってはいるが、それは最初からの血走った眼と同様で、自斎のいまの言葉からなんの変化をも見せた徴候はない。

それどころか、まるでいまの自斎の言葉など耳に入らなかったもののごとく、

「もし、私が旗姫さまを、き、斬るときは、お師匠さま、黙って御覧になっておっていただけましょうな？」

「それは、どういう意味じゃ？」

ぎょっとしたように問い返す自斎に、弥五郎は年相応の、また彼らしい単刀直入さで、

「お師匠さまはじゃまなされますまいな、という意味です」

「ば、ばかな！」

自斎は猛然として、

「旗姫さまを討ち参らせようといったのはわしではないか。そ、そのわしが、なんでじゃますることがある？」

「それなれば、よろしゅうござる」

弥五郎は絶叫した。

そしてみずからの激情を抑えかねるように、片手で顔を覆って、自斎のそばをすりぬけ、バタバタと先へ走っていった。

鐘巻自斎は吐胸《とむね》をつかれたもののように立ちすくんで、その姿がすぐ向うの山蔭にかくれるのを見送っていたが、やがてその眼が異様なひかりをはなってきた。

「……きゃつ、感づいておるな？」

「そのようでござるな」

どこかで、声がした。

鐘巻自斎ほどのものが、驚愕《きょうがく》してはね上った。路傍の大きな松のかげからふうっと現われた影を見てである。

「うぬは！」

「……おっとっとっと！」

ぱっと刀の柄に手をかけた自斎の前で、右手をあげた。手は、それしかない。髪はのび放題に背までたらし、左の袖《そで》はぶらんとゆれている。骨まであらわれた土気色の顔に、眼を笑わせている男であった。

「むろん、斬られましょう。相手が自斎先生でござるもの。——しかし、天下に冠たる鐘巻先生と承知してわざと現われた者を——しかも片腕の片輪を、自斎先生が、お斬りになるか？」

「忍者」

と、自斎はおのれをとり戻していった。

「何のためにこんなところに現われた？」

「そのわけを申すまえに、おききいたしたいことがあります」

と、飯綱七郎太は眼を皮肉に笑わせたまま、声をひそめていった。

「鐘巻先生。……先生は旗姫さまを殺しにゆこうとしておいでになる。しかし、それをあの弥五郎どのが黙って見のがすとお思いでござるか？」

「なんだと？」

「またもし、弥五郎どのが、ほんとうに旗姫さまを討ち参らせようとするとき、その土壇場になって、先生は拱手傍観《きょうしゅぼうかん》しておられる自信がおありか？」

同様の問いを弥五郎から投げられたときは、憤然としていい返したのに、なぜか自斎は唇をひきつらせるのみで、絶句してしまった。肺腑《はいふ》につき刺さるような七郎太の眼光のためだ。

「拙者、思うに、とうてい自斎先生は、弥五郎どのが旗姫さまを害したてまつるのを黙視してはおられぬ」

七郎太は軽く、しかも断定的にいった。

「そしてまた弥五郎どのも、先生が旗姫さまを斬られようとすれば、狂乱してあなたさまに刃向ってくるに決っておる。――びるしゃな如来は、そういうものでござる」

きゅっと笑った。

「いや、それまでに。――」

くびをかしげて、

「いま、弥五郎どのが、先生のお心を感づいたのではないか――とお疑いですが、あれは同じ女人を恋いこがれる男の本能的なかんでござろう。まだ先生を信じるがゆえに、当人も迷い、疑い、混沌《こんとん》として悶《もだ》えておるが、いつかは――いや、きょう明日にも、霧のはれるごとく真相を知るは必定《ひつじょう》。そのときは……あの若者の凶剣、炎と化してほとばしるでござろうな」

といった。鐘巻自斎は、この相手をにらみつけて、凝然《ぎょうぜん》と立っている。

「あなたへ――恩師の自斎先生へ。しょせん、ともに天を戴《いただ》かざる師弟と相成られたようで」

七郎太はあごをつき出した。

「先生、あの弥五郎の刀をお防ぎになられましょうか」

「ばかな！」

「――とおっしゃるが、拙者のみるところでは、先生、お危《あぶの》うござりまするぞ」

「たわけたことをいえ。この鐘巻自斎に向って――」

「そう自負なされるのは当然でござりまするが、しかしあの若者は、現時点に於ては太の御所十二人の名剣士のうちでも五指に数えられる力を内包しておると拙者には思われる。それに先生、かかる事情にてあの弥五郎と刃を交えるとき、御心中、ためらい、ひけめ、間の悪さをお覚えではありませぬか。それが、生死関頭、取り返しのつかぬ命とりとなる。――」

「……ううむ」

「よしや、あの弟子を斬られようと、先生もまた五体無事にすもうとは思われませぬが、いかが？」

天下の鐘巻自斎にむかって、これほど無遠慮な指摘をした者がいままでにあろうか。しかも自斎は、刀の柄に手をかけたまま、ただ鍔《つば》をカタカタといわせている。——相手の指摘が、実に容易ならぬ迫真の力を以て彼を打ったからであった。

「拙者の意見では、何とぞしていまのうちにあの弥五郎を討ち果されるにしかず。——ただただ、きゃつを殺すことが至上事で、そのためには手段を選ばず。——」

「飯綱」

と、しゃがれた声で自斎はいった。

「うぬは……なんのためにわしにそんなことをいいに来た?」

七郎太は陰気に笑った。

「この拙者の腕を斬ったのが、すなわちあの伊藤弥五郎だからでござる」

四

……雨がふっていた。

豪雨というのではない。細い雨脚だが、しかし恐ろしく密度が濃い。この世が水底に沈んだかとさえ思われる。——

まだ夕には間のある時刻なのに、もう夕暮みたいなその雨の中を——山道を、ヒタヒタとひとりの女が歩いていた。傘もささず、ふりしきる雨に濡《ぬ》れほうだいになって、きものはピタリと肌に貼《は》りついている。

お汐であった。

尾鷲《おわせ》。――志摩の国でも、西のはずれにちかい港町だ。港町だが、大台ヶ原という大山塊が急峻《きゅうしゅん》に海へなだれおちる地形にあり、古来有名な尾鷲杉や江南竹《こうなんちく》の産地でもある。この江南竹は、幹のまわり三尺にも及ぶという物凄い竹だ。すべてはこの土地が高温であり、かつ雨の多いことによる産物だ。

暑い土地にはちがいないが、さすがにもう冷たい秋の雨の中を、唇をかみしめ、眼をすえて、お汐は村のすぐ裏手にある山道を憑かれたように歩いている。

お汐は京馬に反抗したのであった。

彼らはこの夏の終りごろ、尾鷲について、そこの網元の家に滞在していた。この尾鷲のすぐ南方に九鬼という村があって、例の鳥羽の九鬼嘉隆はここから出た。鳥羽で世話になった坂手監物とこの網元は親戚にあたり、その縁を頼って彼らはころがりこんだのだ。

ここでの生活は志摩の和具での生活とほぼ似たものであったが、十日ばかり前になって、京馬がふと妙なことをいい出した。

「お汐どの。……旗姫さまと代ってくれぬか？」

「えっ、旗姫さまと代るとは？」

「そなたが、姫君のお召物を着て、姫の部屋に住むのだ」

「で、姫さまは？」

「そなたのきものを召させられて、こちらにお住いになる」

例によって、ここでも旗姫さまは別に離れて暮していたのだ。——お汐は妙な顔をした。

「そんなことができるのですか？」

といったのは、京馬が旗姫と距離をおいているのは、決してただ姫をうやまう心ばかりではない、彼女にはよくわからないけれど、何やら姫から男だけに吹く魔性のものがあるらしい、といつしか感づいていたからだ。

「できるはずだ」

と、京馬はちょっとうしろをふりかえりながらいった。

そういわれてみれば、旗姫と京馬のあいだには、いつしか変化が起っていた。和具から海を渡って、その西方の志戸《しど》の鼻という岬《みさき》について、それから尾鷲へ旅をして来る途中ごろからだ。つまり京馬は、以前にくらべて姫君に接近するようになった。このごろは、すぐ前にうかがって、話していることもある。しかも旗姫は、あれほど京馬がきびしく命じていた被衣《かずき》をとって、月輪のような顔をあらわにするようになった。

「なんのために？」

と、お汐はきいた。京馬は答えず、ただいった。

「そなたがいやなら、お優どのに頼む」

お汐はあわてて承知した。

京馬のきげんをそこねるのがこわかったのと、それにちょっとこの試みに——自分が一国の大名の姫君になるということに好奇心がそそられたからでもあった。

「わたしが、そうしたら、あなたはわたしを旗姫さまそっくりに扱ってくれるのですね？」

「むろん」

「わたしの命令なら、どんなことでもききますね？」

「むろん」

で、お汐は旗姫さまと入れ替った。

そして、けさのこと。——

お汐は自分の部屋に京馬を呼びつけた。

「京馬、入りゃ」

「は」

といったが、京馬は敷居にぴたりと正座したままだ。

「なぜ入らぬえ？」

「姫君のおそば近くは、あまりに恐れ多うございまするで」

厳然と、澄ました顔をしているのがにくらしかった。お汐はにらみつけた。

「でも、このごろは、わたしのそばへなんども寄って来たではないか。頼みがあるのじゃ。寄りゃ」

「——はっ」

やむなく、京馬は座敷へ入って、お汐の前に坐った。

「耳をかしてたもれ」

耳を出すと、お汐は若々しい濃い息を吐きかけてささやいた。

「京馬。……おまえはわたしを殺すつもりかえ？」

「えっ」

「わたしを狙《ねら》う恐ろしい剣士たちがあることを、わたしが知らぬと思うかえ？」

京馬がはっとしたとたん、お汐はいきなり京馬のくびに手をまきつけた。熱い、濃い息が頬をぬらして廻《まわ》ると、彼は夏の日盛りに咲きゆれる葵《あおい》の花に鼻口をふさがれたような気がした。

「京馬さま！」

お汐がそう喘《あえ》いだのは、京馬の唇から唇を離したあとであった。

「わたしは殺されてもいいのです。あなたのためなら。……」

またはげしく京馬の唇を吸った。からみつき、身もだえするからだを、はねのけようにもこの言葉は京馬を縛った。

「でも、いやいや！　死ぬのは、やっぱりいや！　早く、旗姫さまを大河内谷へお返しして、わたしといっしょに伊勢へいって！　いいえ、いまここからでも！」

ようやく京馬はお汐をひき離した。

お汐はいう。大河内へ姫を送りとどけたあと、伊勢へいって自分とめおとになる。せめてその約束をしてくれなければ、この身代りはきょうかぎりいやだと。

黙然《もくねん》と彼女の顔を見まもっていた京馬は、ふいに坐ったまま敷居際まで飛んだ。

旗姫が現われた。お汐のきものを着た姿で。

乱れたお汐の姿をふしぎそうに見たが、それよりもっと愉《たの》しいことがあるらしく、

「京馬。……いえ、京馬さま、甚左、甚左衛門どのが鯛《たい》をとどけてくれたぞえ。どう料理したら、あなたの気に入るか。……すぐに来ておくれ。いえ、来て下さりませ」

嬉々《きき》として、生き生きとして、お汐の口ぶりをまねていった。甚左衛門とは網元の名だ。

――それから、お汐は雨の中へ飛び出したのだ。

いま、もつれ合うようにして立ち去った京馬と旗姫の姿が瞼《まぶた》に灼きついている。わたしは何というばかな役目を引き受けたものだろう。もの珍しさとはいえ、十日間もよく辛棒したものだ。――といって、わたしがことわれば、お優に代えるだろう。そしてじぶんが京馬のそばに帰っても、あのひとはふきげんにがり切っているだろう。眼の前で、あのひとにいちゃつく旗姫さまを見て、それががまんできるかしら？　お優はいまどんな気持かしら？

雨の中にひたいが火のように熱かった。いまが昼であるか、夜であるかも、お汐の意識にはなかった。

ふっと片側の杉林の中から靄《もや》みたいなものが漂い出した。まるで霧のかたまりみたいに見えたのだが、それが人間で、すうと自分の前に立ったのをお汐は見た。

「……あっ」

お汐はわれに返り、恐怖の眼を見ひらいた。

菅《すげ》の笠《かさ》をかぶってはいるが、あきらかに髪もゆわず背まで垂れ、しかも片方の袖はぶらんとゆれて、しゃれこうべみたいに痩《や》せた牢人《ろうにん》風の武士を彼女は見た。

……あれか！　旗姫さまを狙うという恐ろしい追手の一人か？

「わ、わたしは……」

お汐はのどをひきつらせていった。

「旗姫さまではない。……」

「おれも、刺客でもない追手でもない」

と、牢人はいった。

「しかし、おまえの心はよくわかる」

「わたしの心。――」

「若い女が、そんな風に思いつめた顔で雨の中を歩いておれば、それは恋を失ったときにきまっておる。……おまえ、京馬に惚《ほ》れて、振られたな。恋敵《こいがたき》は、旗姫さまと見たはひがめか？」

「おまえは、だれじゃ」

牢人はきゅっと唇をつりあげて笑った。

「わしは大河内谷で、京馬の兄分をしていた飯綱七郎太という者じゃが、おまえの心、きいてやろう。手助けしてやれるかも知れぬ。いや、兄分というのはうそではないぞ。何なら、京馬のことについて何でもきいて見ろ。……」

その言葉よりも、お汐は相手の眼に吸われてしまった。

薄暗い雨の中に、燐光《りんこう》をはなっているような眼であった。それがみるみるぼうっと視界一杯にひろがってお汐をつつむと、

「まず、来い。この杉林の奥に木こりの小屋がある。――」

という声を、夢の中の声のようにきいた。

牢人がすうと寄って背を向けると、右手をのばして彼女の右手をつかみ、じぶんの肩にのせて、フワと背負ってしまった。牢人の左手がないことに気がついたが、彼女の体重が消滅してしまったかのような力であった。右手を彼女の尻《しり》にあてがい、それだけで軽々と背負って、飯綱七郎太はいよいよ暗い杉林の中へ入ってゆく。

「……ほほう、燃えておるな。手が熱いぞ」

七郎太は笑った。

「さもあらん」

杉林の底につもった枯葉、茂った熊笹《くまざさ》、それを踏んでゆく男の足が、お汐にまるで雲の中を浮動しているような感覚を与えた。

恐怖が消えたわけではない。恐怖に凍結したところを、そのまま恍惚《こうこつ》の結晶に変質させられてしまったのだ。彼女の尻をかかえこんだ男の指は、たしか枯木みたいに骨ばっていたはずなのに、それが五本とも、粘液をひく長い柔かい虫のように微妙にうごめき、まさぐり、這いまわった。

「感じるか、この天上の世界」……男は低く笑う。

「この甘美夢幻の境を、京馬とともにさまよいたかろうが」

お汐はわれに返り、京馬を思い出し、さけび声をたてた。声はあまりにも強烈な刺戟《しげき》のためにけものめいた喘ぎ声となった。

「その願い、かなえてやるぞ」

首が、ねじむけられた。男の首は、頸椎《けいつい》がどうかなっているのではないかと思われるほど異常に廻転して、お汐の口に吸いついた。

反射的にのがれようとしたが、口は吸盤にでも吸われたように離れなかった。一息、離れると、指がもてあそぶ。はては、上下脈波を合わせての、まるで笛を吹くと同様の操作であった。

まさに笛だ。陰暗たる杉林の中、ふりかかる霧のような雨の中を、お汐ののどからは魔界の――いや天上の笛に似た声が嫋々《じょうじょう》とむせんでいった。

「これ、安心してわしのいうがまま、なすがままにまかせて、からだで応えろ。それが京馬を虜《とりこ》にするわざにつながる。いろいろとわしが教えてやる。京馬の心をああまでとらえた旗姫同様の女人にわしが変えてやるぞ。……」

林の奥に、小屋があった。

「首尾よく」

と、七郎太がいう。

小屋の中に、だれかもう一人いるらしい、と気がついたとき、お汐は小屋の床に下された。

「これで、あの若僧を虜にする肉の罠《わな》が出来た」

そういいながら、七郎太はお汐を横たえ、きものに爪《つめ》をかけて、スウと引いた。長い刃物みたいな爪は、彼女のきものをきれいに切り裂いて、薄暗い光線の中に、どきっとするほど真っ白な肌がひかりつつ浮かびあがり、くねくねとうごめいた。

「京馬さま。……京馬さま！」

それでも、お汐はかすかに抵抗してさけんだ。

「あのひとのところへ帰して！」

「帰してやる。いま、あの若僧を虜にするからだに変えてやると申したではないか。すべては、そのあとじゃ」

それから何が起ったか。――

その夜、お汐は京馬のところへ帰らなかった。

いや、その夜ばかりではない。二日目、三日目――五日、七日――十日間。正確にいえば永遠に。

断続してふりにふる暗い秋の雨。ただ風のみが梢《こずえ》を吹きわたる杉林の奥の小屋の中でくりひろげられた光景は、ここに細叙できない凄惨《せいさん》無比の淫楽図《いんらくず》であった。

すなわちこれは、果心居士直伝《じきでん》の忍法「ほおずき燈籠《どうろう》」

人間は、ものを摂取する快感よりも、放出する快感の方がむしろ痛切で根源的である。唇に唇をあてられて、息を吸われる。唾液《だえき》を吸われる。舌を吸われる。――この時点に於ては、お汐はまだ京馬のことを思い出す余裕もあった。ときどき、この相手に対して抵抗を試みるどころか、悪寒《おかん》をもよおすことすらあった。が、たちまちそれはおぞましい快感に変り、さらに髄まで吸いあげられるような痙攣《けいれん》的な恍惚に変った。

妙な形容だが、お汐のからだそのものが、男性の一部と似たものと変化したといってい
い。

三日目にしてお汐は、生きているとも死んでいるともつかない状態に陥った。いや、肉体そのものは生きている。それはときどき、しごかれたように硬直したり、泥みたいに柔かくなったり、さらに笛のむせぶような声をたてたりした。が、彼女はそれを意識していない。

五日目で、そんな反応も消失した。

ただその肉体が屍体でないことを感覚しているのは七郎太だけであった。

それでも彼は吸いつづける。もはや、口から吸うだけではない。彼はまさに、人体のいわゆる九穴からすすりあげた。

徐々に。――

お汐のからだは石膏《せっこう》みたいに白くなり、さらに透き通って来た。

七日目、八日目、九日目。――

そして彼女は――黒髪もある。そのほかの体毛もある。乳房もある。臍《へそ》もある。眼鼻もある。が、全身の皮膚と肉が水母《くらげ》のように透明になって、そこを通して脳髄、内臓、血管、骨が見え、これらのものもまた透き通って、その陰翳《いんえい》がおぼろ、おぼろと重なり、交叉《こうさ》し、惨麗とも形容すべき物体となった。

――この世のものとは思われぬこの経過を、当事者以外に目撃していた者がある。

最初のうちは制止しようとし、次には好奇心にとらえられた表情となり、さらには悪魔にうなされたような眼つきとなり、はては彼自身も「ほおずき燈籠」と化したかのごとく、影に似た物体となってしまった。

ただ、ときどき、七郎太に水や食物を求められると、ふっと魂が戻ったかのように立ちあがり、小屋を出てゆく。唯々《いい》諾々とその命令に従う。

だれがこれを関東第一の名をうたわれた大剣士と思おうか。

「……死んでござる」

と、七郎太が顔をあげた。十日目のことだ。

――死んだ、とは、お汐の生命のことであろう。いままで生きていたというのが信じられないような眼前の透明な肉体であった。

「これにて拙者の体液は、快楽に燃えたぎる女の髄、液、精と溶合した。これをほとばしらせるところ、浴びせられた女は例のびるしゃな如来となる。――」

眼はおちくぼみ、頬はこけているが、その皮膚にあぶらを塗ったような異様なつやと精気がある。

それがニヤリとしてこういったのを、茫乎《ぼうこ》として見上げているのは、鐘巻自斎その人であった。

五

「ぜんき、来い。――」

伊藤弥五郎は呼んだ。

「また鬼ごっこをやろう」

「うん。――」

河童《かっぱ》のような童子はうなずいた。髪は河童みたいだが、顔は猿に似ている。それが、まさに猿のごとく走り出した。

「そらっ、おいでよ、早く、おいでよ。――」

逃げたところは、大きな桶や樽《たる》や甕《かめ》が無数に伏せられている庭であった。大人なら通りかねるような細い空間が出来ている。童子はそこへ駆けこみ、弥五郎はそれを追っかけた。しかも、刀をふりかざして。

尾鷲の南、三里、九鬼村の酒屋である。ここ十余日、鐘巻自斎と弥五郎はここに滞在していた。正確にいえば、弥五郎だけである。自斎はすぐに、その先の尾鷲に旧知があるからといって、弥五郎一人を置いて出かけていったきりだ。どうせ志摩へゆくなら尾鷲も通過するのだから、自分一人をここに留めておく意味がわからないが、それを師に問うわけにはゆかない。弥五郎は、ふりつづく雨のせいの滞留だろうと思っている。

しかし、十八歳の彼はたいくつした。

そこに、近所のこの子供が遊びに来た。漁師の子で、まだ七、八歳、「ぜんき」と呼ばれているが、漢字でどう書くのか知らない。親も知らないだろう。

みるからに乱暴そうな子で、秋というのに小さなふんどし一つという姿である。これが、酒屋の裏庭に伏せてある桶や樽や甕の上を飛んで歩くのを遊びの一つとしているが、見ていて弥五郎はそのむささびのような敏捷さに眼を見張った。

雨のはれまを盗んで、この童子と「鬼ごっこ」をはじめたのは、それを見て思いついたことだ。

はじめはたいくつしのぎであったが、次第に弥五郎は本気になった。桶と樽と甕の生む迷路を逃げ走る漁師の子は、小犬をつかまえるより難しいことを知ったのだ。弥五郎は刀を抜いた。

ただし、抜刀したのは本気がすぎて逆上したのではない。これも鍛錬である。自斎から教えられた長袴の修行と同様、いっそう自分を困難な条件に置いて訓練するためである。

果し合い、決闘は平地でやるものとは限っていない。竹林の中でもあり得るし、道具の積まれた蔵の中でもあり得よう。桶や樽や甕の間を、長剣を抜いて走るのは、一歩あやまると、おのれの刀そのもので自分が傷つくおそれさえあった。

珍しく雨があがって、ぱっと秋の日のさした午後の酒屋の庭。

いま、その甕の上に立って、

「鬼さん、こちら。——そらよっ、のろまっ」

アカンベーをしたにくらしい小さな裸虫に、十八歳の弥五郎は、しかしこのときはいささか自分自身にかっとして、

「きるぞ、ぜんき！」

刃を返してだが、半分おどしで、その甕めがけて振り下した。

とたんに——戛《かつ》！　と音して、弥五郎の腕に妙な手応えがひびいた。

「しまった！」

そうさけんだとき、うしろから、

「弥五郎、何をしておる？」

と、声がかかった。

師の鐘巻自斎がそこに立っていた。

「あ！　お帰りなされませ」

弥五郎は狼狽《ろうばい》して、その方へ駆け寄り、抜いたままの刀に気がついて、あわててそれをうしろにかくした。

「近所の子供と、鬼ごっこを——」

自斎は笑いもしない。弥五郎の刀にさえも気がつかないようである。もちまえの難しい顔が何やら思いつめたようにいよいよ陰鬱な表情になって、

「旗姫どのが見つかった。――」

と、つぶやいた。

「えっ、旗姫が？　ど、どこに？」

「それが、驚くべきことに、尾鷲じゃ。わしはそこに十日も逗留《とうりゅう》しておりながら、同じ村におわすとは、いままで知らなんだ。偶然、けさに至ってきいたのじゃ」

むろん、これは嘘だ。しかし、この熊野路ではじめて飯綱七郎太に逢った際、旗姫一行がすぐそこの尾鷲にいるときいたときの驚きにまちがいはない。

しかし、「剣は心なり」と教えた自斎が、いま最愛の弟子に「嘘」をついている。――

「わしが斬るか？」

と、しゃがれた声でいい、暗くひかる眼でちらと弥五郎を見た。

「おまえが斬るか？」

「私が斬ります」

弥五郎は決然といった。

その返事は予期していたのに、自斎のからだがかすかにふるえた。この若い弟子の一途《いちず》さに対する恐怖であった。この一途さがいまは何より恐ろしい。――

しかし、弥五郎が旗姫を斬るとき、自分は座視し得るか。その自信はない。おそらく、

自分は弥五郎に向って刀の鯉口《こいぐち》を切るであろう。——七郎太の予言したごとく。

またもし自分が旗姫を斬ろうとするならば、弥五郎も自分と同様、狂乱して斬りかかってくるであろう。——これまた七郎太の予言したごとく。

そして、師弟相撃ちの天命まぬがれがたいとするならば——いまの自斎には、この弟子に対して必勝の自信はなかった。十たたかって、十勝つという確信を喪失していた。実に、この大剣士鐘巻自斎が！

これは弥五郎の上達ゆえではない。自分自身の邪念によるものだという自覚はあって、彼も苦悩しているのだが、その邪念そのものがこの相撃ちの原因になっているのだから彼もいかんともしがたい。

いま、弟子に嘘をつき、おびき出そうとし、すべてことごとくえたいの知れぬ飯綱七郎太という男の指示するがままになっているのは、彼のこの自信喪失と邪念から発した行動であったのだ。

「ただし、旗姫さまは、例の忍者の若者が護っておるぞ」

「なんの、きゃつごとき。——」

弥五郎は刀の柄に手をかけようとして、その手に刀をぶら下げているのに気がついた。

「刀をどうした？」

と、自斎はいったが、ふいにぶきみな笑顔になっていった。

「弥五郎、わしのこの甕割の刀をいまつかわそう。これで妄念の根源を斬れ。印可状はそのあとでやろうぞ」

それがおのれの良心を塗りつぶし、弟子を懐柔しようとする師の笑いであり、言葉であることを、伊藤弥五郎が気づいたか、どうか。

「えっ、甕割の刀を！　いま？」

それは旗姫さまをこの地上から消したあとという約束であったから、若いその顔がぱっとかがやいた。弥五郎にとっては、鐘巻流の印可状よりもこの方に魅力があったかと思われる。——

「おお、これを使え」

自斎は戒刀に作り直した腰の一刀を鞘《さや》ごとひきぬいた。

「おまえの刀をもらおうか」

両者は刀を交換した。弥五郎はおしいただいた。

「よしっ、では、参りましょう。尾鷲と申されましたな」

弥五郎は座敷に身支度のために駆け戻っていった。甕割刀をもらった昂奮のためか、旗姫さまを殺すということについてのそれまでの悩みは、ともかくも燃えつきたかに見える。

勇躍したその姿を見送って、自斎は改めて戦慄《せんりつ》した。この弟子の思い切りのよさも怖ろしかった。それに倍するおのれの思い切りの悪さを自覚して、それも怖ろしかった。

やがて、北へ三里、尾鷲へいそぐ不吉な二羽の鴉《からす》みたいな二人の山伏を、つるべ落しの夕焼けがぬらし、次第に夕闇《ゆうやみ》へ消し去っていった。小さな影が飛んでゆく。ぜんきであった。

六

——その同じ夕方。

木造京馬は、ふっと異様な感覚を受けたのである。

必ずしも突発的な第六感ではなく、ここ十余日、全身の毛穴もそそけ立たんばかりに警戒していたことだ。なぜなら、この期間、お汐が忽然《こつぜん》と消えてしまっていたからだ。

しかし、その夕方、宿としている尾鷲《おわせ》の網元の家の一画をめぐる妖気《ようき》に忍者の匂いをかぎつけたのは、同類としての本能的な嗅覚《きゅうかく》であったろう。

……七郎太！

と、直感した。その人間の影についても、すでに和具の浜辺で遠望している。きゃつだ！　七郎太が、ひたひたとこの家のまわりをめぐっている。——

京馬の顔色が変った。恐怖もあったが、それよりも憤怒の方が強烈であった。

旗姫さまをあのような御苦悩におとし入れた逆臣め、たとえ兄弟子であろうと、見つけ次第、これを成敗せずにはおくものか！

一刀つかんで、京馬は外へ飛び出した。

宵闇《よいやみ》の中には、だれの姿も見えなかった。濃い魚臭の中に、いま感覚した妖しの匂いは消えてしまった。

しかし、京馬は家に駆けもどった。ひそやかに、あわただしく呼んだ。

「……姫」

旗姫が現われた。

旗姫はお優のきものととりかえていた。お汐がいなくなってからふたたび試みた入れ替りである。彼女のびるしゃな如来はほぼ完全に薄れていた。

「……危険が迫っております」

と、京馬はささやいた。

「拙者はこのまま、家のまわりをめぐっておりまするゆえ、拙者がこの裏口を通り過ぎてから、十数えて外へお逃げなされませ」

「どこへ？」

「東へ。——すぐ拙者、追いかけまする。急いで！」

京馬は通過した。

彼はまだ妖気を感じた。自分がゆくと、それはすうと逃げ水のごとくに遠ざかる。——しかし、それこそ彼にとって天の助けであった。旗姫の脱出が可能となるからだ。

通り過ぎた背後で、旗姫が闇にまぎれて逃げ出したのを知ると、京馬はそのままわざとまた一めぐりして、そして全身の感覚神経を働かせながら、これまたすうと逃げ出した。

あとには、お優が残っている。旗姫さまの衣裳《いしょう》をつけて離れにいる。——妖気はそれに粘着していることを京馬は背で確認した。

そのための入れ替えにはちがいないが、しかしこの場合、お優をひそかにつれ出そうにも、京馬にはその余裕がなかった。

……七郎太は、殺気にみちて自分を求める京馬が、いきなり駆け去ったことは知った。しかし、その前にもう一つの女の影が逃げていったのを、さすがの彼も気がつかなかった。旗姫が依然びるしゃな如来の体臭を持っていたなら感づいたのであろうが。――まさに彼は、離れにいる女の気配に粘着し、それがまだ動かないことを感覚したのである。

しかし、京馬はなぜ逃げたのか？

京馬を一応外へおびき出し、迷わせておいて、離れに入って旗姫を再度のびるしゃな如来にすることこそ、七郎太の狙いに相違なかったが、いまの京馬の逃げぶりにはちょっと不審をおぼえ、それを見送って、

――いや、何はともあれ、びるしゃな如来――

と思い返し、ニヤリとして七郎太は離れめがけて忍び寄ろうとした。

「飯綱」

と、呼ぶ声がした。

七郎太はふり返り、闇に鐘巻自斎が立っているのを見た。さては京馬め、この姿を見て逃走したか？

「弥五郎をつれて来たぞ」

「どこに？」

「おまえの申す通り、浜に待たせてある」

「では——」

と、うなずいて七郎太は、

「姫——旗姫さま——」

と呼んだ。実に京馬によく似た声であった。

「自斎先生、離れておって下され。いや、先に浜へいっておって下されい」

と、七郎太は命じた。

「よいな？」

唯々諾々として離れかけた鐘巻自斎は、このとき飯綱七郎太が仁王立ちになり、異様な形相になったのを見た。顔そのものが変化したというのではないが、あきらかに呼吸をとめ、闇の中にも満面黒紫色に染まって来たのを見たのである。

「……京馬？」

そういいながら、女の影が裏口に現われた。

さすがに市女笠はかぶってはいないが、被衣をつけて、両こぶしで閉じている。——そのこぶしをちょっとひらいて外をのぞき、

「……あ！」

と、驚きの声をあげた。そこに立っている二つの影が、京馬でも旗姫でもないことを知ったのである。あわてて身を返そうとしたとたん。――

その全身にビューッと何やらしぶきが吹きつけられた。

闇の中のことで色は見えないが、それは飯綱七郎太の二つの鼻孔から噴出する鼻血であった。彼はあおむき、その鼻血を一間以上もある距離から被衣の女に浴びせかけた。鼻血？　そうではない。色は見えないといったが、そもそもそれは無色透明の液体であった。

「忍法びるしゃな如来。――」

はじめて、七郎太は声に出していった。

「離れなされ、自斎先生！　さきに浜へゆきなされと申しておる」

と叱《しか》りつけ、そして――

「ござれ、姫君、京馬のところへつれていって進ぜる。きゃつ、もう一人の女と、舟でまたよそへ逃げようとしておりますぞ」

と、さしまねいた。

影は突然の奇怪な洗礼に驚愕のあまり、凝然とそこに立ちすくんでいたが、やがてフラフラとこちらに歩み出して来た。同時に、鐘巻自斎も、フラフラとそちらに吸い寄せられようとする。――

「ま、待った。……あれを弥五郎とひき合わせようというのでござる。その機をおいて、弥五郎をまちがいなく討ち果す機会はない。――」

七郎太は片腕で自斎をとりおさえた。

「ようござるか、あなたが先に吸い寄せられてはすべてぶちこわしでござるぞ。ほんの四半刻《しはんとき》もかからぬ辛棒じゃ。十歩以上近づかれぬようにーーいや、それよりも早く浜へ、そして弥五郎には気づかれぬようにして、なりゆきをうかがいつつ機を待たれい!」

と、指示のささやきを耳へ送って、歯をカチカチと鳴らしているからだをつきはなした。

そういった七郎太も、ピョイ、ピョイとうしろずさりに飛びながら、潮まねきみたいに女の影を誘ってゆく。

「ござれ、京馬はあっちじゃ。ござれ。ーー」

十数間も誘導してから、

「はてな?」

と、つぶやいた。ーーふいに、

「ーーおお、しまった! きゃつに一杯喰《く》わされた!」

と、七郎太は絶叫した。ようやく被衣を着た女が旗姫ではないことに気がついたのだ。

彼は凄《すさま》じい眼で、先刻京馬が逃げ去った方角を見やり、タタタとその方へ二、三歩走りかけたが、

「いや、きゃつら、しょせん逃しはせぬ。それよりも」

と、足をとどめた。

「自称大剣士同士に果し合いさせ、その末路を見るのもおれの望み。ーー」

七

「京馬さまっ」

浜へ出る道に立って、お優は呼んだ。

お優は何が何だかわからない。先刻から起ったことに、半分夢遊病者みたいになって、ふらふらと浜辺へ出て来たのだ。

――ござれ、京馬はあっちじゃ。

という妖しの声を全面的に信じたのではないが、しかしその声には呪文《じゅもん》のような力があった。それに彼女は、だいぶ以前から京馬が遠からずこの尾鷲も逃げなければならないといっているのを耳にしていたのだ。そしていま、たしかに家の中にいたはずの京馬と旗姫が二人とも忽然《こつぜん》と消えているのに気がついていた。

それではわたしを身代りにして、黙って捨てて逃げていってしまったのか。――

そもそも旗姫さまの身代りになるということが、京馬の命令だから抵抗はできないが、少からず心おちつかないものがあっただけに、お優は、誘いの声に、さてはと乗せられた。

「京馬さまっ」

だれもいないはずの夜の浜辺に、ちらと動いた影が見えた。

狭い浜に、舟が幾十艘《そう》とあげられ、あっちこっちに棒を林立させて、高く網が干してあるのではっきりとは見えないが、銀色の波を背に、たしかにその中に黒い影が動いたような気がした。

「そこですか、京馬さま！」

さてこそ、とお優は砂をちらして、その方へ駆けていった。

たしかに黒い影がそこにいた。凝然と仁王立ちになっているその影から発する凄じい殺気を、知るや知らずや、お優は近づく。

「……あっ」

両方から、同時に驚きの声があがった。

お優はそこの影が京馬ではないと知ったのだ。——伊藤弥五郎であった。

旗姫さまを誘い出し、わしは木造京馬を始末するゆえ、おまえはここで待って煩悩《ぼんのう》の根源を斬れ、と命じられた弥五郎は、むろん駆けてくる女の影を旗姫と信じていたが、旗姫と信じるがゆえに殺刀を抱いて逆に馳《は》せ寄ることができず、間一髪、「甕割」を鞘走《さやばし》らせようとして、それが旗姫でないことを知った。

斬るべき相手とはちがう。——

刀の柄から手を離したが、次の瞬間、弥五郎はその影に、思わず知らず吸い寄せられている。

「ああ！」

異様なうめきをたてて、十八歳の彼は放出した。

あわてて逃れようとするお優の肩を弥五郎はつかんだ。その間、なお魔酔のごとき放出をつづけながら、弥五郎は憎悪に燃えたぎっていた。

旗姫さまではない女に——自分がかかるありさまに成り果てるとは!

これまた妄念の根源、女怪。

そう意識しつつ、弥五郎は一羽の狂鳥と化している。彼は甕割の刀の存在すら忘れてしまったかのように見えた。ひょっとしたら彼は、もしいまここに現われたのが旗姫さまであっても同様の狂乱に陥ったかも知れぬ。

粘液と砂にまみれて、砂上に倒れ、ころがりまわっている一塊の影を遠望しつつ。——

「……斬るぞ」

と、やや離れた舟の蔭でささやく声がした。

「もうよかろう」

低い声だが、歯の鳴る音がカタカタとまじった。鐘巻自斎であった。

「しばしお待ちを。——」

と、とめたのは飯綱七郎太であった。

「なぜ止める?」

「自斎先生。あれが天下の大剣客鐘巻自斎先生の秘蔵弟子でござるか」

自斎の悪念をも良心をも双方つき刺す嘲罵《ちょうば》の言葉だ。

「斬る前に、一つこらしめてやりましょう」

「こらしめる？」

「されば、あの両人を網包みにして動けぬようにし、さんざん笑ったあげく成敗しておやりなされ」

それは剣士というものに対する忍者飯綱七郎太の悪意の生んだ着想であった。とくに彼よりもはるかに年少でありながら天才剣士面をしている伊藤弥五郎ごときは。

「おお。——」

と、自斎は顔をひんまげてうなずいた。

きゃつ、旗姫をみごと斬ってみせると高言して、あの醜態をさらしおった。それを師として痛罵したあげくに成敗する。——この着想は自斎の大義名分意識を煽《あお》った。

「網包みとは？」

「あそこの棒を拙者が、あっちの棒を自斎先生が同時に切る。西風が吹いており申すから、張られた網が両人の上に倒れるのは必定。——その下で虫のごとくうごめいて逃げようとするのを、網を踏んでいって、弥五郎は斬る。女はぶじに手に入るかも知れぬ。——」

「よしっ」

二人は音もなく舟の蔭から這い出していった。

かつん！　微《かす》かな音がして、二本の棒がきれいに切れたのは十数秒後であった。七郎太のいったように、網はふくらみつつ倒れていって、砂上にもつれ合う影を覆った。

「……弥五郎！」

その端を踏んで、鐘巻自斎は呼んだ。

「未熟者め、わしへの誓いの言葉を忘れたか！」

返事はない。まんなかあたりで、もがいている影が見えるが、弥五郎は答えない。ただそこから女のあえぐ声がするばかりだ。

――たわけ！　かかる目に逢《お》うてもなお狂うとは！

すでに、あとで斬るという目算でもなければ、先刻飛び出していたであろう自斎である。嫉妬の炎に煽《あお》られて、彼は思わずその方へ網を踏んで走っていって、突如、うっとうめいて立ちすくみ――そして彼もまた放出した。「びるしゃな如来」から十歩の圏内へ、うかと入りこんでしまったのだ。

両こぶしをにぎりしめ、醜怪きわまる顔を硬直させて不動の姿勢になっている自斎の耳に、そのとき前方に立っている七郎太の影から、

「危いっ、自斎先生！」

という驚愕《きょうがく》した声が流れて来た。

同時にまったく予期もせぬすぐ横から、ニューッとだれか立ちあがった。

弥五郎である。彼は白刃をひっ下げていた。

信じられないことだが、網をかぶせられた一瞬に、彼は女のからだから離れてそこまで移動して、平蜘蛛《ひらぐも》のごとく伏していたのだ。そして風に波うつ網と呼吸を合わせ、一気に

網を切り裂いて立ち上って来たのだ。

「あっ、うぬは！」

ふりむく自斎の前に、その白刃がひらめいた。

「だ、だましたのは誰《だれ》でござる。師ともあろうものが。――」

弥五郎は、ちがう女が旗姫と入れ替っていたことまで詐謀《さぼう》と信じた。網をかぶせられたことで、そう直感したのだ。

それは旗姫を討てという自斎の命令に、ひょっとしたら？　という一脈の疑心を抱いていた本能からつながった直感であったろう。

「もはや、師とは思わぬ、お覚悟！」

怒りにみちた若い弟子の一刀を、一度はからくもかわし、二度目におのれの刀でふせいだのは鐘巻自斎なればこそであった。

しかし、かみ合わせた二本の刀のうち、一本が氷のごとく折れ砕けて飛んだ。折れたのは自斎が弥五郎と代えた刀であった。弥五郎のふるう刀は、名刀「甕割《かめわり》」であった。

「甕割」でなくても自斎の刀は折れたかも知れぬ。その弥五郎の刀は、交換したときからひびが入っていたのだ。

弥五郎はつむじ風のように襲いかかって来た。

もはや弁明のいとまもあらず、身をひるがえして逃げてゆく鐘巻自斎のうしろから、髪ふりみだして、怒りにみちた十八歳の天才剣士は宙を飛んで追ってゆく。

八

この師が逃げ、この弟子が追う。

数秒前には信じられない構図だ。

鐘巻自斎はなぜ逃げたか。彼には恥の観念はないのか。

たしかに最初の反転は、驚愕と、刀を折られた狼狽にもとづいた。それから逃げる自斎を鞭《むち》打つ弥五郎の声は、背後から心肝をつらぬいて、彼をして踏みとどまるいとまを失わせた。

それにもう一つ、実にばかげたことだが、重大な理由がある。その直前におのれの思いがけぬ放出だ。むしろ最初の狼狽はこれによるものであったといっていい。

しかし自斎は、弥五郎もまた同様の状態になっているはずだと気がついた。

逃げながらこういうことに気づいたのは、自斎がすでに自信をとりもどしたことを意味している。

それでも彼は逃げた。逃げるのは兵法であった。

眼前に、浜の端をさえぎる岩が浮かび上って来た。その手前で、彼はくるっとふりむいて、いきなりビューッと折れた刀を投げつけた。

弥五郎はとびのいてこれを避けた。

自斎は自分の小刀を抜いて、弥五郎を迎えた。弥五郎は「甕割」をかまえてこれに相対した。

水明りのみの南国の海のほとり。――向い合った大小二本の剣は動かず、その背後にひかる眼が、ただ憎悪のみに血走っているのを二人はたがいに見た。

「うぬは……鐘巻流相伝の印可状は要らぬのか？」

しゃがれた声で、自斎がいった。

伊藤弥五郎は、くびを横にふった。

たんなる怒りによる拒否ではない。――たがいの腕をはかって、もはや学ぶべきものなし――と判断しての辞退だ。それをいま相対して、両者の力量まったく互角であることを自斎もまた感得して、かっと頭に血がのぼった。

「師をあなどるか、弥五郎。――」

憤怒の一喝《いっかつ》に、弥五郎はさすがに二、三歩退る。

しかし、互角とすれば、勝負が長びけば、若くて大刀を持つ弥五郎の方に分があることは明白だ。――

「師に手向うか、師に刃をむけることを怖《おそ》れぬか！」

叱咤《しった》しつつ、ツッと四、五歩出る自斎に押されて、その間隔だけ弥五郎はまた退る。

このとき。――

自斎の足のうしろから、何やら妙なものが砂の上にのびていった。

それは灰色で、とくにこのような暗夜ではよく見えないが、幅一尺ほどの一枚の長い布であった。それが彼の腰のうしろから音もなくすべり落ちて、進み出る足のうしろに敷かれてゆくのだ。

一見、平安朝貴族の衣冠束帯の姿、あのうしろに曳《ひ》いている布を「裾《きょ》」というが、かたちはあれに似ている。

鐘巻自斎がこのようなものを装備していたとは、数年間起居をともにしている伊藤弥五郎も知らない。それは平生一本の紐《ひも》のようにまるめられて帯の下にかくされていたからだ。薄いが地質は強靭《きょうじん》である。これは恐るべき死の布であった。

自斎はその昔、例の唐人剣客十官をいかにして斬ったか、いまだに弥五郎に教えたことがない。

あのとき自斎は、うしろにひいた長袴《ながばかま》の裾から、さらに四、五尺余の袴と同じ模様の布を吐き出したのであった。それは長袴の裏側にしかけられてあったのだ。

そして十官との決闘に際し、自斎はいきなりとびずさった。十官はそれを追って飛んだ。

その一瞬前、自斎のうしろにひいていた長袴の裾は前方に移動したわけだが、十官は気づかず、たとえ気がついても、間髪を入れない事態で、それを踏むことを避け得なかった。

十官が踏むと同時に、自斎はそれをひいた。

自分も袴の中に足を入れているのだから、常人のわざでは難しいが、これが彼の秘伝であった。

みごとなタイミングで、たまらず十官がのけぞるところを、自斎は逆に前に飛んで、転倒した十官の首をただ一打ちで刎《は》ねてしまった。これがすべて刹那《せつな》の出来事である。

いま自斎は、長袴に代る灰色の布を敷いてゆく。——

これはただ一人対一人の勝負だけに有効なのではない。曾《かつ》て自斎はこの布を縦横無尽にうねらせて、数人の敵をことごとく斬り伏せたことがある。

ただこのとき、相手は弥五郎一人と信じていたがゆえに、さしもの自斎も気がつかなかった。——うしろに現われた小さな影を。

それは背後の岩蔭に置かれた小舟から這い出して来たはだかの子供であったが、これが白刃を以て相対した二人のうしろから怖れげもなくノコノコとちかづいてくるのを、正面にいる弥五郎でさえ気がつかなかったほどである。必死の勝負に一念凝集させているために。——

ましてや、背後に眼のない鐘巻自斎。

「……ふっ!」

ふいに、怪鳥《けちょう》のように飛びずさった呼吸に、何びともそれに釣られて躍りかかって来ずにはいられぬ絶妙の誘いがあった。

この瞬間、布は裏返しになりつつ前方へ移動する。——

弥五郎は躍りかかって来た。その片足が布へ落ちる前に。——

「……あっ」

すでに顔が裂けたかのような絶叫をあげたのは自斎の方であった。

布が反転しなかったのだ。そのうしろに布を踏んで、ふしぎそうに立っていた小さな影を彼は気がつかなかったのだ。

自斎が飛びずさった刹那、さっと前へ滑った布に足をとられた小さな影は、たまらず転倒した。が、この布の狂いに自斎もまた体勢が崩れ、転がった小さなからだにかかとが触れたかと見るまに、どどっと海の方へよろめいた。

「ええい！」

吸いこまれるごとく、真一文字に躍りかかった弥五郎の「甕割」は、恩師鐘巻自斎の首を、血しぶきたてて潮騒《しおさい》の中へ斬り落してしまった。

「——やった！」

小さな影ははね起きた。

ぜんきであった。

九鬼村にいるぜんきが、どうしてこんなところに現われたのか。

そんな疑惑はおろか、すべての判断力を失った人間のように、血刃をひっさげて、伊藤弥五郎は凝然と夜の海のほとりに立ちつくしている。

「か、かったね、おじちゃん！」

その足にしがみついたぜんきを、弥五郎は蹴倒した。

そして幼童を蹴倒したことも意識の外にあるかのように、恐怖の眼をそうっと動かせて、砂上に伏した首のないかばねにそそいだ。

「……おれは何をした？」

と、彼は嗄《しゃが》れた声でつぶやいた。

「……おれは、師匠を斬った！」

たんに蹴られたばかりでなく――およそ、こわさ、というものを知らないかに見える悪童ぜんきが、声も出ず、からだも動かなくなったほどの惨澹《さんたん》たる弥五郎の姿であった。

それから――この十八歳の天才剣士の心にどんな波がひしめいたか――ぜんきが、わっとのどから悲鳴をほとばしらせたような行為を、弥五郎はやってのけた。

やおら、伊藤弥五郎はおのれのまえをまくりあげ、名刀「甕割」をくるりとまわし、おのれの真の「妄念の根源」を、ばさと斬り落してしまったのである。

九

それから伊藤弥五郎はどこへいったか。――

とにかくそれ以来、彼の姿は忽然と志摩からも伊勢からも消えてしまった。

いうまでもなく弥五郎はのちの一刀斎景久である。

伊藤一刀斎は、一生に三十三度真剣の試合をしていちども敗れたことがなかったといわれる。この実力に加えて、いわゆる一刀流という流派によって、日本剣法史上その影響力の大きかったこと他に比を見ない。

にもかかわらず、おぼろおぼろとして謎《なぞ》に包まれている前半生、また漠々たる雲中に入ったかのごとく、ついにその終るところを知らずといった晩年。さらにその最盛期に於てすら、塚原卜伝とか上泉伊勢守とか或いは柳生石舟斎とか、一応剣を以て大名となった人々にくらべ、一つの道場すら持たず、むしろ一切名利《みようり》を捨てて、剣ひとすじに山河を生きていったような生涯の秘密は何にあったか。

またこれらの大剣士がそれぞれ子孫を残しているのに、一刀斎ばかりは妻があったとも子があったともきかない。

――すべては彼が、若き日、その師を斬り、かつおのれの男根を切ったという凄絶な事実から胚胎《はいたい》していたのだ。彼自身がその過去をかくそうとしたからである。

子がない代りに、弟子があった。小野善鬼と神子上典膳《みこがみてんぜん》という。――

小野善鬼は、九鬼村のぜんきである。この人物が漁師あがりとも一刀斎が吉野大峰から拾って来た山伏の子だとも伝えられているのは、すでに物語ったようないきさつから来ているのである。

この善鬼が――幼時のころからこわさ知らずの悪童で、だからこそ一刀斎もおのれのきびしい修行の道につれ歩いたのだが、後年、精悍《せいかん》をすぎて凶暴の趣きすらある剣客となった。

もう一人の神子上典膳は、安房《あわ》で一刀斎が拾った弟子である。

この神子上典膳こそ、後年、柳生石舟斎の子但馬守宗矩《むねのり》とならんで徳川家兵法師範となった小野次郎右衛門忠明だが、この重々しい肩書きにもかかわらず、この次郎右衛門も剽《ひょう》悍《かん》の性を以てしばしば徳川家から閉門を命じられている。二人の高弟が相似た烈しい性格を持っていたことでも、師の一刀斎とともに歩んだ道がいかに峻険なものであったかが思いやられる。

この二人の弟子を相たたかわせるのやむなき事態と時が到来した。

一刀斎がこの二人の弟子のいずれに一刀流の印可状を相伝しようかと迷っているのを見て、年長の善鬼が怒り、かつ師に対してすら殺意を抱いたのを一刀斎が看破したからである。彼は典膳に愛刀「甕割」を与えた。

両者の決闘は下総小金ケ原で行われた。

二人の腕前は互角――むしろ善鬼の方がやや上であったが、典膳の所持しているのが名刀「甕割」であることを知ると、ふいに善鬼はそれと刃を合わせることを恐怖して逃げ出し、追われてちかくの酒屋の裏庭に伏せてあった大きな甕の中に逃げこんだ。

たんなる逃走でなく、善鬼としては死中に活を生む工夫もあったのであろう。――

しかるに一刀斎はこれを見て、

「甕ごとに斬れ」

と、典膳に命じた。彼は典膳の持つ刀の由来を思い出したのである。

神子上典膳が「甕割」を以て、甕もろともまっぷたつにすると、中に折り敷いて、刀を八双に構え、甕がはねのけられれば必殺の体勢を以て、しかもひたいから鼻柱にかけて朱のすじをひいた小野善鬼が現われたという。——

伊藤一刀斎は承応《じようおう》二年（徳川四代将軍家綱の時代）九十四歳まで生きていたという説がある。これははっきりした説ではないが、相当高齢を保ったことは事実で、むろん生存中に神子上典膳は、兄弟子の供養のためその姓を改めて小野次郎右衛門として徳川家の剣法指南役となっていたはずだが、そのまた師として一刀斎が、ついにこの世にはれがましい姿を現わした形跡はない。

如来闇夜《にょらいあんや》

一

「……京馬、どこへ？」

と、旗姫はふりかえった。

尾鷲から北東へ三里、長島という漁村。

さきに逃げ出した旗姫に、すぐに木造京馬は追いついたが、

「――何が起ったのじゃ？」

「狙って来たのは、こんどは何者じゃ？」

「お優はどうしたえ？」

などときく旗姫に京馬は答えず、その手をひいて、がむしゃらにここまで駆けつづけて来たのであった。

日は暮れはてて、右手の熊野灘が幾百頭の鯨《くじら》の背のように冷たくひかって、うねっている。北から吹き下す風は、もう蕭条《しょうじょう》たる秋の風であった。

このまま東へ走れば、また志摩へゆく。――

しかし、京馬は長島の村で、海から離れて、北の山への道をたどり出したから、旗姫はややびっくりした。で。――

「京馬、どこへゆく？」

と、きいたのである。

「これより荷坂《にざか》峠を越え、いわゆる札所街道を通って三瀬谷へ。――」

三瀬谷には、ここにも古くから北畠の御所がある。

「それより、さらに北へ北へと進んで大河内谷へ」

「おう……京馬！　大河内へ帰るのか？」

旗姫は狂喜の声をあげた。

「されば。——」

京馬はうなずいた。

尾鷲の宿もまた安穏ならず、という第六感は抱いていたが、しかしそればかりではなく、もはやそこを立ち去るべき時は来た、という考えは、ここ十余日、ますます強くなっていた。

旗姫のびるしゃな如来が解けて来た、ということがいよいよ明白になったからだ。もはや、殿へのお約束は一応果したといえる。姫君をお返し申しあげても、殿はお叱りはなさらぬであろう。

いや、どんなことがあっても旗姫さまを、もとのままのあの玲瓏《れいろう》月輪のごときおからだを、ぶじに太の御所へおとどけいたさねばならぬ。

そう決心しつつ、京馬がいままで尾鷲にとどまっていたのは、またも忍び寄る妖雲の気配を、じいっとうかがっていたからだ。

いま。——

「お父上のところへ」

と、京馬はくりかえし、闇の中に、しかし、その顔色が曇った。

「旗が帰っても、父上はお叱りにならぬかえ？　帰ってもよいのかや？」

と、旗姫は、歓喜の中から不安の心を呼びもどしたようだ。

「ようござりますとも、父上さまは、半年ぶりの姫君を御覧なされて、どれほどお悦《よろこ》びあそばすことか。――」

と、京馬は旗姫の可憐《かれん》なとまどいを、ぎゅっと抱きしめたい衝動を抑えた。いまは抱いても大事ないおからだにお戻りなされたが、そんなことをしている場合ではない。また、そんなことをしてはならぬ主従の掟《おきて》は依然として厳存している。――

「ただし」

と、京馬はきっとしていった。

「拙者尾鷲を出るときに、ちらっと遠くの影として見たは、たしかに鐘巻自斎どのでござりました。従ってその弟子伊藤弥五郎どのも必ずそのちかくにおられたのでござりましょう。それを避けてここまで来た上は、ひとまずその御両人から逃れたとは申せ――まだゆくてには、少くとも神魔ともいうべき二人の大剣人が。――」

塚原卜伝、上泉伊勢守という名が京馬の頭に浮かんだのだが、しかしあの古今を絶する二人の老剣聖が、まさか？　と思う。

しかし、いままでも、いずれもまさか？　と思う剣士たちが、餓狼《がろう》のごとくあとを慕ってうろつき、凶刃をむけて来たのだ。

もし卜伝、伊勢守が同様の状態であれば、それに対抗すべき法は絶望的というよりほかはない。

しかし、ともかくも旗姫のびるしゃな如来は解けている。卜伝、伊勢守といわず、なお追尾している可能性のないとはいえぬほかの剣客たち、いちどは不可解の妄執にかられた彼らが、こうなった旗姫さまに対して、どういう態度に出るであろうか？

「京馬」

旗姫がまた呼んだ声に、よろこびのひびきはなかった。

「太の御所に帰れば、茶筅丸どのがいる」

真実をいえば、それこそは京馬にいままで出立をためらわせ、いままた顔色をまわりの闇ほど曇らせている最大の理由であった。

いのちをかけ、おのれの魂を殺し、半歳、山河をさまよって護りぬいた姫君を、あの政略結婚による暗愚な花婿《はなむこ》どのにとどけるのが自分の目的とは、何という皮肉な任務であろうか。――

「わたしは、太の御所へは帰らぬ」

突然、そういい出した旗姫を、京馬はふいに片腕をのばして抱き寄せ――そして、おのれの背にしっかと背負った。

「帰らねばなりませぬ。――姫、帰りましょう」

そして夜の山道を、京馬は、ト、ト、トと歩き出した。

「ゆくてには荷坂峠の難所、また大台ケ原の山脈を重ねておりますれば、しばらく京馬の背にてゆかれませ！」

すなわち京馬は、伊勢の南端から重畳たる山波をつっ切って大河内谷まで一直線に――といっても二十里はたしかに超える道を帰ってゆこうとしているのであった。

二

それからわずか数刻おいて。——

同じ長島の村で、東へゆく道と北へ入る道の辻《つじ》に立って、

「……はて？」

と、くびをかしげた影がある。

「どっちへいったか？……うむ、匂《にお》いはこっちだ」

闇にニヤリと白い歯をむいたのは、飯綱七郎太であった。

「ふふん、こっちの道をとったとあれば、大河内へ帰るつもりか。……そうはさせぬ。逃げようとて、逃しはせぬ。かならず、もういちど旗姫をびるしゃな如来とせずにはおかぬ」

と、ひとりごとをいって、ふりむいた。

十数歩の距離をおいて、もう一つの影が、ぼんやりと立っている。

「京馬はあっちだ」

指さされて、その影は、ふらふらと山道へ入って来た。

「あ、待て。——」

と、いうまもなく、七郎太は怪声を発して、思わずしゃがみこんだ。

もう一つの影は、お優であった。七郎太が尾鷲の浜の網の中から、自斎と弥五郎が決闘

しているあいだに救い出して、ここまでつれて来たものだ。

しかし、いうまでもなくお優はびるしゃな如来と化している。これを網の中からつれ出して、ここまで同伴してくるのに、七郎太にいかなる現象が起ったか。

やはり、一般の男性と同じ現象が起った。彼自身の施した忍法によって、彼自身が悩殺されるとは、世にこれほど滑稽《こっけい》で皮肉なことはあるまい。

これに対して。——

七郎太は敢《あえ》ておのれの忍法の罰を受けた。罰とはいうがなんという甘美な罰であろう。悩殺とはまさにこのこと、この法悦のゆえにあたら天下の名剣士たちが火に集る夏の虫のごとく羽根を焼かれて地に落ちたのだ。ましてやこのお優という女は、どちらかといえば黙りがちだが、それだけに「陰麗」とも形容すべき女で、肌がねっとりとして、近づくと花粉がべっとりくっつきそうな感じであった。七郎太がこの女を捨てずに、京馬を追う旅にひきずってゆく気になったのもむりはない。

しかし、むろんこの恐るべき肉感に、ただ七郎太が逆に網にかかるわけがない。彼はこのお優を道具に使おうと思っている。

もういちど、あくまで旗姫さまをびるしゃな如来とするための素材として。——

しかし、彼自身が、現時点に於《お》けるこのびるしゃな如来と同伴して、それで大丈夫なのか。彼は放出しつくして涸《か》れはてるおそれはないのか。

——いま、七郎太は、お優に接近されて、しゃがみこんだが、傍を通りかかる女を、片腕のばしてひっとらえると、闇の大地に——路傍の落葉のしとねに押えつけた。

夜風に舞いつづける枯葉、枯葉、枯葉。——その下に、お優のむき出しにされた両足、さては肩から乳房まで、夜光虫のようにひかってうねり狂う。

このびるしゃな如来を対象に、彼は放出した。おそらくこのことも、施術者たる七郎太でなければできぬ——いや、彼すらもあっというまにむなしく放出することもあったのだが——しかし、ただちに同じ女体を対象にそれから補給するなどいうことは、彼以外の何者にも不可能なことであったろう。

すなわち、彼は、お優から吸いあげる、その体液も、髄液も。

——まるで果物から果汁をすするがごとき「ほおずき燈籠《どうろう》」

いま、びるしゃな如来たる女体を抱きしめつつ、七郎太は法悦のうめき声をあげた。同時に女の口におのれの口をおしあてて、逆に女体から吸いあげる。こんどはたまらずお優が陶酔のきわみといったむせび泣きをもらす。

男女二体のからだを以てするこの世のものならぬ循環現象。

「青は藍《あい》より出でて藍よりも青し。……これはいかな果心居士といえども知られぬわざであろうて」

七郎太は全身の骨をカタカタと鳴らしながら笑った。

いかにも果心居士は「ほおずき燈籠」や「びるしゃな如来」などの驚天の幻術を七郎太に伝授したかも知れないが、両者を混用するなどということは、日本古来の伝統を持つ伊賀の忍者、しかも凄絶無比の気力と体質を持つ飯綱七郎太にしてはじめて可能となった技術かも知れぬ。

「これで旗姫さまをびるしゃな如来としても、なお奪えるめどもついたわ」

と、七郎太はまたカチカチと歯を鳴らして笑った。

それをききつつ、お優は、

「京馬どの、京馬どの」

と、さけびつづける。そうさけびながら、彼女は七郎太にからみつき、火のようにもだえつづけている。

彼女の理性の糸はもうまったく燃えつきているのかも知れない。これほど怪奇無惨を極める忍法の素材となって、いつまでも常人の意識を持っていられるはずがない。

そしてまた彼女の肉体そのものも、いつまでも常人であり得るであろうか。本来なら十日目にして凄惨妖美な「ほおずき燈籠」と化してしまうはずなのだが――そこのところは、飯綱七郎太にとってもはじめての実験だから、どうなるのか見当もつかない。

ともあれ。――

「ゆくぞ」

七郎太は声をかけた。

そして、半裸の犠牲者をそのままに、片手でひきずり起し、その右手だけで背に負うて、闇の山道を駆け出した。

風に舞う枯葉のような不確かな足どりなのに、その風よりも速い疾走力であった。

三

深夜の大山岳を相前後して、逃げる一組、追う一組。いずれも女体を背負った忍者だが、前者が掟に縛られた清潔無比の悲恋のカップルなら、後者は淫液《いんえき》の循環体ともいうべき魔性のカップル、この対照はまさに人間世界の両極に位置するものであったろう。

まず前面に聳《そび》える海抜千五百尺の荷坂峠、これを越えても、大台ヶ原が重畳たる大山塊の波濤《はとう》を重ねている。道らしい道もない。ただこの荷坂峠より発する野後川をたどり、北へ北へと進んでゆけば、やがて東流する宮川へ流れ込む。北畠家の御所のある三瀬谷はそこにあった。

たんに道がないどころか、その川が滝となって、それに応じて絶壁を這い下りなければならぬ場所もある。渓谷を蔓《つる》で渡らなければならぬところもある。

幾日目の午後であったか。——

むなしいばかりに蒼《あお》い秋の空の下であった。その蒼天《そうてん》につき刺さるような杉林の中に、どういうわけか小さな円形の草原があって、そこに飯綱七郎太が立って、じいっと足もとを見下していた。

そこに全裸の女が横たわっていた。お優だ。

この十数分間に於ける彼女の肉体の変化ほど恐ろしく美しいものはなかったであろう。彼女はそれまで、全身半透明の乳白色であった。皮膚ばかりではない。眼も、唇も、歯も、爪までがそうなった。しかも彼女は生きていた。

理性はあきらかに失われていて脈絡のある言葉も発しなかったが、しかし声は出した。そして七郎太の行為や刺激には完全に反応した。たんなる反応どころか、以前、枝もたわわな花のように重げな身の動きを持っていた彼女とは別人のように、強烈な、動物的といっていい反射を示した。それは半透明の乳白色の淫獣とも形容すべき女体であった。いうまでもなく、例の循環現象のなれの果てだ。

「ふうむ、かかることに相成ったか……」

七郎太自身、感銘の極に達したかのごとく、しげしげと見まもったが、やおら、

「三瀬谷はちかい。あそこの御所で京馬らにまた新しゅう北畠家の侍どもが護衛についたりしては事面倒じゃ。ここらで待とう。そのためには、旗姫さまをびるしゃな如来と変える例の血が要る。――」

と、つぶやいて、さてお優を吸いはじめたのである。

もはや循環はやめた。ただひたすらに吸いに吸うた「ほおずき燈籠」――

そして、数十分のあいだに、お優は乳白色の半透明から、みるみる例のギヤマンのごとく透き通った肉体に変化したのだ。

むろん、彼女は完全に生命も吸いとられた。

いま——その妖麗な屍体《したい》をじっと見下していた飯綱七郎太の耳が、ぴくっと山犬みたいに立った。

彼は杉林の方へ歩いて、幹に手をかけて見下した。

そこは山の中腹で、はるか真下に崖《がけ》を削った山道が見える。その道を、旗姫の手をひいた京馬が、南から北へ走ってゆく小さな姿が見えた。

「ふふん」

七郎太はニヤリと笑い、いちど足を返して、そこに落ちていたお優の衣服を屍体に投げかけると、青い壁みたいな山肌を、風ほどの音もたてずに駆け下りていった。

それにしても、七郎太は京馬を追っていたはずだが、このようすでは、彼の方が先廻りしたようだ。

道もない山中だからそれは空間的には不可能ではあるまいが、しかし体力的には恐るべき追い越しだ。

知らずして追い抜いたのではない。あきらかに七郎太は、京馬らを目測しつつ、先廻りした。——

その必要は、いま彼がつぶやいた通りである。もはや旗姫はびるしゃな如来ではないのだから、北畠家の支城ともいうべき三瀬谷の御所にたどりつけば、そこから大河内谷まで、三瀬谷に駐屯する北畠家の侍に京馬が護送を求めることも考えられる。それ以前に京馬を片づけ、旗姫を奪うというのが七郎太の望みだが、うしろから追いすがっては、ほおずき燈籠からびるしゃな如来への忍法の運びが具合が悪い。」先廻りして、すべてを準備して迎えるにしかず。——

いまや、七郎太の体内には新しく例の魔の血が満ちた。

そして彼は追ってゆく。

あくまでも、旗姫を再度のびるしゃな如来に変えるために。——

四

「……待てっ、京馬。——」

その声を、京馬は渓流のひびきの中にきいた。

「京馬、待たぬか？」

——七郎太だ！

京馬の頭髪は逆立った。

そこは谷が急に細くなって、両岸の絶壁が三丈ばかり、しかも京馬のゆくての道はそこで消えている場所であった。しかし、ともかくも一応はつづいていたいままでの道はどうしたかというと、こんどは向う岸に移っているらしい。なるほど渓流には、三尺置きくらいに、点々と巨岩がつらなっている。ここを通る旅人——といっても、そんな者もめったにはなかろうが——木こりや山伏などは、この岩を飛び越えて往来するものと見える。

しかし、ここ二、三日は晴れてはいるが、それまでずっと降りつづいていた雨は、いま豊かな谷川の水となって、それらの岩々に凄《すさま》じいしぶきをあげていた。

で、京馬は、思案ののち、まず自分が第一の岩頭に飛び移って、

「おいでなされませ、姫。——大丈夫でござる」

と呼び、旗姫がためらっているのを、両腕ひろげて、真剣な笑顔でさしまねいているところだったのである。

「逃げようとて、逃しはせぬぞ。京馬。——」

すでに飯綱七郎太の姿は、旗姫の背後に見えて来た。

旗姫がふりかえって、顔色をかえて立ちすくんだ。こちらのありさまをちゃんと見すかしたぶきみな笑顔で、片袖吹きなびかせた飯綱七郎太は、軽捷きわまる足どりで近づいてくる。

「ううぬ、七郎太。——」

いちど京馬がもとの岸へ飛びかえろうとしたのは、もとより七郎太への怒りからだが、すぐに彼は、

「と、飛びなされ、旗姫さまっ」

と絶叫した。

怒りよりも、まず旗姫さまの御安全こそ、という判断が甦《よみがえ》ったからで、そもそも七郎太の影を意識しつつ、尾鷲から逃れて来たのもそれが先決と思えばこそだ。

立ちすくんでいた旗姫は、七郎太が二、三間の距離に迫ると、まるでなまぐさい突風に吹かれた蝶《ちょう》のように——しかも、体勢も足場もかえりみず、水の上を飛んで、京馬の腕の中に落ちた。

岩は濡れている。真っ白なしぶきに包まれている。

京馬は旗姫を抱きとめたまま、ぐらりとよろめいて、水へ——と見えて、そのまま一間も先の石へぽうんと飛んだ。

飛んで、くるっとふりかえり、抜刀しつつ足踏み直したのは、背に水ならぬ殺気のしぶきを感覚したからだが、七郎太はしかしまだもとの岸に立ったままであった。

「京馬、逃げきれるつもりか」

と、笑った。

飛べぬのではない。すでに完全に捕捉《ほそく》したものと見ておちつき払っているのだ。

京馬は旗姫を片手で抱いたまま渓流の岩に立って、七郎太をにらみつけていた。その通りだ。手裏剣一本背に打たれたら、たちどころに水へ転がり落ちて流れ去るよりほかはない。——

「……姫、飛べませぬか？」

と、彼は低い声でいった。

「お先に、おひとりで」

「水に落ちるな。必ず。——そして、ゆくえも知らず」

と、七郎太が向うで答えた。依然笑っているが、歯がカチカチと鳴っている。抱き合った二人を見ている彼の眼は、嫉妬で青く煮えたぎっているようであった。

「また京馬、姫をのがして、おのれは何をしようというつもりじゃ？」

「そなたを斬る」

「兄弟子をか。これ京馬、わしはおまえの兄分であるぞ。みなし児であるおまえに、飯を食わせ、忍剣二つながらの修行もさせた。――」

「その恩義をいかにわしが感謝していたかは、おぬしのよく知っていたことではないか。その京馬をかくいわせるまでの所業を、主家にあえてしたのはだれだ。なかんずく、旗姫さまに。――」

京馬は声をしぼった。

「あれ以来の姫君の御艱難《かんなん》に対しても、おれはおぬしを成敗せずにはおかぬ」

「できるか」

七郎太は冷笑した。京馬の返答をも待たず、

「わしがうぬの兄分といったのは、恩義ばかりのことではないぞ。忍剣のわざに於てのことだ。――げんに、いまのいまも、いや、いままでもうぬを打ち殺そうと思えばいつでも即座に打ち殺せた。それをこれまで見逃して来てやったのはなぜだか、京馬、わかるか」

「なに？」

「太の御所を退転するとき、おれがいったろう。旗姫さまをめぐって、自称剣豪めらが、

煩悩の犬となり、狂い死にするのを、おれは闇から見物しておると——その通りだ。それを見とどけるために、わざとうぬらをいままで泳がせておったのだ。その目的は、あらかた達した。十二人の剣士どものうち、十人はふたたびまともな剣士として天下に現われることがならぬありさまになり果てた。ここらでおれが、旗姫さまをもらっていってもよかろう。いや、これ以上見のがすと、あとの手数が大仕事、ここで決着をつける」

はじめて飯綱七郎太は抜刀した。

——片手だ。片手だけだ。

ぱっと京馬も一刀をかまえたが、左手には旗姫を抱き、これまた隻腕《せきわん》。

むろん京馬がこれまで七郎太の長広舌を黙ってきいていたのは、いたずらに相手の言い分に耳をかしていたのではない。彼は七郎太を誅戮《ちゅうりく》するつもりでいる。いまはじめて思い立ったわけではない。大河内谷を出たときからの決意だ。いまここで相対したのは、待ちに待った機会だといえた。——しかし、何分にも場所が悪い。

両者の間を隔てる淙々《そうそう》の渓流。

ふつうなら、これくらいの流れの上は、せきれいのように飛び交わす忍者同士だ。飛ばずとも、マキビシもあれば手裏剣もある。京馬には「髪ろくろ」という武器もある。

——しかし、これはお互いさまのことであり、「髪ろくろ」をいま七郎太が所持しているかどうかはわからないが、京馬が所持していることは向うも承知のはずであった。

それより何より、京馬を縛ったのは、いうまでもなく片手に抱いた旗姫さまだ。

悠々たる七郎太を見つつ、逃げもならぬ、襲うもならぬ。

それに、たんに京馬のこのハンディキャップを見すかしているだけでなく、またおのれの力を自負しているばかりでなく、七郎太の顔、皮膚にみなぎるあの異様な精気は何であろう。

蒼白なのに、あぶらでも塗ったような不思議なつや。――

あれには吐気を催すような記憶がある。――そうだ。お眉を「ほおずき燈籠」とかに変えたあと――彼みずから、おのれの体内には「淫血」がたくわえられてあるといった。――

「京馬、おれを斬れもせぬが――斬れば、飛ぶぞ。いまにも、はじけそうじゃ」

と、七郎太はいった。

「旗姫さまめがけて、例の血が。――」

「……あっ」

旗姫をかばおうとし、狭い岩の上でよろめく京馬に、さっとしぶきとともに殺気が吹きつけた。

「ともあれ、うぬはここで始末する」

七郎太の眼がぎらとひかって、いまや跳躍せんとする豹《ひょう》のような姿勢をとったとき――

何を感じたのか、彼のからだに妙な動揺が走り、ちらっと上を見あげて、

「……おおっ」

と、さけんだ。

京馬も空を仰いで、あやうく水に落ちるほどの驚愕をおぼえていた。

五

いままでまったく気がつかなかったのである。この渓流をはさんで五間ほどの間隔で聳《そび》える絶壁の上に、ひとり、白髪白髯《はくぜん》、鶴《つる》のような老人が端然と坐っていたのだ。

——上泉伊勢守さま！

たしかに上泉伊勢守信綱だ。それが——先刻からのこの谷底の景観が見えぬはずはなく、それどころか問答の声も決して聞えぬはずのない高さなのに、黙然として向いの崖を見ている。

ひょいとふりむくと、そっちの崖の上には、これまた白い毛につつまれた一個の肉塊のごとく、ただしこれはだぶだぶと肥った老人が坐っている。

——塚原卜伝さま！

いったいこの二人の老剣聖は、なんでこんなところに現われたのか。そういえば、京馬らの逃避行にも、この御両人だけはその影の匂いもなく、さすがは剣の神人とならび称せられた方々ではある、と思っていたが、何ぞ知らん、彼らもここで待ち受けていたのか。

——

いや、そんな風には見えない。

どうやら彼らは、よほど前からそこに坐っていたらしい気配だが、そもそも相対座して何をしているのか。

そんな疑問を投げる余裕はいまの京馬にはない。

ただ蒼空に象嵌《ぞうがん》されたような二人の老剣聖をふり仰いだ刹那《せつな》、さすがにいままでの体験から、この方々もまた？　という衝撃が京馬の脳裡《のうり》をはためきすぎたことは事実だが、すぐに、いや、いまの旗姫さまはびるしゃな如来ではないということを思い出し、

「卜伝さま！」

と、京馬は絶叫していた。

「伊勢守さま！　北畠具教《とものり》卿の姫君でござる。お助け下されい！」

しかし、なんの返答も蒼空から降っては来ない。いや、両人は毛ほども動かない。

にもかかわらず——そう絶叫した京馬はもとより、飯綱七郎太までも、それから数分、金縛りにしてしまったような不可思議な剣気——たしかに二人の忍者にはそう感覚されるものが、谷を越えて透明な虹《にじ》のごとく、しーんと蒼空にかかっているのであった。

「無刀試合」

声がした。雲そのもののように静かな伊勢守の声であった。

「老師。——信綱、敗れ申した。恐れ入ってござる」

「いなとよ、信綱、無勝負じゃ、相打ちじゃよ」

と、卜伝がいったようだ。語調不透明で、はっきりとはききとれなかったが、次の、

「もういちど、どっちが強いか、試して見たいの。ふおっ、ふおっ、ふおっ、ふおっ」

と、笑った声だけはよく聞えた。

そして二人は、はじめて谷の方を見下した。

その眼を――常人には、眼のうごきなど弁解すべくもない距離であったのに、飯綱七郎太は何を感じとったか、

「京馬っ、覚悟せい！」

いきなり凄絶の形相に変ったのは、長びけば事面倒、と本能的に知ったのであろう。

が、そのとき京馬は、この敵に背を見せて、岩から岩へ――向う岸へ飛んでいた。背に旗姫さまを背負って。

一瞬、さきにわれにかえった京馬は、七郎太の眼を盗んで逃れることを思い立ったのだ。逃げるのは無念至極だが、卜伝、伊勢守への求援も無益だと知ったいま、これはやむを得ない。

「待たぬか」

さけんで、岩を二つ三つ飛んだ飯綱七郎太は、京馬が向う岸へ飛びついたのを見ると、いきなり顔を空にむけた。

その鼻孔から二条の無色の液体がビューとほとばしった。

それは七郎太が、京馬らを追う旅のあいだに、おのれの肉体を切断せずして淫血を対象

にあびせる工夫をこらした結果の法であったが、まだ二、三間の距離はあったのに、狙いは誤たず、旗姫の背に雨のごとく吹きつけられた。

「……やっ？」

七郎太は甚《はなは》だしく狼狽《ろうばい》した。

たしかに淫血は旗姫の背にふりかかった。

一刹那に姫は、ふたたびびるしゃな如来に戻ったはずだ。同時にそれを背負っている京馬は――向う岸についたとはいうものの、そこもまた崖に刻まれた細道だから、その魔力を受けてたちまち放出し、よろめいて、谷川へまろび落ちるはずだ。

ところが彼は落ちない。――びるしゃな如来の旗姫を背負ったまま、風のようにその危い道を逃げてゆく。

七郎太が狼狽したのは、しかしその意外事のせいばかりではない。いま仰むいた一瞬に、頭上の二つの崖から、スーッと横ざまに落ちて来る二人の老剣士を見たからだ。

おちてくる？　そんなはずはない。が、ほとんど垂直にちかい絶壁を、たしかに両足で踏んで駆け下りてくるト伝と伊勢守は、からだを横にして落ちて来るとしか見えなかった。

七郎太は岩の上でキリキリ舞いをし、それからどう考えたか、もと来た道の方へ飛びかえり、それからむささびみたいに、いずこともなく逃げ去ってしまった。

――いまは誰もいない谷底に、しとっと足をつけたト伝は、

「……これも、互角じゃな」

と、伊勢守と顔見合わせて、例の、ふおっ、ふおっ、ふおっ、という梟《ふくろう》みたいな笑い声をたてた。

六

「……京馬」

旗姫は呼んだ。

「京馬、もうよい、追って来る者はないようです」

そう旗姫がいったのは、そのことも事実だが、自分を片手だけで背負って走っている京馬のようすに、何かただならぬものを本能的に感覚したからであった。

「下しておくれ」

「……は、はい！」

谷川沿いの崖道から、やや広い平坦な道へ出たところで、京馬は旗姫を下ろし、自分はそのまま坐りこんだ。両腕ついて――その右のこぶしに小柄《こづか》が一本握られている。うつむいた彼の顔から、ぽたっ、ぽたっ――と地に落ちる赤い滴《しずく》を見て、旗姫はさけび声をあげた。

「京馬っ、どうしやった？」

京馬は顔をあげた。その両眼はとじられ、頬に二条の血の糸がひかれていた。

「眼を――眼を！」

旗姫はあえいだ。

「そなた、眼をつぶしたのか。な、なぜ。――」

「どんなことがあろうと、拙者姫君を大河内谷へおとどけいたすために。――」

「それなら、なぜ？」

京馬は答えなかった。

いま、七郎太から逃れる途中、ふいに決意したことであった。旗姫さまをお護りするためにはこれしかないと。

彼は七郎太のあの異様なあぶらびかりする顔貌を見たとたん、事態の急迫していることを感じた。七郎太の魔血がいまにも吹きつけて来そうな恐怖をおぼえた。ふたたび、旗姫さまがびるしゃな如来と変えられたら万事休す。

そうなったとき、自分が旗姫さまの盾となってなおたたかうためには、旗姫さまに対して盲目であるよりほかに法はない。――

曾《かつ》て富田勢源がみずから盲目となって旗姫にちかづいたときの記憶がさっと頭によみがえったのだ。あのとき自分も、この両眼をつぶせば、旗姫さまのおそばに危げなくより添っていることができ、永遠に安んじてお仕えすることができるのではないか、と考えたことが、その刹那脳髄にひらめきもどったのだ。

同時に、岩を飛びつつ、京馬は片手で小柄《こづか》をぬいて、自分の両眼を刺した。

この実行ぶりもさることながら、恐るべきカンだ。その直後に、旗姫は七郎太から魔の淫血を再度吹きつけられたのだから。――忍者ならではの、しかも忍者飯綱七郎太を知るものならではの、恐るべきカンであったというしかない。――

しかも、京馬はもとより、旗姫も、それが事実となって現われたことをまだ知らない。旗姫は背に何やら吹きかかったことは知ってはいるが、あれは水しぶきだったと思っている。

「京馬！　京馬！」

答えぬ京馬に、旗姫はしがみついた。

「盲《めしい》になって、どうしてわたしを護ってくれる？」

京馬は、盲になって岩を飛び、ここまで駆けて来たことをふりかえって、みずから戦慄した。どうしてそんなことができたか、自分でもわからない。ただあのときは、血まみれのまぶたの裏にありありと、岩が見え、道が見えたのだ。

しかし、いまはすべてが闇黒であった。

おお、ほんとうに自分は盲になって、どうしてこれから旗姫さまをお護りして大河内谷へゆこうとするのだろう。自分は気が狂ったのではあるまいか？

彼は、曾て富田勢源とのいきさつで、みずから盲目となるという着想にとらえられ、すぐに一笑して捨て去ったことを思い出した。どうして、盲目となったあとのことを考えなかったのか、自分でも不可解だ。

なぜ、じぶんはこんなことをしてのけたのか？

――見たくない！　茶筅丸さまのものとなる旗姫さまを、ふたたびこの眼で見たくない！

彼は心にさけんだ。それだ。

その日のその光景を見る大苦痛にくらべれば、盲目の苦しみくらいが何だろう。それよりも闇黒の方が。――

……しかも、自分は旗姫さまをその茶筅丸さまのところへとどけねばならぬ。それは矛盾だらけの彼の心の上にのしかかる鉄の掟であった。

しかし、それは可能であるか？

「お護りいたしまする」

ともかくも、彼はいった。

「あの七郎太なる人間、また敵やら味方やら相知れぬト伝さま伊勢守さまを相手とする旅、よしや京馬の眼があいていても、眼はそれほどの役にたちますまい。京馬、ただ心の眼を以て姫君をお護りいたし、太の御所へおとどけつかまつります」

「京馬、わたしは帰りとうない」

旗姫は、京馬の胸の中でもだえた。

「おまえをこんな目に逢わしてまで、大河内へ帰りとうはない！……でも、おまえは、もう盲になってしまった！」

両腕を京馬のくびに巻きつけ、旗姫は、京馬の頰に頰をすりつけて泣きじゃくった。京馬の血と旗姫の涙がまじり合った。

「京馬、いこう、大河内谷ではないところへ」

「どこへ?」

「どこかへ、おまえと二人だけで暮せる国へ」

京馬の全身にふるえが走った。彼はひしと旗姫を抱きしめた。

はじめて京馬は、これほど強く旗姫を抱きしめたのである。歓喜に脳髄はしびれ、闇黒の中の炎に彼の魂は燃えたぎった。

この女人を、ちがう男へ手渡すことができるか?

彼の胸の中で一つの声が吹きどよもした。

「――七郎太よ、来い。来て、旗姫さまをもういちどびるしゃな如来に変えてくれ!」

はじめて彼は、自分が何を夢想して眼を刺したかを知ったような気がした。茶筅丸さまの御台《みだい》とならせられる旗姫さまを見たくない、それだけではない。――

それと結局は同じ望みではあるが、もっと恐るべき望みからの行動ではあるまいか。すなわち、旗姫さまをふたたびびるしゃな如来に変えることによって、ふたたび茶筅丸さまから遠ざけたいという。――

彼は自分が、七郎太の忍法びるしゃな如来を期待していることを知って戦慄し、かつ混乱した。

いま、旗姫を抱きしめ、灼熱《しゃくねつ》の歓喜にひたっているおのれを自覚して、京馬は旗姫から手を離した。

「な、なりませぬ」

うめくようにさけんだ。一本一本の指を、旗姫の背からひき離した。

「大河内へお帰しいたさねば……京馬がお父上さまの御付託にそむくことに相成りまする。京馬が北畠家の家来として……いいえ、男でなくなりまする！」

神も御照覧、この言葉に偽りはない！

ちがう、盲になったのは、七郎太に対する忍者としての兵法だ！

旗姫さまのびるしゃな如来を期待しているとしても、それはその場合なお姫の盾となって、七郎太に相対し、むしろ七郎太の油断を見すまして討つ。その死中に活を生もうとする捨身のかけひきからだ！

ましてや、剣の巨人卜伝や伊勢守が敵に廻った場合、彼らをびるしゃな如来の圏内に置き、自分が健在であることより、ほかに対抗すべき法はない。

「参りましょう、姫」

心の暴風は吹きすぎたか。――

いや、まだ暴風を意識しているがゆえに、京馬は眼を刺した直後よりなお凄惨な形相になって立ち上った。

その鬼気に打たれて、ふらりと旗姫も立ち上り、京馬がよろめいたのを見て、あわてて支えた。

「京馬、大丈夫かえ?」

京馬は苦笑いした。

「姫、京馬をおみちびき下されませ。——」

しかし、いま逃げる途中、たしかに岩も道も薄暮のごとくに見えた。必死の場合に立ち至れば、かならず心眼で姫を護り、敵を倒して見せる!

歯をくいしばって歩き出した京馬のおぼつかなげな足どりを、そんなことでわたしを護ることができるかえ? とは旗姫は二度ときかない。

そもそも護ってもらって、大河内へ帰って、それが何になるであろう。無益どころか、それは絶望の旅の終局ではないか。——しかし、そのことすらも旗姫は、いまは心に浮かべない。

彼女はただ、よろめき歩く木造京馬の手を無目的に引いてゆくのに精一杯であった。まだしゃくりあげているのは、京馬のいたましさに打たれての心からだけであった。

導く者も、導かれる者も無明《むみよう》の旅。

それでも二人が、そこから遠からぬ三瀬谷の御所についたのは、その日の夕ぐれであった。

三瀬谷は、それより西方の奥にある大杉谷から流れ下る宮川と、南から北流する野後川と相会う地にある。

このあたりの風光を描写した古地誌に「この地より上下数里の間、層峰重石、屹然《きつぜん》として対峙し、浩瀚《こうかん》たる長江その中を盤回せり」とあり、また、

「両岸の猿声、啼《な》いてとどまらず
軽舟すでに過ぐ、万重《ばんちょう》の山」

という李白《りはく》の三峡を吟じた詩をほうふつさせるともある。

ここに北畠家の支城があった。支城というより砦《とりで》、砦というよりも館というのがふさわしいものでこれを御所と呼ぶのは、太の御所と同じく、土地の者が、中納言たる具教卿に敬意を表してのことである。

しかし、むろん駐屯の兵はいた。

ただ、意外なことに、その駐屯兵は予想していた人数の五分の一にも足りなかった。城代さえもいず、御所はきわめて動揺していた。

二人はここで驚くべき情報を耳にしたのである。

――大河内谷の太の御所に、この半年ばかり前から姫君がいないことが明らかとなり、信長から難詰の使者が来、具教卿ときびしいやりとりが重ねられた末、ついに織田の大軍が太の御所めがけて動き出したという。

ふたたび、北畠家に破滅的危機が訪れ、かくてこの三瀬谷の城代も、兵をひきいて大河内谷へ向った。それが二日前のことだという。――

意外な事はそればかりではない。

数か月前から、塚原卜伝と上泉伊勢守はこの御所に滞在していたという。「何の用でもない、涼みに来た」といって、その通り二人は、いつも河を見下す高い座敷や、青葉ふかい庭の石上に向い合って坐り、よくも飽きないものだと呆《あき》れるほど無為に、黙然として風に吹かれて暮していたという。ただ、三日前、両人打ちつれて飄然《ひょうぜん》として野後川に沿うて山へ入ってゆくのを見たが、それっきりまだ帰って来ないという。

これであの二人が野後川の一渓谷に出現したいきさつはわかったが、そこで両人が何を思って崖の上で相対していたかは依然としてわからない。

しかし、こんなことはいまの場合、どうでもよい。

もう一つの驚くべきことは――旗姫がふたたびびるしゃな如来に変っていることが判明したことであった。御所の侍たちの反応から知れたのだ。

――いつ？　いかにして？

懐疑し、戦慄し――そして京馬の胸に、奥深い吐息がもれた。たんに自分のあのときのカンが的中し、有効であったことにほっとしたばかりではない。……七郎太、やはりやったか？　という、あらゆる情念をこめた衝動であった。

が、最大の意外事、驚愕事は、いうまでもなく北畠家に迫った大難だ。

「おう！……それは、われらも一刻も早く帰らねば！」

と、京馬はさけんで、はっとした。

――茶筅丸どのには、まず半年と約した。それまでに旗子のふしぎな病いも癒《い》えるであろうとな。であるから、この秋のころまで、人目を避けて逃げかくれてくれい。

具教卿はそういった。そういわれた通り、自分たちは半年伊勢志摩の山河を漂泊して、いまや旗姫の病いもまさに癒えた。だから帰途についたのだが――、いま、ふたたび旗姫が魔の女体にひきもどされたとは！

帰るべき資格ありや　なしや？

「……いや」

と、京馬は決然とうなずいた。

「この際は、いかなることがあっても帰らねばなりますまい」

ほかの場合ではない。主家、いや旗姫の国そのものが、捨ておけば滅びようとしているのだ。

捨ておけば？　しかし、原因を旗姫に発するとはいえ、いま旗姫が帰ったとて事がおさまるものであろうか。ましてや、姫が依然としてびるしゃな如来たるに於てをやだ。

が、それでも大河内谷へ帰らねばならぬ事態であることに相違はなかった。

「京馬、帰りましょう」

と、旗姫もいった。

あれほどそこへ帰ることにだだをこねた旗姫も、さすがに父の安危には心の動揺を禁じ得なかったのであろう。彼女は自分の肉体の異変をかえりみる余裕もないようであった。

三瀬谷御所にしばしの息を休めるいとまもなく、二人はすぐにまた北へ出立した。

七

天正四年秋十月。

伊勢の名家北畠家は、ついに亡滅の日を迎えようとしていた。……思いみれば、北畠家にこの日あるはむしろ遅かったといっていい。

すでにこの春、信長は大軍を送って大河内谷をひともみに蹂躪《じゅうりん》しようとし、土壇場になって、もし北畠家が信長の次男茶筅丸を旗姫の婿として迎え入れるならば安全を保証するといい出し、北畠具教卿は苦悩の末、これを受け入れたのだ。

しかし、魔星は大河内谷の空にながれて、花嫁たる旗姫は夫茶筅丸から逃れるのやむなきに至った。

常識的に考えても、信長からすればまったく愚弄《ぐろう》されたものといっていい。信長ほどの大癇癪者《おおかんしゃくもの》が半年これを見逃していたのは異例のことだが、実際信長はこのころまでこの驚くべき秘密を知らなかったのである。

その最大の理由は、かんじんの茶筅丸と、その付人として置いてあった明智の手の者たちが、このことを信長にかくしていたからだが、さすがに半年、ついに包み切れなくなった。茶筅丸も、約束の半年がその期限に達し、具教に督促したがらちがあかず、たまたま父の信長にたしかめられて、事の次第を白状したのである。

知って、信長は激怒した。

事のいきさつが荒唐無稽《こうとうむけい》としか聞えないのに、その上、そんな子供だましの結婚忌避にあざむかれ、よだれをたらしておあずけをくっていた茶筅丸の暗愚さに対する怒り、またどうやらその秘密は知ったらしいのに、自分の手の者だけで旗姫捜索に狂奔し、事実の報告をおこたった明智光秀の独断に対する怒りが重なった。

それにまた。――

「姫をもどせ。しからずんば、北畠家はみじんになるぞ」

という信長からの要求と威嚇《いかく》に対して、北畠具教は従容《しょうよう》と答えた。

「旗子のゆくえは、具教も知り申さぬ。それで手切れといわれるなら、やむを得ぬ、具教お相手いたし、南朝以来の北畠の剣風、いささか味わっていただくよりほかはない。――」

いちどは北畠家存続のために屈した具教も、ことここに至ってついに覚悟のほぞをかためたのである。

いや、進退窮《きわ》まってのことというより――この半歳、あれほど茶筅丸をいやがった旗姫を思い出すにつれ、

「――ああ、わしは誤った！」

と、父として悔い、むしろ、

「於旗よ、このまま伊勢から外へ逃げていって、そこで倖《しあわ》せな女としての一生をつかんで

くれ」

と、祈りたい気持になり、

「たとえ、いま旗子が帰って来たとしても、もはや織田には渡さぬ」

という心境になっていた具教であった。

すべては破れた。

もともと北畠家をつぶすのが根本方針、茶筅丸を婿にやったのは兵を損せずして伊勢が手に入ればそれにこしたことはない、というだけの信長の心算であった。

信長が北畠攻めを命じたのは明智光秀である。

この春竣工《しゅんこう》したばかりの壮大な安土城でこの命令を下すにあたって、信長は特に光秀にいった。

「十兵衛、おまえにとくにこのたびの伊勢陣をまかせる意味はわかっておるであろうな」

「はっ、心得ておるつもりでございまする」

「中納言を首にするだけでは役目はつとまらぬぞ。……於旗を、生きたまま捕えよ」

「されば、例の意外事を知って以来、拙者、そのことのために苦心惨澹《さんたん》。——」

「知ったとき、なにゆえにすぐにこの信長に知らせなんだ?」

光秀はたたみにすりつけたひたいにあぶら汗をにじませた。

「ただちに報告すれば、この茶筅丸めがかくまで恥をかかずにすんだのじゃ。花嫁に逃げられて、半年もあんぐり口をあけて待っておったこやつの愚かしさは言語道断、おかげで天下の笑い者となったが、倅《せがれ》の恥は信長の恥。──」

ちらとふりむいた信長の眼にはふびんさよりも怒りの色がある。そこに茶筅丸が坐っていた。彼はさきごろからこの安土城に呼び戻されていたのである。

彼は怒りの色もなく、怖れの色もなく、ただ放心状態で、依然あんぐりと口をあけていた。

「とにかく、於旗をひっ捕えい！」

すると、茶筅丸が手を合わせて、光秀を拝んだ。頼む頼むという風に。──逃げた花嫁は、よくもまあこれほどこの若者の心魂をとろかしたもの。──

信長はいった。

「捕えたら、信長のところへ曳《ひ》いて参れ。よいか！　茶筅丸の眼の前で斬ってくれるわ！」

──こんな条件をつけられて、光秀は伊勢へ攻め寄せて来たのである。

信長の怒りに劣らず、彼もまた憤怒していた。自分自身に腹を立てていたのだ。自分が花婿茶筅丸の供をして、太の御所へ乗り込んだときから、いま思うと色々と妖しい霧が旗姫をめぐっていたようだ。そのことを感づきながら、つい警戒の眼を離してしまった自分のうかつさに対してである。

花嫁旗姫の失踪《しっそう》に気がついたのはだいぶあとになってからのことで、それは茶筅丸につけてあった自分の家来からの報告によってだが、知って仰天し、ただちに旗姫捜索の追撃隊を出したが、自分の責任問題にもなると判断して、なまじ信長にかくして処理しようとしたのが悪い目と出て、ついにいままで目的を達せず、とうとう信長の知るところとなった。――この手際の悪さが自分らしくなく、いきどおろしいのだ。

それより何より重大事は、もとより信長の怒りだ。この大魔王ともいうべき主君が、いかに家来の独断専行を憎むか、だれよりも光秀自身がよく知っていた。知っていればこそ、知られぬうちにと焦《あせ》って、内密に旗姫を追いまわして来たのだが。

織田家に仕官して以来、昇天の勢いで栄達して来た光秀は、自分の前途にはじめて不吉な雲がかかったような気がした。きわめて頭の切れる、それだけに線が細いといってもい光秀だけに、たとえこのたびの命令をすべて首尾よく果しても、あととりかえしのつかない汚点が、自分の経歴に印せられたような気がした。

しかし、それだけに、むろんこんどの役目は早急に、完全に果さねばならぬ。

この焦燥の念にかられつつ伊勢へ進撃した明智の軍勢は、情容赦もなく鉄砲隊を使用し、剣法大名とうたわれた北畠家の抵抗を踏みにじり、大河内谷へ殺到した。

八

その先鋒隊《せんぽうたい》が太の御所を包囲しはじめたという報告を受けてまもなく――それは夜に入ってからのことであったが、つづいて一騎、夕方から降り出した秋雨をついて、馬の足も折れんばかりに駆けつけて来た。

「殿。……現われましたぞ！」

「何が？」

「旗姫さまが。――」

「なんだと？」

本営の光秀ははっとした。

旗姫のゆくえについては、宇治から鳥羽へ、さらに志摩のはずれまでつきとめたが、その先ざきで追跡隊がみな殺しになるというありさまで、ついにいちどはその手がかりを失ったが、その後の必死の捜索の甲斐《かい》があって、この夏まで志摩の和具にあり、さらに海を渡って尾鷲《おわせ》の方へ逃げたことが判明し、この大河内攻めとは別に、こんどは大々的にその方へ兵を派遣するという手を打って来たのだ。

その旗姫が、太の御所に現われたとは？

「いつ？　どこから？」

「たったいまでござりまする。どうやら南の山の方よりやって来たようすでござるが、篝《かがり》火《び》の陣を通り抜けようとして、物見の者が発見し――」

「捕えたか？」

「それが。――」

「どうしたのだ！」

光秀は焦《じ》れた。

「姫には例の忍者がついており――」

「わかっておるわ！　しかし、先鋒の者どもとはいえ、数十人、物具に身をかため、鉄砲を持っておるはずではないか」

「それが、この雨のため火縄に火がつかず、刃を抜いて馳せ寄ろうとした者すべて、奇妙な声をあげて、或いは立ちすくみ、或いはしゃがみこんだところを、その忍者めが斬りはらい――あれよあれよと騒いでいる間に、両人ともに御所に入ってしまったのでござる」

「……ば、ばかめ！　光秀の任務は、旗姫さまを捕えることにもあることは、この大河内攻めにひきつれて来た者どもみな知っているはずであろうに、さりとは役立たずめ、そんなことで中納言を討てるかは！」

さすがの光秀も、口から泡を吹かんばかり、きれぎれに罵《ののし》った。

旗姫らがいかなる次第で、この夜太の御所に帰来したかは知らず、せっかく包囲陣の網にかけながら、それをとり逃した失態もさることながら、それによってさらに重大な困惑事が惹起《じゃっき》したことに気がついたのはその直後である。

光秀が受けた命令は、具教を討ち取り、旗姫を生きたまま捕えようということであった。この二つの条件を果すことを光秀が確約したのは、具教と旗姫が離れた場所にいるからと思えばこそだ。

それが、この時に至って、旗姫が具教のもとへ帰って来ようとは――。

ひょっとしたら、茶筅丸が安土へひきあげたことをきいて帰城して来たのかも知れぬ。

「なんじ、馳せ帰って、御所の攻撃はいましばし待て、光秀のゆくまで待てとかたく申し伝えい！」

光秀は狼狽して下知《げち》し、それから全軍をひきいて太の御所へ急行した。

すでに続々と先鋒に加わった明智軍は、御所のまわりを蟻《あり》一匹も通さじと包囲して、炎々と雨中に篝火をつらねている。剣を以て鳴る北畠の侍たちの奇襲を警戒してのことであった。

太の御所は、濠《ほり》もあり、塀もあるが、その名のごとく城と呼ぶべきほどのものでなく、はね橋をはねあげたまま、城外からは一点の灯も見えず、ひっそりと静まりかえっていた。ついに最後の時至ると観念しているようにも見えるが、また天下に聞えた北畠の剣風を眼にもの見せてくれんと満を持しているようにも思われる。

「殿、かく相成っては袋の鼠《ねずみ》、事を急ぐには及びませぬ。夜明けてよりゆるゆると真正面から攻めかかりましょうぞ」

と、すすめたのは老臣の斎藤内蔵介《くらのすけ》で、

「いや、時をおいて剣陣を立て直させては事面倒、このまま火をかけ、一いきに踏み潰《つぶ》し候《そうら》え」

と、はやりにはやったのは、明智麾下《きか》で豪勇を以て知られた四方田但馬守《よもだたじまのかみ》だ。

「ううむ。……」

と、光秀は瞑目《めいもく》したまま、決定の言葉を吐かなかった。

まさに彼は途方にくれた。火をかけて強襲すれば、このような御所ひともみにはちがいないが、旗姫を父の具教とともに炎の中に失う可能性が強い。さればとて、ここで一夜を待てば、かえって父娘をともに生害《しょうがい》する心境に追い込みそうでもある。

「殿。……」

「いかがなさる？」

問いつめられて、

「待て、しばし待て」

と、うめいて光秀はひとり幕屋の外へ出た。

いままでに城を攻め落したこと幾十か知れないが、軍略家として高名な光秀もこれほど進退窮まったことはない。もし旗姫を、玉石倶《とも》に焚《や》いたなら、信長の不興はいかばかりか。いや、不興の程度では決してすむまい。――

雨の中を、彼はぬれるがままに歩きまわった。甲冑《かっちゅう》が爬虫《はちゅう》のようにぶきみにひかる。ときどき、熱っぽい眼を御所の影に投げて、何ぞ天来の妙策が出ないかと脳漿《のうしょう》をしぼる。

が、なんの智慧《ちえ》も出て来ない。

「日向守さま」

だれか、うしろで呼んだ。

光秀はふりむいて、そこに――この軍陣にはあるまじきうすよごれた旅姿の牢人風の男が、片袖だらんと垂らして、ふらりと立っているのを見た。――

「――な、何やつだっ？」

光秀はぎょっとして陣刀の柄に手をかけた。

「北畠家の忍者」

光秀はのどをあげて、兵をよぼうとした。それを片手で制して、

「でござった。もとは」

と、男はうす笑いしていった。

「それが、いささか北畠家に恨みあり、かつお家の前途に望みを失って退散いたした飯綱七郎太と申す者です。いや、日向守さまをいつわるつもりならば、たったいま、かかる口上をのべる前に、恐れながら一刀を参る。拙者の申すことがいつわりでないあかしには、左様、御陣の中で茶筅丸さまに従うてこの太の御所に奉公なされておった御家来衆もあまたにおわすはず。その方がたをお呼びなされて、飯綱七郎太なる者についての噂《うわさ》をおただし下され」

笑いは消え、深沈たる調子でいった。

「日向守さま、御所攻めにおためらいなさるは、旗姫さまのことでござりましょうが」

光秀の眼はぎらりと遠篝火にひかったが、しかし黙って相手をにらみつけている。完全に疑心を捨てたわけではないが、この北畠家の元忍者と自称する男が自分に害意を持っていないことだけは直感したらしい。

「拙者をお疑いなさるか、信用あそばすかは別として、まず拙者がここにまかり出た真意

だけはおきき下されい」

男は光秀の心を見すかしたようにいった。

「拙者、旗姫さまをおつれ出しいたそう」

「…………」

「ただ条件が二つございます。一つはその目的を達するための条件であり、一つはその目的をとげたあとの条件でござる」

「…………」

「旗姫さまをぶじおつれ出し申し上げたら、その御褒美《ごほうび》に、拙者を明智の忍びの者としてお取り立て下さりますまいか？　しかも、相当の待遇を以て」

「…………」

「また旗姫さまをおつれ申し上げるために、御配下の中、とくに腕に御自信のあるお方、三十人ばかりを拝借できますまいか？」

光秀ははじめて口を切った。

「三十人を何につかう？」

「勝手知ったる太の御所、拙者、忍びの術を以て潜入し、旗姫さまをみごと盗み出すつもりでござります。もし、或るお人さえ御所になくば、それは囊中《のうちゅう》のものをとるがごとくたやすいことでござるが、ただ少々気にかかる御仁《ごじん》が二人ばかりござります。すなわち、高名なる剣客が」

「北畠家の助勢に駆けつけた十二人の剣士のことか。あれはその後、すべて立ち去ったときいておるぞ」

「いや、まだ二人残っておりまする。その二人が、先刻御所へ帰参したのを拙者見かけましたるゆえに、かようなお願いをいたすのでござりまする」

「この二人とは？」

「塚原卜伝どのと上泉伊勢守どの。――」

「……なに、その両人が太の御所に。――」

　さしもの光秀もうなった。

　光秀は眼をひからせて、じいっと考えていたが、

「よし、承知した」

　と、いった。

「おまえの条件をきいてやろう。三十人の侍、つけてやろう。首尾よう姫を奪い出せば、たしかに明智の忍びの者として召し抱えてつかわすであろうぞ」

「や？　拙者のお願い、御承引下されましたか。ありがたや」

　光秀は非常に用心深い性質の人間であったが、この場合、これは敵の罠《わな》ではないと信じた。罠だとすれば、味方の侍三十人を御所の中におびきこんでみな殺しにすることだが、何千という明智勢の中から三十人ばかり誘殺してみたところでどうともなるものではない。それより、こやつの北畠家を見限って明智に鞍替《くらが》えしたいという訴えはまことであろう。

充分、あり得ることだ。

何より、いかに考えても、旗姫をぶじ手に入れるには、総攻めに先立って潜入掠奪《りゃくだつ》するより法はない。——旗姫を死なせてしまった場合の信長の怒りへの想像が、光秀をこの冒険に踏み切らせた。

「待っておれ、三十人の侍を集める」

こやつの行動の監視役としても、この一団は必要だろう、と光秀は考えた。

「拙者、向うのはね橋の手前に待っております。ひそかにお寄越し下されませ」

飯綱七郎太が背を返すと、その姿は雨の中にすうと薄れてしまった。

その消えっぷりにいささかぶきみの念をもよおし、

「……ううむ、忍びの者とか申したな」

とうなずいて、光秀は幕屋の方へとって返した。

九

七郎太は濠《ほり》の手前に歩いていった。濠の向うには、はね橋があがっているはずだが、そのあたり黒闇々《こくあんあん》として、常人の眼には何も見えない。

が、七郎太の眼には橋のかたちも見えるらしく、やがて彼はふところから何やらとり出して、投げつける姿勢となった。

「待て、七郎太」

七郎太の耳もとで声がきこえた。

「おまえの考えはわかるが、それを投げると音で知られるぞ」

「……あっ、果心老師！」

七郎太は思わずさけび声をたてた。

「しいっ」

と、声は叱った。

「よいか。――わしをめがけて投げい」

同時に、濠の向うに、七郎太は、青い仄《ほの》かな燐光《りんこう》にふちどられて、髪を総髪《そうはつ》にして、どじょうひげを二本タラリとたらして、道服を着た老人の姿がぼうっと浮かびあがって来たのを見た。

「……老師、どこから？」

七郎太はかっと眼をむいたまま、かすれた声できいた。

「明」

と、果心居士は答えた。

明とは、海を渡ったあの国のことか？

七郎太は、この師とは、この春、奈良元興寺で「ほおずき燈籠」や「びるしゃな如来」の幻法の伝授を受けて別れて以来のことであった。それから、この大幻術師がどこへいったかは知らぬ。たとえ曠世《こうせい》の大幻術師にしろ、わずか半年ばかりで明国と往来できるものであろうか？

しかし、そんな疑いを起す余裕は飯綱七郎太にない。彼はただあまりに思いがけない人物のあまりに思いがけない場所への出現に、まじまじと眼を見張っている。

どうやら果心居士は、吊《つ》りあげたはね橋のこちら側に――つまり橋の裏側に磔《はりつけ》みたいに背をもたせかけているらしいが、水の上はるか、いかにしてそこに位置しているのかわからない。

しかも。――

「投げい。話はそれからでもできる」

という声は、ほんの七郎太の耳もとでささやくように聞える。――

七郎太は投げた。五たびつづけて片腕を振った。音もなく、かたちも見えず、何を投げたのかわからない。

それは鉤《かぎ》のついた長い細い黒い綱であった。七郎太の予定ではそれははね橋の裏側につき刺さるはずであったが、音もしなかったところを見ると、果心居士の腕に受けとめられたのであろう。五条の綱は、四本を平行に、三尺ばかり上に一本だけ離して、つまり七郎太の想定していた通りに、果心居士の手によって固定された。

すべてが水平になるように、こちら側も、七郎太は地上と立木を利用して固定した。

「よい弟子であったよ、おまえは、わしの望んでおった通りのことをしてくれた」

と、居士は笑みをふくんで、いとしげにいう。

「すなわち、日本の剣士は、ついに明の幻術に及ばずということをな」

「老師。……しかし、まだ二人が残っております。しかも最大の名剣人が」

「卜伝と伊勢守か」

果心の声から笑いが消えた。

「それよ。……あの両人はこわいな」

ちょっと沈黙して、果心はつぶやいた。

「古い昔のことじゃが、わしはあの伊勢守の剣法に、幻術を以て相対して敗れたことがある。――卜伝は、その伊勢守の師匠じゃからな」

「老師が？」

信じられぬもののように七郎太はさけんだが、果心の返答はなかった。七郎太はいった。

「老師、おうかがいしたいことがあります。あの両人は、北畠家にとってまだ味方でござろうか。それとも敵となるものでござろうか。――旗姫はたしかにふたたびるしゃな如来としたという自信はありますが、万一あの二人が敵に回った際。――」

七郎太はくびをかしげ、それからニヤリと笑った。

「その場合のための標的として、明智の侍三十人向けることにいたしてやりましたが」

果心は黙っていた。ややあって、

「あの両人がどうなるか。その心ばかりは果心にも見当がつかぬぞや」

といって、橋の裏側から、遠い七郎太を射すくめるような眼光を投げた。

「そのびるしゃな如来じゃがな、七郎太、おまえにまだその血は残っておるか」

「や、あの血。――されば、残っておるつもりでござるが」

「その血をな、女に浴びせれば、例のびるしゃな如来となる。しかし、男に浴びせればどうなるか、おまえは知るまい？」

「男に――そ、それは存じませぬ。男に浴びせると、どうなりますか」

「男恋しさにもえたぎりつつ、その男のために髄液吸いとられて死んだ女の魂こもった血。――これを女に浴びせると、その女を見た男どもを死をかけて相たたかわせるようになる。これはおまえも知っておる。が、これを直接男に浴びせるとな。――ふしぎなことにその男は、男をにくむ女性的心情の虜《とりこ》となり、自分より強いと思う男への憎しみの念が体内に満ちる。男への恨み、謀叛《むほん》気、反抗心――で、その対象の男へ刃向うことになるのじゃ。それはびるしゃな如来を経ての結果とやや似てはおるが、やや色合いが違っておる。これを浴びせられた男を、地獄如来と呼ぶ」

「ほほう。……すると？」

「卜伝か、伊勢守か、どちらかへ浴びせかければ、一方が他を敬重しておるかぎり、その敬重の念に比して、それだけ嫉妬憎悪の思いも深うなる。――」

「な、なあるほど！」

「これをおまえがどういう風に利用するかはおまえにまかす。まずこれだけは知っておけ。

――や、来たようじゃ」

七郎太の背後で、忍びやかに、が、重々しい、地ひびきが聞えて来た。

「うまくゆくことを祈っておる。――では、わしはゆくぞや」

雨の中の淡い燐光の像は、そのままぼうっと消えていった。

「……うぬか、殿からきいた奴は」

「北畠家からの返り忠をした忍びの者は」

うしろから、ふいごみたいな息が、もつれながら吐きかけられた。

七郎太はふり返った。闇の中に中腰になった三十あまりの黒影が這い寄って来ていた。

光秀によって召集された明智の潜入隊にちがいない。

鎧《よろい》ずれのひびきを消すためか、みな黒頭巾、黒装束の姿になっているのは、それも光秀から指示されたのであろうが、むろん刀をぶちこみ、槍《やり》を抱えこんでいる奴もある。

「されば、飯綱七郎太と申す」

七郎太は自若としてうなずいた。

「飯綱七郎太、たしかにこの春、具教に叛して逐電した奴だときいたが――今夜のことまちがいはあるまいな？」

「御不安なおかたはこのままひき返されよ」

「いや、不安なわけではない。――」

と、潜入隊の一人は狼狽《ろうばい》して、

「しかし、どうして御所に忍び入る？　濠の水には鳴子《なるこ》がしかけてあるぞ」

「それゆえ、水をぐらずして濠を渡る工夫をつけて置きました」

といって、七郎太はその男の手に例の綱を握らせた。

濠の上に張られた四条の綱を踏んで渡る。それだけではむろん水にころがりおちるおそれがあるが、しかし一本その上に張られた綱を支えにすれば、まず大丈夫のようである。

――

「おお、なるほど！」

七郎太を先頭に、三十人の明智の奇襲隊が、闇夜の御所の中へ忍び込んだのはそれから十分もたたぬうちのことであった。

灯影もない。篝火《かがりび》もない。

――墨でぬりつぶしたような闇一色に、太の御所は沈んでいる。ただ雨が石垣や塀や建物に銀色のしぶきをあげているので、ようやくそれとわかるくらいだ。

それにしても、明智軍がこの大河内へ進入するまでに、その鉄砲隊に壮絶な抵抗を示して幾百人かの北畠侍が死んだとはいえ、まだたしか二百や三百の人数は残っているだろうに、御所の中の庭々や道、どこもひそとしてその気配もない。

「それにしても奇妙じゃの」

「もはや天命尽きたと観念して、一族みな自害したのではないか」

ささやき合う明智侍に、七郎太は、

「いや、これは拙者が、人のいない方へ、人のいない方へと案内しておるからでござる。人がおるどころか、いままでも至るところ哨戒《しょうかい》の兵は立っておりました。それを避けて通ったからで。——」

と、吐き出すように言った。

「そちらに旗姫どのがおわすのか」

「いや、それはわかりませぬが、とにかく平生、姫の御居所のあったはこちらでござった」

まことに、太の御所の内部の配置を知りつくした飯綱七郎太、しかも、警戒の眼あればはるかかなたからそれを察して死角ばかりをえらぶ忍者なればこその誘導であったろう。

「こちら、こちら」

土の塀に潜り門があった。

その両側に、何やら大きな石の置物が据えられている。雨しぶきがふちどっているから、その存在が知られるのだ。

ふっと、七郎太は立ちどまった。——が、かたちは朦朧《もうろう》としているが、どう見ても生き物とは思われぬその物体に、何の警戒の心をも起さず、まず四、五人、どやどやとその潜り門へ寄ったとき、

「……あっ、いかん！」

と、七郎太がさけんだ。

同時に、右側で二人、左側で二人、明智侍がまるで棒のように声もたてず地に倒れた。

なお、左右の物体は寂然としていたが、驚愕して飛びのいた明智侍たちは、はじめてそれが生きている人間――闇の中にも、一方は白髯《はくぜん》の鶴のような老人、一方はこれまた白い毛にだぶだぶした肉塊を包んだような老人であることに気がついた。

両人は刀の柄に手をかけてもいない。が――何がどうしたのかわからないが、いま四人の味方を倒したのがこの老人であることは明らかであった。

「つ、つ、塚原卜伝。――」

と、飯綱七郎太ののどが笛みたいに鳴った。

「上泉伊勢守。――」

黒衣のむれに声なきどよめきが吹き渡り、みないっせいに抜刀した。

が、この二人の老剣客が依然として刀に手もかけず、全然闘志が感じられないので、いま四人が地に這ったのは何かの錯覚みたいな気がして、その中の二、三人が、それぞれ二老人の方へ近づいた。

とたんに、卜伝、伊勢守の口から、「むっ」というような微《かす》かな気合――というより、息がもれると、その中の二人ずつが、まだ一間ほどの距離はあるのに、みぞおちに灼熱の一撃を受けたような衝撃を受けて、ばたばたと打ち伏した。

「やはり、声がもれる。技、未だ至らず。――」

と卜伝が不明瞭《ふめいりよう》な声をかけた。

「伊勢、どうじゃな」

「信綱も同様でございまする」

十

上泉伊勢守信綱。

このとし。六十五歳。

もとは上州大胡《おおご》の城主であったが、上州一帯が武田信玄の勢力範囲に置かれるに及び、城を捨てた。

このとき信玄が彼の剣名を惜しみ、とくに大禄《たいろく》を以て招いたのに対し、

「拙者は年来兵法を案じ、新陰流という刀術を独創いたしました。願わくばこれを大成いたしたい。もし奉公するならば信玄公に奉公いたしますが、いまのところはこの剣法の奥儀をきわめるために廻国の修行をいたしとう存ずる」

と、ことわって、飄然《ひょうぜん》と旅に出た。それまで秀綱という名であったのを、信玄がおのれの名を一字贈って、信綱に変えさせたのはこのときである。

伊勢守の廻国の旅で、よく世に知られている挿話がある。

尾州の或る村で、凶賊が押し込みに入って騒がれて逃げたが、このとき幼童一人を人質にして、一軒の家に立て籠《こも》った。村人たちは大挙してこれを包囲したが、賊は子供ののど

ぶえに刀をつきつけているので、どうにもならない。かくて夜が明け、ひるすぎになって、伊勢守がその村を通りかかり、事情をきいてすぐに頭を剃《そ》り、僧衣を着、刀を捨て、むすびを二つ持ってその家に入っていった。

「寄るなっ、近寄るとこの餓鬼刺し殺すぞ」

左手に子供をかかえたまま、悪鬼のごとく歯をむき出す賊に、

「私は雲水じゃ。ただその子がひもじいであろうと思い、むすびを与えに来た。この坊主の願い。きいてくれぬか?」

と、伊勢守はやさしくいった。

そして、賊がそのむすびをにらみつけて黙っていると、遠くからむすびの一つをころがした。

「子供よ、おたべ」

子供が夢中でそれにかぶりついていると、伊勢守はまた沙門《しゃもん》そのものの慈眼を賊にむけて、

「どうじゃな、おまえさんも一つ。……ともかくもそれを腹に入れて一休みしたら? そのあとで、わしと話そうではないか」

と、掌にむすびをのせたまま、しずかに近づいた。

賊は右手に大刀を握ったまま、子供を離し、飛びつくように左手をのばして、伊勢守の掌上のむすびをとり、口に運んだ。

間髪を入れず、その刀が伊勢守の手に奪いとられた。と見るや、電光一閃《いっせん》、賊の首はころがりおちたが、むすびにかぶりついたそのあごは、床に落ちてからも、まだぱあく、ぱあく、と二、三度動いたという。――

この挿話が物語るように、伊勢守の人柄は悠々としていて、武芸修行の旅も、殺気よりも春風を曳いているような感があった。

にもかかわらず、その廻国の間に蒔《ま》いていった刀法の種から成長した剣林のすばらしさは、他に例を見ないほどである。曰《いわ》く柳生石舟斎、曰く宝蔵院胤栄《いんえい》、曰く神後伊豆守、曰く疋田小伯、曰く丸目《まるめ》蔵人《くろうど》、曰く小笠原《おがさわら》玄信斎、曰く奥《おく》久賀斎。――

また、室町将軍に親しく教えて「兵法新陰流軍法軍学天下第一」の称を与えられた。

――この上泉伊勢守のそのまた師匠が塚原卜伝なのである。

塚原卜伝。

このとし八十六歳。

常陸《ひたち》塚原（今の茨城県鹿嶋市）の人。本名は高幹《たかもと》という。

祖父高安が同国香取の大剣人飯篠長威斎に天真正伝神道流を学び父の新左衛門安重も長威斎の高弟松本備前守から一の太刀の秘伝を受けたが、卜伝はそれらすべてを総合し、おのれの血肉として新当流を編み出して、世人はこれを卜伝流と呼んだ。

ただし卜伝というのは晩年入道してからの号で、それまでは塚原土佐守という名で世に知られた。

一生のうち、戦場に出ること三十七度、真剣の試合をすること十九回、斬った敵の首は二百十二に達したが、その間六か所の矢傷以外、一か所の刀傷槍傷も受けたことがなかったという。

その試合の中で、こんな話が知られている。

彼は平生、二尺四、五寸の大刀、一尺三寸の小刀を帯びていた。

中年のころ、近江の日野城蒲生下野《がもうしもつけ》入道のところで、武術を以て知られた落合虎右衛門《とらえもん》という者と試合をして、これを破った。その夕、城から下ろうとして或る座敷を通りかかると、ふいに屏風《びょうぶ》の蔭から斬りつけた者がある。土佐守は身をかわした。襲撃者に数尺の距離で相対したのは一瞬である。次の刹那、土佐守の刀がひらめいて、あっというまに相手を斬り伏せた。落合虎右衛門であった。

それはいいのだが、この場合土佐守が大刀を抜かず小刀を用いたことに気がついた者があって、あとでそのわけを尋ねると彼は、

「あれは、あのとき両人の間合がつまっており申したゆえ、短い脇差《わきざし》の方を用いたのでござる」

と答えた。

それを伝えきいた蒲生家の侍たちは、

「あのとっさの場合、間合を測って刀の種類を判断するとは恐ろしい人もあったものだ」

と、舌をまいたという。

また或るとき、武州川越《かわごえ》で、梶原長門《かじわらながと》という剣客と果し合いを行うことになった。

この梶原長門は下総の出身で、薙刀《なぎなた》の達人として知られ、ふだん猟に出るときは、この薙刀を以て宙を飛ぶ雉《きじ》や鴨《かも》を斬ったという。また人間を斬るのに、「はじめに左の手首を離してから首を落す」とか、「まず右手を斬ってから胴を二つにする」とか予告しておいて、その通りにやってのけるという身の毛もよだつ手練の持主であった。

これと試合することになり、土佐守の弟子たちもいささか危ぶんだ。

「先生、相手は薙刀。——先生もまた薙刀か槍をお用いになった方が。——」

土佐守は剣のみならず、槍、薙刀も名人であったからである。

土佐守は微笑した。

「鵙《もず》という鳥はな、自分より四、五倍も大きい鳩を追いまわすほどの猛鳥じゃが、鳩の半分にも当らぬえっさいという小鷹《こたか》を見かけるとあわてて身をかくす。長門は鵙にも及ばぬ愚か者じゃ。いままで鳩ばかり相手にして高慢口をきき、まだえっさいに逢うたことがないと見える」

そしてなお不安げな弟子にいった。

「相手は薙刀とはいえ、刃渡り一尺四、五寸であるぞ。それにくらべてわが大刀は二尺五寸はあるわ」

川越城外の或る河原で試合が行われたのは、雪のちらちらふる初冬の朝のことであった。

薙刀をかまえた梶原長門と、刀をひっさげた塚原土佐守はしだいに近づき、両者の間隔は約二間になった。

長門の全身に猛豹のごとき殺気みなぎり、薙刀があがりかけた刹那、土佐守が笑顔でいった。

「長門、まずうぬの右手を斬ってから左袈裟《ひだりげさ》に離すぞ」

おのれの得意とするせりふの機先を制せられて、長門の満面が染まり、薙刀が電光のごとく宙にあがった。

ピカリと空中にひらめいたのは、どちらの刃であったか、次の瞬間、長門の薙刀は千段巻きから切り落されて、そのまま手許に入った土佐守の一刀は相手の右手を打ち落し、返す刃でその左肩から右脇腹へななめに切断してしまった。

また或るとき。

ためしに彼が小刀を片手に持って宙に構え、それを横から大刀を以て力のかぎり打たせたが、何十回打っても小刀は微動だもしなかったという。

右の挿話でも明らかなように、土佐守もまた諸国を廻ったが、大鷹三羽をこぶしにすえた鷹匠《たかじょう》三人をつれ、乗替馬三頭を曳かせ、八十人乃至《ないし》百人の弟子をひきつれて歩いたという。

若き日の、また壮年のころの彼の堂々として颯爽《さっそう》たる英姿は想像に余りある。

それにくらべて、次のような有名な話は、おそらく人間に枯淡飄逸《こたんひょういつ》の味が深まった初老以後のことであろう。

すなわち、無類の暴れ馬が路上につないであるのを見るや、彼はそれを遠く避けて通ったという話。また、江州矢走りの渡しを渡っているとき、船中で武芸自慢をしている男をふとからかったことから、離れ島で勝負する破目になり、その男を島にあげると、彼みずから水棹《みさお》をとってさっさと舟を漕《こ》ぎもどしてしまったというわゆる「無手勝流」の話など。――

また。――

愛児三人に家督をゆずるに際し、自分の居室にのれんをかけ、その上に木枕をおき、さて次々に息子たちを呼んだ。長子は木枕に気づいて、これをとりのぞいてから入って来、次男はのれんをかきわけると同時に落ちて来た木枕をぱっとかわし、刀に手をかけたまま入って来、三男は落下する木枕を宙で真っ二つにして入室した。これに対して父は、

「さすがは総領」

と、にことして長男彦四郎に家をゆずったという。

晩年、入道して卜伝と号し、鹿島神宮にちかい須賀《すか》村に隠栖《いんせい》したが、なお諸国から来て教えを請う者が絶えなかった。

諸岡一羽もその一人であった。上泉伊勢守もその一人であった。

しかし、卜伝が秘剣「一の太刀」の奥儀を授けたのは、一羽でも長男彦四郎でもなく、ただ上泉伊勢守と、そして廻国中滞在した伊勢の太の御所の北畠具教だけであった。

しかも晩年彼は、剣にかぎらずどんな芸能でも、名人顔をしている者があると、

「まだ手を使っておる」

と、つぶやいたという。

彼はいかなる境地に達していたのであろうか。

――いま、卜伝は愛弟子《まなでし》ともいうべき北畠具教の御所に来たり、やはり愛弟子たる上泉伊勢守と、闇夜の雨中、明智の奇襲隊を迎えた。

この両人が、果して敵か味方か、ということは七郎太も大いに気に病んだところであったが、もはや完全に敵であると認めないわけにはゆかない。――が、なんというおだやかな、もの静かな敵であろう。

あっというまに八人を倒されて、愕然とした明智侍たちは、

「…………！」

無声の絶叫をあげて、それぞれ、一団となって殺到した。

同時に斬り込んだ先頭の二人は、おのれの刀がどうなったか、二人ともに肘《ひじ》をはねあげられた。

と、刀身はそれぞれ思いがけぬ方向へ恐ろしい速度で廻っていって、それぞれの左右にいた味方の胴へザックリ斬り込んだ。

「なるほど」

卜伝は、伊勢守の方を見ている。

曾ての壮年のころの英姿はどこへやら――いまは白毛につつまれた肉塊のごとき卜伝で、しゃべる言葉のろれつもあやしいが、なんたる神技、まだ刀をとる気配もない。

これは伊勢守も同様だ。伊勢守もまた卜伝の方を見ている。麻雀《マージャン》をやるのに、自分の手は見ず、相手の手の内ばかりを読んでいるような趣きがある。

どうやらこの両人は無刀試合をやっているらしい。現実に自分に刀を向けてくる敵に対してではなく、その成果によって、お互い同士が。――そして、それを研究し、愉《たの》しんでいるあんばいである。

「こんどは爪をつかうぞよ」

「は」

老いたる師と老いたる弟子。――いずれも当代比倫を絶する両剣聖は問答した。

このときまた斬り込んだ数人は、それぞれ剣尖《けんさき》に、ピーン、ピーン、と凄じい衝撃を受けると、その柄がくるっとこぶしの中で廻転し、刀身は自分にむかってはね返って来て、おのれの顔面からのど、胸へかけて、西瓜《すいか》みたいにいかんなく斬り割った。

なんと彼らの刀は、二老人の爪で弾撥《だんぱつ》され、みずからを斬ってしまったのである。

「なかなか、勝負がつきませぬな、老師」

「いや、どうしたらよかろうか、伊勢」

飄々淡々たる問答のながれる合間に、雨がふりしきる。血がしぶく。明智の奇襲隊は真空の外の旋風のようにひとりで荒れ狂って、闇の大地に鬼哭《きこく》の声を伏せてゆくばかり。―

――

十一

「――わしの願い、きかぬか、京馬」

と北畠具教はいった。

大広間の雨戸はすべて閉じ切って、灯影は外にもらさぬようにしているが、その灯とて、正面の具教の傍に、ただ一穂ほの暗く燃えているだけである。

北畠家の主だった家来はすべてここにぎっしりと詰めかけてはいるが、シーンとしてそこに人がいないかのようだ。ただ死の匂いのする凄愴《せいそう》な風がかすかに流れている。

具教のすぐうしろには、旗姫がうなだれている。木造京馬は、その前にべたっとひれ伏していた。

……なんど、この具教の声が同じことをくり返したろう。――つまり、京馬に、ふたたび姫をつれておちのびてくれということを。

織田との再度の手切れを前にして、突如帰ってきた旗姫を迎えて、具教はむろん狂喜した。京馬から報告をきき、いったんびるしゃな如来の呪いから解かれた旗姫が、最後に至って無念にもふたたび魔血をそそがれたことをきいても、京馬を責めなかった。

「父が死ぬときにあたって、帰って来たは天命じゃ、おそらく天が父娘最後の水盃《みずさかずき》をとらせるために帰らせたものであろう」

とい った。

しかし——歓びが過ぎてみれば、姫の帰来は具教にとって一大困惑事であったのは、おそらく攻め寄せた光秀以上であったろう。

というのは、旗姫がどうあっても父とともに死ぬといってきかなかったからだ。

具教と家来たちはこれを説得するのに骨を折った。彼らはそのために、前面の織田の大軍に対する最後の防戦そのものも、まるで二の次のようであった。

「わしは戦国の世の武将として、信長ほどのものと戦って討死するはまた本懐であるが、南朝以来の北畠家の血は残したい。——いま、運命のごとく帰って来たおまえを見て、いよいよ切にそう願う」

と、具教はいった。また。——

「ここでお前を無事に逃すことこそ、魔将信長に対するただ一つの具教の抵抗」

ともいった。

しかし、旗姫は泣きつつもきかず、いちど具教はいっしょに死なせる気になったが、こんどは家来たちがきかなかった。具教と同じ意見をのべ、かつ——旗姫さまぶじにお落ちなされてこそ、われら一同、哄笑しつつ織田の大軍に駆け入って死ねる、というのである。

かくて、ようやく旗姫は承知したが、ふたたび具教が木造京馬にその供を命ずるに至って、こんどは京馬がきかなかった。彼もまたこの御所を枕に死なせてくれと哀願したのである。

「於旗へのわしの頼み、きいたであろう。旗子を護って逃げてくれることこそ、わしに対するおまえの真の忠じゃ」

「殿。……私はごらんのごとく眼をつぶしておりまする」

「それも考えた。しかしお前は、三瀬からここまで盲目のままぶじに帰って来たではないか」

「それは旗姫さまが御一緒においで下されたからです」

「だから、このたびも於旗とともにゆけという。――」

いま。

具教はつづけた。

「眼があいていたとき、おまえはあれほどの大剣士の追跡からみごと旗子を護りぬいた。眼がつぶれてからも、この太の御所を包囲する明智の陣を斬り払って通って来た。……」

「殿、飯綱七郎太めがまだ生きております。きゃつ、姫を狙い、まだその執念を捨てておるとは思われませぬ」

「それゆえに、おまえに頼むのじゃ。たんなる織田方の捜索ならば知らず、そのようなことをあれこれ思い合わせると、於旗を護りぬいてくれる者は、おまえを措《お》いてはほかにない。――」

具教はちらっとうしろをかえりみた。

「また旗子は、おまえならば、ともに城を落ちることを承知するであろう。……それに、ふたたびあのようなからだになった於旗、行を共にできるのは、おまえだけではないか？」

京馬は身を起した。閉じられた眼には何も見えなかったが、ふるえが、全身を走ったようであった。

京馬に具教の願いを固辞させたのは、たんに主君を捨てて逃げる、という恥の意識だけではない。……自分は、茶筅丸《ちゃせんまる》さまの妻とおなりなさる姫を見るのが恐ろしくて眼をつぶした。その茶筅丸さまはもういない。自分は姫がふたたびびるしゃな如来とおなりになることを暗に期待して、みずから眼を刺した。自分以外余人を傍に寄せつけたくないためだ。……このわれながら恐るべき祈りが、最も不幸なかたちをとったとはいえ、いま、まざまざと実現して来たのを知って、彼はおのれの夢想に改めて身ぶるいを禁じ得なかったのであった。

蒼ざめた京馬を見て、しかし具教はほかのことを考えたらしい。

「おまえには重ね重ねの苦労を強いる。すでに半歳、あれら、剣士をのがれ、野に伏し、山に寝、どれほど艱難《かんなん》を経たであろう。しかも、このたびは半歳という期限もない。……それを思えば、具教、胸もはり裂けるようではあれど。……」

「あいや、殿！」

京馬はたまりかねたような声をあげた。閉じられた眼から涙が溢《あふ》れ散った。

「京馬、わしの願い、きいてはくれぬか？」

そういわれたとき、はじめて京馬はうめくようにさけんだのである。

「殿！　京馬、参りまする、姫君のおん供つかまつりまする！」

「いってくれるか？！」

具教の顔色は、暗い灯影にぱっとかがやいた。——そのまま、京馬の盲目の顔を凝視し、彼はこういった。

「もはや、両人、もとよりここへ帰ってくる必要はない。いや帰ってくることも出来ぬ。が、どこへゆこうと京馬、わしはおまえを信じておるぞ。於旗を護ってくれるのみならず、幸せにしてくれることを。——そして、いまわしはいう。於旗は大名の娘なればこそ、政略のために心進まぬ男のいけにえの祭壇にあげられようとした。そのような憂いの二度とないよう、むしろ名のない野の花として咲いてゆくことを祈っておると」

この言葉を、旗姫と京馬がどうきいたか？　と具教が首をめぐらしたとき、どこか遠くで、どどっという地ひびきの音がした。

むろん哨戒《しょうかい》の兵は要所をかためているはずだ。

それからなんの急報もないが？——と、耳をかたむけた一同も、次の瞬間、たしかに人間の——しかも一人や二人ではない数がこの世から命を飛ばす絶叫を耳にして、

「……あっ、敵だっ」

いっせいにどっと立って、その物音の方へ黒い奔流のように駆け出した。

あとに、具教と旗姫と京馬だけが残っている。具教はなおじいっと耳を澄ませていたが、

「敵じゃな。はて明智め、大軍を擁《よう》して何を考えおったか、奇襲の者を忍び込ませたと見える」

と、いった。それから旗姫をかえり見て、

「ゆけ、於旗」

「でも、父上さま」

「この期に及んで何をためらう。——機はいまだ。むしろ敵が奇襲して来たいまだ。この機をのがすと、もはや脱出は不可能となる。——ゆくがいい、京馬」

「……はっ」

「乾《いぬい》の一の井戸を知っておるな」

「存じております」

「その西に地蔵が三つ立っておる。まんなかの地蔵を倒すと、その地中深くこめてある石の板が連動して、一の井戸の水がぬけることになっておる。あの井戸は、途中が底になっておるのじゃ。いって見ればわかる。井戸のまことの底より濠をくぐって、外の庚申堂《こうしんどう》の中まで間道がつづいておる」

北畠家の忍者たる木造京馬ですらはじめてきく太の御所の秘事であった。

「一の井戸までは、文字通り、眼をつぶってゆけるな？　あとは於旗に指図させて逃げよ」

「父上さまっ、なぜ父上はそこから——」

「たわけ、塚原卜伝から一の太刀、上泉伊勢守から新陰流の印可を受けたこの北畠具教が、信長を相手に地の底を這って逃げられるかよ。おまえとは立場がちがう。――急げ、幸せに暮せよ、於旗――」

「は、はいっ。……では、父上さまおさらばでございます!」

涙の眼で、旗姫は具教を見つめた。父娘永別を惜しむがごとく燭台の灯がゆらいだ。

「もはや何も申しませぬ。ただおみごとな御最期を。――」

そして、一礼した旗姫は、立ちあがって、下りて来て、京馬の手をとった。

にっとして、具教がいう。

「京馬、頼んだぞ!」

「かしこまってござる!」

旗姫に手をとられたのはそのときだけで、走り出すとき旗姫の手をとったのは京馬の方であった。勝手知った城内とはいえ、盲目とは信じられないような足さばきはさすがに忍者だ。ただならぬ叫び声のきこえる方角とは反対の方へである。

涙の笑顔でそれを見送り、遠い物音に耳をかたむけた北畠具教は、ふいに大刀をつかんで鳥のはばたくように立ちあがった。

いま京馬たちの消えていった方向へ、彼はながれるように出ていった。

十二

――雨ふりしぶく闇の底を、余人には見えないが、二つの黒衣の姿が走っていった。建物を廻り、廻廊をくぐり、まるで闇にも見える眼でもあるようだ。

が、もしこれを視覚にとらえることのできる者があるならば、先の影こそ軽捷きわまる動作だが、うしろの影はどこかうろたえて、足さえもつれていることが知れたであろう。

先の影は、ときどき立ちどまりふりかえる。

「ウロウロしておると、獲物が逃げてしまうではないか。ちぇっ」

舌打ちする音がきこえたが、それでも待っていてはまた走り出す。

背後にもう遠く、叫喚《きょうかん》の声はますます高い。おそらく駆けつけた北畠侍たちが、潜入した明智侍たちをとり包んで、みな殺しにしはじめた音であろう。

先の影は、飯綱七郎太であった。

すべて予定の行動だ。彼が光秀に奇襲隊の援助を請うたのは、ただ万一発見されたときの敵の――とくに卜伝と伊勢守の目標を作るにすぎない。つまり、囮《おとり》だ。それどころか、発見されなければこちらから知らせでもして、敵を明智侍すべてにひきつけ、そのすきに旗姫を奪おうとさえ企画していたのだ。

いま彼は、どんな耳を働かせているのか、

「あっちかな？　あっちじゃ」

と、乾《いぬい》の方角へ——北西の方へ駆けていたが、ふいに、

「……おう」

と、さけんで、棒立ちになった。

とたんに、かちっと石打つひびきがしたかと思うと、二、三間先に、ぼうと篝火《かがりび》が燃えあがった。いや、篝火はすぐ先の石垣の下、その角にあるが、たしかに向うにだれかいる。

——

身をひるがえして、うしろから走って来た黒い影とどんとぶつかった。

「あっ」

とさけぶ声に、

「ばかめ！」

と、七郎太は罵《ののし》った。

これは明智衆の一人にちがいないが、一同が卜伝伊勢守の玄妙な大殺戮《さつりく》に逢っているあいだに、そっと身をひるがえした彼を追っかけて来た奴だ。

「いや……逃げてはここまで追うて来た甲斐《かい》がない」

と、彼はその男をひき立てて、ずかずかと大胆にその石垣の方へ近寄った。そのとき。

——

「待て」

と、思いがけなくうしろから声がかかった。

「……飯綱七郎太よな」

いま七郎太の姿は、石垣の向うに燃える篝火の余映を受けて、闇中にその全身を染めて浮かんでいる。

背後から呼びかけた者はまだはっきりと姿が見えないが、いまの声をきいただけで、さしもの飯綱七郎太が頭から水を浴びせられたような気がした。

太の御所のあるじ、北畠中納言具教卿。——

飯綱七郎太ほどの者がいままでここに待ち伏せていた人間を嗅《か》ぎあてなかったのも道理、いまの声は、大名ながら、塚原卜伝、上泉伊勢守の最高の弟子、剣豪大名とうたわれた北畠具教のものにまぎれもない。

いま、具教は火明りの中にしずかにその純白の袈裟頭巾《けさずきん》をつけた姿を現わした。一人だけである。

七郎太は待ち伏せていた者が具教一人しかいないことを知った。具教は一人で篝火に火を点じ、いかにしてか七郎太の背後に廻ってその退路を断ったのである。

七郎太のからだに走った戦慄はしかしただこの人が卜伝から一の太刀を伝授されたほどの剣の達人であるからばかりではなかった。これは、主君だ。しかも先祖相伝の主君だ。さすがの彼にもそれを意識する本能的な血がかすかにある。——

が——彼の血はすでに文字通り濁っていた。

「いかにも飯綱七郎太。……殿、久びさに、うるわしき御尊顔を拝し、まことに恐悦至極。

「——」

そういいながら、彼は隻腕だけで、すうと腰の一刀をぬいた。

「七郎太、胆《きも》ふとくも主に刃《やいば》を向けるのか。……いや、それは覚悟しておった。逆賊、刀のけがれではあるが、ここで具教、誅戮《ちゅうりく》してくれる」

具教もまた一刀をぬき払った。

いよいよ勢いよく燃え出した篝火を受けて、ふりしきる雨の中に相対した主従。

一方は例の十二人の大剣士に伍《ご》してまさるとも劣らぬ剣豪大名、一方は大幻術師果心居士から妖しき幻術の伝授を受け、しかもその血管には、もはや人間とはいえぬ幽界の呪いと、凄惨の叛血が脈打っている忍者。

が、三分とたたぬうちに、さしもの七郎太の肩が大きく起伏して来た。

彼はほかの彼の体得している忍者独特の術はおろか、いまかまえた一刀すら盤石《ばんじゃく》の重みにおしひしがれたごとく、みるみるしびれて来るのを感覚したのである。——

「虫けら。……しかし、そこまでよう持ちこたえた」

具教の笑った眼が、爛《らん》とひかったとき——七郎太の刀がひらめいた。

なんと——彼は、正面の主君に対してではなく、横に茫乎《ぼうこ》と立っていた自分の仲間に——明智衆の一人を、ななめに切りあげたのだ。しかも、顔をつつむ頭巾だけ切り裂いて。

「何を座視しておるか！」

と、彼は吼《ほ》えた。

「明智日向守光秀！」

篝火に照らされたその顔に、さすがの具教もはっとその眼を吸いつけられた。まさにそこに現われたのは、敵の大将たる明智光秀だ。だれがこれを見て、この場合とはいえ、満身の精神を奪われずにいられれようか。

「……やあ！」

同じ絶叫がもつれ合った。

一つは具教の驚愕のさけびであり、一つは七郎太の獣の吼え声であった。

そして――この驚愕の一瞬、北畠具教卿は、躍りかかってきた叛臣飯綱七郎太の一刀に、無惨、その肩から袈裟がけに斬り下されて雨の大地に伏していたのである。

――飯綱七郎太はじっとおのれの足もとで動かなくなってゆく具教を見下している。その細い眼はほとんど有機物の光をおびず、雨の夜の三日月のような妖しさであった。

一代の剣豪大名の最期より、光秀はこの忍者の姿に眼を吸いつけられて、そして戦慄した。たんに主を斬った。また詭計《きけい》によるとはいえ大剣士として世に聞えた人物をかくももろくも斬り伏せた。ということに対する恐怖ばかりではない。――

そもそも光秀がこの夜の奇襲隊にひそかに加わるなどいう、彼としては未曾有《みぞう》の冒険を試みたのは、七分までは旗姫掠奪《りゃくだつ》の至上命令からではあったが、三分は、この返り忠の忍者に何とも説明のつかぬ重大な疑惑をおぼえていたからである。

こやつ、何を企むか？

捨ておかば取り返しのつかぬ大事となる予感があって、だから彼がひとり奇襲隊を離れたとき、すわ、とばかり息せき切って追って来たのだが、いまの様子から見ると、

「——きゃつ、はじめからちゃんと承知していたらしい」

と、改めて背すじに水の流れる思いがしたが、しかしいま襲って来た戦慄はそればかりでもなかった。

要するに、こやつは人間ではない、魔界の妖怪だ、という認識であった。

——今宵《こよい》の用がすめば、しょせんは生かしてはおけぬ奴。

われに返り、そう光秀が心にうなずいたとき、飯綱七郎太は光秀を見てニヤリと笑った。

「ただいまは失礼つかまつりました。兵法上のかけひきと思《おぼ》し召し、お許し下されませい」

と、ばかに鄭重《ていちょう》にいう。そして、

「おお、それよりも姫をのがしては！」

と、血刃をひっさげて、また駆け出した。光秀はあわてて追いながら、

「七郎太、どこへ？」

七郎太は鼻を鳴らした。

「こっちにどうやら匂いがいたす」

十三

――御所の北東隅にある一の井戸、その存在はむろん知っているが、ここにある秘密の脱出口のことを、七郎太といえども知る道理がない。しかしこの夜彼がここに灯をしたう妖蛾《ようが》のごとく吸われていったのは、決して嗅覚などであるはずがなく、おそらく彼としてもこの一夜にすべてを賭《か》けた執念のなせるわざであったろう。

その井戸の西にならんだ三体の地蔵のうち、まんなかの一つにとりついている二つの影があった。

どちらも笠をかぶっているのは、それを打つ雨の音でわかる。その雨音と、さらに自分たちの行為に夢中になっていたために、次第に近づいて来た跫音《あしおと》はおろか、こんな対話さえも聞えなかったと見える。

「とうとうつかまえたようでござる」

「旗姫をか？」

「もはやわが手に入ったも同然。――」

「もう一人は？」

「おそらく木造京馬と申す忍びの未熟者。――」

「きゃつら、何をしておるのだ？」

「はて？」

光秀と七郎太はジリジリと這い寄っていった。

どうやら二つの笠の影は、三本の地蔵のうちまんなかの一体を、一人が指図し、一人が押し倒そうとしているらしい。

飯綱七郎太が、はて？　とつぶやいたのは、この二人が何をしているのだろう？　という疑いもさることながら、それより――京馬と旗姫がもつれ合うようにして、一つの地蔵にしがみついているということであった。

そんなはずはない。――

旗姫はふたたびびるしゃな如来となっているはずだ。

それとも、あの三瀬の渓谷で浴びせた魔血は、自分の錯覚だったのであろうか？

「捕えろ、飯綱、何をしておる？」

と、光秀がささやき、二人はジリジリとさらに忍び寄って、突如、

「あう！」

と光秀が妙な大声をあげた。同時に七郎太は自分も放出するのをおぼえた。女をびるしゃな如来と化した忍者自身もまた十歩の圏内に入れば放出する。――びるしゃな如来は錯覚ではなかったのだ。

とたんに、地蔵は倒れ、同時に一つの笠の影がこちらに躍って来た。

「何やつだ？」

まさに木造京馬の声であった。すでに白刃をひっさげ、井戸のところに立って、こちら

をじいっと見すかしているかに見える。その井戸で、そのとき、ゴウ……という水音が起った。

「やっ？　京馬、何を企む？」

われ知らず、七郎太はさけんでいる。おお、あの怪しの水音はなんだ？

「飯綱七郎太よな」

京馬は激情を抑えた、むしろ沈痛の声を発した。この敵の憎むべきこと、同時に恐るべきことを充分に認識した声音であった。

「おお、わかった！　井戸から水が抜けるのだな。そこから、うぬら逃げようとしておるのだな。手に手をとって。——」

水音に耳をすましていた忍者七郎太はようやく看破した。京馬は井戸をのぞきこんで、

「姫、おいで下され、が、あとしばらくお待ちを。——」

と、さけんだ。水音は次第に地底へ沈んでゆくようだ。

「そうか！」

と、七郎太はまた、驚くべき事実を、そして当然な事実を看破した。

「京馬、うぬは盲だな？」

笑い声をたてて、寄ろうとして、飯綱七郎太はまた異様なうめきをあげた。それ以上、寄れないのだ。手裏剣に手をやった。が、早くも旗姫は京馬にまつわりつくようにして立っている。

たしかに盲に相違ない木造京馬は、こちらに白刃をむけて、吹きつける殺気を全身を耳として探ろうとしているようであった。

なおふりしきる雨の中。

相対する曾《かつ》ての兄弟弟子。そしていまは不倶戴天《ふぐたいてん》の敵同士。献身の侠忍《きょうにん》と魔界の逆臣、一方が盲目なら、一方は隻腕だ。

その七郎太の片腕がすうと腰へ動いた。例の投縄がまだそこに残っている。――彼はこれを以て、京馬と旗姫を同時に捕えようと思いついたのだ。投げれば必縛――おそらく盲目の京馬の刀もろとも。

七郎太のそばで恐ろしいひびきとともに、ぱあっと視界が白昼のごとくになったのはその刹那《せつな》であった。火の糸が空にかけ上って、空に真っ青な花となって咲いた。

「明智の狼煙《のろし》じゃ！」

と、光秀がさけんだ。

「これを見れば、明智勢はいっせいに御所にとりかかることになっておる！」

さすがは光秀、たった一人で潜入隊に加わるにあたって、万一危急の際、或いは決定的瞬間にはこれをあげて味方を呼ぶ手を打って来たのだ。

そしては彼は高々とさけんだ。

「これ、旗姫どの――しょせん逃れられぬ。神妙にしてわが織田勢に帰って参られよ。――」

このとき御所の外では、波濤《はとう》のような叫喚が起った。明智勢が行動を起したに相違ない。白昼のごとき明るさは消えたが、明智軍学秘伝の早狼煙のからくりであろうか、空に青い花はまだ残って、すぐ下の地上を異様な暗光で染めている。

それに京馬旗姫の姿をくっきり見分けて、

「ゆくぞ、京馬、わが手裏剣受けられるか？」

偽りをさけんで、七郎太の手が投縄をつかんだとき——うしろで声が聞えた。

「信綱、どうしても勝負がつかぬな」

「老師、信綱は老師と勝負をつけようとは思いませぬが」

「いや、どうあってもわしはそれが確かめとうてな。ふおっ、ふおっ、ふおっ、わが最大の弟子上泉伊勢守とこの卜伝とどっちが強いか、それ知って卜伝冥土《めいど》の土産としたい。——」

ふりむいて七郎太は、例の二老人があきらかにこちらを見ながら歩いてくるのを見て、頭髪も逆立つのをおぼえた。

「それでな、信綱、わしは面白いことを思いついたぞよ」

「何でござる？」

「剣ではない。両人の力くらべじゃがな」

「剣にあらざる力くらべ？　はて？」

「そうよ、恐れ入るが、旗姫さまをもとに、両人の力くらべが出来る」

とたんに七郎太は背後に殺風をおぼえ、投縄から刀に持ち替え、羽ばたくようにふりむいて抜き合わせた。さすがに電光のような速度であった。

躍りかかったのは盲目の京馬だ。受け止めたのは隻腕の七郎太だ。

妖光の花ひらく闇の宙天に立つ必死の二刀。

「……ばかにはならぬ」

「……いかにも」

すぐちかくで、そんな卜伝と伊勢守の声が聞えた。首をひねって見まもっている様子だ。

七郎太にとってはもとより、京馬としてもこの二大剣士が敵やら味方やらまだわからず、これは寸秒をも争って決着をつけねばならぬ絶体絶命の決闘であった。

七郎太が押した。京馬は押された。とたんに。——

「あうっ！」

七郎太が異様な声をあげて腰をひき、刃が離れたとみるや、京馬の一刀は七郎太の右腕を、刀もろとも、肘《ひじ》からばすっと斬り落していた。

七郎太は放出の圏内に入ったのであった。

この刹那、彼は何をしたか、いや、何をしようとしたか。——

七郎太は、斬られた腕を京馬に向けず、背後に向けようとしたのだ。

彼の頭には、果心居士から教えられた「地獄如来」のことがあった。「自分より強い男への叛逆に憑《つ》かれる男」へ変身させるという怪幻法。

それを適用さすべき人物は誰か、という選択よりも、飯綱七郎太なる男のそもそもの根源的憎悪が、眼前の京馬になくて、忍者以上に世に遇せられる剣士に向けられていたせいであったかも知れない。また彼の大忍者としての自負が、眼前の小忍者たる京馬ごときに対してでなく、背後の二大剣人に最後の一矢を酬《むく》いようとさせたのかも知れない。――

とにかく彼は、右腕を斬り落されつつ、からだを回転させて、二の腕をうしろへ振ろうとしたのである。

が、それは及ばなかった。

「地獄如来」の魔血は、横に凝然《ぎょうぜん》と佇《たたず》んでいる明智光秀に、ザーッとふりかかっただけで、その瞬間、ふたたび京馬の振り下した一刀に真っ向から斬り裂かれて、雨しぶく大地を残りの鮮血で染めていた。

京馬はむささびのごとく駆けもどり、旗姫をかばって立った。

井戸の水音はもう聞えぬ。具教卿のいったように、井戸の底がぬけて、そこに間道がひらいたことはたしかである。が、しかしいまはそれをくぐって逃げる余裕がない。近づいて来る塚原卜伝と上泉伊勢守が敵ならば。――

「旗姫どの」

と、伊勢守がいった。二人は十歩の圏外でピタリと立ちどまった。

「申しわけないが、ちょっとそこにいて下されや。老人一世一代の頼みじゃ。ふおっ、ふおっ」

ト伝が笑った。

同時に二人はその圏をまるく回りはじめ、旗姫を中心に十歩の圏の位置に一直線に、ぺたりと坐りこんでしまった。何やら袴《はかま》の紐をといているらしい。二人はひざで圏内に入って来た。

京馬は全身金縛りになったように動かない。——と、この八十六歳と六十五歳の剣聖の股間《こかん》からビューッと何やら白いものがほとばしり出て、二人の頭上の空で衝突し、雨にまじって二人にふりそそいだ。

「…………？」

何となく異変をおぼえ、ふりあおいだ京馬の眼には、むろん何も見える道理がないが、その白い弧は二つの小さな弧にわかれ、徐々に小さくなっていって、ピタリと止んだ。

「同じじゃな、信綱、ふおっ、ふおっ」

「恐れ入ってござる、老師。……こりゃ信綱が負けたということでござるわ。あっはっはっはっ」

二老人の快笑の声が消えたかと思うと、こんどは伊勢守だけの声が聞えた。

「旗姫さま、おゆきなされ」

もはや、御所をめぐる塀のあちこちで凄じい矢音がどよめいていた。怒濤のごとなだれこむ明智勢を迎えて、北畠侍が最後の戦いを挑んでいるのであろう。

それをききつつ明智日向守光秀は——「自分より強い男への叛逆に憑かれる」魔血をい

かんなく全身に浴びた光秀は、その血に酔ったように立ちすくんでいるだけであった。

一礼して京馬は、腰から黒い紐をぬき出して井戸に垂らした。女の髪をよった「髪ろくろ」――片腕にぐいと旗姫を抱くと、片手にその黒髪の糸をつたい、スルスルと井戸の底へ下りていった。

なお空にかすかに青い花は咲いている。京馬にはそれは見えぬ。ただ彼は頭上で、愉快そうな対話の声をきいた。

「信綱、こんどは剣を使って見ようか」

「久しぶりでござるな」

むろん殺到する明智勢を対象にしての会話に相違ない。

――下りてゆく井戸の底は「如法闇夜」であった。が、かぐわしい旗姫を抱いた京馬には「如来闇夜」ともいうべき不思議な光につつまれている思いがした。

二人は、どこまでも、大地の底へ、沈み、沈み、沈んでゆく。――天へ浮いてゆくような心で。

解説

中島河太郎

戦前、剣豪のなかで誰がいちばん強いかという論争があって、直木三十五が上泉伊勢守を挙げたことを覚えている。

時代が異なり、剣を合わせたこともない剣豪を引っ張りだして、その優劣を争うのは無駄としか思えない。だいいち剣豪自身の伝記や史実が曖昧模糊《あいまいもこ》として、実在したかどうかも分らぬ者が多い。ましてその活動、行状に至っては講釈師の張り扇《おうぎ》から叩きだされた武勇談が大部分であろう。

だが、そういう詮索《せんさく》は抜きにして、十二人の剣士を集め、二人の忍者を縦横《じゅうおう》に駛《はし》らせた奔放無礙《ほんぽうむげ》な物語に陶酔《とうすい》することにしよう。本書ははじめ「忍法不死鳥」と題して、昭和四十二年一月から八月にかけて、「河北新報」その他に連載された。

物語は伊賀の服部郷が織田の軍勢に襲われて、壊滅した悲惨《ひさん》な情景から幕を開く。辛酸《しんさん》忍苦を重ねてようやく修得した忍法も、鉄砲の前にはひとたまりもなかったことを、まざまざと見せつけられて、落命離散したかれらの運命がまずあわれを誘うのである。

その惨澹《さんたん》たる廃墟《はいきょ》に戻ってきたのが、伊勢の北畠家の家来で、飯綱七郎太《いづなしちろうた》と木造京《きづくりきょう》馬《ま》の二人。ともに長い間、伊賀忍者の宗家服部半蔵のもとで修行を積んだ者である。

そこへ現れたのが果心居士《かしんこじ》で、半蔵の妹お眉《まゆ》の気絶した身体をかかえている。

果心居士は著者の「伊賀忍法帖」で詳しく紹介されている。彼の幻術について、「玉箒木《たまばはき》」、「醍醐《だいご》随筆」、「虚実雑談集」を引用しているが、最後の書物によると、彼を恐れた太閤秀吉が居士を捕えて磔《はりつけ》にしようとしたとき、鼠《ねずみ》となって鳶《とび》につかまって飛び去った。以後その消息を絶ったというから、秀吉時代の人物であった。

また「忍法おだまき」では、居士は関白秀次に呼ばれ、人間転生のおだまきの術を披露《ひろう》している。

本書では果心居士が剣法界における北畠具教《とものり》卿と同じように、自分も忍法の世界で最高権威者になりたいと、珍しく野心を洩《も》らしている。当時具教卿は日本の剣人の大保護者で大後援者だったから、北畠家の擁護《ようご》のために、万夫不当の大剣豪が十二人、集まってきているのだ。

織田信長は暗愚《あんぐ》な次子信雄《のぶかつ》を具教の一人娘旗姫《はたひめ》の婿《むこ》にと申し入れてきた。拒否すれば戦って玉砕《ぎょくさい》を覚悟しなければならぬという岐路に立たされている。具教が旗子に信雄の妻となるかどうかと訊ねると、彼女は木造京馬の心に従うと答えた。京馬にとってはまさに青天の霹靂《へきれき》ともいうべき返事だった。

京馬は姫と織田家との縁組を望むと答えたのに、飯綱七郎太は反対し、剣法の至宝十二人がいるのに、姫君を売るつもりかと反撃した。

しかし、剣士の一人林崎甚助の抜刀術に敗れた七郎太は、北畠家を退散し、果心居士に師事して、その秘奥を伝授してもらい、剣士たちと闘う決意を固める。

七郎太の会得した忍法は、「ほおずき燈籠《どうろう》」と「びるしゃな如来《にょらい》」。前者は女性の髄と液と精を吸いとり、後者はその液を女性にかけると、あらゆる男を悩殺する力を付与する。そしてその女性の十歩圏内に立ち入った男は、精汁を流しつくして生命に係わるというのである。その忍法を仕かけられたのが旗姫であった。

おれを殺せば姫君も死ぬという嚇《おど》しに屈したかのように、悠々《ゆうゆう》とのがれ去ろうとする七郎太に対して、十二人の剣士は動こうにも動けない金縛りの状態という腑甲斐《ふがい》なさだった。

花婿の信雄も旗姫に近づけず、やむを得ず姫との別居を承知したが、十二剣士も姫を狙《ねら》っている気配なので、具教は京馬に命じて、姫と漂泊の旅に出立させた。十二剣士も姫を求めて、二人のあとを追ってくる。なにしろ姫の周囲十歩圏内に入ると、男は欲情して射精するのだから、護衛役の京馬はたまったものではない。絶えずそれだけの間隔をおいて、姫の御用を達し、守護しなければならないのだ。この奇抜で苛酷《かこく》な制約が、味方をも敵をもがんじがらめにしているのだから、物語の展開が滑稽《こっけい》、残酷味を帯びてくる。

京馬もある程度は忍法を心得ているのだが、天下に名だたる剣豪にとても敵すべくもない。まして相手は十二人も控えているのだから、前途暗澹《あんたん》というほかはなかった。

まっ先に姫を探しあてた抜刀術の名人林崎甚助と、これも同じく抜刀で一貫流を開いた片山伯耆守《ほうきのかみ》は、勝負をしたがお互いに抜かずに対決したままなので、二人を残して京馬らは立ち去った。

つぎに近づいたのは天真正伝神道流の達人諸岡一羽と、小太刀の名手富田勢源である。

京馬は林崎と片山が相討ちになったことにヒントを得て、この一羽と勢源をも相討ちにさせようと計った。彼は伊勢の宇治橋で、二人が決闘するように仕向け、両者の刀はそれぞれ相手の顔に、絹糸のような傷をつけることで終った。この勝負のあと、両者ともに姫の追跡を諦めた。

つぎの吉岡拳法と宮本無二斎は、刀身と十手がかみ合ったまま、両者譲らず巌《いわ》の上から海へ転落し、行方知れずとなった。

志摩の波切大鼻、現在の大王崎で柳生石舟斎と宝蔵院胤栄《いんえい》は対決して、凄惨な相討ちに終ったが、どちらも絶息だけはしなかった。その代り一方は男根を裂かれ、他は睾丸《こうがん》をつぶされた。

剣の師弟である鐘巻自斎と伊藤弥五郎は、それぞれ旗姫への妄念《もうねん》を抱いていることに感づいた。幽鬼《ゆうき》のような七郎太にあやつられるままに、刃を合わせて師匠を切った弥五郎は姿をくらましてしまう。

二人ずつ五組の剣士が片づいたが、残ったのは塚原卜伝、上泉伊勢守の二剣聖である。この二人までが他の剣士同様、姫への執着を絶たぬというなら、京馬にとって対抗すべき法は絶望的である。

ともかく命じられた半歳の間、漂泊と艱難《かんなん》に奔弄《ほんろう》されながら、守りぬいた姫を御所に届けるのだが、そこには暗愚な花婿が待ちうけているのだ。この旅で姫との間に育った愛情は、とうとう京馬に恐ろしい決意をもたらした。彼は自分の両眼をつぶせば、姫のそばで永遠に安んじて仕えることができると悟ったのだ。盲《めしい》になった彼は無明の旅を続けて、織田の攻撃を間近に控えた御所に戻ってきた。

織田信長は攻撃を明智光秀に命じたが、七郎太は明智にとり入って、あくまでも妄《もう》執《しゅう》を晴らそうとする。十人の剣士は姫には近づけず、かえってお互いの武術を競って自滅の途を辿《たど》ったが、塚原、上泉の二老人だけは、北畠家の危急存亡には超然として、二人のあいだの優劣を争うことに余念がない。

かつて上泉の剣法に対して、果心の幻法は敗れたことがある。そのため果心は七郎太を介して、日本剣法との対決を試みたといえよう。殊に七郎太は図抜けた能力をもっていた。「ほおずき燈籠」と「びるしゃな如来」を混用して、男女二体で法悦状態を持続する循環現象の新忍法を編み出す。「青は藍《あい》より出でて藍よりも青し」と、果心居士を凌《しの》いだことを自讃するのも当然であろう。「掟に縛られた清潔無比のカップル」と、「淫液の循環体ともいうべき魔性のカップル」は、人間世界の両極に等しい対照であった。

一代の剣豪大名北畠具教卿の悲惨な最期を背景に、かつての兄弟弟子が、献身の侠忍と魔界の逆臣の敵同士となってての対決は、凄絶をきわめて、その結末を知るのが怖ろしいほどである。著者の忍法小説のなかでも、一段と異彩に富んで、読み終るのが惜しいほどの魅力に溢《あふ》れている。

本書は、昭和六十一年七月十日初版の角川文庫旧版を改版したものです。

本文中には、支那《シナ》、きちがい、発狂、気が狂った、白痴《はくち》、廃人、めくら、片輪、癩《らい》の醜顔といった今日の人権意識・医療知識に照らして、使うべきでない語句や表現がありますが、作品舞台の時代背景や発表当時（昭和四十三年）の社会状況、著者が故人であることなどを考え合わせ、原文のままとしました。なお、本文中にある「癩」とは現代のハンセン病を指していると思われます。今日では治療法も確立され、感染力の弱い病だと知られていますが「癩」と呼ばれた時代には「変形」「不治」「遺伝」の病と恐れられ、患者だけでなく家族や血縁者も長きにわたり過酷な差別を受けました。それが本文中の「業病《ごうびょう》」「天刑」「腐」をはじめとする不適切な表現につながったと考えられます。現在もなお、偏見に苦しむ方がおられることを忘れず、差別や偏見のない社会の実現を目指すきっかけになればと願います。

（編集部）

忍《にん》法《ぽう》剣《けん》士《し》伝《でん》

山《やま》田《だ》風《ふう》太《た》郎《ろう》

昭和61年 7月10日　初版発行
令和 3 年 10月25日　改版初版発行
令和 6 年 11月25日　改版再版発行

発行者●山下直久

発行●株式会社KADOKAWA
〒102-8177　東京都千代田区富士見2-13-3
電話　0570-002-301(ナビダイヤル)

角川文庫 22872

印刷所●株式会社KADOKAWA
製本所●株式会社KADOKAWA

表紙画●和田三造

●お問い合わせ
https://www.kadokawa.co.jp/（「お問い合わせ」へお進みください）
※内容によっては、お答えできない場合があります。
※サポートは日本国内のみとさせていただきます。
※Japanese text only

ISBN 978-4-04-111791-0　C0193

◆◆◆

角川文庫発刊に際して

角川源義

第二次世界大戦の敗北は、軍事力の敗北であった以上に、私たちの若い文化力の敗退であった。私たちの文化が戦争に対して如何に無力であり、単なるあだ花に過ぎなかったかを、私たちは身を以て体験し痛感した。西洋近代文化の摂取にとって、明治以後八十年の歳月は決して短かすぎたとは言えない。にもかかわらず、近代文化の伝統を確立し、自由な批判と柔軟な良識に富む文化層として自らを形成することに私たちは失敗して来た。そしてこれは、各層への文化の普及滲透を任務とする出版人の責任でもあった。

一九四五年以来、私たちは再び振出しに戻り、第一歩から踏み出すことを余儀なくされた。これは大きな不幸ではあるが、反面、これまでの混沌・未熟・歪曲の中にあった我が国の文化に秩序と確たる基礎を齎らすためには絶好の機会でもある。角川書店は、このような祖国の文化的危機にあたり、微力をも顧みず再建の礎石たるべき抱負と決意とをもって出発したが、ここに創立以来の念願を果すべく角川文庫を発刊する。これまで刊行されたあらゆる全集叢書文庫類の長所と短所とを検討し、古今東西の不朽の典籍を、良心的編集のもとに、廉価に、そして書架にふさわしい美本として、多くのひとびとに提供しようとする。しかし私たちは徒らに百科全書的な知識のジレッタントを作ることを目的とせず、あくまで祖国の文化に秩序と再建への道を示し、この文庫を角川書店の栄ある事業として、今後永久に継続発展せしめ、学芸と教養との殿堂として大成せんことを期したい。多くの読書子の愛情ある忠言と支持とによって、この希望と抱負とを完遂せしめられんことを願う。

一九四九年五月三日